JN306251

偉大なる、しゅららぼん

万城目　学

集英社文庫

石走【いわばしり】

滋賀県東部、琵琶湖畔に位置する、もと石走藩七万石の城下町。関ヶ原役後、佐和山城の遺構を用い築いた城郭が現存。石走の地名は、近江国の枕詞「石走《いわばし》る」に由来する。

●全日本城郭大事彙（明治35年編纂）より

目次

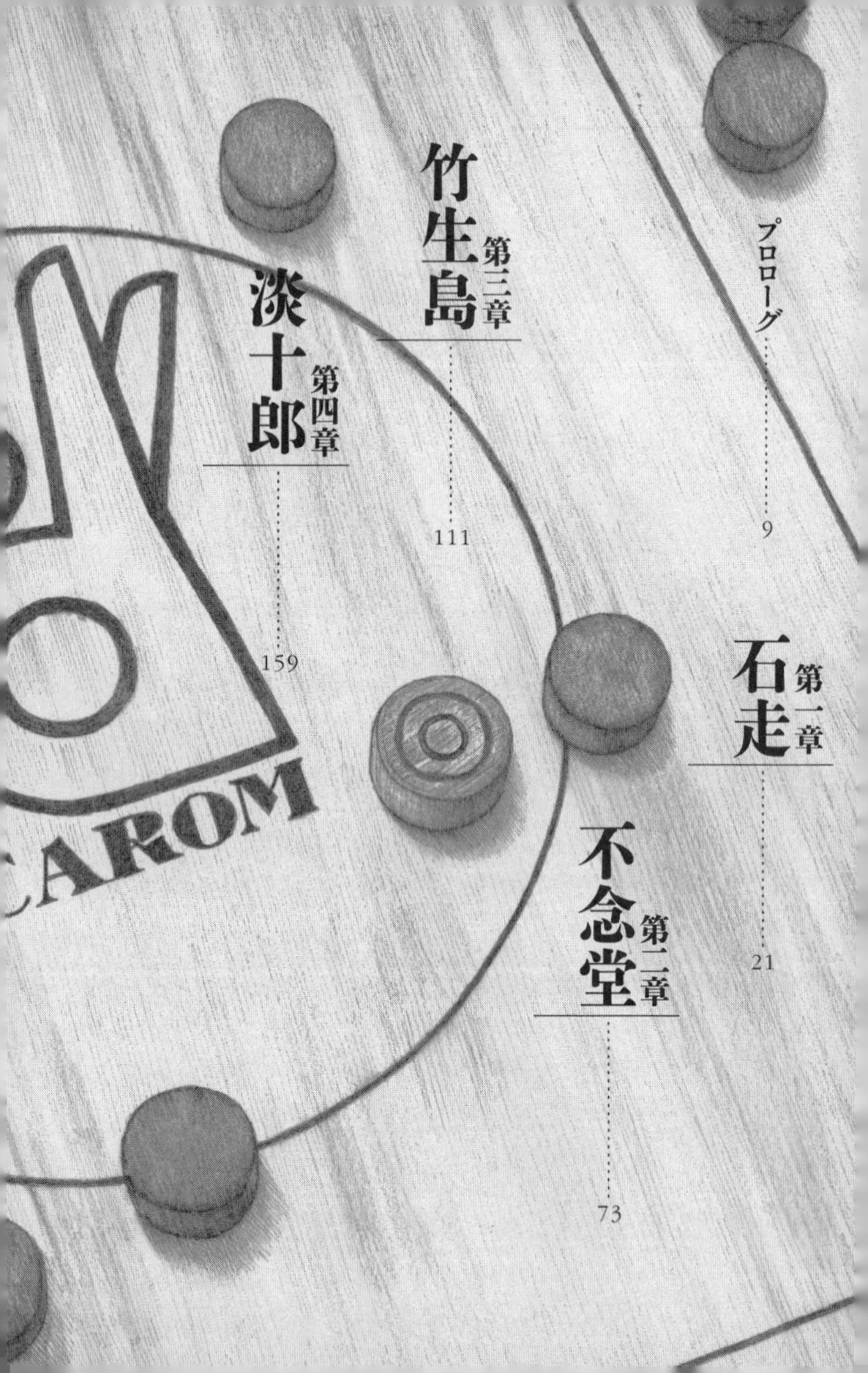
CAROM

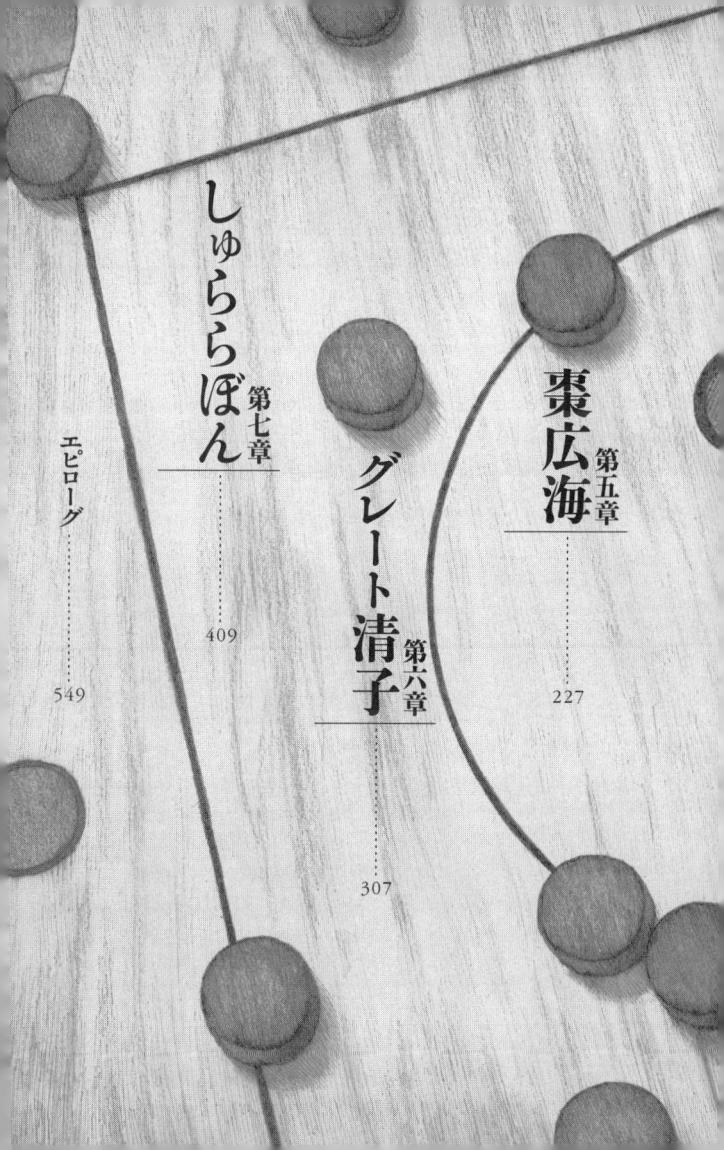

本文イラストレーション／石居麻耶
本文デザイン／岩瀬　聡

偉大なる、しゅららぼん

プロローグ

テレビの画面にひとりの男が映っている。

照明を浴びてキラキラと輝く派手なラメ入りタキシードを纏《まと》い、顔には目のまわりを覆う金色のヴェネチアンマスク。短い髪の毛をツンと立て、男はゆっくりとした口調で、テーブルを挟んで正面に座る女性に告げた。

「ここに二組のトランプがあります。これを、あなたの前にひと組、私の前にもひと組、ともに五十二枚ずつ、このように置きます。これから私は、あなたが引くであろうカードを予想し、そのカードを先に選《よ》り分けます。ではまず、私から」

男は目の前に置いたばかりのトランプをふたたび手に取り、そこからやわらかな動きで一枚引き抜くと、テーブルの上に伏せたまま差し出し、残りのトランプを元の位置に戻した。

「さあ、今度はあなたの番です」

男に促され、女性が自分の前に積まれたトランプを手に取り、危なっかしくそれを広げた。カメラは女性の背中側に回り、手にしたカードの上を何度も指が逡巡《しゅんじゅん》したのち、ようやく女性が一枚のトランプを抜き出すまでを映しだした。

「それでいいですか？」

「はい」

「本当に？」

「うーん、じゃあ、こっち。あ、やっぱりこれ」

二度、三度と引き抜いたカードを手のなかに戻し、なかなか決めることができない様子に、スタジオから笑い声が上がる。

「これに決めます」

ようやく女性は一枚を選択し、男には見せぬよう、伏せたまま目の前に差し出した。

男は「ありがとうございます」と会釈し、声のトーンを上げた。

「普通、こうしたマジックは、まずあなたが一枚選択して、そのあと私が一枚選び、それが一致する、というパターンが多いです。もしくは、私が先に選んだとしても、封筒の中に入れたり、箱の中に入れたり、いったんまわりの視界から隠す。そのとき、見えないところで何をしているかは……まあ内緒です。でも――」

男はおもむろに、目の前に置かれた自分が選択した一枚のカードを指し示し、

「私は先にカードを選び、それをどこにも隠さず、むき出しのまま、ここに置きました」

と厳かに告げた。

「一度置いたきり、指一本触れていないことは、目の前にいたあなたが証明してくださいますね」

「はい、証明します」

ありがとうございます、と男はうなずき、

「では、確かめてみましょう」

と簡単に話を進めた。

「え、これで、いいんですか？」

「はい、私はあなたが何を選ぶのか、すでに予想していましたから」

「え、でも――そんなの無理でしょう。本当にさっき、適当に選んだだけですよ」

「無理かどうかは、実際に私が選んだカードを確かめるまでわかりません」

どこまでも余裕たっぷりの男性を、女性は疑いに満ちた笑みを口元に浮かべ見返した。先ほどまでの、近々始まる自分が主演するドラマの宣伝をしていたときの抑制された表情と異なり、その視線には「そんなの無理でしょう」という女性の素《す》の感情が強く表れていた。

「それじゃあ、開きましょう」

挑戦的な響きを漂わせ宣言したのち、男はまず女性が選んだカードをひっくり返した。すぐさまカメラが寄ってアップで映しだす。

「ハートの７――なるほど」

と男はうなずき、

「では、私の一枚をめくってみましょう」

と今度は自分のカードの上に指を近づけた。

そこでいったん間《ま》を溜《た》め、しばし緊張感を演出したのち、男は優雅な手つきで自分のカードをひっくり返した。

「スペードの３――」

「え？」

途端、女性が素《す》っ頓狂《とんきょう》な声を上げた。

スタジオに一瞬、微妙な空気が流れるのが、画面越しにも伝わってくる。女性も「これでいいの？」という困惑の視線を、スタジオの人間に向けている。しかし、男の表情に動揺はうかがえない。もっとも、マスクをしているので、もともとうかがえない。

「ちょっと待ってください」

スタジオの空気を落ち着かせるかのように、男は人差し指を立て女性に対しアピールした。

「私は別に一枚選ぶ、なんて最初から言ってませんよ。私は〝選り分ける〟と言ったんです」

言葉の意味が理解できず、怪訝《けげん》な表情を返す女性に、男の口元がニヤリと曲がった。はじめて男が表情らしい表情を、面《おもて》に出した瞬間だった。

「あなたが選ぶカードを予想して、そうじゃないカードと選り分けると言ったんです。いつ、この一枚があなたのカードと同じだって言いました？」

「で、でも……」

「こちらには、まだ五十一枚のカードが残っているじゃありませんか」

男は「スペードの3」の隣に積まれたままのトランプの山を手のひらで示すと、すっと手に取り、一番底のカードを女性の目の前に突き出した。

「何が見えます？」

「ハートの7……です」

「そう、あなたの選んだハートの7を――」

男は「ハートの7」がいちばん上にくるよう、裏表をひっくり返し、元の位置に戻した。そのまま手を添えると、

「このように分けておきました」

と一気に扇状に広げた。黒いマットが敷かれたテーブルに、弧を描き鮮やかに並んだ五十一枚のカードはすべて――「ハートの7」だった。

「キャッ」

と叫んだまま、開け放した口を手で押さえる女優の前で、男はゆっくりとカメラに身体《からだ》を向けた。両手を胸の前で交差させ、顔を斜めに構えたのち、恒例の決めゼリフを放った。

「いかがでしたか？　ザッツ――KOWABY　SHOW！」

観客の拍手と歓声に包まれながら番組がCMに入ったところで、僕はそれまで詰めていた息を一気に吐き出した。

「見事なもんですなあ」

手にしたままのせんべいの片割れを口に含み、小さく拍手した。こたつ机の前に並んでともに観賞していた父も、

「うまいもんだ」

と満足げにうなずいた。母はいつものとおり、長風呂に入っている。心臓に悪くて、とても観《み》ていられないと言って、番組が始まるとすぐに逃げ出してしまった。

「天才なんだから、もう少し信用してあげたらいいのに」

といくら言っても、母は決してライブで観ようとしない。あとで録画したものを早送りで観るのだ。もっとも、そのおかげで、僕は母の耳を気にすることなく、父と感想を自由に述べ合うことができる。

「さすが、浩介《こうすけ》さん。一回目でいきなり当てないところがニクいです」

「ああやると、いかにも普通の手品っぽく見えるから不思議なもんだ。あいつなりの工夫だな。何ごともやりすぎないことが肝心だ」

父はさすが年の功といった、深い洞察を披露したのち、

「もう明日の準備はできたのか」

と話題を変えて訊《き》いてきた。

「はい、終わりました」

そうか、と父はつまみのさきいかに歯を立てながら、「もう高校生か」と僕の顔を見て感慨深げにつぶやいた。

「はい、高校生です」

同じ中学校に通っていた友達は、家に遊びに来るたびに、どうして親に敬語を使うのか、と不思議そうに訊《たず》ねてきた。確かに奇妙に映るかもしれないが、どうしてと言われても、「そういう家だから」としか答えようがない。訝《いぶか》しげな視線を返す友人の表情は、

これまで父にあまたの質問をぶつけてきた自分の顔を、そのまま鏡映しにしたように見えた。同時に、お前はやはり家でも変なんだな、と言っているようにも見えた。別に豪邸に住んでいるわけでもないし、金持ちなわけでもない。どこからどう見ても、ごくごく平凡な、一般的な家庭だ。さぞ奇妙な光景に、同級生の目には映ったことだろう。だが、「そういう家だから」としか、本当に説明のしようがなかったのだ。

「ひとつワシらも、試してみるか」

それまでちびちびやっていた焼酎グラスに、八分目まで注ぎ足すと、父はこたつ机の端の一輪挿しに手を伸ばした。陽気続きの三月のせいで、今年は桜の開花がめっぽう早い。二日前に四月に入ったばかりというのに、庭の桜はすでに散り始めている。花瓶からのぞく、母が庭から切り取ってきた桜の細枝を、父は軽く指で揺らした。それだけで、はらはらと力なく落ちてきた花弁を一枚つまみ、グラスの上に放った。

「沈めたもの勝ち」

と父は告げ、焼酎の表面に花弁が浮かんだグラスを、僕との間に置いた。

黙ってじゃんけんをした。

僕が負け、父は後攻を宣言した。

「おやおや、ずいぶん余裕ですね」

「小さいからな。難しいぞ」

「ナメてもらっちゃ、困ります」

鼻じわを寄せ、僕は咀嚼《そしゃく》中のせんべいを嚥下《えんげ》して右手を握った。

左手をグラスの上にかざし、呼吸を整えたのち、

「ふんがッ」

と荒い鼻息とともに、握っていた右手を放した。

すぐさま、グラスの様子を確かめた。しかし、ピンク色の花弁はぴくりとも動かぬままである。

「情けないやつだ」

父は両方の袖をめくり、同じく右手を握りしめ、左手をグラスの上に持っていった。

一瞬、目を閉じたのち、

「はいやッ」

と握っていた右手を放した。

廊下の奥で扉が開く音が響いた。「はあ、いいお湯だった」と母の声が続く。その声に触発されるように、グラスの内側で急に透明な焼酎が揺れ始めた。

「もう、番組終わった? 九時だから終わったわよね」

廊下の板を踏む音が近づいてきて、母が居間に入ってきたとき、内側の揺れに耐えられなくなったグラスが唐突に倒れた。

「ちょっと、ちょっと」

母親が慌てて走り寄り、頭に巻いていたタオルでこぼれた焼酎を押さえた。

「もう、何酔っぱらってるの。今日は終わり」

母は机の上を拭くと、強制的に焼酎ボトルを没収して、台所へ行ってしまった。

「お互い——ひどいですね」

母の姿が見えなくなったところで、僕はつぶやいた。

「もう不念堂《ふねんどう》を出て、三十年も経《た》つからな」

と父は言い訳がましく言葉を連ね、焼酎を奪われたショックも手伝ってか、肩を落とし、皿からせんべいを一枚手に取った。

「こんな近くでも全然駄目なのに、人を相手にあれだけ成功するんだから、やっぱり兄さんはすごいです」

「お前だって、これからうんと勉強したらいい。浩介だって、最初からできた訳じゃない」

「それはちがいます。兄さんはむかしから天才でした。何というか——素質がちがいます。はじめから両利き、みたいな感じです」

「兄弟でマジシャンになりたい、って言ってただろう」

「それは小学校のときの話です。それに、今はもう、たとえ兄さん並みの才能があったとしても、マジシャンになろうと思いません。あんな素敵すぎる格好でテレビに映るのは絶対にゴメンです。琵琶湖《びわこ》をひっくり返してＫＯＷＡＢＹってネーミングも、エッジが利きすぎていて泣けてきます。僕もうっかりデビューなんかしたら、何を強要されるか、わかったもんじゃありません」

「けど、稼げるらしいぞ。この前の正月に、いくら稼いでるんだと酔っている隙に訊いてみたら、浩介のやつ、軽く一千万超えるって言っていた」

「人間、お金がすべてじゃありません」

「モデルや芸能人との合コンも、じゃんじゃんあるらしい」

「父さん、明日から僕、せいいっぱいがんばってきます。充実した高校生活を送って、兄さんと肩を並べるマジシャンになってみせます」

と適当な言葉を並べていると、団子を盛った皿と急須をお盆にのせ、母が戻ってきた。僕は背筋を正し、今度はちゃんと真心こめて、

「父さん、母さん——これまで十五年間、本当に御世話になりました。明日から卒業までの三年間、湖の向こう側での暮らしになりますが、どうぞお身体大切に。湖西日出《こせいひので》の名に恥じぬよう、不肖涼介《りようすけ》がんばって参ります」

と改めて旅立ちのあいさつを伝えた。

「本家のみなさんに、くれぐれも失礼のないようにね」

と母は一礼を返したのち、湯呑《ゆの》みに茶を注いだ。

「選ばれた日出家の人間だけが授かる栄誉だ。存分にやってこい」

と意外に真面目な顔で告げ、父は皿の花見団子を手に取った。

翌日、朝食を終え、役場へ出勤する父を見送ってから、僕はボストンバッグを担ぎ家を出た。玄関で母に別れを告げ、バス停に向かった。庭の桜の木が生け垣を乗り越え、はらはらと歩道に花吹雪を散らしていた。少しだけ感傷的な気持ちになりながら、僕は長年住み慣れた湖西を離れ石走《いわばしり》へと出発した。

第一章 石走

卒業式の帰り道、

「四月になったら、日出《ひので》はどこから高校に通うんだ？」

と同級生のヒロやんに訊《たず》ねられ、

「石走《いわばしり》の親戚が城を持ってるから、下宿して、そこから通う」

と正直に答えたら、

「最後まで冴《さ》えてるのー、日出」

と卒業証書の入った黒筒で肩をぐりぐり小突かれたのは、まさしく僕の不徳の致すところである。

そもそも、僕は小学生のころから、その場の勢いで適当に話を作ったり、ハッタリをかましたりして、よく友人連中に嘘《うそ》つき呼ばわりされる困った子どもだった。その癖は中学校に入ってからもさして変わらず、今でもときどき、冷やごはんにコーラをかけて食べてみたらうまかった、とか、比叡山《ひえいざん》の山の端にＵＦＯを見てしまった、小さな窓が見えた、少し回転していた、とか、亀が甲羅を脱いで琵琶湖畔をジョギングしているのを追いかけた、追いつけなかった、とか、意味もなくあることないこと、いや、ないことないことばかり吹聴《ふいちょう》する妙な男を三年間、教室で演じ続けた。おかげで、男には妙な人気があった。おもしろいやつと、どちらかと言えば一目置かれた。しかし、女子のほうはからきしダメだった。

で瞬時に終了した。比較的男女の距離感が近いと思われる学校だったが、中学三年間を通し、バレンタインのチョコをくれたのが母親だけだったのは、実に残念な思い出だ。

「日出？　ないわー」

僕は兄のように、温厚で忍耐力あるタイプではないし、父のように達観して高校卒業と同時に村役場に就職し、こつこつ真面目に働けるタイプでもない。小学校の中学年あたりから、自分という存在に向き合い始め、以後、性格が妙な方向にねじ曲がってしまったのは、今振り返っても、ごくごく自然な成り行きだったと思う。よく、幼少期に心に強いストレスを抱えると、人格形成に支障をきたすというが、まさに僕はその好例じゃなかろうか。小学四年生のとき、教室でセアカゴケグモを見かけたと適当なことを並べ、小学校を大混乱に陥《おとしい》れた。ほどなくウソがばれ、母が学校に呼び出されたときも、父は決して僕を叱らなかった。父は知っていたのである。ほんの数日前、十歳の誕生日を迎え、改めて日出家の真実を知らされることになった僕が強い混乱に陥っていることを。さらには、「本当のこと」を言えないがため、僕が「本当でないこと」を言うしかない状況にあることを。相手を煙《けむ》に巻くよりほか、僕だって自分を煙に巻く術《すべ》を知らなかったのである。

本家に行くことは得体の知れぬ魔窟へ足を踏み入れるようで、正直なところ今もあまり気が進まない。だが一方で、この石走行きを僕はずっと心待ちにしていた。地元の高校に進学する友人連中とお別れするのはつらかったが、十歳の誕生日以来、ようやく自分と折り合いをつけられることへの期待がそれに勝った。

米原《まいばら》行きの電車に揺られ、僕は左の車窓にきれぎれに現れる、傍目《はため》には海のようにしか見えない、広大な汀《みぎわ》を眺めている。

その汀のぬしは、どういうわけか僕に生まれながらにして妙な力を押しつけてきた。そのことについて僕は今でも相手を憎んでいるが、結局のところ絶対に勝てっこないことも知っている。

その永遠に敵《かな》わない相手である琵琶湖は、今日も陽の光を存分に受け、ずいぶん偉そうに青空の下で居座っていた。

＊

琵琶湖《びわこ》の東の地域を、湖東《ことう》と呼ぶ。

対して、西の地域を湖西《こせい》と呼ぶ。

さらに、琵琶湖東岸にある長浜《ながはま》より北を、湖北《こほく》と呼ぶ。

その湖東と湖北のちょうど境目、琵琶湖に面した小さな街が石走である。

僕の住む湖西から石走に行くには、いったんJR湖西線で京都の山科《やましな》まで出て、そこから東海道本線の新快速で米原下車、さらに北陸本線で北に向かうのがいちばん早い。長浜より手前の、鈍行だけが停まる石走までだいたい一時間半の道のりだ。

石走は古い城下町である。

駅に降り立った僕は、閑散とした駅前ロータリーを眺め、「ああ、こんな感じだった淡《たん》なあ」としばしたたずんだ。石走に来るのは、小学三年生のとき、本家の当主だった淡八郎《はちろう》じいさんが亡くなって以来のことだ。あのときの葬儀は、今思い返してもすごかった。このロータリーから城まで、沿道がすべて人で埋まっていた。もう六年も前のことなのに、何ら記憶は色褪《いろあ》せない。火葬場へ向かうバスの窓から外の様子を眺め、滋賀じゅうはもちろん、大阪、京都からも集まったという人々の列に、子ども心におそろしい家だとつくづく感じ入った覚えがある。

ロータリーにはタクシーが二台だけ停まっている。時刻は午前十一時を過ぎたばかりだ。ひょっとして迎えが来ていやしないか、と密《ひそ》かに期待したが、そんな気配はついぞ感じられない。そもそも、道行く人が誰もいない。

仕方がないので歩き始めた。

楕円《だえん》を描く駅前ロータリーを横切る途中、中央部分の歩行エリアで、兜《かぶと》をかぶり、槍《やり》を手にした立派な武者姿の銅像の前を通った。台座の隣に、小さな説明プレートが置かれているので近づいて読んでみると、徳川家康の三河時代からの忠臣で、初代石走藩藩主の像と書いてある。関ヶ原の戦いでの戦功を評価され石走七万石を与えられたのち、石田三成の居城だった佐和山《さわやま》城の遺構を彦根《ひこね》城と分け合い、石走城を造ったのだそうだ。

凜々《りり》しい眉毛と太い髭《ひげ》がいかめしい殿様の顔を改めて見上げたのち、しばらくお宅にお世話になります、と頭を下げ、ロータリーを渡った。端がほつれたのぼりが寂しげに翻《ひるがえ》る、閑散としたパチンコ屋、カウンターに店員のいないハンバーガー屋、日焼けしてしまって誰が写っているのかわからないポスターが玄関脇のガラスケースに収まった保険会社を通り過ぎ、シャッターを閉めた商店が目立つ駅前通りを進んだ。

最初の交差点角に、滋賀のあらゆる街に羽ばたいている、鳩のロゴマークを掲げたスーパーが、周囲と見比べても抜きんでて高い、五階建てでそびえていた。さすがにこのサーモンピンクの建物前だけは、歩道脇に自転車が並び、人の出入りもそこそこ多い。しかし、それを越えるとまたシャッター通りが続く。ときどき信用金庫、和菓子屋、石材店、建築事務所が思い出したように、店を開いている。

シャッターが下りた商店に左右を挟まれ、むかしながらの洋品店がぽつんと営業していた。ショーウィンドウに飾られた学生服を見て、そう言えば高校の制服やカバンといった新学期に必要なものを、まだ何も用意していないことを今さらながら思い出した。高校の入学式は明日である。にもかかわらず自分が通う高校の制服のデザインすら、僕は知らない。本家が何も教えてくれないから仕様がない。本家が事前に伝えてきたのは、「必要最低限の荷物を持って、四日に石走に来ること」

それだけだった。

これから三年間、僕が通う高校の授業料および生活費はすべて、本家が肩代わりしてくれることになっている。多少の文句は我慢しなくてはならないのかもしれないが、もう少し親切でもいいのではないかとも思う。こういうとき、僕は例の「そういう家だから」を心で唱えてみる。この場合の「家」は、琵琶湖畔の街々に散らばっている、日出一家全体を指す。不思議なことに、あきらめと一緒にたいていの不満は流れ去ってくれる。

それにしても、父の言っていたとおりだった。

駅からここまでの間に、歩道、車道を含め、どこにも石走城への案内標識がない。そもそも、駅前からして周辺地図のひとつもなかった。観光案内所など当然あるはずもなく、駅前通りも駅から一直線に延びてはいるが、途中、城の存在を知らせる情報は皆無である。唯一、ロータリーの藩主像足元に設置された説明プレートに、城の記述があったくらいだ。

父から聞いた話によると、明治のむかしにこの土地に鉄道がやってきたときから、線路の敷き方はもちろん、駅前の区画整理、道路の配置まで、すべてに日出本家の意向が反映されているそうだ。その目的はもちろん、駅とかつての城下町を切り離すためである。

駅前から続く商店の列が途切れ、歩道を覆う屋根が終わると、ようやく左手にこんもり緑に覆われた小山が見えてきた。高さはないが、そこそこ幅のある山が、平野部にぽつんと居座っている。ところどころ桜が霞《かすみ》を引くように、山肌の緑に混じっている。もしも何も知らず石走駅に降り立った人が、ここからあの山を見ても、万に一つも、あれが城だとは気づくまい。僕ですら、

「駅前通りをしばらく進むと左手に見える」

と事前に父に聞いていなかったら、

「あそこに何やらひとつだけ、山がありますなあ」

とこのまま琵琶湖まで突っきってしまいそうだ。父によると、駅側の山肌に建っていた櫓《やぐら》はすべて破却し、わざと自然の山と変わりない外観にしているのだという。もともとが石走山に築いた城だ。建物がなければ山に戻るのは道理である。

　政党のポスターがべたべたと貼《は》られた、古い建物の前を通り過ぎる。ガラス越しに、じいさまばあさまがパイプ机のまわりに集って、ぼんやりとテレビを観《み》ている様子がうかがえる。ときどき、車道を走るバスが追い越していく。すでに歩道は消え、車道の端を進むしかないので、肩の先をバスが通るととても迫力がある。

　バス側面の行き先の表示に、何度か「市立石走高校前」の文字を認めた。明日から僕が通う高校の名だ。いったい、どんな高校なのだろう？　実のところ、僕はまだ一度も学校の校舎を目にしていない。あり得べからざる話なのだが、僕は高校受験をしていない。「市立」石走高校にもかかわらず、すべては日出本家の肝いり、ツルのひと声で、あっさり入学が決まってしまったのだ。

　一応、受験勉強はしていたが、当然試験に対する緊張感や必死さとは無縁の生活を送っていたため、

「よくお前が受かったな」

　とまわりにはさんざん冷やかされた。そのたびに、

「裏口だからな」

　と正直に告白してみたが、これまた「あいかわらずな日出」で済まされ、誰も信じて

くれなかった。

父によると、県知事をはじめ、近隣の市長村長、国会議員は、選挙に当選するとこぞって日出本家にあいさつに出向くそうだ。ならば、僕ひとりの名前を高校の合格者名簿に添えることなど、朝飯前のことだろう。

ちなみに、この事実を母は知らない。ありもしない「推薦枠」で高校に合格したと思っている。そもそも、母は僕が石走に行く理由すら理解していない。父から、日出家の子女で優秀な者は、本家が特別に奨学生として招く伝統がむかしからある、という話を鵜《う》呑《の》みにして無邪気によろこんでいる。実際に七年前に兄が、さらには数十年前には父が石走に招かれているのだから、奨学生の話自体は本当だ。そこで、みっちり勉強させられるのも本当だ。ただ、招かれる理由だけが世間一般の常識と異なる。僕が石走に行くのは、生まれて三日後、「涼介《りようすけ》」と名づけられたときからすでに決められていたことだった。

駅前から歩き始めて三十分、「馬場町」という標識だけが置かれたバス停を通り過ぎ、ようやく、城をぐるりと囲む堀が見えてきた。幅の広い堀の向こうに、水面から突き出した背の低い石垣、その上に草で覆われた土手が続いている。土手には樹木が立ち並び、石垣と堀を視界から外すと、目の前にそびえる風景はまさに山である。

ここまでバスに乗ってくればよかった、と今さら気づきながら、堀端に等間隔に植えられた柳の下から堀をのぞいた。大きな鯉《こい》が墨汁を滲《にじ》ませたような鱗《うろこ》をぬめらせ泳いでいた。葦《あし》の生い繁った堀の中央では、水鳥がのんびり浮かんでいる。帯のように葦が続く先に視線を向けると、ゆるい弧を描いて、城へと続く橋が水面に線対称のシルエットを映しだしていた。

　橋の手前に到着したところで立ち止まり、肩からかけたバッグの位置を正した。急に緊張が高まって、僕は大きく深呼吸した。握りしめた手のひらが、じっとりと汗で濡れていた。

　幅三メートルはあろうかという立派な木造の橋の向こうに、さらに間口の広い城門が脇を石垣に挟まれ悠然と構えていた。とてつもなく大きな扉が二枚、正面でぴたりと閉じている。その両脇を、見たこともないほど太く四角い柱が二本、がっしりと支え、さらにその外側にはくぐり戸が左右に二枚、その頭上からは厳《いか》めしい瓦屋根が、深い庇《ひさし》の影を地面に落としていた。

　身を固くして一歩、足を踏み出した。整然と板が並ぶ橋の中央に、車線のように細い鉄板が敷かれていた。なぜかその鉄板の上を律儀に踏んで進んだ。巨大な扉の前で立ち止まると、城門はなおいっそう無言の圧力を増し、無愛想に僕を見下ろしていた。鉄《くろがね》のような硬質な光沢を放つ扉の表面に触れると、ほんのり冷たい木の感触が指先に伝わった。柱に打ちつけられた、

「日出」

という立派な表札を見上げ、僕はくぐり戸脇のインターホンを力強く押した。

　今日から僕が世話になる日出本家は、この石走城に住んでいる。

＊

インターホンを押して、ゆうに五分が経《た》った。

しかし、何の応答もない。ひょっとして、来る日にちを間違えたかと不安になったが、いや、冷蔵庫のメモにちゃんと四日と書いてあったぞと思い返し、表面のあちこちが剝《は》げた牛乳箱の隣に設置されたインターホンに、もう一度手を伸ばしかけたとき、ようやくくぐり戸が軋《きし》んだ音とともに開いた。

小柄な男性が、扉の向こうから顔をのぞかせていた。顔が小さく、目の細いご老人だった。植木職人が着ているようなはっぴを纏《まと》い、かごを背負っていた。かごには枯れ枝や葉っぱが七分目ほど詰まっていた。

「あ、あのう、湖西から参りました、日出涼介です」

と慌てて名乗ったら、扉がさらに開き、無言で内へ招かれた。「お世話になります」という僕の声を聞いているのかいないのか、扉を閉め、老人はさっさと先だって歩き始めたので、急いであとを追った。

木々に囲まれた広い道をしばらく進むと、ふたたび堀が見えてきた。ああ、こっちは内堀かと気づいたとき、工事中なのか堀を塞《ふさ》ぐように、何かを覆う青いシートが目の前に現れた。老人はシート脇の階段から、堀へと下りていく。どこへ行くのかと思ったら、低い石垣に沿うようにして、小さな舟着き場が設けられていた。

老人は横付けされた一艘《いっそう》に乗りこむと、背中のかごを板底に下ろした。時代劇に出てくるような、木でできた、底の浅い細長い舟だった。老人は僕を見上げ、指先で舟の前方あたりを示した。バッグを腹の前に抱え、おそるおそる指差された場所に乗りこむと、ぐらりと舟が揺れた。

「よぉいしょォ」

と艪《ろ》に手をかけ、老人がはじめて言葉を発した。ひどくしわがれた声だった。僕は改めて振り返って頭を下げた。老人の目はやはり細く、あまりに細すぎて白目が見えないくらいだった。六十歳なのか七十歳なのか、判別つかぬ顔をしていた。それでもしわの多い顔に、垂れた眉が加わると、自然と笑っているように見えて、今がどういう状況か皆目わからずとも、少しだけ安心できた。

老人の背後には、堀を横断するように工事用シートがかかっている。どうやら橋を修理しているらしい。足場が橋の底に密に組まれているのがシートの隙間から見える。

「あの……橋が修理中だから、舟なんですか?」

船頭の老人は「へい」とうなずき、

「ぐるりと向こうに回ったらもう一本ありますが、歩くとえらい遠回りになるんで、舟で参りましょう」

と艪に力をこめた。ぐいと舟が進んだ拍子に、藍色のはっぴが風に靡《なび》いた。何だか、江戸時代にまぎれこんだような気分だった。

舳先《へさき》に顔を戻すと、右手に背の高い石垣が延々と続く様が目に飛びこんできた。石垣の上からは、樹木が勢いよく枝葉を伸ばしている。外堀で見た石垣と異なり、反《そ》り立った石積みからは、外敵の侵入を拒む強い意志が感じられた。堀を隔てて左手に視線を向けると、なぜか、前方に馬の尻が見えた。真っ白な馬が、白い尾っぽをしゃらしゃらと揺らして、堀端を悠々と進んでいた。僕はぽかんと口を開け、その尻を舟から見上げた。

舟が馬に追いつき、ゆっくりと追い越す間、僕は規則正しく鼻先を上下する、迫力ある馬の横つらと、その真っ白な首筋に垂れた、鮮やかな朱色の飾りに目を奪われ放しだった。追い越すタイミングに合わせ、背後で老人が目礼を交わす気配を感じた。そのときになってようやく、馬上の人に注意が向いた。

ずいぶんとぽっちゃりした女性が、馬に乗っていた。

長袖Tシャツにジャージの下という、そこらのコンビニに行くような格好で、女性は鞍《くら》の上で揺れていた。

舟が完全に馬を追い越したとき、女性がちらりと視線を落とした。目が合った瞬間、僕は慌ててお辞儀した。顔を上げたときにはすでに、女性は前方に向き直っていた。限界まで首の位置を維持したが、あいさつを返してくれる気配もないので、仕方なく首を戻した。

「清子《きよこ》さんですぁ」

と距離があいたところで、老人がかすれた声でつぶやいた。

あれが、と僕はもう一度振り返りそうになるのを、何とかこらえた。「グレート清子」の名前なら、兄から聞いて知っている。先月、帰省した兄とこたつで二人、テレビ

のマラソンを観ながら、石走に行くことについて何か弟にアドバイスはないか訊ねてみたら、

「清子には気をつけろ」

とやたら深刻な顔で告げられた。清子とは誰かと訊ねると、日出家の長女だという。同い年だったため、石走滞在中の三年間、兄と清子は同級生として高校に通ったらしい。気をつけるって何を？　と訊ねると、

「あんな性格の悪い女、これまで会ったことがない」

と温厚な性格の兄が、めずらしく口元を歪《ゆが》め答えた。

「その人、不念堂《ふねんどう》でもいっしょだったの？」

「もちろん。〝清子〟だからな」

「で、どうだったの、その人？」

兄はこたつの上のみかんを手に取ると、「うーむ」と唸《うな》ったのち、しばらく無言で皮をむいていたが、

「グレートだった」

とぽつりとつぶやいた。何がグレートだったのか訊ねても、教えてくれなかった。ただ、「会ったらわかる」とだけ言われた。おかげで「グレート清子」という名前が、強く印象に残った。最後に「その人、美人？」と訊ねたら、結構本気で小突かれた。

「あいつ、今は何してんだろ？　高校卒業してから、会ってないからなあ」

とみかんの白い繊維をこまめに取り除きながら、兄は独りごちていたが、兄さん、グ

レート清子は今、暴れん坊将軍のオープニングに出てくるような白馬に乗って、堀端を散歩しています。さっそく、あいさつを無視されました。何がグレートなのかまだわかりませんが、そのポテンシャルは十分に感じ取れます――。

いまだ出会いの興奮に騒ぎ立つ心を乗せ、舟は穏やかな水面を進んでいく。外堀と違い、内堀には葦が生えていない。舟が近づくのに驚いた水鳥が、ときどき忙《せわ》しなく羽ばたいて、水面を駆けていく。

石垣に沿ってほとんど直角に堀がカーブするのに従い、老人は「よい」というかけ声とともに舟の進路を変えた。曲がった先に、舟着き場が待っていた。老人は艪を器用に操って、舟を脇に寄せると、杭に船底のロープをかけ、大儀そうに立ち上がった。

舟を降りて空を仰いだら、のんびりとんびが舞っていた。切り通しのように石垣が割れた間に築かれた石段を、老人に従って上る。かごを背負っていても、老人はかなりの健脚である。油断するとすぐに距離が開いてしまうので、僕はずいぶんペースを上げてあとを追った。

僕が石走城に足を踏み入れるのは、実のところ、これがはじめての経験だ。六年前の淡八郎じいさんの葬式は、城ではなく琵琶湖畔の日出家の菩提寺《ぼだいじ》で行われた。滋賀じゅうの日出一族が一堂に会したため、親族だけでもすさまじい人の多さだった。おそらくその場に、先ほどの清子もいたのだろうが、もちろん記憶にない。ただ、喪主の淡九郎《たんくろう》おじのひんやりとした横顔と、痩身の夫とは対照的に、でっぷりとした幸恵《さちえ》おばの喪服姿だけを、ぼんやり覚えている。

階段を上ると、一気に視界が開けた。大きめな枝振りの梅の木が、適度な距離を保ち、見渡す限り植えられていた。梅林の中央を貫く道を進むと、またもや石垣が現れ、老人はそれを迂《う》回《かい》するように左手に曲がった。今度は石垣に沿って、五十メートルほど藤棚が続く。そう言えば先ほどから、土の道の上に、一枚の木の葉も落ちていないことに気がついた。我が家の狭い庭よりも、よほど手が行き届いている様子に思わず、

「これ、全部ひとりで掃除するのですか？」

と訊ねると、

「いいえ、七人みんなでやってますぅ」

と老人は振り返って、大げさなほど手を振って答えた。

この城の大きさに、七人という数が多いのか少ないのかわからないが、とにかく一日中仕事が途切れることはないだろうな、と前方に揺れる老人の背中のかごを見つめていたら、

「じゃあ、ここで」

といきなりかごの動きが止まった。

「え？」

「わしはここまでお連れするようにと言われてきましたんで。あとはここを上ってくださったら、御殿でございますぅ」

と頭を下げ、老人はさっさと立ち去ってしまった。

「あ、ありがとうございました」

僕の声に振り返ることもなく、石垣の角を曲がって老人の背中はすぐに見えなくなった。

急な別れに、何だか置き去りにされた気分を味わいながら、僕は右手の石垣を見上げた。傾斜のある石積みにへばりつくように、石段が「く」の字を描き、上を目指していた。いよいよこの先が「本丸御殿」である。僕は改めて気を引き締め、石段に向かった。

「く」の字の折り返し部分で一度立ち止まり、踊り場を覆い尽《つ》くす勢いで枝を伸ばす、巨大な桜の老木を仰いだ。真下からのぞくと、まりのように膨らんだ花弁の集まりが、何百何千と重なり合い、見事なまでの満開だった。頭の上を越え、背中へと広がるピンク色の雲を目で追いながら、ふと背後に視線を向けたとき、

「おお」

と僕は思わず感嘆の声を上げた。

蒼《あお》い、蒼い琵琶湖が広がっていた。

石垣を背にした僕の眼前に、何ものにも邪魔されることなく、一面の琵琶湖が展開されていた。

ほふう、とため息をついて、僕は正午近くの陽差しを受け、音もなく光とともに騒ぐ湖面を見つめた。

それは十五年間、僕が湖西で見てきたものとは、まったく異なる風景だった。彼方《かなた》に比良《ひら》の山々がくっきり稜線を描き連なる様が、何より石走に来たことを率直に伝えてくれていた。湖東から見た琵琶湖の姿は、色も、たたずむ気配も、その上を漂う雲の形も、

湖西のそれと何かが違って見えた。差しこんだ光が細かい線となり、すだれのように湖面を覆う絵は同じはずなのに、どこか気配が違う。それは、とても不思議な感覚だった。

ふと、湖面右手にうっすらと浮かぶ島影に気がついた。

竹生島《ちくぶしま》だ――。

僕は吸いこまれるように、淡い影となって遠方に漂う、過去に二度だけ、訪れたことのある場所を見つめた。

はじめて訪れたのは、生後三日目のことだった。そこで僕は父の腕に抱かれ、鳥居の下で大泣きに泣き、おでこに置かれたかわらけに注がれたご神水をほんの少しだけ撥《は》ねさせた。

その瞬間、僕の名前は「涼介」に決まった。

ついでに十五年後、こうして石走に来ることもまた、同時に決定したのである。

＊

「ごめんください」

異様に広い玄関にひとり突っ立ち、これまた異様に大きな沓脱石《くつぬぎいし》の前で、僕は声を上げた。

目の前には、一畳はありそうな巨大な屏風《びょうぶ》が視界を塞いでいる。山水画のようだが、古くなりすぎたのか、屏風全体がしぶい銀色を発し、もはや何の絵かわからない。

「ごめんください、お邪魔します。湖西から参りました日出涼介ですが」

いくら待っても反応がないので、もう一度声を上げてみた。今度は、

「はあい、ただいま」

という甲高《かんだか》い声が遠くに聞こえ、しばらくして屏風の向こうからエプロン姿の女性が小走りで現れた。

「あら、どなた？」

片手にはたきを持ち、三角巾を頭にかぶり、マスク姿というまさに絵に描いたような「お手伝いさん」スタイルで女性は屏風の隣で足を止めた。年は二十代半ばくらいだろうか。やたらと背が高い女性だった。もともと高い玄関の段差を加えると、ゆうに二メートルは超える位置に顔がある。僕はたじろぎながらも、相手の顔を仰ぎ、

「あの、今日からお世話になります、日出涼介です」

と名乗った。すると女性は、「ああ」とくぐもった声を上げ、「そう言えば」とつぶやいたのち、

「ちょっと待ってて。あ、上がってくれていいから。靴もそこに置いておいて」

と残して、屏風の裏に消えていった。

靴を脱いで、玄関に上がる間、屏風の向こうから声が聞こえてきた。「はい」「はい」「はい」と三度連続してから、「わかりました」と女性が返事した。首を伸ばして裏をのぞくと、屏風に接するように小さな机が置かれ、その上に電話機と一輪挿しが並んでいた。

「じゃ、こちらへどうぞ」

受話器を置いた女性が案内するのに従って、僕は建物の中に進んだ。何度も角を曲がり、ときに橋のようなものを渡り、四面を建物に囲まれた中庭を二回、三回横手に眺め、ひたすら歩き続けた。さすがは「本丸御殿」、噂《うわさ》どおりシャレにならぬ広さだった。ちなみに、この「本丸御殿」というのは比喩《ひゆ》ではない。本物の「本丸御殿」という意味である。そう、日出本家は日本で唯一、江戸時代から現存する本丸御殿で実際に生活している家族なのだ。

いったいどこをどう進んだのか、五分以上は歩いて、ようやく一室の前にたどりついた。それまで、廊下は歩くたびみしみしと板の継ぎ目が音を鳴らし、壁は白の漆喰《しっくい》で塗り固められ、柱は年季の入った鈍いつやを纏い、目に映るものすべてが純然たる日本家屋の装いで統一されていたのに、いきなり重厚な外国調の木製扉が現れたものだから面食らった。

女性がノックすると、「入れ」という声が内側から聞こえた。「どうぞ」と女性に通された部屋は、外の様式とは似ても似つかぬ、完全な洋室の造りだった。壁紙も家具も照明も、内装はすべて濃い茶色で染められ、床には深い色合いの臙脂《えんじ》の絨毯《じゅうたん》が敷かれている。むせかえるような、いかにも高級な雰囲気に、入り口のところで立ちすくんでいると、

「涼介か」

と部屋の中央に置かれた大きなデスクの向こうに座る人物が、鋭い声を発した。

淡九郎おじだった。

おじといっても、別に父の兄弟や従兄弟《いとこ》というわけではなく、「遠い親戚のおじさん」という意味である。ちなみに、僕にとってのこの「おじ」は、日出家全体でゆうに百人を超える。その数多い「おじ」たちのトップに立つのが、この日出淡九郎——淡八郎じいさんの跡を継いだ日出本家当主である。

「そこへ座れ」

頭の後ろまで背もたれが伸びている、革張りのチェアに身体《からだ》を深く沈ませたまま、おじは短く命じた。

初めて間近で見る淡九郎おじは、とても痩せぎすな体格をしていた。濃いグレーのスーツを纏い、あまり量の多くない髪の毛をオールバックにしていた。鼻が高く、彫りも深い。色白というよりも、蒼白い肌の色の持ち主だった。痩せたロバート・デ・ニーロのような、どこか大げさな顔つきの真ん中で、二つの目が炯々《けいけい》と、品定めするようにこちらに向けられていた。

「洋介《ようすけ》さんから、電話で話は聞いている」

背中のドアを閉め、僕がデスクを挟んで向かい合うひとりがけソファに腰を下ろすなり、おじは父の名前を口にした。

「力のことが、嫌らしいな」

用意していた「これから三年間、よろしくお願いします」という初対面のあいさつを伝える間もなく、いきなり突きつけられた単刀直入な問いかけに、

「いえ、そんなことは……」

と僕がしどろもどろになっているところへ、

「この力は、我々がいにしえに神から授かったものだ。そのくらいのことは知っているだろう？」

と容赦なくおじは畳みかけてきた。

「え、ええ……はい、もちろん知ってます」

「じゃあ、どうして、嫌なんだ」

じっと僕の目を見据え、おじは冷たい声を放った。

「いや――それは、その……」

僕はやはり言葉に詰まり、おじの視線から逃れるように顔を伏せた。

どうして、力を持つことが嫌なのか？

じゃあ、逆にどうして嫌じゃないのか、と訊《き》き返したい。

どうして、他人の心に入りこんで好き放題できる力を持って平気でいられるのか。どう考えてもおかしいのは、そっちのほうだろう――。これまで散々、心に溜《た》めこんできた鬱屈《うっくつ》した思いが、胸の奥で騒ぎだす。だが、それをここで口にすることはできない。ここは日出本家、目の前に座るのは日出本家当主である。本家の今日の栄華は、まさにこの力によって築かれたものだ。まかり間違っても、

「そんな、人に『買いたい』と無理矢理思わせて、それで稼ぐなんて、反則でしょー」

と当人の前では絶対に言えない。

返事を寄越《よこ》さない僕に苛立《いらだ》ちを募らせているのか、視界の隅に、デスクから少しだけはみ出したおじの膝頭が、神経質に揺れているのが見えた。何か言わなくてはと思うが、目を伏せていても前方からびんびんと押し寄せてくる、日出本家当主の強烈な威圧感に、まともに顔を上げることができない。

おじがどの程度、力を使うのかは知らないが、こんなことならいっそ僕の心をのぞいてくれたらいいのに、と思う。そうしたら、十歳の誕生日、僕が父から力の意味を告げられたときに始まった、我が心の「ねじれの軌跡」を存分に理解してもらえるはずだ。だが、残念なことに、力を持つ者は、その心に誰の侵入も認めない。皮肉な話だが、力を持つ者同士では、あくまで通常のコミュニケーションしか許されないのだ。

「まったく――」

急に鋭い舌打ちが響き、僕は思わず顔を上げた。

「どいつもこいつも、困ったものだ」

いつの間にか、おじは天井を眺め、肉の薄そうな頰に右手を当てていた。どこかあきらめたような、妙に素っ気ない声色だった。果たして僕に対する失望の表れなのか、それとも関心自体そもそも薄かったのか、そこからおじの感情を読み解くことはできなかった。

「まあいい、ワシも他人の家のことをとやかく言う資格はないからな」

となぜか自嘲《じちょう》めいた響きを言葉の端にのせ、おじは身体を背もたれから起こすと、

「入学式はいつだ？」

と唐突に話題を変えてきた。

「明日です」

「明日？」

「は、はい」

「今ごろ悠長にやってきて、学校の準備はできているのか？」

え、と僕は思わず甲高い声を上げた。

「あのう……用意はこちらでしてくれているものと――、連絡もいっさいなかったですし」

「連絡？」

おじは眉間の表情を急に険しくして、僕の顔を睨《にら》みつけた。

「それは、幸恵からか？」

今回の石走行きについて、これまで母とやり取りをしていたおばの名に、僕は素直にうなずいた。

「あのバカがッ」

吐き捨てるようにつぶやき、おじはいきなりチェアから立ち上がった。

「幸恵はおらんッ。あいつはずっと韓国だ。いつ帰ってくるかもわからん。トーコ、トーコはいるかッ」

と部屋に響き渡る荒々しい声を発した。何が起きたのかわからず、ぽかんと口を開けている僕の背後で、

ドアから顔をのぞかせていた。

「はい、何でございましょう」

と静かな声がした。

振り返ると、先ほどのマスク姿の女性が長い首を伸ばし、ドアから顔をのぞかせていた。

「幸恵から、明日の入学式のことについて何か聞いているか？」

いいえ、と女性は顔を横に振った。

「おそらく全部放って韓国に行ったんだろう。代わりに準備してやってくれ」

女性はちらりと僕に視線を寄越し、「制服もですか？」と訊ねた。

「採寸はしたか？」

おじは依然険しい表情のまま、僕に顔を戻した。一瞬、視線を合わせただけで、僕の返事も聞かぬうちに、

「制服もだ」

と命じた。

「淡十郎《たんじゅうろう》が持っているだろうから、それと同じものを作ってやれ」

「淡十郎さんのでいいのですか？」

「いいに決まっているだろう。同じ学校に行くんだから」

とおじは無駄なことを言わせるな、とばかりに語気を強めると、

「もう、昼食会に行く時間だ。今日は、晩もいらん」

と足早にデスクを回り、僕の脇を抜けていった。慌てて僕がソファから立ち上がると、

「そうだ涼介」

とおじはドアの前で振り返った。

「お前は不念堂に入るんだな」

妙に念を押すような口ぶりに、当たり前じゃないか、そのために石走まで来たのだから、と訝《いぶか》しく感じながら僕はうなずいた。

「だそうだ――」

聞き取りにくい声ながら、確かにおじがそう言ったように聞こえた。だが、誰に言っているのかわからぬまま、おじは部屋を出た。

「よく勉強しろ」

今度ははっきりと響く言葉が廊下から聞こえてきた。板を踏みならし去っていくおじの足音を聞きながら、僕は足元のボストンバッグを手に取った。ほんの短い間の対面ながら、どっと疲れを感じた。

部屋を出ると、依然はたきに三角巾、マスク姿の女性が立っていた。僕は身長百七十センチ弱だが、どう見ても十センチは背が高そうである。

「じゃあ、まず部屋に案内しようかしら。湖西からの荷物も届いているから。そのあと、採寸ね。仕立屋さんを呼ばなくちゃ」

ああ、いそがしい、いそがしい、と繰り返し、女性は淡九郎おじが去った方向とは別の廊下へ歩き始めた。先ほどから、ずっと鼻をぐずつかせているうえに、移動しながらエプロンから透明なゴーグルまで取り出したので、「花粉症ですか？」と訊ねたら、

「そうなの。天守台のあたりに、バカみたいに高いスギがいっぱい生えているから、たいへん」

と恨めしそうに鼻をズズと鳴らした。

「涼介くんは、ここははじめてだっけ？」

「はい、城に入るのははじめてです」

「この家、本当に迷子になっちゃうから、慣れるまで気をつけてね」

格子窓を閉め切っているせいで、陽が入らず薄暗い廊下を女性は足早に進んだ。廊下の左右に控える部屋は、襖《ふすま》が開け放たれたものもあれば、閉じられたままのものもあった。襖の開いた部屋はいずれも似たような和室ばかりで、薄暗く、がらんとして、さびしげだった。

「そういえば、浩介《こうすけ》さんって、あなたのお兄さんなの？」

右手に枯山水《かれさんすい》の小さな庭が現れ、開け放たれた縁側から、ふたたび太陽の光が戻ってきたところで、女性が急に首を回し訊ねてきた。

「はい、そうです」

「昨日のテレビ、観たわよ。ざっつ、こわびーしょー、でしょ？」

女性は両手をエプロンの前でクロスさせ、兄の決めポーズをしてみせると、「でも、あれ、ちょっと格好悪いわよね」とくすくす笑った。

あのポーズは兄が考えたのではなく、兄の師匠のアイディアを強要されたものです、と弁護してやりたかったが、いったいこの女性が何者かわからないので、僕は口をつぐんだ。ただのお手伝いさんにしては、妙に慣れ慣れしいというか、遠慮のない口ぶりである。先ほども、淡九郎おじに対して、あまりへりくだった態度を取っているようには見えなかった。すれ違うときも、僕より背の低いおじを、存分に見下ろしていた。

「でも、浩介さん、本物の手品もうまいのよね。だって、トランプを捌《さば》く手つきなんて、見事だったもの」

「はい、むかしから手先が異様に器用だったので……」

と口にしたところで、僕はハッとして顔を上げた。「本物の手品もうまい」とはどういうことか。

ひょっとして、兄のことを知っているのか？　という僕の驚きを読み取ったかのように、

「ああ、大丈夫よ、心配しないで。私もトーコだから」

と女性は肩越しに僕を見下ろし、透明なゴーグルの向こうからいきなりウインクしてきた。

「え？」

「さっき、淡九郎さんが言っていたでしょ。トーコって、私の名前。難しいほうの『濤《なみ》』に『子』で濤子《とうこ》って書くの。もっとも、結婚してるから、姓はもう日出じゃないけど」

「じ、じゃあ」

「そうよ、私たち、お仲間」

女性はすらりと長い人差し指で、互いの胸を指し示した。

「それにしても、あんな使い方もあるのね、感心しちゃった。相手の女優さんに選ばせるって、あれは発明よ。しかも、それっぽく、何度か迷わせていたでしょう。あれだけ短い間に連続して人を操るのって、ものすごくたいへんなことなのに、浩介さん、完璧にこなしていたじゃない。要は一枚の他は全部、同じ絵柄のカードを最初から用意しておけばいい話でしょ？　たったそれだけで、あとはそのカードを女優に言わせたら、ものすごいマジックが成功したように見えるんだから本当に不思議。クレバーなうえに、腕もいい——私、すっかり気に入っちゃった」

ふたたび女性は、「ざっつ、こわびーしょー」と胸の前で手をクロスした。尊敬しているのか、馬鹿にしているのか、いまいち定かではない口ぶりだったが、パフォーマンスの中身に関しては純粋に兄のことを褒《ほ》めているようなので、弟としてもまんざらではない気分だった。ただ、

「マスクをしていたけど、浩介さん、かなりのイケメンよね。マスクなしだと、もっと人気が出ると思ったけど、あれは取らないの？　やっぱり普段から、相当モテるんじゃない？」

と必要以上に持ち上げられた場合には、バランスを保持しておかなければ、という気持ちがむくむくと湧き起こり、

「ミスターKOWABYは東京でモデルや芸能人と合コン三昧《ざんまい》らしいです。この前も、リアル酒池肉林な毎日だと、豪語していました」

と水増しして伝えておいた。そう、それは困ったわねえ、と女性は別に困った様子もなくつぶやくと、

「あ、涼介くんの部屋は、ここだから」

と角を曲がったところで立ち止まった。

引き戸を開け、女性は先に中に入った。続いて顔をのぞかせると、そこは八畳の和室だった。床の間が設けられ、掛け軸の下の竹筒にはちゃんと花が活《い》けられている。部屋の真ん中には大きめの座卓と座イスが二脚、もはや完全に旅館の風情だった。

「この部屋はね、確かむかし、浩介さんも使っていたんじゃなかったかしら。もちろん、その間に何人も挟んでいるけどね。あ、送られてきた荷物は隣の部屋だから」

と女性は正面の雪見障子を、勢いよく端から開け、空気を招き入れた。

一気に外の光が差しこんで明るくなった部屋に、「お邪魔します」と足を踏み入れた。畳がやけにやわらかく感じられた。古い和室のにおいが鼻を撲《う》つ。バッグを置いて隣の部屋をのぞくと、六畳ある間取りの隅に、僕が実家から送った段ボールが四箱、並べられていた。

「布団は押し入れにあるから」

という女性の言葉に、僕はベッド派だけど、ここじゃ仕方ないか、などと考えながら、段ボール箱をまたいで奥の障子を開けた。

「わ」

いきなり広がった視界に、僕は思わず声を発してしまった。

部屋の前は真っ青な庭だった。ここに来るまでに見かけた庭はどれも、池あり、丘あり、松あり、ときに枯山水ありの典型的な日本庭園だったのに、一面に鮮やかな芝生が植えられている。

縁側のへりに立ち、陽差しを全身に浴びながら、大きく伸びをした。庭を囲む白壁の向こうに、ここでも雄大な琵琶湖を望むことができた。

やっぱり本家はすげー、とへそを出して、あくびした。

そのとき、視界の右側にふと物影を感じ、顔を向けた。

縁側の先に、何かがうずくまっていた。

ざっと二十メートルはまっすぐ続いている縁側の途中で、やけに丸っこい背中がこちらを向いていた。何かをのぞきこんでいる様子である。と思ったら、急に両手を掲げ、手のひらに包んだものを真下から眺め始めた。

何をしているのか、と訝しがりながら見つめていると、

「あ、ちょうどよかった。制服貸してもらえる?」

と部屋から出てきた女性の声が、背後から届いた。

「明日の入学式に間に合うように、この子の制服を今から仕立てないといけないの」

誰に話しかけているのかと思ったら、縁側の人物が両手を掲げた体勢のまま、首だけをこちらに回した。太っているせいか、その仕草はずいぶん窮屈そうに映る。貫禄ある後ろ姿に、勝手に中年おやじを想像していたら、何ということか、同い年くらいの少年だった。

「同じ制服？」

「うん、淡九郎さんがそう言ってたから」

「僕と？」

「そう、いいかしら？」

体形に似合わず、意外と軽やかな声を発したその少年は、僕の足元から頭まで眺めまわしたのち、「ふうん」と鼻から音を発し、宙に掲げたままの赤い色をしたものに戻っていった。

しばらくして、

「許す」

というくぐもった声が、その丸い背中から発せられたとき、僕は少年が手にするものの正体に気がついた。

「ありがとう、淡十郎くん」

僕がはじめて日出淡十郎に出会ったとき、彼は赤い色の茶碗を空に翳《かざ》し、とっくりと鑑賞していた。

＊

詰め襟の制服を着て、革靴を履く。

カバンは学校で渡されるとのことで、手ぶらで出発するのは何だか気持ちが落ち着かなかったが、何より落ち着かないのはこの制服の色である。

こんな制服の高校だったとは、まるで知らなんだ。昨日、パタ子さんが急遽《きゅうきょ》呼び寄せた、本家御用達《ごようたし》の仕立屋の手により出来上がったものを、夕食前に見せてもらったときは、何かの冗談かと思った。なぜなら、制服の生地の色が「赤」だったからである。嘘ほんの少し臙脂が入っているが、上下ともに、恥ずかしいまでの赤に染まっていた。嘘だろう、だろう、と真っ先に思ったが、試着した部屋に、借りてきた淡十郎のまったく同じ色形の制服が置いてあるのだから、疑いようがない。

ちなみに、パタ子さんというのは、濤子さんのことである。なぜパタ子さんと呼ぶかというと、淡十郎がそう彼女を呼ぶのを聞いたからだ。はじめはどうしてだろうと思ったが、理由はすぐに知れた。

玄関で屛風の向こうから登場したときからそうだったが、濤子さんはひとりでいるとき、常に忙しなく小走りで移動した。そのモデル並みといっても遜色《そんしょく》ない、細くて長い手足を前後させ、廊下を走る姿は一種壮観だった。いかにも、「パタパタ走っている」感じがした。

「パタパタ走るよパタ子さん」

というアンパンマンのエンディング調のフレーズが自然と頭に浮かんだ。立ち姿は上背もあって姿勢もよく、実に楚々《そそ》とした雰囲気を醸《かも》し出しているのに、動くとその仕草のいちいちが妙にコミカルに墜《お》ちてしまうパタ子さんであった。

そのパタ子さんに玄関から見送られ、僕は淡十郎とともに学校に出発した。学校へは何と、送り迎えがつくのだという。さすが日出本家と驚くやら、呆《あき》れるやらしながら、僕は淡十郎のあとについて石段を下りた。真正面には陽の光に輝く琵琶湖が広がっている。いかにも清澄《せいちょう》な朝の空気を纏った湖は、対岸まですっきりと見渡せて実に眺めがよい。

実のところ僕は昨日から、淡十郎とまだ一度も口をきいていなかった。夕食はパタ子さんもいっしょに三人で食べたが、いっさい言葉を交わさなかった。食事中はパタ子さんがひとりで話していた。パタ子さんは、淡九郎おじが言っていた、幸恵おばの韓国行きについての詳細を語ってくれた。

「四日前だったかしら。幸恵さん、突然、韓国に行くって言いだして――」

それによると、おばは以前から韓国ドラマが大好きで、最近では直接ドラマ制作に出資するほどの入れこみようだった。それがこのたび、おばが大ファンの俳優が、出資したドラマの主演を務めることに決まった。そのニュースを聞いたおばは狂喜乱舞し、四月のスケジュールをすべてキャンセルし即日離日した。撮影期間中、ずっとドラマ現場に貼りつくため、韓国に旅立ってしまったのである。母のもとに連絡が来ないはずだ。湖西の小僧の入学準備など、いっさい思い出すこともなく、おばは嬉々《きき》として飛行機に乗ったのだろう。

「おとつい電話で話したけど、幸恵さん元気だったわよ。俳優さんに握手してもらったって、大はしゃぎだった」

とパタ子さんは母親の近況を伝えたが、当の淡十郎は黙って、しその葉の天ぷらをぱりぱりと食べていた。本家初日の夕食は、天ざるそばだった。そば屋のように竹すだれの敷かれた器にはそば、かごには香ばしい天ぷらが盛られている。どこからどう見ても完全にそば屋の仕様である。こんなものを、家庭の食卓で食べる日が来るとは、夢にも思わなかった。もちろん厨房《ちゅうぼう》には専任の料理人がいる。食堂には給仕をする年配の男性もいる。終盤になると、ご丁寧にそば湯まで出てきた。

食堂からの帰り、淡十郎と二人きりだったがやはり会話はなかった。単に男同士、気まずいということもあったし、同い年ゆえの必要以上の意識もあった。分家の人間から先に、本家の人間に声をかける、というありきたりな構図への反発もあった。ただ、部屋への道順が皆目わからないので、決してはぐれぬよう、薄暗い廊下を淡十郎のあとについていった。淡十郎と僕の部屋はともに長い廊下に面して、空き部屋一つを挟んだ隣同士だった。

朝食の席では、淡十郎と顔を合わせなかった。朝からすでに透明なゴーグルを着用しているパタ子さんが、淡十郎は早起きでいつも七時前には食事を終えてしまう、と教えてくれた。

まるで昨日のルートを逆にたどるように、石段を下りた淡十郎は藤棚を抜け、さらに梅林へと入っていく。やはり木の葉ひとつ落ちていない道を進みながら、出会って一日が経ち、さすがに何か言葉を交わすべきだろうかと考えた。卑屈になるわけではないが、何といってもこちらは居候《いそうろう》の身だ。世話になることについて礼儀を示すのは、当然といえば当然である。

取りあえず僕は、数歩先の赤い詰め襟に声をかけてみた。

「淡十郎」

足を止めぬまま、淡十郎は顔だけをこちらに向けた。

短い首元に肉が寄り、それが小さな段差を作って、見るからに窮屈そうだった。襟元のホックを外せばいいのに、律儀に留《と》めているものだから、何だかこちらまで息苦しくなってくる。姉の清子然《しか》り、どうやら体形に関しては、姉弟ともに母方の血を引いたらしい。淡八郎じいさんの葬儀で見かけた、幸恵おばのかなり横幅ある喪服姿が思い起こされる。ぽっちゃり度合いに関しては、片や馬上だったゆえ正確さに欠けるやもしれぬが、姉より弟のほうに軍配が上がりそうだった。

さて、ようやく呼びかけたはいいが、特に話すこともないので、

「あの——これからよろしく」

とくぐもった声で頭を下げた。

顔を上げた拍子に目が合った。色白というよりも、父親に似てやはり蒼白い肌をしていた。肩越しにうかがう鼻は意外と高く、目も大きい。眉毛だって濃い。顔に関しては、ロバート・デ・ニーロ似の淡九郎おじの系統を確かに継いでいるように感じられた。だがいかんせん、ぽっちゃりである。背も僕より低い。淡九郎おじと同じくらいだろうか。もしも、中学のクラスにこんな男がいたら、僕なら「ぽっちゃり王子」と名づけたな、などと想像していたら、

「お前の名前は？」

と訊ねられた。まだ知らなかったのか、と内心驚きながら、

「日出涼介」

と平静を保って答えた。

「どこから来た？」

「湖西」

ふうん、と身体つきからくるイメージとはずいぶん異なる、軽やかな声で相づちを打つと、淡十郎は顔を戻し、梅林の終点から続く石段を下りていった。会話はそれっきりだった。声質は軽いのに、妙に迫力ある口調で話すやつだと思った。

石段の先は、昨日降り立った舟着き場になる。すでに舟着き場には舟が用意され、やはり昨日の老人が、後ろにちんまりと座っていた。そういえば、まだ老人の名前を知らないと思い、「あの人の名前は？」と石段の途中で訊ねると、

「げんじー」

と短く返ってきた。

「え？」

「ゲンジロウだから、ゲン爺《じい》」

「それって、どういう漢字？」

「源に治めるに郎」

「源治郎……って、じゃあ、あの人も？」

「ちがう、だから源治郎」

淡十郎はさっさと腰を下ろした。


「あ、そっか」

二度づけ禁止のルールを久しぶりに思いだし、僕は「すまない」とつい謝った。淡十郎がちらりと視線を向けた。比較的大きめな造りのわりに、表情のうかがいにくいその目は、「気をつけろ」と言っているようにも見えたし、「馬鹿かお前は」と言っているようにも見えた。嫌な具合に父親の雰囲気を受け継いでやがる、と思った。

舟着き場に到着すると、指定席なのか、座布団が敷かれている舳先に淡十郎はさっさと腰を下ろした。

「おはようございます、淡十郎ぼっちゃん」

と丁寧に頭を下げ、老人は立ち上がった。

「おはようございます、源治郎さん」

とあいさつして、僕は淡十郎と源爺の間に腰を下ろした。

「どうも、おはようございます」

とやはりしわがれ声で、老人は深々とお辞儀した。今日も源爺は藍色のはっぴを着ていた。ただし、かごは無かった。

杭にかけていたロープを外し、老人は片足で舟着き場の板のへりを蹴った。ゆらりと舟が揺れ、源爺は艪をぐいと堀の水に潜らせた。

これで昨日の舟着き場まで行くわけか、送り迎えがあるといっても、車に乗るまでがひと苦労だな――と思いきや、昨日とは別の方向に舟は進んでいる。どこへ向かうのか気になるが、目の前の淡十郎は、決して長くはないが、軽いウェーブを纏った、わずかに茶みがかった髪を風に靡かせ、のんびり空を仰いでいる。いかにも悠々とした様子に、細かく訊ねて気の小さいやつと思われるのも癪《しゃく》なので、僕も黙って水面を見つめることにした。

堀の水は晴れ渡った空をよく映しだし、耳から聞こえてくるものといったら、源爺の漕ぐ艪の音と鳥のさえずりだけである。今日から新たな高校生活が始まるというのに、さっぱり高揚感が湧かない。兄が同じ高校に通っていたので、行ったこともないくせに、すでに知った気になってしまう、というのもある。だが何より、こうして朝っぱらから舟で堀を渡っている、という非現実的すぎる現実が、僕の感覚を狂わせている。右手を見上げてみる。反り立つ石垣が続いている。左手に顔を向ける。堀端の向こう、生い茂る樹木に遮られつつ、白壁が連なっている。堀に、石垣に、白壁に——見渡す限りどこまでも城、城、城だ。まったく外の世界の気配を感じ取ることができない。電線もない。照明もない。おそらく、目に映るものすべてが江戸時代のままである。昨日はこれに加えて白馬まで登場した。入学式という極めて日常的な行事が、ここにいるとまるで異世界の出来事に感じられてくる。

とはいえ、せっかくの入学式を味気ないものにするのはゴメンなので、何とか気分を奮い立たせようと、

「高校生になったのだから、ぜひとも彼女がほしいな。自転車で二人乗りして、追い抜いた男子中学生に、嫉妬と羨望の眼差《まなざ》しを向けさせたいな。おっとその前に、付き合い始めの頃、缶ジュースを飲んでいたら、ちょっとくれる？　といきなり横取りされて、

ドキドキしてみたい。さらにその前に、告白される二日前くらいかな、あのさあ、日出って好きな子いるの？　と異様な緊迫感のなかでさぐりを入れられたい。ああ、琵琶湖の神様。どうか、かわいい子といっしょのクラスになりますように」

などと春めいた思いを巡らせつつ、ふと周囲を見回すと、いつの間にか風景が変わっていた。右手に連なっていた高い石垣が消え、代わりに舟は、両側を背の低い石垣に囲まれた水門のようなところを通過していた。そこを抜けるとふたたび広い堀が現れたが、なぜか、はるか前方の堀端を車が走っているのが見えた。さらには堀に沿って並ぶ柳の下を、人が犬を連れて散歩し、黄色いヘルメットをかぶった中学生が自転車を漕いでいる姿まで視界に飛びこんできた。

どうやら僕たちは、内堀から外堀へと漕ぎ出てしまったらしい。堀の深さが違うのだろう、先ほどまでは見かけなかった葦があちこちに生い茂っている。その合間を、舟は縫うように進んでいく。舟と並行して走る堀端のバスが、低いエンジン音を響かせ追い越していくのを目で追いながら、

「おい」

と肩越しに淡十郎に声をかけた。

「いったい、いつまでこの舟に乗るんだ？　どこから車に乗るんだよ？」

後ろの源爺に聞こえぬよう、抑えた声で訊ねると、淡十郎はゆっくりと首を回し、

「車？」

と訝しげに眉根を寄せた。

「学校まで送り届けてくれる、って聞いたぞ」

「だから今、向かっている」

「いや、そうじゃなくて、どこから車に乗るのか訊いてるんだよ」

「車なんていらないだろう。こうして舟に乗ってるんだから」

僕はしばし淡十郎と無言の視線を交えた。

「ひ、ひょっとして、送り迎えって、この舟のことか？　この舟で直接学校に行くのか？」

何を当然なことを、とでも言うように醒《さ》めた視線を向け、淡十郎は返事もせずにさっさと顔を戻してしまった。

次の言葉が見つからぬまま、舟の真下をゆったりと潜っていく大きな鯉の尾びれを見送った。舟はやがて、堀から「T」の字を描くように垂直に延びた水路へと進入した。

淡十郎の肩越しにのぞくと、古い町並みのなかを、細い水路がひっそりと貫いている。左右の家はいずれも、土台に石垣が組まれ、一階は板壁、二階は白壁という造りで統一されていた。いかにも古ぼけた板壁の木目の色合いが、城の御殿にも共通する、渋い年季を感じさせた。錆《さ》びついた「オロナミンC」や「キンチョール」の看板が、誰へのアピールなのか、ときどき板壁に打ちつけられている。水路に架かったアーチ型の短い橋を潜《くぐ》るとき、僕は思わず首をすくめ、源爺は深く腰を屈《かが》め、舟の上を濃い影が音もなく渡っていった。

町の真ん中を抜けているはずなのに、左右をがっちり民家に固められているため、誰の視線にもさらされることがない。完全に私道と化した水路を、舟は静かに進んでいく。

途中、分岐で左に曲がり、さらにもう一度右へ曲がると舟着き場が現れた。

「学校ですぁ」

と告げ、源爺が舟を寄せた。慣れた動きで淡十郎が舟を降り、僕も危なっかしく続いた。

「では、また帰りに迎えに来ますんで」

と源爺は頭を下げ、ふたたび舟を漕ぎだした。

淡十郎はさっさと目の前の階段を上っていく。水路に沿って緑色のフェンスが続いている眺めから予想できるとおり、階段の先はいきなり学校のグラウンドだった。

遠くの校舎から、小太りの男性が飛び出してくるのが見えた。五十歳前後だろうか、スーツ姿の男性がやけに慌てた様子で一直線に駆けてくる。いったい何事かと思ったら、淡十郎の手前で足を止め、顔を真っ赤に上気させ、肩で大きく息をつきながら、

「おはようございますッ、お待ちしておりました。石走高校教頭、向井《むかい》でございますッ」

と男性が名乗ったものだから、僕は仰天した。丸い禿頭のてっぺんをこちらに向け、教頭は這《は》うように頭を下げた。まるでそこに満月が浮いているような眺めだった。しかし、教頭自らの出迎えに対し淡十郎は、

「そう」

とだけ返し、さっさと歩き始めた。唖然《あぜん》とする僕の存在などいっさい目に入らない様

子で、

「中庭の掲示板に、クラス分けの紙が貼ってあります。それを確認してから、教室に向かっていただけますでしょうか――」

と教頭は丁稚《でっち》のように腰を屈め、淡十郎のあとに従った。

この町における日出本家の絶対的な威光を改めて思い知らされ、しばらくその場から動くことができなかった。ずいぶん距離が開いてからようやく、淡十郎を追って校舎に向かった。

職員室の脇に据えつけられた大きなトロフィーケースの前で、

「この先を進んだところが中庭ですので――。それでは、私はここで失礼させていただきます」

と平身低頭する教頭と別れた。大小さまざまなトロフィーや盾がところ狭しと並ぶ、ケースの内側を見つめ、

「お前の人生、いつもこうだったのか？」

と訊ねた。

「何が？」

と同じくトロフィーをのぞきこんでいた淡十郎が顔を向けた。本気でわかってない様子なので、一から説明するのも面倒くさく「別に、もういい」と首を横に振った。

教頭に言われたとおり廊下を進み、突き当たりのドアを開けると、中庭を囲む満開の桜が僕と淡十郎を迎えた。その見事な咲きっぷりに思わず足を止めて見上げていると、

女の子の甲高い歓声が聞こえてきた。顔を向けると中庭中央にどんと構える方形の池の先に、大勢の人だかりが見えた。壁に貼られた大きな紙を指差し、みんな大はしゃぎの様子である。

おお入学式ぽい、とようやく新鮮な興奮が湧き上がるのを感じながら、校舎に入ったときから手にしていた革靴を地面に置いた。おろしたての革靴は、かかとのへりに触れるとまだ固い。履いた初日からつま先を地面に打ちつける気になれず、しゃがみこんで丁寧にかかとを入れようとしたとき、僕はギョッとして身体の動きを止めた。

中途半端に屈んだ姿勢のまま、たっぷり十秒、クラス発表を前に大盛り上がりの新一年生たちの後ろ姿を凝視した。

誰も、赤い制服なんて着ていない。

男も女も、全員が黒い学生服を身に纏い、楽しげに壁のクラス名簿の紙を見上げている。

「何組だろうなあ。僕はCが好きなんだ。あの完結せず、途中で開いているかたちがちょうどよい」

と呑気《のんき》につぶやき、先に靴を履いた淡十郎は歩き始めた。僕は靴にかかとを押しこみ、力なく立ち上がった。何のためらいもなく黒山の人だかりへ向かう、まさしく紅一点と化した淡十郎の丸い背中を、そのまま呆然《ぼうぜん》と見送った。

言うまでもなく、淡十郎のクラスはCだった。

＊

ついでに、僕も同じC組だった。

教室に向かう途中、いったいいつからC組なのか訊ねたら、中学のときからずっとだと淡十郎は答えた。

「そう言えば不思議だな。どうしていつもCなんだろう」

と首を傾《かし》げている淡十郎に、「それはお前がどこかでCが好きだって言ったからだ」と怒鳴りつけたくなるのを何とかこらえ、どうしてみんなと違う制服なのか、とまず訊ねた。

「ああ——赤が好きだから」

もはや言葉を返す気力も失い、そういえば昨日、縁側でこの男が眺めていたのも赤い茶碗だったと思い出した。

制服のこと然り、クラスのこと然り、およそこの石走で彼が願い、叶《かな》わぬものなど何もないのだろう。もちろん、クラスの席だってお望みのとおりだ。教室の黒板には、アイウエオ順の名簿番号に従い配置された座席表が貼られていた。当然、同じ「日出」姓の僕と淡十郎は席が前後するはずだが、なぜかやつだけ、ひとりルールを無視して窓際のいちばん後ろの席に名前が記されていた。この席が好きなのか、と座席表を指差し訊

ねると、

「窓際から見える木々のこもれびは、とても美しい」

と淡十郎は素直にうなずいた。

僕の席は真ん中の列の最後尾だった。教師が来るまで、少しでも心を落ち着かせようと、ひとり静かに座った。何せ、こっちは赤い制服である。完全に阿呆《あほう》である。もうひとり阿呆がいるが、席に着くなり、さっそく頰杖《ほおづえ》をついて窓の外を眺めていた。呑気なものだと心で毒づきながら、僕は周囲の視線をそれとなく探った。不思議なことに、誰も「どうしてそんな制服を着ているのか」と訊いてこない。友達と話しこんでいる女の子と目が合った。すぐさま、視線をそらされた。ひょっとしてガラの悪いやつと思われているのか？　と勘繰った。確かにこんな赤い制服を着ていたら、三池崇史《みいけたかし》あたりの映画なら、僕と淡十郎は学校のてっぺん目指し、明日からとても高校生には見えぬライバルたちと死闘の日々だ。

僕の嫌な予想は、ほどなく証明される。というのも、本当にガラの悪い、眉毛のやたら細いやつが「何だオメー、赤こんにゃくが大好きか」と滋賀の名産品を挙げながら、さっそくからんできたからである。

第二ボタンまで外した黒の詰め襟の下に、赤いトレーナーを着こんでいる。入学式から恥ずかしいほど気合い満々である。そりゃあ、教室に入るなり、全身赤こんにゃくを見つけた日には、何をおいてもからまざるを得ないだろう。

困った、どうしよう、と思いながら、淡十郎の様子をうかがった。クラスが一気に静まりかえり、みんながこちらを注視しているというのに、やつめ、素知らぬ顔で空を見上げていた。

「おい、どこ見てんだッ」

と細眉の男は、僕の前までやってきて、派手に机を叩《たた》いた。さらに「オメー、どこの中学だあ？」と、いよいよすごんできた。

仕方ないと決めて、立ち上がった。

あれほど毛嫌いしているにもかかわらず、こうして結局自分のために力を使ってしまうことに、強烈な自己嫌悪を感じつつ、僕は机の下で右手を握った。左手をさりげなく机の前に差し出し、意識を集中させた。そのまま正面の細眉男の心に触れようとしたとき、いきなり、

「うるせえッ」

という怒鳴り声が教室じゅうに響いた。

驚いて視線を向けると、三つ前方の席で、男が立ち上がってこちらを睨みつけていた。

「うるせえんだよ、お前ッ」

スラリと背が高く、サラサラ髪のやけに整った顔立ちの男は、口元を大きく歪め、さらなる怒気を発した。

「誰がうるさいだァ？　何だ、オメー」

細眉の男が素早く反応し、新たな敵へと身体の向きを変えた。僕は大きな面倒に発展する前にさっさとこいつを鎮めようと、細眉の腕をつかんだ。しかし、そのときにはも

う、ものすごい勢いでこちらに向かってくる長身男の姿が視界に飛びこんできた。

「静かにしろって言ってんだよッ」

「何だと、コラァ」

もはや躊躇《ちゅうちょ》している場合ではない。僕は握っていた左手を開放した。僕の腕を乱暴にふりほどこうとする細眉男の背中目がけ、一気に入りこもうとしたとき、

「ばぁ、ぼぼぼぼぼぼぼぼぼぼぼぼぼぼぼぼぼぼぼぼぼぼぼぼぼぼぼぼぼぼぼぼぼぼぼんッ――」

と何かが一斉に爆《は》ぜる、すさまじい音が耳の近くで鳴り響いた。

学校が倒壊したのではないか、と疑うほどの本能的な危険を感じさせる大音量に、僕は思わず目をつぶり耳を塞いだ。

しかし、不思議なことに、その音はほんの二、三秒でピタリと消えた。ふたたび戻った静寂に、何だ何だ？　と混乱しながらまぶたを開けると、目の前に長身男が立っていた。

「だから、お前、さっきからうるせえんだよッ」

え？　と思ったときにはすでに、僕は胸ぐらをつかまれていた。同時に、百八十センチちかい相手のパンチをもろに左頬に受けて、盛大に吹っ飛んだ。

悲鳴がクラスじゅうに轟《とどろ》くなか、呆然と床にのびている僕を見下ろし、男は憎しみに満ちた眼差しを向け、

「お前、ふざけんなよ。今度やったらぶっ殺すぞッ」

と吐き捨てた。何が何だか、まったくわけがわからなかった。細眉の男も、仁王立ち

する男の隣で「え、何で？」という顔をしている。

「棗広海《なつめひろみ》――」

そのとき、静かな声が響いた。

いつまた殴りかかってきてもおかしくない形相《ぎょうそう》で僕を見下ろしていた男が、ゆっくりと声のほうへと顔を向けた。それに釣られるように、僕も床に頭を預けたまま首だけ傾けた。

淡十郎が席から立ち上がり、身体の正面をこちらに向けていた。何がおもしろいのか、口元に薄い笑みを浮かべていた。

「そこの涼介は昨日、石走に来たばかりなんだ」

両手をポケットに差し入れ、ぽっちゃりとしたシルエットを存分にアピールしながら、淡十郎は男に言葉を投げかけた。

男はしばらく無言で淡十郎と見合っていたが、僕に顔を戻すと「気をつけろ」とほとんど聞き取れないようなかすれた声でつぶやき、席に戻っていった。

男の後ろ姿を見送りながら上体を起こすと、赤いズボンが近づいてくるのが見えた。顔を上げると、淡十郎が僕の顔を見下ろしていた。やはり、口元に笑みを浮かべていた。

「おもしろいやつだな。何も知らないんだな、お前」

とまわりには聞こえぬ声で、淡十郎はささやいた。

「気に入った」

「え？」

「血が出てる、拭《ふ》けよ」

と淡十郎はハンカチを差し出した。さすがにハンカチは赤ではなく、茶と黒の柄だった。

「なあ、涼介」

いやにやさしげな眼差しとともに、淡十郎は僕の隣にしゃがみこんだ。唇の端に受け取ったハンカチをあてながら、何まだ笑ってやがる、と怒りを抑え睨みつけたとき、突然、淡十郎が破顔した。こちらがギョッとするような満面の笑みを浮かべ、淡十郎は僕の顔に指を突きつけ、こう告げた。

「お前——僕の供にしてやる」

不念堂

第二章

石走《いわばしり》に来て一週間が経《た》った。

この短い間に起こった出来事のうち、ほんのひとつふたつをかいつまんで、湖西《こせい》の友人たちに披露しただけで、きっとみんな大よろこびして僕の話を聞いてくれることだろう。

「おー、高校に入るなり、いきなりグレード上げたのー、日出《ひので》」

と誰も僕の話を真実と受け止めぬまま、無邪気に褒《ほ》め称《たた》えてくれるはずだ。

舟に乗っての学校への送り迎え、本丸御殿での生活、新入生のなかで二人だけ制服が赤――石走到着から二十四時間以内に起きた出来事だけでも、話す内容には事欠かない。

だが、湖西の連中に何より教えてやるべきは、一学期が始まって三日目に起きた、日出淡十郎《たんじゅうろう》にまつわる出来事だ。

その内容はというと、簡単に説明するなら、二年生のガラの悪い連中との揉《も》め事《ごと》である。売り言葉に買い言葉のしょうもない子どもの喧嘩《けんか》である。しかし、相手が発した些細《ささい》なひと言が、淡十郎の名を改めて学校じゅうに轟《とどろ》かせることになった。

事の発端はここでも、同じクラスのあの細眉男だった。彼の名前は葛西《かさい》という。入学式の朝、いきなり殴られる目に遭った僕に、

「何だよお前、日出の人間だったのかよ。それならそうと、早く言ってくれよな。この前は悪かったな、その制服似合ってるぜ」

と誰に何を吹きこまれたのか、妙にフレンドリーに接してくるようになった葛西だったが、教室の外では相変わらず肩をそびやかして、アンフレンドリーな態度でガニ股歩きをしていたので、さっそく「生意気なやつがいる」と目をつけた上級生がクラスに乗りこんできた。そこそこ勉強ができないと入れない高校のはずなのだが、いろんな輩《やから》がいるようだった。

揃《そろ》ってだらしない服装の、体格がいいのばかりが三人、騒々しく昼休みの教室にやってきた。連中が詰め襟の袖をめくり、ズボンのポケットに手をつっこみながら、葛西の席を取り囲んでも、僕は対岸の火事だとばかりに、自分の席で城を出るときパタ子さんに持たされた、スモークサーモン入りクロワッサンサンドを、「何てウマいんだ、これ」と驚嘆しながら味わっていた。

まずは様子見に来たのだろう。二年生もいきなり殴り合いに持ちこむつもりはないらしく、脅し文句を重ね葛西を威圧する。しかし、葛西もごにょごにょと言い返し、その都度、「何だ、コラァ」と野太い恫喝《どうかつ》の声が響き渡る。

おかげで教室は先ほどからひどくシンとしている。このままいくと喧嘩に発展する可能性が高いと踏んだか、前後のドアから静かに出て行く者、逆に何事かとのぞきこんでくる他クラスの者と、周囲の動きも活発になってきた。

「何、こっち見てんだ？」

そのとき、急に調子のちがった声が聞こえてきて、僕は次のカマンベールチーズ入りのクロワッサンサンドに取りかかる動きを止めた。

「何でお前、そんな赤こんにゃくみたいな制服着てんだよ」

思わず顔を向けると、三人の上級生のなかでひときわ身体《からだ》つきがゴツい男が、葛西の斜め後ろの席に座っている淡十郎に攻撃の矛先を向けようとしていた。

「おい、やめとけ」

とすぐさま仲間が男の腕を引いた。

「そいつ——日出だぞ」

「日出？」

「城に住んでる、あの日出だよ」

「それがどうしたんだよ、上等じゃねえか」

「いいから、やめとけって」

目の前で上級生たちが、抑えた声で押し問答する様子を、淡十郎はクロワッサンサンドを食べながら悠然と眺めている。僕はパックのコーヒー牛乳にストローを突き刺し、事態の推移を見守った。あの連中を鎮めるために力を使うことはできない。この教室で力を放とうものなら、今度は何をされるかわからない。僕は身体をずらして、前方の棗広海《なつめひろみ》の様子をうかがった。「長身のやせ」にありがちな、華奢《きゃしゃ》なれど広い背中を丸め、棗は黙々と弁当を食べている。

「ごちゃごちゃ、うるせえんだよッ」

ドスの利いた声に、ふたたび視線を戻すと、仲間に制されたことで逆に興奮が高まったのか、男がつかまれた腕を乱暴に振り払おうとしていた。

「こんな一年のでぶひとりに、何、お前らビビッてんだ?」

その瞬間、僕は教室じゅうに見えない緊張が素早く駆け巡るのを感じた。それまで騒ぎを見て見ぬふりをしていたクラスメイトが少なくとも十人以上、一斉に現場を振り返った。どの顔にもなぜか、強い不安の色が浮かんでいた。

「これで日出って読むのか? アアン?」

男は淡十郎の席の前に進むと、胸の名札をのぞきこんだ。校内において、生徒は名札をつけるよう奨励されているが、実際にそれを遵守する生徒は少ない。僕もこんな目立つ格好をしたうえに、名前まで教えて回る気になれず、入学式の日から早々に外している。当然、二年生の三人もつけていない。だが、淡十郎は毎日本丸御殿を出たときから「日出」と書かれた名札を、律儀に胸に留《と》めている。首元のホックも決して外さない。身だしなみに関しては、妙にキチンとしている男である。

「そうだ、俺がお前にいい名前をつけてやろう。お前の名前は、今日から〝日出《ひで》ぶ〟だ。どうだ?」

男はニタニタ笑いながら、「見るからに、お前にピッタリじゃねえか。おい、聞いてんのかよ、ひでぶー」と淡十郎の肉付きのよい頬を、揃えた指の先でぴたぴた叩《たた》いた。

それまで彫像のように動かず、男の様子を眺めていた淡十郎が、手にしたクロワッサンサンドを机の包み紙に戻した。口元を紙ナプキンでふくと、静かに立ち上がった。

「お、何だ?」

立っていても、自分より二十センチ近く背が低い淡十郎を悠々と見下ろし、男が挑発的な声を発した。

「ヒゲが好きなのか？」

「アン？」

「それ、もっと伸ばしたいのか？」

と淡十郎は無遠慮に男のあごを指差した。確かに淡十郎の言うとおり、男の口のまわりは、同じ高校生とは思えぬほど、濃いヒゲが覆っている。

「何言ってんだ、お前？」

唐突な問いかけに、一瞬戸惑いの表情を浮かべたが、男はすぐさま体勢を整えスゴんでみせた。

「伸ばしたいんだな」

わかった、と淡十郎はうなずいた。

「僕が素敵なヒゲを、お前にプレゼントしてやろう」

と落ち着いた声で告げて、淡十郎は男から視線を外すと、ドアに向かってすたすた歩き始めた。

「オイ、待てよ。一年のくせに誰に向かってお前とか言ってんだ？　ふざけてんじゃねえぞッ。どこに行くんだよ、オイッ、止まれよ、ひでぶッ」

男が声を荒らげ、あとを追おうとするところを、

「いい加減にしろって」

と仲間が二人がかりで押さえつけた。

結果的に言うと、このときの仲間の判断は正しかった。放っておいたら、それこそ男の命すら危なくなっていたかもしれない。ただ、淡十郎の存在をあらかじめ知っていたのなら、「でぶ」のひと言を発する前に止めるべきだった、と思わないでもない。その言葉が飛び出した瞬間、大勢のクラスメイトが振り返ったのは、それがいかに危険な発言であるか、とうに理解していたからだ。日出淡十郎の前で決して「でぶ」という言葉は使ってはいけない。さらに「ひでぶ」に至っては絶対に禁句——たとえそれが『北斗の拳』について語っていただけのことでも、その言葉が淡十郎の耳に入ったが最後、とてつもない災厄が発言者の身に降りかかることを、彼らは同じ小学校もしくは中学校に通っていた経験から、知りすぎるほど知っていたのである。

かくして、悲劇の賽《さい》は投げられた。

この後の淡十郎の行動をかいつまんで説明すると、まず職員室に直行して教頭を呼び出し、先ほどの上級生の個人情報をすべて提出させた。次に翌朝六時、僕を叩き起こし、二ノ丸にある養蜂場へ向かった。いつの間にか部屋に入りこみ、枕元に立っていた淡十郎に、

「もう少し、寝かせてくれないか」

と正当な要求を告げたが、

「何を言っている。お前は僕の供だろう。僕が侮辱されたということは、お前も侮辱されたということだ」

といっさい耳を貸してくれなかった。

養蜂場にて、淡十郎は淡九郎《たんくろう》おじのボディーガードだという屈強な身体つきの男に、箱の中の女王蜂を取ってこさせた。それを用意していた小瓶に入れ、昨日の男の顔写真、住所、登校ルートなどを詳しく記した紙とともに手渡し、「あと三人、連れていけ」と送り出した。何を頼んだのか訊《たず》ねると、

「昨日の男に、立派なヒゲをプレゼントしてやるんだ」

とふくらんだ頬に、少しえくぼを浮かべ、穏やかな笑みとともに返してきた。ただでさえ不気味な表情に、さわやかな声色が合わさって、さらに不吉な予感を煽《あお》り立てた。まさしく私的制裁と呼ぶに相応《ふさわ》しい淡十郎の計画の中身が判明するのは、それから半日後のことである。

昼休みが始まってしばらくした頃、ひとりの生徒が「今、グラウンドで……」と教室に走りこんできた。興奮しきった声に引き寄せられ、教室の面々は次々に廊下に出て、窓からグラウンドをのぞきこんだ。僕も気にはなったが、それよりも昼食のうなぎ弁当に夢中になっていると、背後から肩を叩かれた。顔をねじると、淡十郎が立っていた。

「行こうか」

妙に明るい声で、淡十郎は僕をグラウンドに誘った。

「まだ弁当、残ってるんだわ」

「行こうか」

反論することをあきらめ、重箱の蓋を閉め教室を出た。昇降口で靴を履き替え、グラウンドに向かうと、消えかかった白線で描かれたトラックの中央に、移動式のバスケッ

トゴールが一台、置いてあるのが見えた。それをずいぶん遠巻きにして、大勢の生徒が取り囲んでいる。僕と淡十郎が近づくと、急に人垣が二つに割れ、正面に道ができた。気のせいか誰もがこわばった表情で、こちらを見つめている。しかし、淡十郎はそれらの視線をいっさい気にすることなく、悠々と前へ進んだ。

「何だ、何だ？」

まわりの反応に狼狽《ろうばい》する僕に、淡十郎は「あれじゃないかな」とのんびりとした声でバスケットゴールを指差した。

何気なく視線を向けた先に現れた異様な風景に、僕はギョッとして足を止めた。

「あ、あいつ、昨日の……」

地上約三メートルの高さに位置するゴールリングに、なぜか淡十郎を「ひでぶ」と呼びつけた男が、またがるようにして座っていた。正確には、縄で身体ごと背中のボードにくくりつけられていた。その体格のよさと髪型から、昨日の男だとすぐにわかったが、顔の鼻から下が黒いものに覆われていて、ちゃんと確かめることができない。

それにしても、どうしてみんな遠巻きにするばかりで助けてやらないのだろう、と不思議に思っていると、ふと、バスケットゴールの真下に白い箱のようなものが二つ並んで置かれていることに気がついた。妙に見覚えがあると思ったのもそのはず、つい今朝がた二ノ丸の養蜂場で目にしたばかりである。

「あれって……、養蜂箱か？」

その瞬間、僕は先ほどから男のあごのあたりをびっしりと覆っている黒い物体の正体に気がついた。

「じ、じゃあ、あれは全部……」

「女王蜂を入れた小瓶を、男の首に結んでやった。女王蜂から放たれたフェロモンに惹《ひ》かれ、子分たちが集まってくる」

と淡十郎は心底、楽しそうな声でつぶやいた。

ブウンと頭の上を、ミツバチが鋭い音とともに旋回した。淡十郎は飛び交う蜂をおそれる様子もなくゴールリングの下まで進むと、

「そのヒゲは気に入ったか？」

と上着の両ポケットに手を差しこみ訊ねた。

しかし、相手からの返答はなかった。

何百、何千というミツバチにたかられる恐怖に耐えかね、とうのむかしに気絶してしまっていたのである。

誰ひとり言葉を発しようとしないグラウンドに、

「クエッ、クエッ、クエッ」

という丸い背中から放たれる、淡十郎の無邪気な笑い声が響いた。

かくして始業四日目にして早くも、日出淡十郎は市立石走高校における、アンタッチャブルな地位を確立したのである。

＊

淡十郎という存在をひと言で表現するならば、「俺様」でも「王様」でもない、「殿様」という言葉がいちばんしっくりくる。

石走城という巨大な城郭をゆりかごにして、誰憚《はばか》ることなく、淡十郎はのびのびと成長した。石走に来てほんの一週間のうちに僕が耳にした、もしくは実際に目にした淡十郎にまつわる話はいずれも、彼が殿様として生を享《う》けた人間であることを如実に示すものばかりだった。

たとえば、学芸会で催される演劇において、淡十郎は今まで主役以外の役を演じたことがただの一度もない。幼稚園、小学校、中学校と、学芸会における主役の座は常に彼の指定席だった。中学三年の学芸会で、彼は堂々『ロミオとジュリエット』を演じた。ずいぶん、ぽっちゃりなロミオがいたものだが、淡十郎は舞台の手前に実際にオーケストラを配置し、衣装を自腹で仕立て、台本まで書き換え、単なる学芸会のクラス演劇を本格的なオペラに改変してしまった。同じ中学校に通っていたクラスメイトに淡十郎の出来を訊ねると、「まるで本物のイタリア人みたいだった」と返ってきた。どういう意味かよくわからなかったが、たいそう歌が上手だったそうだ。

その他に、フローティングスクールでの話も印象的だ。滋賀県内のすべての子どもは小学五年生のとき必ず、フローティングスクールというものを経験する。カタカナが大げさに聞こえるが、要は臨海学校の琵琶湖《びわこ》版である。一泊二日の予定で「うみのこ」という大型学習船に乗りこみ、湖上にて琵琶湖の透明度検査や、プランクトンの観察、カッター活動（ボート訓練）を経験し、郷土への理解を深めるのだ。

このフローティングスクールにて、淡十郎は花火を見たいと思い立った。だが、もちろん、船の上で花火なんてできるはずがない。そこで淡十郎は夕食後の時間、石走の正面の湖上に学習船を停泊させることを学校側に求めた。そのうえで、用意していた三万発の花火を石走城から打ち上げ、それを船上から悠々と観賞したのである。

「あんなきれいな花火、生まれてこのかた見たことがなかった」

とはそのとき同船していたクラスメイトの証言だが、僕が湖西の小学校でセコいウソばかりついていた頃、湖の反対側では、逆にこんなホラ話にしか聞こえないことが本当に行われていたのかと思うと、改めて我が身の小ささを認識すると同時に、淡十郎の鮮やかな殿様ぶりに羨望すら感じたのだった。

しかし、生まれながらの殿様にも弱点がある。

「でぶ」

この単語が絡んだときだけ、淡十郎は突如、変貌する。

小学校時代、彼を「ひでぶ」呼ばわりしたクラスメイトは、自宅のまわりに一夜で水路を掘られ、水攻めにされた。泳いで水路を渡れぬよう、ピラニアまで放たれたという。中学校時代ではその禁句を口にした上級生と下級生が、それぞれ寝ている間に布団ごと拉致《らち》され、起きたときには、筏《いかだ》の上で石走城の堀を漂っている自分を発見した。

それでも僕は、彼のことを無茶苦茶な人間であっても、決して暴君ではないと考える。その証拠に、淡十郎には、その恵まれすぎた境遇を、己《おの》が権勢に利用する、という発想がない。むしろ、自分が何者でもないかのように振る舞う。同様に、相手のことを何者とも捉えない。教頭であれ、上級生であれ、関係がない。自分が周囲にどう思われるか、まったく念頭にない。さすが、ナチュラルボーン殿様。好きだから赤を着る。好きだから窓際後列に座る。ヒゲをプレゼントしてやりたいから、登校途中の上級生をボディーガードに拉致させてバスケットゴールに磔《はりつけ》にする。一度決めたが最後、誰もそれを止めることはできない。おかげでこちらは、とんだとばっちりを受けることになる。妙な制服を着させられ、知らぬ間に、勝手に供の者に任ぜられる。

もちろん、僕だって少しは抵抗した。入学式を終え、学校から帰城するなり、僕は真っ先にだだっ広い御殿内にパタ子さんの姿を探した。

いったい全部でいくつあるのか知れない中庭のひとつに、ようやくエプロン姿のパタ子さんを見つけ、

「この制服、全然ちがいます」

と開口一番訴えた。「何？　いきなり」と池の鯉《こい》にエサをまく手の動きを止めて驚くパタ子さんに、入学式における淡十郎と二人しての悲惨なまでの浮きっぷりを伝え、

「みんなと同じ黒の制服にしてください。明日の始業式までに」

と両手を合わせ懇願した。

てっきり、「まあ、それは大変、すぐ用意しなくちゃ」という声が上がるものかと思

いきや、

「さあ、それはどうでしょうねえ」

とパタ子さんは妙に落ち着いた口調で返してきた。

「涼介《りょうすけ》くんの制服、二着で仕立代八万円もしたのよ。それを、たった一日で捨てちゃうの？」

思わぬ方向からの指摘に、僕は一瞬たじろいだが、

「で、でも――あんな目立つ制服着て、これからずっと学校に行くなんて無理です」

と気持ちを強く持って正論を吐いた。

そうねえ、とエサ袋に差しこんだ手を引き抜き、「鯉ってお腹が減るのかな、ずっと泳いでいるんだもん」と歌いながら、パタ子さんは長い腕を伸ばして、優雅にエサを池に放った。

「それを私に言っても仕方ないんじゃないかしら？　お金を出すのは淡九郎さんだもの。淡九郎さんに説明して、新しい制服を買う許可をもらわないと」

やけに突慳貪《つっけんどん》な物言いとともに、パタ子さんはエサ袋の口を閉め、胸の前でしゃかしゃかと鳴らしてみせた。しかし、その動作にまぎれて、ほんの一瞬、パタ子さんの口元に押し殺すような笑みが浮かぶのを僕は見逃さなかった。

「ひょっとして、パタ子さん――」

切れ長なパタ子さんの目を見上げ、僕は用心深く訊ねた。

「最初から知っていたんじゃないですか？」

「え？　何が？」

とパタ子さんはとぼけた声で僕を見下ろした。

「そう言えば、淡九郎おじさんが制服を作るように言ったとき、確かパタ子さん、『淡十郎のでいいのか？』ってわざわざ念を押しましたよね」

「そうだったかしら？」

「あれって、淡十郎が普段、何を着ているのか知っていたから、あえて確認したんじゃないですか？」

さあ、とパタ子さんはエサ袋をエプロンのポケットにしまい、「あと三つも池があるから、エサやりが大変」と軽くポケットの上から叩いた。

「淡十郎はいつから、あの赤いやつで学校に通っているんですか？」

「中学生のときからじゃないかしら」

「淡十郎の通っていた中学校は、みんなあの制服だったんですか？」

「そんなわけないでしょう」

「ほら、やっぱり、あれが普通じゃないこと、知っていたんじゃないですか」

睨《にら》み上げる僕の視線を、パタ子さんはむっすりとした表情で正面から受け止めたが、突然、フへへと変な声を上げて笑いだした。

「だって――、あんな格好で二人して学校行くなんて、最高じゃない」

と僕の腕の赤い布地をつまみ、「あと三人いたら、奇面組よね」と意味のわからないことをつけ加えた。

「ひどいです」

「ひどいのは淡九郎さん。自分の息子がどんな制服を着て学校に行ってるか、何も気づいていないんだから。私だって、淡九郎さんに『馬鹿なことを言うな』って叱られたら、ちゃんと従ったわよ。まったく、淡九郎さんの働き過ぎも困ったもの。でも、別に先生から注意されたわけじゃないんでしょ？」

思わず僕は言葉に詰まった。そうなのだ。ぶっちぎりの校則違反のはずなのに、入学式の講堂では誰も注意してこなかった。むしろ、どの教師もまるで僕と淡十郎が「見えていない」かのように振る舞った。

「なら、いいじゃない。それに結構、似合っているわよ」

とパタ子さんは依然ニヤニヤ笑いながら、僕の肩を軽く叩くと、「さあ、次の鯉さんのところへ行かなくちゃ」とさっさと縁側に上がり廊下の先に消えてしまった。

結局、僕は黒い学生服をあきらめた。

パタ子さんにはまったく取り合ってもらえず、淡九郎おじに直談判《じかだんぱん》する勇気などさらさらなく、本来なら相談の窓口になってくれるはずの幸恵《さちえ》おばは依然、韓国である。残る手段は「自腹を切る」であるが、何かあったときのためにと母から預かっていた十万円をさっそく使う気にもなれない。

石走に来て一週間が経ち、今日も変わらず、僕は淡十郎と揃いの赤を着て、舟に揺られ学校に向かっている。昨日はパタ子さんから、彼女も同じ石走高校出身だったことを聞かされた。当然、高校の制服についてもはじめから知っていたわけで、つまり、僕はまんまとパタ子さんに嵌《は》められたのだ。

「ひどいです。おかげで、僕も淡十郎と同類と思われ、いまだクラスじゅうの女子から敬遠されまくっています」

と改めて強い抗議を伝える僕に、

「浩介《こうすけ》さんだって石高《いわこう》に通っていたんでしょ？　じゃあ、涼介くんも、今までに一度くらい、お兄さんの制服姿を見る機会があったんじゃないの？」

とパタ子さんはどこ吹く風といった様子で返してきた。

刹那、六年前の淡八郎《たんはちろう》じいさんの葬式に、当時石走高校に通っていた兄が黒い制服姿で参列していた風景を思い出した。「あ」と思わず声を上げてしまった僕に、

「おや、何か思い出したのかしら」

とパタ子さんは目の端に意地悪い笑みを浮かべ、廊下を去っていった。

どうにもパタ子さんには敵《かな》う気がしない。

そもそも、何のためにパタ子さんがここにいるのか自体、判然としない。一度、学校に向かう舟の上で淡十郎に訊ねたら、

「親父《おやじ》が呼んだ。手伝いをしてもらうためとか言っていた」

と関心なさそうに答えていた。

手伝いなら、他に雇っている人たちが御殿内にも大勢いるのだから、わざわざパタ子さんを呼ぶこともないだろうと思ったが、淡十郎もそれ以上知らないらしい。ならばとパタ子さんに直接、訊ねたら、

「そうなのよ、まだはっきりしないのよ」

と当の本人が困ったように長い首を傾《かし》げているので、まるでわけがわからない。パタ子さんは相変わらずエプロン姿、三角巾、はたきという取り合わせで、パタパタ廊下を走っている。本人曰《いわ》く、やることがないので、好きで掃除をしているだけなのだという。

パタ子さんはなかなか本当のことを教えてくれない。

ちなみに、パタ子さんが最近やっと教えてくれたのは、上の名前が「藤宮《ふじみや》」ということと、見た目より少し年を取っていて来年に三十になるということだ。

＊

僕のクラスに、棗広海という男がいる。

入学式の朝、いきなり僕を殴りつけた例の男だ。

当然、そんな野蛮な輩と友好を深められるはずもなく、入学式以来、一度も口を利いていない。目すらも合わせていない。

だが、棗が何者かは知っている。向こうももちろん、僕のことを知っている。もっとも、こんな目立つ制服を着て、日出と名乗っているのだから馬鹿でもわかる。

父から何度か話を聞いたことはあったが、まさかこんな身近な場所で、よりによって同じ教室で顔を合わせるなんて思いもしなかった。殴られたあと、淡十郎に「何も知らないんだな、お前」と言われても、まだ気づかなかった。帰りの舟の中で、何のことだと改めて訊ねてはじめて、相手が棗家の人間だったことを知った。「ナツメ」と急に言われても、漢字が出てこなかったのだ。

日出家と棗家の付き合いは古い。

古すぎて、もはや誰にもはじまりがわからなくなってしまったくらい古い。滋賀はかつて近江《おうみ》と表記された。奈良に都があった頃、琵琶湖を「近つ淡海《あふみ》」と呼んだことが語源らしいが、おそらくその言葉が生まれたはるか前からの長い付き合いだろう。

石走に来て三週間が経ち、ようやくここでの特殊な生活にも慣れ始めた頃、僕は淡九郎おじの急な呼び出しを食らった。

指定された午後二時きっかりに、書斎のドアをノックすると、

「入れ」

とそれだけで背筋が伸びる低い声がドア越しに聞こえた。

おじに会うのは、石走にやってきた初日以来である。おじと食堂や廊下で顔を合わせたことは一度もない。パタ子さんによると、おじは朝食をとらない主義らしく、夜は夜でほとんど外食なので、食堂に姿を現すのは週に一、二回、平日の昼どきに限られるそうだ。そういえば、おじと同様、淡十郎の姉清子《きよこ》にも会っていない。馬に乗って堀端を散歩している姿を見かけたのが最初で最後である。僕と淡十郎の部屋の並びに住んでいる様子もないから、ひょっとしたら御殿住まいではないのかもしれない。まあ、兄浩介と同い年だから、石走の外で働きながら生活していても何もおかしくない——などと考えながら「失礼します」とドアを開けた。

　おじは前回と同じくチェアに深く腰かけ、足を組み、太ももの上の書類をめくってい た。日曜日だというのに、ワイシャツにネクタイ姿である。老眼鏡だろうか、縁の太い メガネを外すと、「座れ」とメガネのつるの先で示した。

　鈍い光沢を放つ、焦げ茶色の大きなデスクを挟み、おじの正面のひとりがけソファに 座った。靴下越しに感じられる、足裏を包みこむ高級な絨毯《じゅうたん》の感触がどうにも落ち着 かない。ソファに沈みこむ尻の位置を調整すべく、もぞもぞとやっていると、「学校は どうだ？」とおじが訊ねてきた。制服の一件を持ち出そうかと思ったが、その語調から、 「本物の話題」を求めていないことがすぐに知れたので、「はい、いい感じです」とだけ 返しておいた。

「淡十郎と同じクラスになったのか？」

「はい、一年C組です」

「部活に入ったそうだな」

　淡十郎に聞いたのだろうか、意外なおじの言葉に、別にウソをつく必要もないので、

「吹奏楽部に入りました」

　と正直に答えた。

「これまで、どこかでやっていたのか？」

「小学校高学年の頃に部活で少しだけやっていました。といっても、ほとんど幽霊部員 でしたけど。小学校のときは、アルトホルンを吹いていました。ここに来てから、急に トランペットをやってみたいなあ、と思い立ちまして――」

おじは僕の言葉には何も返さず、しばらくももの上の書類を見つめていたが、

「棗広海はどうだ？」

と唐突に訊ねてきた。

「え？」

「同じクラスにいるのだろう」

「あ、はい……」

「どんな男だ？　面倒事を仕掛けられていないか？」

いきなり、どストライクの指摘に、つい「出会ったその日にさっそく殴られました」と報告しそうになったが、

「何しろあいつら――揃いも揃って、粗野で下品な連中ばかりだからな」

と淡九郎おじのつぶやきが続けて聞こえてきて、僕は慌てて言葉を呑《の》みこんだ。何やら下手なことを言うと、大ごとになりそうな気配である。

「だいたい、よりによって同じクラスにするとは、校長め、何を考えている。新年会のときに、ちゃんと言い含めておいたはずだが――」

それからしばらく、淡九郎おじが「これだから、県外のやつは頼りにならん」とぶつぶつつぶやくのを聞きながら、

「あのう……」

と僕は思いきって声を上げた。緊張のあまり、右手もいっしょに挙げてしまった。

チェアの肘《ひじ》かけに片肘をつき、身体の右側を預けるように座っていたおじは、「何

だ？」と鋭い視線を向けた。

「す、すいません、さっきから校長の名前がちがっているような気が……」

「何？」

急にトーンを上げたおじの声が放つ圧力に負けず、僕は入学式のあいさつのなかで、校長が学校に赴任したばかりで自分も新入生の気持ちでがんばる、といったようなことを話していたと伝えた。

「新しい校長が来た、ということか」

「前の校長が急な病気になったとかで、突然着任が決まった、と言っていました……」

外見も声も話の内容も、妙に若々しい雰囲気を放っていた、新しい校長の入学式でのスピーチを思い返しながら僕は答えた。

「そんな話、ひと言も聞いていないぞ」

「はあ……」

「新しい校長は、何という名前だ」

「ええと、確か、速瀬《はやせ》です」

実際に声に出してみて、そういえば僕の席の前に座る女子も速瀬という名前だな、いや、それとはまた別のところで聞いた気もするけれど、どこでだっけ――とあやふやな記憶を弄《もてあそ》んでいると、淡九郎おじの舌打ちが部屋に響いた。

「もう一学期は始まっている。校長が誰であれ、今さらどうにもならん」

おじは苛立《いらだ》たしげにつぶやくと、

「来年は必ず、お前たちと棗広海を別のクラスにさせる。とにかく今年一年、棗のことは完全に無視しろ。口も利くな。諍《いさか》いを起こして目立つのは本意ではない。淡十郎にもそう伝えておけ」

と早口で命じた。

はい、と素直にうなずいたのはいいが、すでにこちらは入学早々に諍いを起こしている。淡十郎も上級生相手に派手にやらかし済みである。そもそも、棗広海の話の前に、淡十郎にしろ僕にしろ、一キロ先からもゆうに視認できるような格好で学校に通っているのだから、目立つなというほうが無理である。

パタ子さんの言うとおり、淡九郎おじは本当に淡十郎の学校生活について何も知らない様子だった。僕と淡十郎が同じクラスになったのも、きっとパタ子さんから聞いたのだろう。よくよく考えると、僕をここに呼び出す行為自体、少しおかしい。棗のことなら、淡十郎に訊いたらいいのである。ここから歩いて数分かかる距離ではあるが、相手は同じ屋根の下で生活する自分の息子なのだ。

今さらながら、この石走に来て三週間、淡十郎がたったの一度も家族と夕食をともにしていないことに気がついた。他人の家のこととはいえ、どう見ても健全とは言えない状態だ。

「それで棗の息子はどんなやつだ。できそうか？」

決して量の多くない髪を政治家のようにきれいに撫《な》でつけた、その生え際を手で押さえ、おじはふたたび話を戻した。いつの間にか、棗広海が「棗の息子」という呼び方に変わっている。

「えっと、すいません。授業も始まったばかりで、誰が賢いとかはまだ——」

「ちがう」

苛立たしげな調子で、おじは僕の言葉を遮った。

「将来、日出家にとって目障りな人間になりそうか、ということだ」

ずいぶん大げさな言い方だな、と思ったが、こちらをじっと見据えているおじの目は、驚くほど真剣である。

「それは……」

目障りかどうか、という質問なら、答えは「YES」に決まっている。だが、「日出家の将来にとって」という留保をつけるとなると、そんなこと僕にはわからない。それに、やつを目障りに感じる理由も、おじが求めているものとは、ちがっているような気がする。

棗広海はめちゃくちゃモテる。

殴られたこともちろんあるが、それがやつを目障りに思ういちばんの理由である。最近は十分の休み時間にも、男前だという噂《うわさ》を聞きつけた他クラスの女子が、教室をのぞきにやってくる。僕のクラスに中学のとき雑誌の読者モデルをしていたとかいう、「私ちょっとちがうわよ」というニュアンスを、あごの上げ方で示しながら歩く女子がいるのだが、彼女も狙いを棗に定めたようで、しょっちゅう話しかけにいっている。机に頬杖《ほおづえ》をついてぼけっとしていると、ちょうど斜め前方に話しかけにきた彼女の姿が見える。楽しそうに棗に声をかけるその横顔に、何とも言えぬ殺伐《さつばつ》とした気持ちが湧き起こる。入学式の朝、棗が僕に向かってくる最中に、

「お、ずいぶん男前だな、こいつ」

と無意識のうちに認めてしまったことが、今となっては残念でならない。

棗は背が高い。髪も何だかサラサラ、冷たい感じがたぶんクール、顔全体の色素が薄く、顔のところどころに散らばったほくろがよく目立つ。ただ、本人はどちらかというと社交的ではないタイプらしく、いつも席に座って音楽を聴いている。女子が来ると、イヤホンを外す。どんな話をしているのかはわからない。ちゃんと観察している自分がとても嫌である。

「昨日、棗に会った――。よりによって竹生島《ちくぶしま》でな」

答えに窮している僕を置いて、おじが言葉を先に発した。

「え?」

「会ったと言っても、棗永海《ながみ》、親父のほうだが」

広海の親が永海ということは、どうやら棗家も、日出家と同じ名前のルールに従っているようだった。

「そこで、やつから息子が石走高校に行ったことを聞かされた。しかも、同じクラスだとな。まったくこれでは何のために、淡十郎が中学に入るとき、学区の編成まで変えて、やつの息子が別の中学校に通うよう、手を回したのかわからん。高校はさすがに市の真ん中に、校区の境界を設けるわけにはいかんから、万が一、向こうが石走高校を受験し

たときは、すみやかに落とせ、と校長に言い含めておいた。何も連絡がなかったから、てっきり別の高校に行ったのだと思っていたら、このザマだ」

おじはチェアの肘かけに頬杖をつき、空いた左手の指でデスクの表面を神経質なリズムで叩いた。受験せずに高校に合格した僕が言うのも何だが、「すみやかに落とせ」というのは、なかなか聞けないひどい裏口命令である。

「この石走から下品な連中を全員引き連れて出て行けと、かれこれ四十年も言い続けているのに、棗め……まったく腰を上げおらん。ここで武道場を開き続けるより、大阪か京都でやったほうが人数も集まるに決まっているから、金も土地も用意すると、いくら譲ってやっても、話すら聞こうとせん。先代も化石のように頭が固い老人だったが、あの頑固な血筋だけはどうしようもないな。勝負は百年以上も前にとっくについたというのに、いつまでもここに居座ろうとする」

と指で机を叩く間隔をいよいよ短くして、おじは声を荒らげた。

「あ、あのう……」

と僕はおずおずと声を上げた。

「何だ？」

「何が——そんなに下品なんですか？」

ああ、とおじは面倒そうに声を上げ、頬を支える手から顔をもたげた。

「お前はまだ知らないか。あの連中はな、力を放つときひどい音を立てる。それこそ、死ぬかと思うようなひどい音だ。この世のものではない響き。あれほど下品な音は地上に存在しない。どんな下品なものよりも、さらに下品だ」

淡九郎おじは苦いものを思いきり嚙《か》み潰したかのように顔を顰《しか》め、拳を作り、骨の部分でデスクを忌々《いまいま》しげにコンコンと鳴らした。

入学式の朝、いきなり耳を襲った、あの大音量のことだとピンと来た。下品という表現が適しているかはわからないが、「死ぬかと思うようなひどい音」という表現はまさにぴったりである。思い出すだけで今でも気分が悪くなる。なるほど、それが下品ということか。

「それで、棗の息子はどうなんだ？」

と依然、言葉の端に嫌悪の感情を漂わせ、おじは刺々《とげとげ》しい視線を向けた。

「わかりません」

と僕はなるたけ平静を装い、首を横に振った。

「でも、間違いなく嫌なやつだと思います」

おじは一瞬、目の奥に興味深げな色を浮かべたが、

「わかった——棗の息子とは今後、いっさい関わるな。これで、この件は終わりだ」

と肘をついたままの右手で払いのけるような仕草を見せ、

「涼介、これからお前は不念堂《ふねんどう》へ行け」

と唐突に話を変えてきた。

「え？」

「昨日、竹生島に行ったのは、お前の入堂を報告するためだ。ここ二年、不念堂を使わ

なかったせいであちこちガタが来て、ずっと修理させていた。大手橋も修理中で、この建物の西側も傷みがひどい。まったく、どこも金がかかって仕方がない」

とおじは耳の上の髪を撫でつけ、物憂げにため息をつき、

「取りあえず、不念堂の修理は終わった。お前はこれから、みっちり鍛えてもらえ」

と人差し指の先を向けた。

「ひょっとして――、師匠が決まったんですか？」

「そうだ、昨日、ワシといっしょに竹生島に行って報告も済ませた。そこで運悪く、棗に会ったわけだ」

「じ、じゃあ、師匠はもうここにいるんですか？」

「そうだ、今日からさっそく修練だ」

とおじは重々しくうなずいた。

「お前は不念堂の場所を知っているか？」

「いえ、知りません」

「濤子《とうこ》を呼ぶ。連れていってもらえ」

おじはデスクの受話器を手に取ると、パタ子さんを呼び出した。その間、僕はこみ上げる緊張に、落ち着きなく手をパー、グーして、何度も頬を手のひらでこすった。まったく何ということだ。こんないきなり、不念堂に行くことが決まるなんて思ってもみなかった。今日はのんびり、廊下の古い本棚に詰まっていた、おそらく歴代の奨学生たちが残していったマンガコレクションのなかから、『哭《な》きの竜《りゅう》』を一気読みしようと思っ

ていたのに、それどころじゃない。

＊

「不念堂における師匠との関係は一生もの」

とは力を授かった日出家の人間にとって、決して犯すことのできない鉄の掟《おきて》である。兄の浩介も、師匠にはいまだ一ミリたりとも頭が上がらない。たとえば兄が師匠のもとへ、

「マジシャンとして一旗揚げるべく、これから東京に行って参ります」

と報告に赴き、それに対し、

「せっかくだから、芸名とステージ映えするコスチュームを決めてあげようかしら」

との言葉を授かったときには、それがどれほど絶望的なアイディアであっても、必ず頭《こうべ》を垂れて受け入れなければいけない。ついでに、

「決めポーズも授けてあげるわよ。ざっつ、こわびーしょー。いいじゃない、これ。でしょ？」

と提案された場合は、笑顔で「最高です」と返さなければならない。

僕の師匠がいったい誰になるのかについては、湖西の実家でも議論があった。兄の師匠は、不念堂で六十年以上ひとりで師範を勤めあげた女性であり、現在、日出家中枢で働いている人間のほとんどがその教え子になるという、生ける伝説のような大人物であ

る。すでに九十を超える高齢に加え、最近は心臓の調子も悪いらしいから、いい加減、お役御免ではないか、と正月に帰省した兄は語っていた。その言葉を裏づけるように、石走に出発する前日、父から依然、師匠の人選が協議中であることを知らされた。石走に来てからも何の音沙汰《おとさた》もないので、これでは淡十郎とお揃いの服を着るために来たようなものだ、と心で毒づくこともあった。だが、ようやく決まったのだ。しかも、すでにこの城に到着しているという。まるで高校受験の合格通知を待ち受けるようなドキドキを感じた。実際の経験はまったくないけれど。

「失礼します」

とノックの音とともに、マスク姿のパタ子さんが長い首をにゅうと伸ばし、ドアの向こうから顔をのぞかせた。

「よし、行ってこい」

僕はすぐさま立ち上がり、一礼して部屋を出た。玄関へと続く廊下を、高鳴る胸の鼓動を感じながら、エプロン姿のパタ子さんと並んで歩いた。

「僕の師匠がやっと決まったみたいです」

「らしいわね」

「パタ子さんは誰が師匠になったか聞いていませんか？」

「全然、聞いてない」

「やはり、兄と同じ師匠でしょうか。相当アクの強い人らしいから、もしも同じなら大変だぞ、と兄が言っていました」

僕の言葉に、パタ子さんが「確かに、アクは強いわね」とマスク越しにくぐもった笑い声を上げた。そうか、パタ子さんも、奨学生として石走高校に通っていたのだから、当然同じ師匠に教わっていたはずである。

「パタ子ってあだ名も師匠なの」

「え?」

「師匠が私が走っている姿を見て、そうつけたの。以来、どこへ行ってもパタ子。いやになっちゃう」

パタ子さんは意外な呼び名のルーツを明かしてから、

「でも、私や浩介さんのお師匠は今、韓国よ」

とさらりと重大な事実を告げた。

「韓国?」

「師匠も、幸恵さんに輪をかけて、韓流スターの熱烈ファンなの。だから、幸恵さんといっしょに、大はしゃぎで韓国に行っちゃったわよ」

パタ子さんは、師匠が追いかけているという俳優の名前をいくつか挙げたが、さっぱりわからなかった。

「昨日、幸恵さんと電話で話したけど、今月いっぱいは、二人いっしょに韓国にいるって言ってたわ。本当に好きよねえ」

「その……パタ子さんのお師匠さんって、確か九十を超えてますよね」

「あの人、化けものだから。年なんて関係ないわよ。それに九十になっても女は女」

玄関の幅の広い上《あ》がり框《かまち》に腰かけ、パタ子さんの話から導かれる「六十年ぶりに新しい師範が不念堂にやってくる」という結論に、僕は改めておののきを感じながら、スニーカーに足を突っこんだ。

「不念堂って、どこにあるんですか？」

「最悪のところ」

「はい？」

「天守閣の跡地に建ってるの。まわりはスギだらけ」

と暗い鼻声でつぶやき、パタ子さんはこれから戦場に向かう兵士の如《ごと》く、厳《いか》めしい表情のままエプロンのポケットから透明ゴーグルを取り出した。

「行きましょう」

御殿を出た僕とパタ子さんは、裏手に回り、こんもりとそびえる山の中へと向かった。

石走城は平山城《ひらやまじろ》である。

山ひとつをまるごと本丸として内堀で囲いこみ、そのまわりに二ノ丸、さらに外堀と広がっていく縄張りになっている。

石走山の外観は、いわゆる「ひょうたん島」の形だ。ひょうたんを縦にふたつに割り、そのひとつを断面を下にして置くと、まさに石走山の模型そのものになる。高低ふたつの山が連なるうち、西側の低いほうに本丸御殿が、東側の膨らんだほうに、城郭創建当時は三層四階の天守閣がそびえていた。しかし、わずか築後十年で、落雷のため天守閣は焼失。以後、再建されることなく今に至っている。東側部分には他にも、櫓《やぐら》が多数設けられていたが、明治に入り、城が日出家の手に渡ってからすべて取り壊された。石走に来た日に、僕が駅前通りから遠目に眺めたのは、この石走山の東側部分にあたる。何も建物が残っていないため、駅側からはただの山にしか見えない。当然、山の向こうに隠れている本丸御殿の存在も、いっさいうかがえない。

歩幅の広いパタ子さんを追って、生い茂る樹木の間を縫う、ほとんど登山道に近い急な石段を上った。花粉の存在がよほど憂鬱なのか、パタ子さんは御殿を出てから、まったく言葉を発しない。

御殿を出発しておよそ十分、ようやく視界が開け、二メートルほどの高さの石垣が目の前に現れた。脇のスロープを進み、石垣の上に出ると、正方形の土地が広がっていた。地面には等間隔に、大きな礎石が埋めこまれている。こんな狭い敷地でも三層四階の天守閣が建ってしまうのか、と少々拍子抜けするような天守台の迫力のなさだった。こぢんまりとした四角形の土地の真ん中に、古めかしい小屋がぽつんと構えていた。汗ばんだシャツをつまみ、胸元に空気を送りこみながら、正面に近づいた。入り口の引き戸の上に、「不念堂」と大きく墨書された額が掲げられていた。檜皮葺《ひわだぶき》の趣きある三角形の屋根を見つめ、

「師匠はもう中にいるのですか?」

と緊張と渇きのせいでかすれた声で僕は訊ねた。

「まだ、来てないわよ。三時からの予定だから」

腕時計をのぞくと二時四十五分である。パタ子さんはエプロンから鍵束を取り出し、

「まったく地獄だわ」と低い声でつぶやいた。何のことかと戸惑う僕に、パタ子さんは長い人差し指を上に向けた。釣られて空を仰ぐと、なるほど、スギの高木がこれでもかというくらい四方からせめぎ合い、屹立《きつりつ》していた。

「そこで待ってて」

入り口の南京錠《なんきんじょう》を外し、パタ子さんはさっさとひとりで中に入っていった。しばらくすると、側面の雨戸がごとごとと音を立て、空いた隙間からパタ子さんの顔が現れた。

「こっちから入ってきて」

「失礼します」

スニーカーを脱いで、パタ子さんが雨戸を開けたあとの縁側に上がった。

縁側に面するように六畳間がふたつ並んでいる。仕切りの襖《ふすま》はすでに取り払われ、すっきりとした広さが感じられる造りだ。欄間《らんま》の凝った彫り物を見上げていると、雨戸を全部収納させたパタ子さんが、何やら大きなものを抱えて戻ってきた。

「何ですか、それ？」

「空気清浄機。いちばん強力なやつを淡九郎さんに頼んだの」

長い身体を窮屈そうに折り畳んで、コンセントを探しているパタ子さんを見下ろし、

「はあ」と曖昧《あいまい》に相づちを打ったとき、

「あ、そう言えば、淡十郎はいつ来るんですか？」

とすっかり忘れていた、もうひとりのことを思い出した。

「淡十郎くん？　来ないわよ」

「来ない？　どうしてです？」

「そりゃ、来たくないからでしょ」

「来たくない……って、そんなの許されるんですか？」

「淡九郎さんと去年ずっと、そのことで大げんかしてたみたいよ。淡十郎くんも、淡九郎さんに輪をかけて頑固でしょう。結局、淡九郎さんが折れて、四月からの入堂はあきらめたみたい」

「それでも……、日出家の跡継ぎが不念堂に入らないのはさすがにマズいでしょう」

「詳しいことは、私も知らないの。今度、涼介くんから淡十郎くんに訊《き》いてみてよ。あ――、あった」

とパタ子さんは棚の足元に見つけたコンセントに、空気清浄機のプラグコードを差しこんだ。次に、壁際に寄せてあった小さな古ぼけた机を手前に引き出し、

「なつかしいなあ。ここに師匠が座って、みんなはそっちに並んで座るの。完全な寺子屋スタイルよね」

とむかしの思い出を語った。パタ子さんは縁側に出ると、「思っていたより、花粉ひどくないわね。よかったよかった」と突き当たりの納戸《なんど》らしきところから、座布団を二枚取り出し、両手にぶらさげて戻ってきた。僕の足元に一枚、机を挟《とも》んで一枚置くと、パタ子さんは空気清浄機のスイッチを入れた。赤いランプが灯り、力強く唸《うな》りだすのを確認してから、

「本当はとても嫌だったのよね。伝統だとか、何だとか、いろいろ責任重いから。外野

でうるさく言ってくる人も多そうだし」

　とマスクを外して、エプロンのポケットにしまいこんだ。

「でも、淡九郎さんとギャラの相談をして、家のローンを一気に半分にしてもらえるまでねばったの。旦那もあと一年、単身赴任から帰ってこないし、ほかに特にやることもなかったから」

「あのう――さっきから、何のことですか？」

　戸惑う僕を置いて、パタ子さんは机の向こうの座布団に、壁を背にしてすとんと腰を下ろした。

「三時ね」

　とパタ子さんは横手の壁に取りつけられた、古時計を指差した。

「じゃ、そろそろ始めようかしら」

「始めるって何をです？」

「講義に決まってるでしょう」

「でも、師匠がまだ来ていませんよ」

「もう、来てるわよ」

「え、どこです？」

　すでに到着して姿を現しているのかと、僕は慌てて縁側の外に視線を向けた。

「ここに」

　その声に僕は顔を正面に戻し、パタ子さんと無言で目を見合わせた。

「日出家六代目師範となりました、藤宮濤子でございます」

と正座したパタ子さんは深々と一礼した。

「本当ですか」

「本当です」

僕は足元に敷かれた座布団に正座し、両手を太ももの上に揃えた。

これまでもパタ子さんにはまるで敵わなかったが、これで一生敵わなくなった、と心でつぶやきながら、

「湖西から参りました日出涼介でございます。今後ともご指導のほど、よろしくお願い申し上げます」

と畳に額がつくまで頭を下げた。

第二章 竹生島

流し台を挟んで隣のテーブルの男が、意味もなく蛇口をひねり、水をしばらく流してから閉めた。理科実験室の水道の蛇口から出る水というものは、どうしてああもシャワシャワと泡っぽい音がするのか、とぼんやり考えながら、僕はプリントに事細かく教師の指示をメモしている、正面の速瀬《はやせ》の手元を見つめている。

説明を終えた教師が、材料を取りに来いと声を上げた。速瀬はシャーペンを置くと、誰に相談することもなく席を立ち、教師の待つ黒板前の大きな実験台へ向かっていった。

しばらくして戻ってくると、

「じゃあ、これを二人で作ってくれる？　設計図はプリントのここ」

と厚紙とカッターナイフ、マジック、三十センチ定規などを机に置き、

「西塚《にしづか》さんがいないぶん、がんばってね。そうじゃないと、時間内に間に合わなくなるから」

と告げて、ふたたび教師のもとへ向かった。

その後ろ姿を一見したらわかるとおり、速瀬の制服のスカートの丈は長い。長いといっても膝小僧が隠れるくらいだが、ほとんどの女子が丈の短いスカートをはいているなかでひときわ目立つ。

速瀬のスカート丈の長さは、彼女の遠慮と配慮のあらわれ――という隠された事情を知ったのは、ほんの今朝のことだ。速瀬は教室で僕のひとつ前の席に座っている。先週、

淡九郎《たんくろう》おじの部屋に呼び出された際、校長に関するくだりで速瀬の名前が出てきて、滅多に聞かない名字であるし、ひょっとしたら？　と一瞬考えたことを今朝になって急に思い返し、一時間目に入る前に冗談半分で確かめたら、本当に彼女、校長の娘だった。

「え、そうだったの？」

と驚く僕に、

「あとであれこれ言われるの嫌だから、最初の授業で自己紹介したとき、ちゃんと伝えたじゃない」

と速瀬はそれとなく非難の視線を向けた。

「ああ、すまね。次、自分が何言うかで頭がいっぱいで、ぜんぜん聞いてなかったわ。あ、だからスカートも長いの？」

「急にここでの校長の仕事が決まって、お父さん毎日大変そうだから、今は長くしてるの。やっぱり、服装にはうるさいから。でも、お父さんが慣れてきたら、少しずつ短くしようかなって思ってもいるけど……、やっぱり長すぎて変かな？」

なかなか父親思いの発言に、ずいぶん殊勝な心構えだなと僕は素直に感心しつつ、

「いや、全然変じゃないと思う。こんな赤い格好しているやつに言われても、説得力ないだろうけど」

と答えた。速瀬は僕の言葉に少しだけ笑ってくれたが、

「あの、私のスカート見ないでくれる？　気持ち悪いから」

とずいぶん太い釘《くぎ》を刺すのも早かった。

さすが校長の娘だけあって、はっきりものを言う。少し淡十郎《たんじゆうろう》に似た雰囲気がある。ただ、速瀬の声はとても小さい。普段の会話でも、「え？」と耳を近づけなければ、その言葉を聞き取れないこともしばしばだ。声だけ聞くと、いかにも可憐《かれん》な印象を与えるのだが、ところがどっこい、速瀬は僕より背が高い。体格も僕より立派だ。胸も見るからに大きい。だが、グラマーというよりは、フィジカルという言葉のほうが彼女の場合、しっくりくる。胸に限らず、要は全部が大きい。赴任したばかりの彼女の父親も、身長は百八十センチを超える偉丈夫で、「イケメン校長」とPTAのお母様方に早くも大人気という評判だから、父親譲りなのだろう。パタ子さんにしろ、速瀬にしろ、世の中、背が高い女性だらけ、いよいよ真に女の時代だ。

僕の正面には、速瀬が熱心に書きこんだプリントが置かれたままになっている。その余白をびっしりと埋める速瀬の几帳面《きちょうめん》な文字に、これは「大きな身体《からだ》」と「小さな声」に分類するならば、どちら寄りの性格を有するのだろう？　と考えた。文字のひとつひとつは小ぶりだが、はねのあたりが意外と無骨で、そのへんは「大きな身体」っぽい印象を与える、されど野放図に書き散らすのではなく、全体の統制を保ち余白を使うところなどは「小さな声」のニュアンスだな、などと勝手なことを思い浮かべながら腕時計を確かめた。まだ始まって十五分しか経《た》っていない。二時間連続の実験授業だから、終了ははるか先である。

僕はこの理科実験室で行う授業が嫌いだ。

理科実験室の各テーブルは、流し台を中央に挟み、ふたつの四角い小テーブルが向かい合う造りになっている。小テーブルの定員は四人。普段の教室の席順を前から四人ずつ区切り、テーブル毎《ごと》に班を作り実験に勤《いそ》しむ。別に実験が嫌いなわけじゃない。ただ、斜め前方の席に棗広海《なつめひろみ》がいることだけが、受け入れがたい。よりによって、棗から始まる四人の区切りに含められ、理科実験室での授業のたび、僕はやつと同じテーブルに座る羽目になってしまったのだ。

しかも今日は、教室で棗の後ろに座っている西塚という女子が風邪で欠席している。さらに速瀬が席を離れたとなれば、必然、テーブルには僕と棗だけがとり残されることになる。実験材料を渡され、「二人で作って」と託されても困る。何しろ、やつとは入学式以来、相変わらず口を利いていないのだから。淡九郎おじからも、言葉を交わすなと念押しされている。

理科実験室の入り口上部には、なぜかタカアシガニのどデカい標本がガラスケースに収められ飾られている。先ほどからずっと、棗はテーブルに頬杖《ほおづえ》をついてそれを見上げていた。

一方、僕は手元の光の回折《かいせつ》に関するプリントを眺めながら、隣のテーブルからにぎやかに聞こえてくる、実験道具を作るための役割分担じゃんけんの行方を耳で追っている。速瀬が持ってきた実験材料は、テーブル中央に完全に放置されたままだ。ゆえに、席に戻ってきた速瀬が、

「ちょっと……どうして、ぜんぜん進んでないの」

と狼狽《ろうばい》した声を上げるのも、当然の反応である。それに対し、僕と棗が無言のままタ

カアシガニや手元のプリントを眺めているのもまた、致し方ないところである。何せ、日出《ひので》家と棗家は、この地で千年以上もの間、延々といがみ合ってきた、まさしく宿敵同士の間柄なのだ。

しかし、眼前に横たわる深い深い歴史の溝を速瀬が認識できるはずもなく、テーブルの前に立ち尽くしたまま、

「二人ともひどい」

とか細い声でつぶやいたきり、急に目を潤ませ始めた日には、さすがの僕も仏頂面をキープし続けることはできず、

「わかったよ――」

と口を開こうとしたのだが、実際にその言葉を発したのは、何ということか、左斜め前方の憎いあんちくしょうだった。しまった、0・1秒差で遅れをとった。

「ありがとう、棗くん」

と速瀬は急に明るい声になってお礼を言ったかと思うと、

「日出くんも……、棗くんのこと手伝ってあげてよね」

と一転、あからさまな軽蔑《けいべつ》の色を含んだ眼差《まなざ》しを向けてきた。声は小さいが、静かな怒りがにじんでいるのが、ありありと伝わってくる。

「おいおい、ちょっと待ってくれ。僕だって今からやろうと思ってたところだったんだぞ」

「あ、そう」

こちらの弁解にはいっさい耳を貸さず、速瀬はテーブルのプリントを手に取り、計測のやり方を実践する教師の元へ、さっさと踵《きびす》を返し立ち去ってしまった。

二人の時間が戻ったところで、棗は黙って目の前の材料から厚紙を一枚引き抜いた。

「くそ、うまいことやりやがって」

相手に視線を向けずにつぶやいて、僕は残りの厚紙を手に取り、プリントに記された実験道具の制作手順を確かめた。どうやら厚紙二枚から、別々のものを切り出す必要があるようだ。となると、お互い手に取った厚紙で何を切り出すのか、事前調整が必要になる。

「おい」

僕はうつむいたまま呼びかけた。

「おい」

返事がない。

「おい」

三度目でようやく、「何だ」と返ってきた。

「どっちを作るか決めよう」

「俺はA」

「いやいや、僕もAのほうをやりたい」

「何で」

「何でって……。このプリント見たらわかるだろ。どう考えたって、Aのほうが楽じゃないか」

プリントには厚紙から切り出すべき設計図がA、Bと図解で示されている。厚紙から切り取ったものを組み立てて、光を招き入れる箱を作るのが目的なのだが、Aは厚紙全体を使って大きなパーツを単純に切り取ったらいいだけなのに対し、Bのほうは補助的なパーツの数々が記され、どう見てもAの倍以上の手間がかかりそうだ。

「俺、もう、始めてるから」

「おいおい、勝手に決めるなって」

「何でお前に、いちいち相談する必要があるんだ」

「当たり前だろ。先にやるって言ったからって、主導権握ったと思うなよ。だいたいお前、ついさっきまでやる気ゼロだっただろうが」

「俺はずっと実験のことばかり考えていた」

「ウソつけ、カニしか見てなかっただろ」

とお互い顔を伏せながら、言葉の応酬に努めていると、何やら紙が切られる音が聞こえてきた。

「あ、こいつ」

顔を上げると、早くも厚紙に記したマジックのラインに従って棗がカッターを押しつけていた。そこへ新しい実験材料を手にした速瀬が帰ってきて、

「あ、棗くん、早いね」

とうれしそうに声をかけたのち、厚紙を前にしたまま、線の一本も引けていない僕に

視線を移し、

「日出くん……」

と声を漏らしたきり、暗い表情になって席に腰を下ろした。そのまま速瀬はカミソリの刃を合わせて箱の光の入り口部分を作る工程に取りかかった。身体が大きいぶん、背中を丸め寡黙《かもく》に作業を進められると、妙な圧迫感があった。

いけない、このままでは僕は世界一、無能な男になってしまう。

失地回復を図るべく、僕はやむなく設計図Bに取りかかることにした。しかし、定規を置いて一本目の長い線を引くなり、

「そんな真ん中にそれを引いたら、全体が紙に収まりきらなくなる」

と速瀬に注意された。

「オウケー、わかってる」

と明るくうなずき、別の場所に線を引いた。すると今度は方眼紙の目盛りの勘定が間違っていると指摘された。数えてみると、確かに一センチ設計図よりも短い。

「私――やろうか」

「いや、結構」

「だって、任せられないもの」

「そんなこと言わず、僕にやらせてください」

懐疑的な表情を崩そうとしない速瀬の視線から逃れ、ふと隣に顔を向けたら、棗の野郎、下を向いたまま薄く笑っていやがった。恥と怒りに心を高ぶらせながら、カッター

を定規に沿って走らせた。すると、途中で厚紙に刃先を取られ、定規からずいぶん離れたほうへと大きくコースアウトしてしまった。

顔を上げるともはや無表情になっている速瀬が視線も合わさずに、

「新しいの、もらってくる」

と声をかける間もなく立ち上がり、教師のもとへ小走りで向かってしまった。

咄嗟《とっさ》に棗の様子を確かめた。やつは先ほどよりさらに深くうつむいて作業していた。前髪が長いせいで、表情がうかがえない。しかし、きっと隠れて笑っているにちがいない、と思うと、いよいよ腹が立ってきて、

「鯉《こい》っておなかが減るのかなー」

と少し高めのキーで歌ってみた。

案の定、棗は釣られて顔を上げた。

僕はオシャレ前髪に隠れてこそこそと人をあざ笑う、その腐りきった性根を白日の下にさらしてやろうと思って罠《わな》をかけたのだが、棗はまったく笑っていなかった。逆に、何を歌っているのか、と思いきり不審な顔をされた。

どうやら自ら仕掛けたトラバサミに、思いきり足を踏みこんでしまった様子である。このままでは世界一、無能であることを、自ら完全証明してしまいそうな勢いなので、

「な、なあ――棗」

と僕は声を低め、いかにも最初から用があったかのように装った。

「これまでずっと湖西《こせい》に住んでいて、全然、お前の家のことを知らなかったから訊《き》くん

だけど、お前のところも、その……そうそう、名前はさんずいで統一してるのか？」

棗はしばらく僕の顔を見つめ、眉間に難しそうなしわを寄せていたが、

「ああ」

と小指で眉の上に垂れた前髪を脇によけたついでに、かすかにうなずいた。

「じゃあ、二度づけ禁止のルールとかもいっしょ？」

二度づけといきなり言われてもわからなかったのか、不審げな表情を目に浮かべるので、

「あれだよ、名前にさんずいを二回使わないってやつ」

と補足した。

「ああ……同じだ」

「これも——、全然知らないから訊くけど、お前の使う力って、その……相手の動きを自由に操れるんだろ？　じゃあ、もしもテレビのリモコンがちょっと離れた場所に置いてあって、その間に誰かひとりいたら、すぐそいつに取らせることができるわけ？」

「何だそれ」

「特売セールのワゴンに残った最後の一個を誰かに取られそうになったとき、まわり全員の動きを止めて、悠々ありつくことができるわけ？」

棗が切れ長な目を向け、口を開こうとしたとき、速瀬が厚紙を手に戻ってきた。

「すいませんです」

ボロが出る前に話が中断されたことに安堵《あんど》しつつ、一方で、棗の返事を聞いてもみた

かったと少し惜しみつつ、僕は頭を下げて新しい厚紙を受け取った。棗はすでに何事もなかったかのように作業に戻っている。切り取った厚紙の折り目となるところに、いち いち定規をあて、カッターの背で一度くせを入れてから組み立てる、というずいぶん丁寧なやり方を取っている。体格に似合わず、マメな性格らしい。それを見て今度は慎重に行こうと、気持ちも新たに定規を手にした途端、

「やっぱり、日出くんひとりだと、もう間に合わないと思うから」

といきなり速瀬に厚紙を取り上げられ、有無を言わさず二等分に切り離されたものを突き返された。

「私も作る」

一方的な速瀬の宣言を前に、僕は何も言い返せぬまま、ずいぶん小さくなった厚紙から、彼女の指示どおり、パーツを切り出す作業に励んだ。

それにしても――これは歴史的な瞬間なのかもしれない、と定規を手にふと思った。というのも、こんなふうにひとつのテーブルに日出家と棗家の人間がついて、同じ目的のために共同作業に励むことなど、たとえば石走《いわばしり》藩二百五十年の歴史のなかで、ほんの一秒すらもなかっただろうからだ。

「だから、それ、ちがうって日出」

ほんの一瞬、ぼんやりしていたところへ、速瀬の注意が飛んできた。ついに呼び捨てになっていた。しかも相変わらず小さな声だから、余計におっかなかった。

それでもどうにか時間内に作業を終了させ、完成した実験道具でちゃんと計測も済ま

せた。授業の終わり際に、教師が来週もここで実験をするからと告げた。早くもげっそりした気分に捕らわれながら正面を向くと、速瀬と目が合った。さぞ、嫌な顔を返されるかと思いきや、速瀬は案外平気そうな、いやむしろ少しうれしそうな表情さえ浮かべていた。よほどの実験好きらしかった。

隣の様子もそれとなく確かめた。棗はやはりタカアシガニの標本を見上げていた。こっちは、よほどのカニ好きらしかった。

そういうことにしておいた。

*

放課後、僕はひとり、吹奏楽部の部室に向かった。

部室の奥の収納棚からトランペットの入った楽器ケースを下ろし、貸出届を備えつけの箱に提出してから教室に戻った。掃除当番の友人たちを待っているクラスの連中と、廊下の端でしばらく無駄話に花を咲かせた。

入学してほぼ一カ月、ようやく周囲との壁もなくなったように感じる。

最初の二週間くらいは、それこそ誰も僕に話しかけようとしなかった。近寄ろうとすらしなかった。せいぜい、細眉の葛西《かさい》が「俺といっしょに、てっぺん取ろうぜ、日出」と僕の制服を見て、頓珍漢《とんちんかん》なことを言ってくるくらいだった。淡十郎と同じ日出姓で、ともに赤い制服を着て、城から舟でドンブラコとやってくる。どう見ても普通じゃない。

さらに、淡十郎の中学時代の逸話が広まりつつあったところへ、上級生を蜂まみれにしたグラウンドの一件がとどめを刺した。僕は完全に淡十郎の同類と認定された。

周囲から送られてくる畏怖の視線を感じながら、このままではいかんと思った。僕は機会を見つけてはクラスメイトに話しかけるよう努めた。だが、まるで駄目だった。皆、揃《そろ》って消極的な眼差しとともに、積極的に僕を敬遠した。女子に至っては、声をかけた途端に小走りで逃げられた。途方に暮れた僕は、母親から預かった十万円で週末の休日に、制服を新調しようと決めた。人は見かけが九割九分。痛い出費だが仕方がない。

そんなとき、葛西が昼休みに弁当を食べている僕の隣に来て、「お前、どんなとこに住んでんだ？」と訊いてきた。ひどく人恋しくなっていたところだったので、正直に城の様子を語って聞かせたら、まわりの空気が一瞬にして変わった。前後左右、みんなが聞き耳を立てているのがわかった。

そのとき、僕はピンと来た。

淡九郎おじに知れたら、それこそ大目玉を食らうだろうが、背に腹は代えられない。人はひとりでは生きられない。淡十郎はひとりで席にぽつんと座っていても、永遠にへっちゃらかもしれないが、残念ながら、やっと僕とでは器がちがう。もちろん大きいのは向こうのほうである。多分に底抜け気味ではあるが。

僕は勝負に打って出た。まさに禁じ手と言ってもいい、石走城内の様子を積極的に公開する、という策に賭けたのである。

これが、当たった。

驚くほどに効果絶大だった。

そりゃ、そうだろう。長い間、秘密のヴェールに覆われていた城の内部がついに明かされるのである。

不思議なことに、僕はこの石走に来てからというもの、ハッタリ話を披露したり、ホラを吹いたり、何となく雑な気持ちになって軽いウソをついて相手を誤魔化す、といったことがいっさいなくなった。理由は自分でもよくわかっている。石走城での生活が、世間から見たらハッタリ話、ホラ話以外の何ものでもないからだ。何せ、城での実際の出来事を語っている僕自身が、ハッタリ話を口走っているときよりも現実感がない。たとえば、昨日の夕食時、食堂に突如、寿司カウンターが設置され、パタ子さんを挟み、僕と淡十郎が三人横一列になって北海道の小樽からわざわざ呼び寄せた職人の寿司を食べた――などという話は、なかなか思いつきたくても思いつけない。湯呑《ゆの》みまで、魚へんの漢字がびっしり書きこまれた寿司屋仕様になっていた。

昼休み、教室にて弁当を広げ、僕はこれらの話をおもむろに語りだす。もちろん、日出家の活動についてはいっさい触れず、あくまでも当たり障りのない、されど世間的に見ると非常識極まりない城暮らしの内情を披露する。

周囲の食いつきは、それはもう素晴らしいものがあった。日を経るにつれ、向こうから話しかけられる機会が少しずつ増えてきた。同じ日出姓であっても、淡十郎とは異なり、僕が人格的にもまともで、

「湖西から居候《いそうろう》に来ている、ただの赤こんにゃく」

であることが知られてきた。先ほどの理科実験室での速瀬の対応も、実のところは少しうれしかった。なぜなら、速瀬の率直な物言いは、僕への偏見がすでに霧消していることを知らせてくれるからだ。

楽器ケースを足元に置き、廊下で話を続けていると、掃除当番だった連中が清掃を終え、教室から出てきた。そのなかに淡十郎の姿もあった。この男、制服や座席のルールはまったく守ろうとしないくせに、掃除当番のルールは律儀に守った。黙々とほうきを持ち、机の持ち運びも誰よりも真面目にこなした。やつがトイレの洗面所で丁寧に手を洗うのを待ってから、いっしょに舟着き場に向かった。途中、ベランダで偶然、速瀬に会った。中庭に面した柵の前にイーゼルを立て、油絵のキャンバスをかける準備をしているので、

「あ、速瀬って美術部なんだ」

と声をかけると、「うん」と小さな声でうなずいた。

速瀬はちょうど箱から取り出した筆の先を僕と淡十郎に向け、

「日出くんたちの制服って、明らかに校則違反よね」

と遠慮なく言い放った。多分に父親の存在を意識した皮肉な響きが、その声には含まれていて、隣の淡十郎の存在を思い、僕は一瞬ヒヤリとしたが、

「でも、悪くない色よね」

と速瀬は続けてニヤリと笑った。

隣に視線を向けると、淡十郎は自分よりゆうに十センチ近く背が高い相手をじっと見

つめていた。と思ったら、

「それ、君が描いた絵？」

とイーゼルにのせたばかりの油絵を指さした。

「う、うん……そうだけど」

「いい絵だね」

速瀬は少し驚いた表情で、

「ど、どうもありがとう」

と応えたが、そのときにはすでに淡十郎は僕と速瀬に背を向けて歩き始めていた。

昇降口で革靴に履き替えたのち、淡十郎は部活動の連中が練習していようがいっさいお構いなしに、グラウンドの真ん中を突っ切って舟着き場に向かった。こういうとき、怖い上級生の視線を浴びながら、「すいません、すいません」を連呼しながら後ろをついていく僕は、どこからどう見ても供の者そのもので本当に迷惑だった。

舟着き場では源爺《げんじい》が、いつものように舟に腰を下ろして待っていた。

水路を縫ってのんびりと進む舟の上で、僕は淡十郎に明日からゴールデンウィークが始まるけれど、お前は何をして過ごすのか、と訊《たず》ねた。

「皿を焼く。試したいうわぐすりがある」

と淡十郎はにこりともせずに答えた。お前も焼きたいのか、と訊かれたので、僕はトランペットの練習をする、と足元の楽器ケースを示した。

「湖西には帰らないのか」

「まだ来たばかりだから帰らない。おとつい電話して、夏休みまでこっちで頑張ることにした」

　ふうん、とあぐらをかいた膝に肘《ひじ》をつき、手のひらに丸いあごをのせて、淡十郎は舳《へ》先《さき》に顔を向けた。

「淡十郎はさっきの速瀬のこと、知っているのか？」

「速瀬って？」

「今、ベランダで会ったやつだよ。何だよ、同じクラスなのに名前も知らないのか」

　無言のまま水路の先を眺める淡十郎に、

「彼女、校長の娘なんだってさ」

　と告げると、

「美しいな」

　と短く返ってきた。

　水路の両脇には、手を伸ばせば届きそうな場所に、黄菖蒲《きしょうぶ》が水面からすらりとした葉を伸ばし、互いに身体を寄せ合いながら鮮やかな黄色の花をいくつも咲かせている。てっきりそのことを言っているのかと思いきや、

「彼女、速瀬という名前なのか……」

　と後に続いたものだから、僕は「え」と淡十郎の横顔に視線を戻した。

「失礼、今何て？」

「だから、彼女のことだ。とても美しい」

膨《ふく》らんだ頬が、明らかにピンクに染まっていく様を、僕はのどから泡が吹けるのではないか、というくらい大口を開いたまま、まじまじと見つめた。

源爺の「よぉいしょォ」というかけ声とともに、水路から外堀へと舟が滑りこんだ拍子に、僕は危うく背中から堀にひっくり返るところだった。

何ということだ。

淡十郎が恋をした。

*

ゴールデンウィークに入って二日目、僕は山に登った。

登ったといっても、向かった先は本丸御殿裏にそびえる小山である。

朝六時に起床し、顔を洗い、歯を磨き、ああ、やっぱまだ眠いわ、いや、しかしこのためにわざわざ部室から楽器ケースを持ち帰ってきたのだから、と己に言い聞かせ、トランペットを片手に、本丸御殿の裏手から続く石段へ向かった。

五月を迎え、急激に緑を濃くしつつある木々を仰ぎ石段を上り続けること十分、不念《ふねん》堂《どう》のある天守台に達したところで僕は振り返った。

斜面の下に、広大な本丸御殿が、沖合の海原の如《ごと》く広がっていた。黒い瓦屋根が傾斜をつけてぶつかり合い、さながら大小の三角波がひしめくかのような眺めだった。こうして俯瞰《ふかん》すると、いまだに御殿の構造を正確に把握していない自分に気づく。たとえば食堂はどの屋根の下なのかと考えても、すぐにはピンと来ない。屋根の合間にところどころぽっかりと空いた方形から、中庭の位置を定め、それを手がかりにようやくたどり着くことができる。僕と淡十郎の部屋は、この山から見ていちばん奥にある区画のようだ。建物からはみ出すようにして、部屋の前の芝生がのぞいている。

石積みのへりにしゃがみこみ、トランペットの三本のピストンを交互に押さえながら、しばらく眼下の景色を眺めてみたが、どうもしっくりこない。

「天守」というだけあって、天守台は裏山の頂上部分に築かれているわけだが、周囲を背の高いスギの木に囲まれているせいで、頂上に立っているという実感は皆無である。視界も本丸御殿方面しか開けておらず、展望台として何の役にも立たない。堀の水を引いていることからもわかるとおり、城の一部は湖に接しているにもかかわらず、琵琶湖《びわこ》もいっさい見えない。

もっと別の場所を探そうと、僕はいったん天守台から下りて、本丸御殿を背にこれまで行ったことのない「天守台の向こう側」に足を運ぶことにした。

二十メートルも進まないうちに平地部分が終わり、急な斜面が現れた。のぞくと、ほとんど下は崖《がけ》の様相を呈している。城壁の土台に使われていたと思われる石積みが横手に続いているので、生い茂る木の幹をつかみ、ところどころ崩れて途切れている石の上を慎重に歩いた。

かつての城壁の礎《いしずえ》は、今や遺跡の如く朽ち果て、木々が好き放題に根をからませている。崖下に目を遣《や》ると、鬱蒼《うっそう》たる緑の海にぽつりぽつりと、遅咲きの山桜が放つ濃いピンク色が鮮やかである。あたりは頭上を覆う枝葉のせいで何とも薄暗い。倒れたまま朽ち果ててしまった太い幹をまたぎ、道とも言えぬ道を進みながら、やはりこっちもハズレだったかとそろそろ引き返そうと思ったとき、急に前方の視界が開けた。

思わず、その場に足を止め、立ち尽くした。

木の幹に手をかけたまま、短く口笛を吹いた。

石積みが途切れる先端ぎりぎりまで進んだ。何度も足踏みして石が崩れないことを確かめてから、右手のトランペットからマウスピースを外した。「朝顔」の部分が下になるように、トランペットを足元に置いた。

僕が立つ場所は、天守台を中心にいびつな弧を描くように続く石積みの、ちょうど突端にあたると考えられた。まさしくステージのように、木々の間からぽつんと突き出た足場の上で、僕は大きく伸びをした。風がゆったりと吹いて、周囲の木々がさわさわと鳴る。

目の前に、琵琶湖が広がっていた。

たっぷりと水を湛《たた》え、ただ青く横たわっていた。石走の町は木々に隠れて見えない。人が造ったものは何も見えない。琵琶湖だけが見える。あまりに大きすぎて、茫洋《ぼうよう》とすら感じられる。

朝の陽を受け、湖面は神々しいほどに光り輝き、青い空の向こうに、対岸の比良《ひら》の山々が連なっていた。空は晴れ渡っているのに、山々の姿はかすんで見える。少しずつ夏の気配が訪れていることを、その風景は教えてくれていた。

マウスピースを唇にあてて、鼻から息を吸った。

「ぴぷぷぷぷ」

とマウスピースはふざけたような音を鳴らした。

小学校の吹奏楽部でアルトホルンを吹いていたから、ドレミの指づかいは覚えている。だが、唇のまわりの筋肉が息の吹きこみ方を忘れ、まだ音を上手に出すことができない。それゆえのウォーミングアップだ。

しばらく「ぺぷぷ」とやっていると、唇のまわりがむず痒《がゆ》くなってきた。毛細血管に血が巡ってきた合図だ。高校の吹奏楽部にもなると、新入部員は中学三年間みっちり吹いてきたという強者《つわもの》ばかりになるので、顧問の教師は、遅れを取り戻すためにも、比較的簡単に音が出るコルネットにしたほうがいいのではないか、とアドバイスをくれたが、僕は突っぱねた。あんな、トランペットを中年太りさせたようなのはゴメンだ。やるからにはやはり、本家本元のトランペットがいい。

金管楽器とは不思議なもので、たとえばどんなに大男が頰を大きく膨らませ、力の限り息を吹きこんでも音が出ない。決められた唇の形を作り、決められた息の出し方をしてはじめて音が鳴る。このあたりは、僕たちの持つ「力」に少し似ている。ちゃんと、型に沿って力を発しないと、相手に作用しない。よく、「ホースと霧吹き」のたとえが使われる。トータルでは同じ水量でも、ホースで勢いよくあてるのと、霧吹きでちんたらシュッシュとしているのじゃ、相手にかかる圧がちがう。細く、強く、しなやかに、相手の心に一気に打ちこむ。

それが力の使い方の基本である。

僕は放課後の音楽室でトランペットの吹き方を練習する。同じように週に二度、不念堂で力の使い方を練習する。三味線の稽古のように師匠の型を真似《まね》する。座布団の上に座り、パタ子さんと向き合って、三味線の稽古のように師匠の型を真似する。しかし、パタ子さんの教え方は、感覚的な言葉がやたらと多く、

「ここを、にゅうとねじるような感じで、意識をくっと入れていく」

といった表現をする。

「何ですか、『にゅう』って。その後の『くっ』て」

「だから、にゅうよ」

とパタ子さんは両手を上に伸ばし、つくしのようなポーズを取って、「にゅううう」と身体をねじり、最後に身体を震わせ「くっ」と短く気合いを入れた。

「余計にわかりません」

「困ったわね」

毎度こんな感じである。

といっても、力のほうは別に上達してもしなくても、僕はどちらでもいいので、パタ子さんの教え方もさほど気にならない。しかし、トランペットのほうは結構本気である。

唇の準備ができたところで、僕はマウスピースを本体にはめた。口をつけただけで、金属の香りが鼻の奥を伝って、鼻孔へと抜けていく。

息を吸って、軽くファを鳴らした。そこから僕は、とある有名なアニメ映画で主人公

が朝もやに覆われた町に向け、飼っている鳩を放ち、屋根に登ってトランペットを吹くシーンそのままに曲を奏《かな》で始めた。曲の名前は知らない。でも、イントロを聞いたら、誰もが「ああ」と膝を叩く曲だ。

「ぽっぺーぽぺっぺー、ぽ、ぺーぺぺっぺー」

と目覚めたての琵琶湖に向かって、おはようさんとばかりに吹きたてた。たとえ音を外しても最高に気持ちよかった。風が正面から吹いてくる。お返しとばかりに、僕も吹き鳴らす。木々が観客のようにざわわと応える。それにも「ぽっぺー」とお返しする。

いつだったか、学校への行きの舟で、淡十郎にどうして吹奏楽部に入ったのかと訊かれ、

「まあ、何となく」

とそのときははぐらかしたが、実際はこの城を訪れた初日、御殿に上る石段の途中で琵琶湖を見た瞬間にピンと来た。ああ、ここであの曲を吹いたら気持ちいいだろうなあ、と。ほんの二日前に、金曜ロードショーでその映画を観《み》た影響をモロに受けていることは明白だった。四月半ばになって、部活動への入部が解禁されるや、僕は吹奏楽部の門を叩いた。主人公が吹いていたトランペットに、真っ先に手を挙げた。

短い曲なので三度吹いてから、トランペットを下ろした。唾《つば》を抜いて、腹も減ったし、今日はこのへんで戻ろうかな、と振り返ったら、いきなりそこに人が立っていたので、僕はもう少しで足を踏み外して崖下へ滑落死するところだった。

「ずいぶん下手ね」

いったい、どこから現れたのか、そこに清子《きよこ》が立っていた。いつぞやの白馬に乗っていたときと同じ、長袖Tシャツにジャージの下という取り合わせで、

「そこ、どいてくれる？」

と清子は何とも気怠《けだる》そうな眼差しを向けた。

すいません、と僕は慌てて石の上を伝って場所を空けた。

清子は好き勝手にうねる、量の多い髪を掻《か》きながら石積みの先まで進んだ。「はあ、眠いわ」とつぶやいて、こちらに背中を向けて腰を下ろした。馬上に見かけたときの印象よりもずっと丸みを帯びた、淡十郎とどっこいどっこいの肉づきのいい背中に向かって、

「あ、あの、湖西から参りました日出涼介《りょうすけ》と言います。お世話になっています」

とずいぶん妙なシチュエーションだと思いつつ、緊張しながら頭を下げた。

「湖西？」

清子は振り返った。

「は、はい」

「ひょっとして、浩介《こうすけ》の弟？」

「そうです、よろしくお願いします」

清子はふうん、と目を細め、ジャージのポケットからタバコを出すと、一本くわえた。ライターで火を点《つ》け、細長い煙を吐いた。煙はすぐに風にさらわれ、琵琶湖を包む空へ

消えていった。

「兄貴に比べて、ずいぶんブサイクね」

顔をねじって向けた拍子に、右肩に当たった部分の頬肉が寄り、唇の端が少し歪《ゆが》んで見えた。登下校の舟で、前を眺めているところを呼んだとき、振り返った弟が見せる表情と瓜二《うりふた》つだった。

清子は水墨画の線のように、太いのだが、どこか淡く見える眉の間にしわを作り煙を吐くと、身体を屈《かが》め、タバコの灰を落とした。トランペットを吹いていたときはまるで気づかなかったが、ちょうど僕が立っていた石と隣の石との隙間に、淡いブルーの陶器製の灰皿がすでに置かれていた。

「ちょっと――。あんなブタん十郎にそっくりとか、冗談でしょ」

吸い終えたタバコを灰皿に押しつけながら、清子はうつむき加減のまま、ぼそりとつぶやいた。

「え」

僕の裏返った声がまるで聞こえないかのように、清子はふたたび背中を丸めて、箱からタバコを一本取り出した。

「し、失礼します」

動揺を隠せぬまま、僕は来た道に急いで身体を向けた。

心の中を読まれた。

未体験の衝撃に、足元の感覚がおぼろになっていた。

グレート清子――。

会ったらわかる――。

石走に来る前に聞いた兄の言葉が無意識のうちに、頭の中でこだました。

本丸御殿まで、石段をほとんど駆け下りるようにして戻った。食堂に入ると、ちょうど柱時計が七時を告げた。むかしは殿様に拝謁《はいえつ》するための大広間だったという、四十畳はある食堂の中央に置かれた大テーブルに、淡十郎がひとりで座っていた。

「おはよう、涼介。早いな」

淡十郎は朝からどんぶりいっぱいの麦とろを食べていた。姿勢よくイスに座り、薬味皿からきざみのりをつまんで、とろろの上にまいた。休みの日でも、淡十郎は平日と変わらず、白の開襟シャツを着ていた。さすがにズボンのほうは赤ではなく、ベージュの綿パンを穿《は》いていた。

淡十郎の正面の席に座ると、間髪を入れず給仕係の男性が来て、湯呑みを置き、お茶を注《つ》いだ。「あれの半分くらいでお願いします」と淡十郎のどんぶりを示すと、「承知しました」と腰から曲げるお辞儀を返して、給仕係は厨房《ちゅうぼう》に戻っていった。

お茶を一気に飲み干し、ひと息ついてから、

「さっき、清子さんに会った」

と伝えた。

「どこで」

どんぶりを持ち上げようとした淡十郎の手の動きが止まった。

「天守台の裏で」

「何でそんなところに行った？」

「見晴らしのいいところで、これを吹こうと思った」

と僕はテーブルに置いたトランペットを指差した。

「清子さんて、ここに住んでいたのか？」

淡十郎は僕の顔をじっと眺めていたが、

「ああ」

とうなずいた。

「一度も御殿のなかで見たことないぞ」

「昼夜逆転の生活をしているから。たぶん、今から寝るところなんだろう」

清子の気怠そうな眼差しが、「眠いわ」というかすれた声とともに蘇《よみがえ》った。あれは起きたてゆえの「眠い」ではなく、本当に眠かったということなのか。

「で、でも――それにしたって、僕がここに来て、そろそろひと月が経つんだぞ。一度も顔を合わせないってのは、さすがに不自然じゃないか？」

「引きこもりなんだ」

「え？」

ちょうどそこへ、給仕係が麦とろと味噌汁《みそしる》を盆に載せて持ってきた。とろろにすでに味がついていることを伝えてから、給仕係は音もなく立ち去った。

「引きこもり？　誰が？」

「清コング」

それが姉を指したあだ名だと気づくまで、数秒かかった。まったく、「ブタん十郎」に「清コング」、陰で無茶苦茶言い合う姉弟である。

「清コングはひとりで離れに住んでいる。天守台の向こうだから、たぶん、そのそばで出会ったんだろう」

思わぬ展開に次の言葉がすぐには見出せず、とりあえず「いただきます」と手を合わせ、麦とろをひと口運んだ。

「引きこもり……って、その、いつからの話なんだ？」

「三年前からだな」

「でも、白い馬に乗ってるの見たぞ」

「城の中でだろ」

僕はとろろをかきこむ動きを止めて、淡十郎に視線を据えた。

「それって――引きこもりって言うのか？」

「家の外に出ないのが、引きこもりだ。清コングは城の外には一歩も出ない。なら、引きこもりだ」

確かに百畳の部屋に閉じこもっていても、引きこもりは引きこもりかもしれない。だが、この広大な城の中を自由に出歩くのは、さすがにちがうのではないか。むしろ、それは「引きこもり」ではなく、「籠城」と言うべきではないか。それにどう考えても清子は引きこもりというガラではない。あんなアクの強そうな人間が一カ所にじっとしているほうが、逆に難しそうだ。だが、実際に清子は三年間、城の外に出たことがない、と淡十郎は言った。理由を訊いてみたかったが、いつもの仏頂面に、少し憂いの色が差している淡十郎の表情を見ると、言葉が出なかった。そんな淡十郎の顔をこれまで見たことがなかったからだ。それに、引きこもりのことよりも、僕には今、もっと知りたい事柄がある。

「読まれた」

広い食堂に僕と淡十郎しかいないことを確認し、できるだけ小声でささやいた。

「心を読まれた」

淡十郎はどんぶりを傾け、底に残ったとろろをつるつると飲み干し、

「そうか」

とだけつぶやいた。何か続きを言いそうな雰囲気なので待っていたら、「かゆい」と言って、おしぼりで口のまわりを拭《ふ》き始めた。

「本当に清子さん、心を読むのか？」

「ああ、読む」

「で、でも……力を持つ者同士だと、僕らの力は作用しないはずだろ？」

声が大きいんじゃないのか、と冷静につぶやいて、淡十郎は使い終わったおしぼりを丁寧に巻いて、受け皿に戻した。

「できるんだよ、清コングは。だから、引きこもりになった」

淡十郎は湯呑みのお茶をゆっくり飲み干すと、

「ごちそうさまでした」

と姿勢正しく手を合わせ席を立った。食堂をあとにするまで、僕はその丸い後ろ姿に声をかけることができなかった。

何だか、淡十郎が怒っているように見えたからだ。

＊

ゴールデンウィーク最終日、僕たちは船旅に出かけた。

琵琶湖に直接面している二ノ丸の西端には、自家用マリーナがある。小型モーターボートから中型船まで、日出本家が所有する五隻が威風堂々係留されている。そのなかで一等真新しい、白の船体がまぶしいクルーザーに乗って、僕たちは島に向かった。

その島にまつわるむかし話は、小さい頃から聞かされてきた。

その発祥についてはいくつか逸話があるが、僕がいちばん好きなのは、夷服岳《いぶきがだけ》という山が目の前にそびえる浅井岳《あざいがだけ》という山に嫉妬して、その首をちょん切って落っこちた先が島になった、というものだ。夷服岳が物騒な刃傷沙汰《にんじょうざた》に及んだ理由が、相手のほうが自分よりも背が高かったから、という無茶苦茶なところがまたいい。

竹生島《ちくぶしま》。

琵琶湖にぽつんと浮かぶ小島である。

僕が生まれてはじめて竹生島に行ったのは生後わずか三日目のことだ。もちろん覚えているはずもなく、すべては父から聞かされた話である。父は島で僕の額にかわらけを置き、そこへご神水を注ぎ、僕が泣くのを待った。僕はやがて大泣きして、かわらけのご神水を撥《は》ねさせた。父は前もって雄介か涼介という名前を僕のために用意していたそうだが、この瞬間、涼介と決まった。琵琶湖に認められた者であることを示す、「さんずい」を持った名前が否応なく与えられたのである。

二度目に来たのは十歳の誕生日、今でも覚えているが、その日は日曜だった。学校が休みで、父が急に竹生島に行こうと言いだしたから、よろこんで家を出発した。ＪＲで近江今津《おうみいまづ》駅に向かい、そこから二人で竹生島行きの観光フェリーに乗った。到着した島の桟橋に、なぜか石走にいるはずの兄浩介が待っていた。「何をしているのか」と訊ねたら、「みんなでお前を待っている」と兄は言った。

急な階段を上り、お堂のようなところに通された。広い座敷に男性も女性も、日出家の大人たちがずらりと並んで座っていた。正面に座る淡九郎おじから杯を渡され、わけもわからぬまま飲み干した。それはご神水だった。ほんの少し酒の香りがした。その水を飲むことで、それまで内側でくすぶっていた力が正しく開放されたそうだが、僕には一生もののめんどう事が、身体の真ん中に居座ることが確定したに過ぎなかった。

以来、三度目の竹生島になる。

石走から竹生島までは、およそ二十分の船旅だ。

快晴に恵まれ、空はたいへんな青である。すると琵琶湖はさらに青く、空を水面に映しだす。船室にいると酔いそうなので、後部デッキに出ると、まるで湖は宇宙から見た地球のように、静かで雄大だった。

　クルーザーが残す航跡の先には、遠ざかる石走山が見える。普段、学校のグラウンドから見上げる風景の、ちょうど裏側からの眺めになるぶん違和感がある。石走山の背後には、岐阜との県境にそびえる山々が左右に連なっていた。若葉の淡い緑が、濃緑の山肌に混ざり合ってまだらを描く。城から離れるにつれ、それらの山々の背後に、のっそりと巨大な影が姿を現し始めた。伊吹山《いぶきやま》である。かつて夷服岳という名で相手の首をちょんぎった荒ぶる山だ。これがべらぼうにでかい。横幅もある。さながら修学旅行のバスでいちばん後ろに陣取り、全体を睥睨《へいげい》するボスの風体である。標高がありすぎるからだろう。手前の山を軽々見下ろすようにのぞくいただきは、くすんだ茶色に染まっている。まだ初夏が訪れていないのだ。

「まあ、なんていいお天気。日焼け止め塗ってきてよかったよかった」

　と僕の隣で、柵にお尻のあたりを預け、パタ子さんがのんびりと声を上げた。パタ子さんは白いワンピースにジャケットを羽織り、白い帽子をかぶっている。ときどき巻いたように吹きこんでくる風が意外と強いので、ずっと帽子を手で押さえている。

「淡十郎くんは？」

「船室で大人しくしています」

「涼介くんも、よく連れてきたものねえ。絶対に来ないと思っていたのに」

「さすがにこれはパスできない行事とわかってるみたいですよ」

「淡九郎さんが来られなくなったって知ったから、ついてきたんじゃないの？」

「どうでしょう——。でも何で、おじさんは来られなくなったんですか?」

「急な来客の予定が入った、って言っていたわよ。ゴールデンウィークになっても、相変わらず忙しいのねえ」

お互いかなり声を張って話していても、風とクルーザーのエンジン音が容赦なく掻き消していく。オイルのにおいがときどき鼻を撲《う》つ。クルーザーの側面から前方をのぞくと、竹生島が拳くらいの大きさに膨らんでいた。

「あ、鳥がいっぱい。ステキ」

とパタ子さんが長い腕を伸ばし沖を指差した。その先には、水面低くを水鳥が細い首を伸ばし、一列になって羽ばたいていた。最初は真横を飛んでいたのが、じりじりとこちらを追い抜いていく。クルーザーよりも速く飛ぶことができるらしい。先頭から数をかぞえてみたが、十三羽のところで隊列が乱れご破算になった。

鳥から遠方に視線を向けると、湖の先に見えるのは山、山、山である。振り返ってみても山、さらにぐるりと身体を回しても山。琵琶湖の周囲はこれでもかというくらい、すべて山である。どうやってこんな山ばかりに囲まれたところに、これほどの大きな湖が、これほどの水を湛えるだけの窪《くぼ》みが生じたのか、不思議で仕方がない。あまりに大きすぎるせいで、湖のくせに南のほうを眺めたらゆっくり水平線が弧を描いていた。

その湖にぽっかりと浮かぶように、竹生島は鎮座している。

クルーザーから眺めると、左に低く右に高い、石走山とよく似た、まさしくひょうたん島の外見をしている。山のてっぺんを切り落とされ飛んできただけあって、湖面すれすれのところから木々が生い茂り、湖にいきなり小山が浮いているような感がある。むかしから聖域扱いされていたのも宜《うべ》なるかな。何とも不思議な存在感がある。

栈橋に近づくと、船室から淡十郎がのっそりと出てきた。昨日から淡十郎は機嫌が悪い。ゴールデンウィークに入ってからずっと取り組んでいた焼き物に、思っていた色が出なかったかららしい。どう考えても、高校一年生の悩みではない。

柵に手をかけ、身を乗り出して前方を確かめる淡十郎に、「お前も十歳のとき、島に来たのか?」と訊ねた。軽いウェーブのかかった髪を風にさらわれながら、「来た」と淡十郎はつまらなそうにつぶやいた。

「パタ子さんもですか?」

「もちろん。私の家は母親がそうだったから、お母さんとね。ああいうとき、お父さんを騙《だま》すのが大変なのよね。どうして俺は連れて行ってくれないんだ、ってなるじゃない。まあ、どれだけゴネたところで、お母さんがすぐお父さんの気を逸《そ》らしちゃうんだけど」

「それって、力を使うってことですか?」

「仕方ないでしょう。明らかに説明がつかないことも、そのうち出てくるもの」

「僕の家はそんなことしていない、と思いますけど——」

「それは涼介くんのお父さんが、日出グループの仕事をしていないからよ。何も誤魔化す必要がないもの。まあ、誤魔化すって言っても、日出家に興味を持たせない、ってことくらいだけどね。でも、生まれて三日後に島に連れ出したときは、さすがに涼介くんのお父さんも、使ったんじゃないかしら？」

　なるほど、病院から生まれたばかりの赤ん坊を船に乗せて島に連れ出すというのは、よくよく考えると無茶な話である。母を納得させるため、そのときばかりは父も力を使ったかもしれない。

「十歳になったとき、パタ子さんも大勢の前でご神水を飲んだんですか？」

「飲んだわよ。背が高すぎて、本当に十歳かってみんなに言われたわよ。言ってみれば、あれは元服式みたいなものなのよね。みんなでお祝いするわけ」

「そういうおめでたい雰囲気には思えませんでしたけど」

「みんなシャイなのよ」

　また適当に騙されているように感じながら、僕は淡十郎の頭越しに前方へ目を遣った。いつの間にか、港を歩く人の姿がはっきり見えるまで島が近づいている。クルーザーでやってくる人間など、他にいないからだろう。桟橋周辺の観光客はみんなこちらを見ている。パタ子さんが呑気《のんき》に手を振ると、お遍路の格好をしたばあさん集団が、「あらー」と甲高《かんだか》い声とともに手を振って返してくれた。

　船は桟橋を越え、奥まった入り江へと進んだ。「竹生島神社」と側面に書かれた小型船の隣に、見事な減速とともにクルーザーはぴたりと停泊した。操縦室から源爺が出てきて、岸壁に手早く板を渡す。石走からここまで、たったひとりでクルーザーを操縦してきたのは源爺である。石走城のマリーナで、

「源治郎《げんじろう》さんは、これも運転できるんですか？」

と驚く僕に、相変わらず藍色のはっぴを羽織り、源爺は「一級小型船舶の免許を持っていますんで」としわっぽい顔にさらにしわを寄せ、困ったような笑みとともに説明してくれた。

ゴールデンウィークだけあって、一見して島の観光客は多い。港には帰りのフェリーを待つ人々が列を作っている。もろこの佃煮《つくだに》はどうだい？と売り子のばあさまが元気に声をかけてくる土産物屋の並びを抜け、受付脇の券売機でパタ子さんは三人分の拝観券を購入した。源爺は留守番がてら、しばらく休憩である。

入場ゲートを通るなり、いきなり急な階段が正面に現れた。こうして見上げるとよくわかるが、竹生島は完全な岩山である。それをみっしりと樹木が覆っている。建物も何とか場所を見つけ、山肌にへばりついている。階段を上った先は、朱《あか》い三重塔が鮮やかな宝厳寺《ほうごんじ》である。僕たちが向かうのは右手の都久夫須麻《つくぶすま》神社、その本殿の手前にある竜神拝所だ。

赤い鳥居をいくつも抜け、見るからに古い建物の足元を、土台の石垣や木組みを仰ぎつつ進むと拝所に到着した。古めかしい木造の柵の前に立ち、正面を向いたら、石走方面を望む穏やかな琵琶湖が広がっていた。

拝所の足元から続く崖の突端には、鳥居が立っている。かわらけ投げが行われるため、鳥居のまわりは割れたかわらけでいっぱいだ。生後三日目の僕は、まさにここで額にかわらけをのせられた。そこに注がれたご神水を、泣いた勢いで撥ねさせた。水を動かす――それこそが、日出家の人間が持つ力の根本である。僕が不念堂でパタ子さんの講義を受けるときも、水を満たした杯を畳の上に置き、それに向かって力を放つ。人に力を作用させるときも、人の持つ水に向かって力を放つ。人の身体の約六割を占めている水に訴えかける。人に力を放つ。

「そういや——、淡十郎」

柵に寄りかかり、難しそうな顔で湖を見つめている淡十郎に声をかけた。

「前に兄貴から聞いた話だけど、お前、赤ん坊のとき、水を撥ねさせたついでにかわらけまで割ったんだろ？」

ふもとの土産物屋で買ったペットボトルのキャップを開け、淡十郎はどこか軽蔑するような視線を向けた。「覚えていない」とぶっきらぼうにつぶやいた。

「赤ん坊がそんな力を持つなんて、前代未聞のことだったらしいじゃないか。不念堂でちゃんと教わったらいいんだよ。きっとすごい力の使い手になるんだろうし」

淡十郎はペットボトルのミネラルウォーターを半分まで一気に飲み干し、

「お前はそんなものになりたいか？」

と訊ねてきた。

「いや、絶対になりたくない」

僕は即答した。いよいよ明確な軽蔑の眼差しを寄越《よこ》しながら、淡十郎はペットボトルのキャップを戻した。淡十郎は何も言わないが、僕は薄々気づいている。淡十郎も僕同様、力のことを嫌っている。少なくとも尊敬はしていないはずだ。

「ちょっと、二人とも、こっちに来てちょうだい」

振り返ると、拝所の隅に並べられたパイプ机に、クルーザーから持ってきたバスケットを置き、パタ子さんが手を振っている。そう言えばこの人も、師範のくせに、力のことを尊敬しているのかどうかあやしいところがある。

「さあ、ここに座って」

僕と淡十郎がバスケットの前のパイプ椅子に腰を下ろすと、パタ子さんは脱いだ帽子を机に置き、陽気に宣言した。

「レッツ、ご神水タイムよ」

やはり、尊敬していないように思われた。

＊

「通常、湖の寿命は数千年から数万年と言われています。それに対し、琵琶湖ができたのは実に四十万年前。つまり、琵琶湖は世界有数の古代湖なのよね。しかも、こんなに大きい。日本で一番大きい。だから琵琶湖はエラい。琵琶湖バンザイ。ということで、これからご神水をあなたたちに授けます。琵琶湖の立派な力をいただけますように、と願いながら飲んでください」

と早口で告げて、パタ子さんはバスケットの蓋を開けた。

「ちなみに、これは不念堂で講義を受けることになった人全員が飲む決まりです。十歳のときに飲んだご神水が、力を開放するためのものなら、今回のは何ていうか……そう、拡散させるためのものです。たとえるなら、そうねえ、前回が球の投げ方を知るってこと、今回は球の強弱、コントロールのつけ方を知るって感じ？　両方できてはじめて、ちゃんと的を狙ってボールを投げられるようになるってことね。こぼさないよう、気をつけて飲んでください」

相変わらず、わかるようなわからないような説明を終えて、パタ子さんはパイプ机の埃《ほこり》をハンカチで払った。その間に、パタ子さんの背後で、柵から身を乗り出し、カップルがかわらけ投げを始めた。さらに、観光客の一団がどやどやとやってきて、拝所は急ににぎやかになった。

「ご神水って、パタ子さんが作ったんですか？」

と小声で僕が訊ねると、パタ子さんは「まさか」と首を横に振った。

「韓国にいる師匠が、二人分、先に作って置いていったの。さすがに、これは放ったままでは行けなかったみたい」

「ご神水の中身って、何ですか？」

「ただの琵琶湖の水よ」

パタ子さんは拍子抜けするほどあっさり言い放った。

「力に関してまだ不完全な人が飲むと効き目があるの。だから、私が飲んでも何にも起こらない」

「どうやって作るんですか？」

「作り方は師匠しか知らないの。むかし、少しだけ説明してもらったことあるけど、神の力でうんぬんかんぬんって言ってた。何だか、ややこしそうだったから、途中で聞くのやめちゃった。私、そういうの苦手なのよね」

「でも、パタ子さん、師範になったら、あとを継がなくちゃいけないんじゃないですか？」

「冗談じゃない。私は臨時雇いよ。取りあえず、半年の契約で引き受けただけだもの。本業は専業主婦。夫が働いている間、家を守るのが私の使命です」

パタ子さんは嘘《うそ》くさい口調で言葉を並べながら、バスケットから小さな瓶を二つ取り出した。赤茶色の、徳利《とっくり》を丸々と太らせたような外見の中央部分には、丸マークの内側に「日」という文字がへらで簡単に刻まれていた。江戸時代、石走の一商家からスタートした日出本家のルーツである「日出屋」の紋である。

「そう言えば、淡十郎くんはもう聞いてる？　幸恵《さちえ》さん、韓国にマンション買っちゃったって。今クールの撮影が全部終わるまで、ずっと向こうにいるらしいわよ。もちろん、師匠もいっしょ」

パタ子さんの言葉に、淡十郎は黙ってうなずいた。パタ子さんは高い腰位置に両手を置き、淡十郎と幸恵おばの話をしながら拝所の様子をうかがっていたが、

「やっぱり、ゴールデンウィークよねえ」

とため息混じりにパイプ椅子を引いて腰を下ろした。

「あそこで祝詞《のりと》をあげてから、ご神水を飲むのが決まりなんだけど、さっきからなかなか空かない」

と言って、パタ子さんが指差したのは、崖の鳥居を正面に望む場所に設けられた祭壇である。先ほどやってきた一団が、賽銭《さいせん》を放ったり、写真を撮ったりで、なかなか立ち去る気配がない。

「待っているだけでも仕様がないから、せっかくだし、私たちもかわらけ投げしない？涼介くん、やったことある？」

「いえ、ないです」

じゃ、やろう、とパタ子さんは立ち上がると、拝所中央の売り場でさっそくかわらけを買い求めた。

「淡十郎くんは？」

淡十郎は首を振り、パタ子さんはふた組のかわらけを手に戻ってきた。

「これを生まれたての子どもの額に載せたってことですか？」

「ここにいる三人みんな、そんな変なことをやったんだから、よく考えたら間抜けな話よね」

かわらけとは、親指と人差し指で丸を作ったくらいの大きさの、薄っぺらい杯状のものである。パイプ机には、二枚ひと組のかわらけの片方に名前を、もう片方に願い事を書くように、と手順を記した紙が貼《は》ってあった。ご丁寧にペンまで置いてある。

「何でできているのかな、これ？」

と一枚目のかわらけに名前を書きながら僕がつぶやくと、手にしていたペットボトルを股に挟み、淡十郎は残りの一枚をつまんだ。

「土器だな。素焼きの」

さすが、自分用の窯《かま》を持っているだけある。同じく瓶のほうにも興味があるらしく、バスケットの横のひとつを手に取り、表面の具合をしげしげと観察し始めた。

「何て願い事、書いたの？」

と訊ねてくるパタ子さんに、「彼女ができるきっかけがほしい」と表面いっぱいに書きこんだかわらけを見せた。

「しょっぱいわねえ」

パタ子さんの手元をのぞくと、「早期ローン完済」と書いてあった。

「いやいや、僕の完敗だと思います」

淡十郎を置いて、二人で柵の前からかわらけを飛ばした。パタ子さんが、かわらけが鳥居の柱の間を潜《くぐ》ったら願いが叶《かな》うと説明してくれたので、本気で狙って放ったが、まったく別の場所に飛んでいった。かわらけは着地するや、軽い硬質な音とともに砕け散り、他の破片のなかに紛れ、あっという間に見えなくなった。二枚目はさらにひどく、崖の脇へと落下し、樹木の葉を揺らし崖下へと消えていった。パタ子さんは二枚ともまっすぐ飛んだが、鳥居の手前で力尽きてしまった。

意外と楽しくかわらけ投げを終えた頃には、人気《ひとけ》も絶え、拝所に静寂が訪れた。パタ子さんは祭壇に向かいながら、僕と淡十郎に瓶をひとつずつ持ってくるよう告げた。淡十郎から渡された瓶は手のひらにしっくり収まる大きさで、耳元で振ると水の音がした。こぢんまりとした祭壇の奥には鏡が祀《まつ》られ、両脇にはのし紙の巻かれた酒瓶が供えられている。鏡の正面には、鳥居と真っ青な琵琶湖だ。頭上には「琵琶湖水神　竹生島竜神拝所」と堂々墨書された額が、太いしめ縄とともに掲げられている。鎌首をもたげた白い蛇の彫り物が、手前の賽銭箱の両側からじっとこちらを見つめていて気味が悪い。鱗《うろこ》の一枚一枚まで丁寧に彫られ、表面のぬめりまで再現されていて妙にリアルである。パタ子さんが柏手《かしわで》を打ち頭を下げるので、その背後に淡十郎と並び動きに倣《なら》った。パタ子さんが、抑えた声で祝詞をあげるのを黙って聞いた。ずいぶん長い祝詞を唱えるので、さすが不念堂六代目師範と感心しながら脇からのぞくと、賽銭箱の上に「龍神祝詞」と記された額が置かれていた。パタ子さんは別に覚えているわけではなく、額の中の本文を読み上げていただけだった。

「じゃあ、ご神水をお飲みください」

祝詞を終えたパタ子さんの合図に、瓶の栓を開け、おそるおそる口をつけた。舌先に触れた水をなめてみたが、水の味しかしない。僕は警戒しつつ、ゆっくりと瓶を傾けた。その隣で、淡十郎は躊躇《ためら》うことなく一気に飲み干し、「むう」と低いうなり声とともに瓶を口から離した。それを見て、僕も喉に水を流しこんだ。今回は別に酒の香りはしなかった。ただの水だった。前回は本当に、酒が少し入っていたのかもしれなかった。

瓶をバスケットに回収し、「持ってくれる?」と僕に手渡すと、

「オウケー。じゃ、帰りましょう」

とパタ子さんは来た道をさっさと戻り始めた。

ふもとの土産物屋前のベンチに、藍色のはっぴを纏《まと》った源爺が、背中を丸めて座って

いた。「お待たせしました」とパタ子さんが声をかけると、源爺は「お勤め、ご苦労様ですぁ」と立ち上がって、頭を下げた。

パタ子さんを先頭に、一同クルーザーに向かった。隣で淡十郎が「何か飲み物でも、買ったのか」と源爺に訊ねていた。源爺が首を横に振ると、「全部あげる」と手にしたペットボトルを渡した。源爺は頭を下げつつそれを受け取り、クルーザーに乗りこむまでに一気に飲み干していた。とんびが頭の上で、ぴうぃい、と鳴いた。「本当にいい天気だったから、息抜きついでに淡九郎さんも来たらよかったのにねえ」というパタ子さんの声に、淡十郎は何も返さず、ゆったり弧を描き、空を飛び交うとんびを見上げていた。

同じ距離のはずなのに、帰りの石走までの時間はずいぶんと短く感じられた。デッキに出て、じっと湖面を眺めていたら、本当に何もないな琵琶湖、と唐突に感じられた。ごでも、何もない代わりに、常に何かの中にいるような神妙な感覚もまた感じ取れた。ご神水を飲んだせいで、精神の具合が乱れているのかもしれなかった。隣で、「これでもう少し、涼介くんも上達するかな」とパタ子さんがつぶやいた。そう、僕は出来の悪い生徒だった。やる気がないのだから、仕方がない。兄とちがって素質もない。僕の望みは、この力を根こそぎ失うことだ。普通の人間に返ることだ。だが、それはできない相談だから、力をコントロールし、たまに心の内側でぞわりと力が蠢《うごめ》く、この気色悪い感覚を封殺できるまで鍛える——それが僕が不念堂に入った理由だった。身体の中の毒を、毒と感じなくなるための修練。あまり積極的な気分で挑めることではなかった。

石走城のマリーナに到着し、僕たちは船を降りた。桟橋にはすでに整備係が待機していて、源爺と交代するようにクルーザーに乗りこんだ。裏門の前を通って、本丸御殿へと向かう途中、正面から人がやってくるのが見えた。濃い色合いのスーツ姿の大人が五、六人、黙ってこちらへ向かってくる。

道が広いので、お互い歩調を弛《ゆる》めず、すれ違おうとしたとき、急に相手のひとりが足を止めた。無意識のうちに視線を向けると、なぜか知っている顔にぶつかった。そのよく日焼けした、いかにも精力的な顔を見回して、ようやく相手が誰かわかったとき、僕も無意識のうちに立ち止まっていた。

石走高校の校長だった。

まさか、こんな場所で出会うなんて思わないから、咄嗟には答えが浮かばなかったのである。

「こんにちは」

と僕は頭を下げた。

だが、校長は動かない。

顔だけをじっとこちらに向けている。

微動だにせず、ひたすら一点を凝視するその様子に、どうも僕を見ているわけではないと感じ、思わず後ろを振り返った。

そこには源爺を従えるようにして、淡十郎が立っていた。

淡十郎はズボンの両ポケットに手をつっこんだまま、いかなる表情も浮かべずに、校長を見返していた。

僕は正面に視線を戻した。数日前、淡十郎がいきなり恋をした女性の父親は、百八十センチを超える立派な体軀《たいく》とともに、変わらずこちらを見つめていた。今やその目は、何かを捉えているというより、まるでがらんどうのようにぼんやりとして、焦点が合っているかどうかさえも疑わしく感じられた。何だか、気味が悪かった。

「何してるの？」

とだいぶ先に進んでいるパタ子さんの声が聞こえてきた。僕は淡十郎の腕をつかみ、

「失礼します」

とお辞儀して、校長の前を立ち去ろうとした。そのとき、唐突に「速瀬」という名前を最初に目にした場所を思い返した。

石走の町にやってきた初日、駅前ロータリーで槍を手にした武者姿の銅像を見上げた。その足元に設置された説明プレート――、そこで戦場にて非常に勇敢だったという初代石走藩藩主の名前として「速瀬」の二文字を見たのだ。

不意に、胸の底でぞわりと力が蠢いた。

なぜだろう、ひどく嫌な予感がした。

第四章 淡十郎

ゴールデンウィークを終えて、淡十郎《たんじゆうろう》が変わった。

どう変わったかというと、気持ち悪くなった。

どうしてそうなったのか、その理由を僕は十二分に理解できるのだけれど、それでもやはり気持ち悪い。

午前中の授業が終わり、昼休みに入る。

すると、淡十郎がおもむろに弁当とイスを持って近づいてくる。僕の隣にイスを置くと、無言で腰を下ろし、机の上に弁当を広げ食べ始める。その目的が、ひとつ前の席の速瀬《はやせ》にあることは言うまでもない。そのくせ、淡十郎は速瀬に話しかけない。僕にも話しかけない。じっと弁当箱をのぞきこんだまま、寡黙《かもく》に箸を口に運んでいる。だが、それなりの懊悩《おうのう》があるらしく、今日などは弁当を半分しか平らげず、早々に蓋を閉めようとするから、もったいないと僕が残りを全部いただくことにした。細眉の葛西《かさい》も、通りがかったついでに、少しつまんでいき、

「おいおい、何だよこのクニッとしたの。味の抜けた、しいたけみたいだな。え、これが鮑《あわび》？　俺、生まれてはじめて鮑食ったよー」

と奇声をあげていた。

速瀬は速瀬で、仲のいい女子と三人で自分の机を囲んで弁当を食べているので、話しかけにくい状況であることは認めるが、速瀬の広い背中まであとわずか三十センチのと

ころまで接近する積極性があるにもかかわらず、その後だんまりを決めこむ淡十郎の様子も歯がゆくて、

「おい、何か話しかけてみろよ。僕と黙って弁当を食べていても仕方ないだろ」

と小声でけしかけてみても、淡十郎は水筒のお茶を蓋のコップに注ぎながら、いやいやするように首を横に振るばかりだった。しかも膨《ふく》らんだ頬に薄《うつす》ら紅まで差していた。何なのかこの純情路線は、と多分に辟易《へきえき》する気持ちで、相変わらず会話もなく弁当をつついていたら、

「涼介《りようすけ》は今日、部活か？」

と急に淡十郎が訊《たず》ねてきた。

「うん、練習がある」

「部活のときは、帰りはいつもひとりなのか？」

「ああ、歩いて帰ってる」

吹奏楽部に入部してから、週三回の練習日は淡十郎と別々に帰ることになった。源爺《げんじい》は部の練習が終わる頃に、また舟で迎えに来る、とわざわざ申し出てくれたが、たいへんだからと断った。それに実際のところ、歩いて帰っても、城までの時間は、舟とほとんど同じなのである。人間の慣れとはおそろしいもので、この目立つ制服で道を歩いていても、近ごろは何の恥ずかしさも感じなくなった。僕も徐々に本家イズムに毒されつつあるということなのか。

「今日は僕も学校に残ることにした。だから、帰りはいっしょに舟でどうだ？」

と淡十郎はお茶をすすりながら、どこかうかがうような口調で訊ねてきた。そんな淡十郎の声色をこれまで耳にしたことがなかったので、これは何かロクでもない企《たくら》みがあるにちがいないと、

「いや、練習が終わるの七時前ぐらいで結構遅くなるから、ひとりで先に帰ってくれ。源爺を待たせるのも悪いから」

と警戒心も顕《あら》わにその申し出を断った。

とはいえ、所詮は無駄なあがきとわかっている。

もしも、淡十郎が僕と舟で帰ると決めたら、結局のところ僕は逆らえない。淡十郎が僕を「供の者」に任命し、どれほどそれに抗《あらが》おうとも、僕は実質的に彼の「供の者」なのだから。

弁当の隅にコンパクトに畳まれた千枚漬けを前歯でちまちま齧《かじ》りつつ、淡十郎からの命令調の言葉を待ち受けた。だが、なかなか声がかからない。妙に思って様子をうかがうと、思案げな眼差《まなざ》しを速瀬の背中に注いでいる。結局、淡十郎は何も言葉を発さぬまま、弁当をまとめ、自分の席に戻ってしまった。その後も、頬杖《ほおづえ》をついて、明らかに気の抜けた顔で窓の外をぼんやりと眺めていた。

恋とは心が亦《また》に分かれると書くが、こうも劇的な変化が起こるものか、と小さな感動すら覚えつつ、同時にそんな淡十郎をやはり気持ち悪く感じつつ、弁当箱をカバンに戻していると、目の前の速瀬が急に振り返って、

「今日はちゃんとやってよね」

と鋭い視線を寄越《よこ》してきた。

「もちろんです、速瀬さん」

と弁当の替わりに教材をカバンから取り出し、僕はイスから腰を上げた。いくら小さな声でも、険というものはしっかり宿るものである。速瀬の視線から逃げるように、そそくさと席を離れ、その足で僕は理科実験室に向かった。次はゴールデンウィークを挟んで以来、ひさびさの、あの理科の連続授業である。ああ、これから棗《なつめ》の野郎と二時間も同じテーブルか、と憂鬱な思いに沈みながら、途中トイレに寄った。

小便をしようと便器の前でズボンのジッパーを下ろしていると、遅れてトイレに入ってきた男が隣の便器に立った。

ずいぶん背が高いので、何気なく顔を向けたら、何と棗広海《ひろみ》だった。

すぐに正面に顔を戻したが、隣の高い位置から、じっと視線が降り注いでいるのが感じられる。

「何、人の見てんだよ」

とうつむいたまま、強い調子で警告した。唐突に緊張が訪れたせいで、出るに出なくなってしまった下の部分を叱咤《しった》しつつ、膀胱《ぼうこう》あたりの腹筋に力をこめた。しかし、なかなか出てくれない。そのうち、隣で先に放水する音が聞こえてきて、いよいよ焦りは募ってくる。

「気がついたか？」

と威勢のいい音に紛れながら、棗の低い声が聞こえてきた。

「当たり前だろ。そんなにノッポなら、嫌でも視界に入る」

「ちがう。ゴールデンウィーク明けからのこと――気づいているか？」

何を言っているのかわからず、僕は棗を無視して、今すべきことに集中した。おお、ようやくちょろちょろ出てきた。

「お前――、ひょっとして、何も気づいてないのか？」

依然、僕が何も答えないでいると、

「お前たちにはわからないのか……」

とつぶやいて、棗は先に用を済ませ立ち去っていった。

遅れて僕も洗面台に向かった。棗は鏡をのぞきながら、慎重に前髪のセットをしていた。その手つきから、あの眉間のあたりに垂れている細い髪の束が、作為的なものであることが知れ、いよいよ棗のことが嫌いになった。

「気づいてるぜ」

と棗の隣の洗面台に立ち、蛇口を開きながら声をかけた。

「お前に気がある、読者モデルだったことがご自慢の倉知《くらち》だろ？　ゴールデンウィーク明けから、俄然《がぜん》、お前に猛アタックかけてきてるよな。あれは勝負かけてるな。どうするんだよ、付き合うのかよ。まあ、別にどうでもいいよ。ああ、実験かったるいな。速瀬はきっと怖いしな――」

と鏡越しにやつを睨《にら》みながら告げた。棗が何か口を開こうとする前に、濡れた手を乱暴に振って洗面台を離れた。

ちくしょうめ、とトイレを出るなり後悔した。

あんなこと言ったら、嫉妬の眼差しを燃やし、二人の様子をちらちらうかがっていることがバレバレじゃないか。

＊

前回同様に実験となった理科の授業で、予想どおり速瀬は僕にめっぽう厳しく、まるで針のむしろに座らされた気分のまま、最初の一時間を過ごした。それでも、今回は欠席者もおらず、テーブルに四人揃《そろ》っての実験だったので、僕のヘマも少なかったように思う。

授業の合間の十分休み、ちょうど斜め向かいの棗が席を外している隙をうかがって、僕は速瀬に話しかけてみた。

「そういえば、ゴールデンウィークの最終日に、速瀬のお父さん……というか校長に会ったんだよね」

テーブルに散らばった実験材料の整理をしていた速瀬は、

「え、どこで？」

と少し驚いた様子で訊ね返してきた。

「えっと、家でというか、城でというか。道ですれ違っただけだけど、他にもお堅い感じの人たちといっしょだった」

「ゴールデンウィーク中も仕事で、あまり家にいなかったから。日出《ひので》くんの——あ、あっちの日出くんね。彼のお父さんて、この街で偉い人なんでしょ？　だからじゃない？　はじめての土地だから、あいさつ回りがたいへんみたい」

「あれ？　速瀬はむかしからここに住んでいたんじゃないの？」

「中学まではずっと湖北《こほく》。お父さんがこっちに赴任が決まって、今は家族で引っ越してきたけど」

なるほど、だから淡十郎を必要以上に意識することもないのか、と納得しながら、

「で、お父さん、その……具合とか大丈夫？」

とさりげなく本題を切り出した。

竹生島《ちくぶしま》から帰ったばかりの城内で遭遇した校長の眼差しを、僕はどうしても忘れることができなかった。結局、あのときは何事もないまま、校長ら一行と別れたが、あいつは最後まで返してもらえなかった。ひょっとしたら制服を着ていなかったため、僕たちが石走《いわばしり》高校の生徒とわからなかったのかもしれない。だが、日出本家の本拠を訪れたからには、その子息が自分の勤める高校に通っている情報くらい得ているだろう。ならば、城内で出会った高校生らしき相手に対し、もう少し反応があってもいいはずだ。それだけに、校長の行動は、数日経《た》ってもいまだ違和感が残るものだった。

「大丈夫——って、何が？」

さすがに質問の内容が唐突だったか、速瀬は訝《いぶか》しげな表情で返してきた。

「ええと、それは……」

僕は言葉に詰まった。あなたのお父様、何だか一瞬、サイコな雰囲気が漂っていたように見えたけど、おうちで普通にやってる？　とはなかなか訊《き》けない。それに、あの場にいた正真正銘のサイコは、もれなく我々の側である。

「い、いやあ……、そんな激務だったら、体調管理が大変じゃないの？　お身体《からだ》の調子とか大丈夫かなあ、って思って」

「元気だよ。むかしからラグビーやってて、身体は丈夫だから。今も毎朝ジョギングしてるし」

「あ、そうなんだ」

そこへ棗が前髪をかき上げながら席に戻ってきた。どうやら校長の件はこちらの考え過ぎかもしれない、とひとまず引っこめることにして、

「あのさあ、もうひとつ変なこと訊くようだけど」

と話題を変え、ちらりと棗の様子をうかがった。棗はうつむき加減の姿勢で、ぱらぱらと教科書をめくっている。やつに話を聞かれることに生理的な抵抗感があるが、この場はさすがに仕方がない。

「今のもじゅうぶん変だったけど」

「う、うん、そうかも」

「で、何？」

「その――速瀬ってさ、先祖は何してた人？」

ああ、と速瀬は吐息のように声を漏らすと、

「お殿様だよ。むかしの石走藩の藩主」

と何の気負いもなく、驚くべき事実をさらりと告げた。

「え、本当？」

「うん、本当」

「じゃあ、たとえば駅前のいかつい顔の銅像、あれも速瀬のご先祖様？」

「そうなると思う」

と速瀬はここでもあっさりうなずいた。

「へええ、すごいな」

「あの銅像の人、下の名前に『義』って漢字がついてるでしょう。ウチは跡継ぎの男子に、みんな『義』って一字がつくの。だから、お父さんもついてるし、弟もついてる」

「校長のお名前、何だっけ？」

「義治《よしはる》」

「本当だ。じゃあ速瀬が石走に引っ越してきたのは、凱旋《がいせん》ってことになるんじゃないの？」

「そんな華々しい話じゃないよ。むかしのこと過ぎて、誰もそんなの知らないだろうし。だいたい、このこと訊かれたの、こっちに引っ越してきて今がはじめて」

と速瀬は相変わらずの小さな声で謙遜《けんそん》したが、いったんその事実を知ると、彼女のがっしりとした肩のまわりの肉づきから、得《え》も言われぬ貫禄のようなものが漂ってくるから不思議だった。まさか本当に藩主の家系だったとは。となると、先日校長が城にやってきたのは、大げさかもしれないが、「王の帰還」だったというわけだ。

そこで、ふと思った。果たして校長は、日出本家に対してどのような感情を抱いているのだろう？　と。

僕が以前、父から聞いた話によると、明治に入り、すっかり零落《れいらく》してしまったお殿様から、日出本家が金にものを言わせて城を買い取ったのだという。なかなか、なまぐさい話である。速瀬家と日出本家の間にもまた、浅からぬ歴史の因縁が存在するということだ。ならばあのとき、石走城を歩く校長の心中は、決して穏やかなものではなかったかもしれない。時代を経て、今や立場は完全に逆転、かつての王の子孫が、現在の王のもとにわざわざあいさつに出向かされるのである。すれ違いざま、淡十郎に投げかけられた校長の奇妙な眼差しには、ひょっとしたら旧藩主の末裔《まつえい》としての複雑な感情がこもっていたのではないか——、などと想像の羽を広げていると、

「ちょっと訊いていいか」

という低い声が鼓膜を打った。

反射的に面を上げると、棗が速瀬に向かって、

「速瀬のじいさんとばあさんの名前を教えてくれないか」

と妙なことを訊ねていた。

「そんなこと訊いてどうするんだ？」

とつい言葉を挟むと、

「お前は黙ってろ」

とすぐさま冷たい一瞥《いちべつ》が返ってきた。

「い、いいけど、何で？　というか、どっちの？」

質問の意図が理解できないからだろう。戸惑いの表情を隠せない速瀬に、

「校長のほう」

と短く答え、棗は相変わらず何の説明もなしに、自分のプリントの端を指し示した。

速瀬は几帳面《きちようめん》な字体で、「義規」「真知子」と隅のスペースに書きこんだ。なるほど、ここにも「義」という字がちゃんと含まれている。

棗はしばらくそれを見つめていたが、

「だそうだ」

と僕に向かって唐突に言葉を投げかけてきた。

「え、何が？」

しかし、棗はそれっきり、これまでの話など何もなかったかのように手元の教科書に戻っていった。

「お、おい、何だよ今の？　勝手に『だそうだ』とか言われても、こっちはまったく文脈がつながらないのだが」

と抗議しても、棗はやはり黙って教科書のページをめくるばかりである。正面に顔を向けると、速瀬と視線が合った。「たぶん、こいつ、パーだぞ」と正直な感想を伝えてみたら、なぜか速瀬は僕を急に睨みつけ、怒ったように視線をそらしてしまった。

まったく、どいつもこいつも、わけがわからん、とひとり憤慨していると、

「そら、チャイム鳴ってるぞ。席つけよー」

とスリッパの音を大きく響かせ、白衣姿の教師が壇上に戻ってきた。

どこかぎこちない空気がテーブルに漂ったまま、実験が再開された。まあ、居心地が悪いのはいつものことなので、さあ、あと一時間の辛抱だ、と僕は定規片手に、先ほど速瀬から強制的に割り当てられた、四人のなかでいちばん簡単な作業の続きにとりかかった。

*

放課後、吹奏楽部の練習のため音楽室に向かうと、顧問の教師から「今日は上級生だけで合わせるので、新入生は各自、外で練習すること」との指示が下った。仕方がないので、僕はマウスピースを手にベランダに向かうことにした。

入り口の扉を開け、ベランダに一歩足を踏み入れるなり、いきなり速瀬の姿が正面に飛びこんできた。いつぞやのように、イーゼルの準備を終え、ちょうどキャンバスの前に座ろうとしているので、あ、ここはやめとこう、とすぐさま踵《きびす》を返そうとしたとき、

「ねえ、日出くん」

と小さな声で呼び止められた。

はい、と振り返ると、何だか困ったような、怒っているような、速瀬の複雑な顔にぶつかった。

「あい、何でしょう？」

と無意識のうちに身構えながら問い返すと、速瀬は手にした絵筆を無言で背後に向けた。

中庭を見下ろすベランダは、校舎の壁に貼《は》りつくようにして、約二十メートルにわたり連なっている。ベランダの両端には、校舎に入るためのぶ厚い入り口扉が備えつけてある。速瀬の絵筆が示す先に視線を向けると、奥の入り口扉の手前に何やら赤いものが見えた。

「今日から？」

と僕は訊ねた。

「うん、入部したいってさっき先生に言ってた。ひやかしかなあ」

僕は「ちょっと話、聞いてくるわ」と言い置いて、イーゼルの脇を抜け、ベランダを奥へと進んだ。

ベランダの端に到達したところで、中腰になり、

「入部したのか？」

と相手の耳元で訊ねた。

淡十郎が丸い背中をさらに丸め、手慣れた動作でイーゼルを組み立てていた。

「うん」

と淡十郎はうなずいた。なるほど、昼休みのときのいっしょに帰ろう云々《うんぬん》の話はこれだったか、と合点しながら、

「お前、そんなに速瀬のことが好きになったのか」

と抑えた声で訊ねた。

淡十郎は無言のまま、新品のキャンバスをイーゼルにのせた。ピカピカの新入部員であるにもかかわらず、足元に置かれた道具箱の表面には、さまざまな色が重なって跡になっている。一見して使いこまれているものとわかる。それもそのはずで、淡十郎は休日によく絵を描く。ときに陶芸もする。彫刻をやっている姿も一度見かけた。絵を描くときは、空いている部屋のひとつを丸ごとアトリエにして果物やかごなどの静物を机に置き、終日黙々と絵筆を動かしている。僕はときどきその隣でマンガを読む。寝転がるにはぴったりの、上等なソファが壁際に置いてあるからだ。

絵にしろ、陶芸にしろ、一度その世界に入りこむと、淡十郎はこちらが「メシだぞ」と強引に声をかけない限り、何時間でも平気で対象に没入する。その驚異的な集中力を目《ま》の当《あ》たりにして、僕が何より心配するのは、この方面に傾倒すればするほど、淡九郎《たんくろう》おじとの溝がいよいよ深まっていくということだ。淡九郎おじはビジネスの世界の住人である。一方、淡十郎はそれとは対極の世界の住人になろうとしている。厄介なのは、お互いストイックなまでに自分の住む、もしくは目指す世界に対し、忠実な人間であろうとすることだ。妥協点を見出すのは、いよいよもって容易ではない。

淡十郎は折り畳みイスをセッティングして腰を下ろすと、道具箱を膝の上に置いた。こうして自分のものを用意しているということは、入部も本気なのだろう。

「なあ、淡十郎よ」

僕は中腰から立ち上がり、ベランダの反対側の速瀬に視線を向けた。

「たいへん失礼な質問かもしれないけど、速瀬の何にそんなに惚《ほ》れてしまったんだ？」

僕がシビアに判断するに、速瀬は美人と呼ぶには少々遠い位置にいるように思える。体格のよさも、男には敬遠されがちなところだろう。何せグラマーというよりフィジカルな彼女である。速瀬が背筋を伸ばし、キャンバスに向かう姿を横から眺めてみる。大柄な身体の下に置かれた折り畳みイスが、ずいぶんかわいらしく見える。僕ならもう少し、華奢《きやしや》なタイプを選びたい。

「彼女の絵を見たか？」

「え？」

「はじめて見たとき、一瞬でわかった。彼女は本物だ」

「はじめて見たときって……。この前、ここでほんの少しの間、話したときのことか？」

「部室で他の作品も確かめた。どれも圧倒された。色づかいが本当にすごい」

「まさか……、それだけで？」

「彼女の絵は美しい。だから、彼女は美しい」

とはっきりとした口調で、淡十郎は言い切った。

返すべき言葉を探しながら、僕はまじまじと淡十郎の丸みを帯びた横顔を見下ろした。

すまない速瀬、とてもじゃないが、僕には説明は無理だわ、と早々に心で謝っておいた。

このまま速瀬のほうに戻るわけにもいかないので、ここで練習してもいいか、と申し出た。淡十郎は道具箱の蓋を開けながら、無言でうなずいた。僕はポケットからマウスピースを取り出すと、淡十郎から五メートル離れ、

「ぺぴぷぷぷぷ」

と練習を始めた。

上級生の音合わせが始まったようで、中庭に面した音楽室から重厚な調べが漏れ聞こえてくる。階下のどこかで、一年生がクラリネットの練習をしているのだろう。ときどき、ひっくり返ったような高音が校舎に響き渡る。ああいう発展途上の音をまわりに聞かせるのが忍びなく、僕はこうして外での練習時は、遠慮深くマウスピースだけで挑んでいる。

「ぺっぷぷぷ、ぴっぷぷぷ」

少しずつだが、トランペットを吹く筋肉が唇のまわりに戻ってきた。何事も日々の鍛錬が大事ということだ。腹に手を置いて、目をつぶり、集中して息を吹きこむ。意外と知られていないが、トランペットの音を生み出しているのは、この細い錐《きり》をイメージして一心に吹きこむ己の息ではない。唇が振動して作りだす、この「ぺぷぷ」の音こそが、本体の金色の管を通過する過程で共鳴し、増幅され、やがてあのトランペットのシャープな響きへと昇華するのである。考えてみると、吹奏楽の音はすべて、その原理を一《いつ》にしている。弦楽器、金管楽器、木管楽器、打楽器、どれも最初の振動が共鳴し、増幅され外へ放たれる。オーケストラとは、一度は増幅して散らばった音を、指揮者のもとにふたたびひとつに束ね直す不思議な作業と言えるかもしれない。まったく昔のヨーロッ

パの人は、よくこんな仕組みを考えついたものだな――と感心していると、

「日出くん」

といきなり真横から声をかけられた。

「わっ」

目を開けると、いつの間にか、速瀬が立っていた。しかも、少し近い。身体の優位性が否応なく発揮され、かなりの威圧感である。

「驚きすぎなんじゃないの」

としらけた視線を向ける速瀬に、

「な、何だよ」

とマウスピースを口から離すと、さりげなく一歩後退《あとずさ》った。

「何だよ、じゃないわよ。で、どうなったの？」

と速瀬は淡十郎にそれとなく視線を向けた。

「あ、やっぱり覚えてた？」

「ずっと待ってたんだけど」

「ああ、すまない。ええと淡十郎、あのとおり美術部に入部するんだって」

そうなんだ、と速瀬は相づちを打つも、

「でも――、そもそも彼、絵とか描いたことあるの？」

と依然、疑わしそうな口調で訊ねた。

「描くよ。むしろ休日なんて、絵ばっかり描いてる」

「自分のアトリエだって持ってるし、陶芸用のマイ窯《かま》だって持ってる」

すごい、と速瀬は感心したようにつぶやいたが一転、

「でも、それなら何で今頃になって急に入ろうなんて思ったんだろう?」

となかなか鋭い質問を繰り出してきた。

「ええと、それはだね。実は淡十郎、ああ見えてとてもシャイな性格なんだわ。本当は入学したときから、美術部に入ろうって考えていたみたいなんだけど、なかなかふんぎりがつかなくて。それがゴールデンウィークにやっと決心がついたわけだ。だから、淡十郎のことよろしく頼むよ。美術部のこと、いろいろ教えてやってくれ。そうだ、速瀬も何か淡十郎に絵のこと訊いてみたら? あいつ結構、いろいろ知ってるから、勉強になるかもよ。速瀬は陶芸とか興味ない? 淡十郎に頼んだら、きっと壺や皿やコーヒーマグを作らせてもらえるぜ」

と巧みに話をつなげつつ、さりげなく淡十郎への援護射撃も試みた。先ほどから、淡十郎が明らかにこちらに聞き耳を立てていることが、キャンバスに向かう背中から容易にうかがえ、何やらいじましく感じられたからである。

そうねえ、と速瀬は思案げに首を傾けつぶやいていたが、

「はあ――ダメ、全然集中できない」

と急に大きなため息を吐き出した。

「え、これのせい? うるさかった?」

慌てて指の間で遊ばせていたマウスピースを手の内に隠した。

「ちがう」

と速瀬は物憂げに首を横に振った。

「ねえ、日出くんって、棗くんと仲いいよね」

「え？　どこが？」

思いもしない問いかけに、僕は裏返った声で逆に問い返した。

「だって、あのクラスの男子のなかで棗くんがまともに口を利くの、日出くんだけだもの」

「いや、仲がいいとかあり得ないでしょう。入学式のときも、意味もなく殴られたし。速瀬だって見てただろ？」

「でも、棗くんて普段、とても物静かだから、あんなに怒るのは、それなりの理由があったからじゃないの？　きっと相手が嫌がること、日出くんがしたんでしょ」

ずいぶん棗びいきが過ぎる解釈なれど、一方で非常に的確な速瀬の指摘に、僕は思わず次の言葉を呑《の》みこんだ。

最近、不念堂《ふねんどう》にて、僕はパタ子さんにある質問をした。あくまで淡九郎おじが言っていたという態《てい》を装いつつ、「棗家の人間が力を発するとき、ずいぶん下品な音が鳴り響くというが、では、反対にこちらが力を発揮するとき、相手に何かしら影響を与えるのか？」という問いを、それとなく投げかけてみた。

「ああ、向こうも同じ。何でも、吐きそうな音が聞こえるそうよ。失礼しちゃうわよね」

簡潔なパタ子さんの回答を聞いて、僕は改めて入学式の朝、棗に殴られた理由を確認した。

しかし、ここではっきりさせておきたいのは、あそこで僕が力を使ったのは、決して故意の行為ではなかったということだ。いや、むしろ、棗を巻きこんでの暴力沙汰になることを防ごうとしての、善意の行動ですらあったのである。

「いや——、あのとき僕は悪くない。決して悪くない。非はすべて棗のほうにある。だいたいあと一秒か二秒、あいつが我慢したら済む話だったんだよ。それをあんなふうに——」

「好きなんだよね、棗くんのこと」

「はい？」

「棗くんて付き合ってる人いるのかな？　倉知さんとどうなんだろ？」

突然、何を言い出すのか、とぼんやりする僕の前で、速瀬は手にした絵筆で宙に8の字を描いた。

「だから、日出くんから、そのこと訊いてほしいの。だって、棗くんとクラスで話せる男子って、日出くんだけなんだもの」

速瀬は絵筆の動きを止めると、大きな身体の正面を僕に向けた。

「よろしくお願いします」

といつもよりさらにか細い声で告げ、深く頭を下げた。

何も返すことができなかった。

ただ視界の隅で、淡十郎がキャンバスをイーゼルから下ろし、ゆっくりと撤収の準備に取りかかるのを黙って見守るだけだった。

「倉知さんのこと、訊いてくれるだけでいいから」

と言い残し、速瀬は自分のイーゼルの前に戻っていった。

指の間に挟んだマウスピースを弄《もてあそ》びながら、その場に立ち尽くした。ああ、だから理科実験室で棗のことパー呼ばわりしたら怒っていたのか、と今さらながら了解した。マウスピースに刻まれた、歴代のトランペッターたちが残していった細かい傷跡を爪でなぞり、唇にあてた。短く「ぺぷぷ」と鳴らした。先ほどまでもうひとりがいた場所には、イーゼルも道具箱も丸い背中も、今やいっさいが見当たらない。ただ古びたコンクリートだけがひっそりと広がるだけだった。

淡十郎の美術部は、たったの一時間で終了した。

*

昇降口のクラスのげた箱をのぞいたら、すでに淡十郎は革靴に履き替えたあとだった。サッカー部が実戦形式の練習をしていたが、構うもんかとグラウンドの真ん中を突っ切って舟着き場へ走った。やはりこのまま淡十郎を放ってはおけなかった。荷物をまとめ、僕は淡十郎を追うことにした。だが、十分以上ベランダでぼんやり突っ立っていたため、淡十郎はとっくに学校をあとにしているかもしれなかった。

それでも、いつもどおり舟で帰るなら、源爺を呼び寄せるまでまだ時間があるはずだ、と途中で息切れを起こしながら、舟着き場の階段を下りた。

すると、まるで僕を待っていたかのように舟が横づけされ、すでに源爺と淡十郎が舟の中に座っていた。

「あれ？」

と戸惑いの声を上げる僕に、

「早く乗れよ」

と淡十郎が舳先《へさき》を眺めたまま、こちらに顔も向けずにつぶやいた。

「どうして舟があるんだ？」

僕の問いに、源爺が「いつになるか、わからないって聞いてましたんで、ずっと待機してたんですぁ」としわがれた声で代わりに答えた。

「じゃあ、僕のことを待っててくれてたのか？　何で？」

「お前は供の者だろ。なら、僕について帰るのは当然だ。主人を待たせるな」

いろいろ反論したかったが、言葉を呑みこんで舟に乗った。僕が腰を下ろすのと交代するように、源爺が「よぉいしょぉ」と立ち上がり、艪《ろ》に手をかけた。

舟が水路を進み始めても淡十郎は穏やかな表情で水面を見つめていた。それはいつもと変わらぬ帰り途《かえりみち》の風景で、ほんの二十分ほど前に起きた出来事など、まるで存在しなかったかのような静かさだった。ひょっとして、つい先ほど淡十郎が道具を畳んでベランダを立ち去ったのは、速瀬の言葉を聞いたからではなく、単に「もう部活に飽きた」等の気まぐれによるものだったのではないか、と一瞬、勘繰りたくなるほどだった。

しかし、淡十郎が常ならぬ状態であることは、舟が水路を横断する橋を前にしたときにはっきりした。

「止めろ」

前方の丸い背中から、鋭い声が発せられた。

橋の下をくぐり、一気に影に呑みこまれる間に舟は急に減速した。橋を抜けると同時に、腰を落としていた源爺が立ち上がった。「あいよォ」という低いかけ声とともに、艪を器用に操り、舟をゆっくりと停止させた。

水路の両脇には、橋からある程度の距離まで、幅五十センチほどの、人が何とか歩けるくらいの通路が設けられていた。源爺が舟を寄せると淡十郎は意外と身軽な動きでそこへ移った。そのまま橋のたもとの階段を使って、道路まで上った。

僕はその様子を舟に腰を下ろして見上げていたが、道路に立った淡十郎の、

「何している」

という声に、やっぱりかと舟を降りた。

僕が階段を上ったときにはすでに、淡十郎は歩き始めていた。くぐったばかりの橋を渡り、欄干から源爺に先に城へ帰るよう告げると、ずんずん先へと進んでいった。

そのまま軽く十分は歩き続けただろうか。いい加減、黙ってついていくことが馬鹿らしくなって、

「おい、どこに行くんだよ」

と声をかけた。

それでも淡十郎はいっこうに振り向かない。

大きな寺の脇を抜け、標識とベンチだけのバス停の前を過ぎたあたりから、建物の並びは急に途切れ、周囲に田んぼがぽつぽつと見え始めた。土を耕したばかりの田んぼ、すでに水を引いている田んぼ、草が生い茂ったままの休耕地、やたら四角いペンキ缶がガレージの前に積まれた民家、ワイパーに「車買います」の紙が挟まった埃《ほこり》まみれの車がぽつんと停めてある空き地——、一気に田舎の風景が広がり、彼方《かなた》の送電塔がいつの間にか足元からてっぺんまで見渡せるほど視界が開けてきた。

背後で寺の鐘がごおんと鳴った。腕の時計は午後六時を差していた。左手の琵琶湖《びわこ》上空を眺めると一面の曇り空で、薄ぼんやりとした陽の光が雲の向こうでゆっくりと沈み始めている。石走山は琵琶湖の手前に控えめにたたずんでいる。相変わらず、そこに御殿生活を営む一家がいるとは到底想像できない、その豊かな木々に覆われたなだらかな稜線《りょうせん》を眺めていると、白い軽トラックがのろのろと脇を追い抜いていった。荷台には、農作業スタイルのばあさまがちょこんと座り、伸ばした膝の上に日よけ帽子を置き、口を開けて空を仰いでいた。

電柱にとまっていた雀たちが何に驚いたのかいっせいに飛び立ち、五線譜を駆ける音符のように千々に乱れて田んぼの上を渡っていく。淡十郎の歩調は依然、変わらない。それでも明確な目的地があるらしく、淡十郎は道路からそれ、迷わず未舗装の道へと下りていった。砂利だらけの道の真ん中を車の轍《わだち》が二本、まっすぐに貫いていた。道に沿って勢いよく水が流れる用水路に架かる鉄板を踏み、淡十郎はさらに細い畦《あぜ》へと進んだ。

横手の水が張られたばかりの田んぼをのぞくと、僕と淡十郎のシルエットが黒い影となってついてくる。田んぼを過ぎ、小さな緑の苗が等間隔に並ぶだだっ広い畑を過ぎたところから、周囲の風景が一変した。まだ田植えの時節に入ったばかりのはずなのに、どういうわけか、前方には畦にはみ出すほどの稲がみっしりと生い繁っている。近づくにつれ、青々とした葉の先で、薄ら黄色を帯びつつある穂がさわさわと揺れていることに気がついた。まだ五月なのに、もう稲穂が実っているのかと一瞬戸惑ったが、そんなことがあるはずはない。よくよく見ると、穂の先端から細く、長い、針のような毛が元気よく撥《は》ねている。稲ではない。麦だった。青麦が畦の左右を覆い、風を受け、色づき始めた穂先が一面の海原となって揺れていた。

麦とはこんな早くに実をつけるのか、と驚いていると、前方の淡十郎がようやく立ち止まった。

「なあ、淡十郎。こんなところまで来てどうするんだ?」

僕の問いには答えず、淡十郎は首からかけていたショルダーバッグを畦に置いた。地面に着地したとき、ことりという固い音が聞こえた。ひょっとしたら、油絵の道具箱が入っているのかもしれなかった。

「おい、淡十郎。いい加減、教えろッ」

苛立《いらだ》ちを抑えきれず、甲高《かんだか》い声をぶつける僕に、淡十郎はちらりと顔を向けた。

その両目は、真っ赤に充血していた。

思わず「あ」と小さい声を漏らした僕を置いて、淡十郎は畦より一段低い麦畑に足を踏み入れた。そのまま、ずんずんと麦の波をかき分け、進んでいった。

「淡十郎ッ」

僕が叫んでもいっさい止まらない。

これはあとを追うべきだと、慌てて麦畑に足を踏み入れたとき、

「うわわわわああああああああああッ」

という異様な叫び声が前方から聞こえてきた。

僕はギョッとして動きを止めた。

麦の海の真ん中で、淡十郎が叫んでいた。

「わああああああああああああッ」

ふたたび、淡十郎は絶叫した。

無茶苦茶に頭をかきむしったかと思うと、その小太りな身体がくるくると回った。手当たり次第に触れるものをちぎり、乱暴に宙に投げつけた。

僕はその場で立ち尽くしたまま、淡十郎の泣きわめく様をぼんやりと眺めた。

「ちくしょうッ、ちくしょうッ、ちくしょうッ、ちくしょうッ、ちくしょうッ、わあああああッ」

僕は力なく畦に腰を落とした。

淡十郎が速瀬と言葉を交わしたのは、ベランダでのほんの十秒にも満たぬ間の出来事

だった。それでも、その一瞬がきっかけとなって、淡十郎は彼女を好きになった。その顚末《てんまつ》を馬鹿馬鹿しいとは、僕は決して思わない。もしも、今の淡十郎の姿を見て嗤《わら》うやつがいたら、思いきり力を使って失神させてやる。そんなことは元からできないけど、とにかく僕は許さないだろう。

「なんでなんでなんで。ちくしょうッ、な、な、なんでなんで、ちくしょうッ、ちくしょうッ、ちくしょうッ」

恋が破れたとき、人はこれほどまで心に痛手を負う生き物なのか。僕はこんなにも人を好きになったことなど、これまでたったの一度もない。だから、淡十郎の気持ちがわからない。それだけに、淡十郎の嘆きはときに悲痛に、ときには滑稽《こっけい》に、ときにはうらやましさすら添えて、僕の鼓膜をびりびりと叩《たた》いた。ゆうに十分間以上、このままのどが潰れてしまうのではないかというほど、淡十郎は叫びに叫び通した。

それから、急に静かになった。

淡十郎は呆《ほう》けたように空を見上げていた。

僕は畦に腰を下ろしたまま、動かぬその姿を遠目に見つめた。改めて見渡すと、麦畑《こと》は驚くほど遠くまで連なり、穂波に浮かぶ淡十郎の上半身は、さながら赤いかかしが如き眺めだった。

雀たちが、もうすぐ陽が沈むことを伝えるさえずりとともに飛び去っていった。鳥たちが自由に往来する麦畑の空は、そのまま琵琶湖の空へとつながって、低い雲がどこまでも広がっていた。穏やかな風が訪れるたびに、四方で麦がさわさわと鳴った。ここはずいぶんいいところだな、としばらくぼんやりしてから元の位置に顔を戻すと、麦畑から淡十郎の姿が消えていた。

「淡十郎？」

僕は慌てて立ち上がり、麦の海へと分け入った。

「淡十郎ッ」

水気はないが、とてもやわらかい土を蹴って、穂をかき分け進んだ。何度も淡十郎の名を呼んだ。

しかし、返事はない。

神隠しにでもあったか、といっても、あんな小太り体形だと、隠すほうも手間がかかって大変だろうが——などと心配し始めたとき、赤い制服が麦穂の先に垣間《かいま》見《み》えた。

「何だよ……まったく」

大きなため息とともに、僕は足を止めた。

大の字になって、淡十郎は地面に転がっていた。まさに地団駄を踏み、散々暴れ回ったのだろう。出来損ないのミステリーサークルのように、周辺の麦が派手に踏み倒されている。

相変わらず真っ赤に充血した目で、淡十郎は空を見つめていた。いつもの蒼白《あおじろ》い顔はさらに白さを増し、そのぶん赤らんだ鼻の先がやけに目立った。

「おい、大丈夫か？」

のぞきこむ僕に、淡十郎はちらりと視線を寄越し、何も言わずに鼻をすすった。

「起きろよ。そろそろ日が暮れるぞ。ほら、元気を出せ。別に全部が終わったわけじゃないんだ」

「許さない」

ほらよ、と手を差し伸べた僕の耳を、不意に乾いたつぶやきが通り過ぎた。

「え？」

「棗を許さない」

淡十郎は上体を起こすと、僕の手をつかんだ。

「許さないって——あ、重い、重いって」

思いきり体重を預けてきたせいで、危うく僕もいっしょに倒れこむところだった。おかげで質問するタイミングを逃してしまった。

「行くぞ」

立ち上がった淡十郎は、礼のひとつもなく、さっさと歩き始めた。

「ち、ちょっと待てよ」

僕は葉やら茎やらが好き放題貼りついている、淡十郎の背中に向かって声を放った。

「ここ、どうするんだ？　このまま放っておくのか？」

淡十郎が去ったあとを改めて見回すに、被害は結構甚大である。無惨に首を折られ、垂れ下がった麦穂も多数見受けられ、このまま黙って帰るのはあまりに農家の人に対して悪い。

「別に構わない」

と淡十郎は振り返ることなく答えた。

「いや、よくないだろう。これを育てている人が悲しむぞ」

「誰も気にしない」

「何で、そんなことわかるんだよッ」

「ここから見える限りの田んぼと畑、全部ウチのものだ」

畦にたどりついた淡十郎は、まだ麦畑の真ん中でぽかんと周囲を見渡している僕を見下ろし、

「おい、いつまで突っ立っている。帰るぞ」

と置き放しにしていたショルダーバッグを窮屈そうに首からかけた。

＊

厄介なことになった。

僕は棗広海が嫌いだ。

はじめて顔を見た二十秒後にいきなり殴られたことを皮切りに、眉間に垂れた前髪を鬱陶しがるふりをして実は大切にしていること、背が高いこと、男前なこと、棗目当てで教室の後ろのドアから顔をのぞかせている他クラスの女子に「赤いのが邪魔でよく見えない」と言われたこと、どれもいちいち気にくわない。僕は淡九郎おじとちがって、

棗家の系譜を引くというだけで相手に生理的な嫌悪感を抱くことはない。しかし、日が経つにつれ、歴史面よりも実績面から、棗への悪感情がいよいよ増大しつつある。

そこへ、速瀬の一件が舞いこんだ。

棗に彼女がいるかいないか訊いてほしい、と彼女は言った。そんなの自分で訊けよ、と返したいところだが、自分で訊けないから僕に頼むのなら、しかも速瀬の言うとおりクラスで棗が口を利く男が僕だけなのなら、確かに理に適《かな》った依頼である。もっとも、棗に直接そのことを訊ねる気恥ずかしさよりも、やつへの好意を僕に知られることへの気恥ずかしさが下位にある、というのがよくわからない。さすが藩主の子孫、僕には理解できぬ思考である。

あの日以降、速瀬はベランダで依頼したことについてはおくびにも出さず、むしろ僕を無視するかのように振る舞っている。僕は僕で、棗とは元より口を利く気がないので、当然話は何も進まない。要は速瀬からの依頼は、このままうやむやにしたいと考えている。

一方、淡十郎である。

こちらはいまだ異様な静けさを保っている。淡十郎が心のわだかまりを何ら流し去っていないことは、あの麦畑での暗いつぶやきからも明らかだった。間違いなく、淡十郎は棗に対し何か企《くわだ》てている。それが何かはわからない。失恋して以降、淡十郎は聖人のように穏やかな表情を崩さず、僕にも終始寛容な態度で接し、不気味なことこのうえない。いっそ、荒れに荒れて一気に鬱憤を晴らしてくれたほうがよほど安心なくらいだ。

昼休みに僕の机まで弁当を持ってくることもなくなった。代わりに、やつの弁当の量が増えた。これまでの重箱タイプの二段重ねから、三段重ねにボリュームアップした弁当を、ひとりでもぐもぐと平らげている。何かよからぬことを、腹の中で人知れず増殖させているようで、気が気でない。

失恋の日から数えて五日目の朝、ついに事態が動いた。

いつもどおり、城から舟に揺られ学校に到着し、陸上部の朝練が行われているグラウンドを横断しているとき、

「なあ、涼介。ちょっと頼まれごとをしてくれないか」

といかにも何気ない調子で淡十郎がつぶやいた。

僕は返事をしなかった。

「ちょっと頼まれごとをしてくれないか」

それでもやはり、僕は黙っていた。たった今、短い小康状態に終止符が打たれつつあることを、その妙にやさしげな口ぶりから敏感に察知していたからである。しかし、同じフレーズを三たび繰り返された日には、

「何だよ」

と根負けして訊ね返してしまった。

淡十郎は僕に「頼まれごと」を伝えた。それは僕としては必ずしも簡単なことではなかったが、思いの外《ほか》、単純な内容でもあった。

「それだけでいいんだな」

と僕は強く念押しした。

「ああ、もちろん」

「それ以外は、絶対に何もしないぞ」

「ああ、構わない」

わかった、伝えておく、とうなずいて、僕は淡十郎と並んで昇降口に入った。

「で、そのあと、どうするつもりなんだ？　いや、その前に、本当にお前ひとりで行くのか」

「ああ、ひとりで行く」

淡十郎はげた箱の前で靴を脱ぐと、上履きを取り出した。

「棗に何をするつもりだ？」

「別に。何もしない」

「じゃあ、わざわざ何しに行くんだ？」

上履きに履き替えた淡十郎は、僕を正面に捉えると、

「お前は棗にさっき言ったことを伝えたらいい」

と急に冷たい口調になって告げ、さっさと教室へ向かってしまった。

トイレに寄ってから教室に入ると、淡十郎は日直当番らしく、黒板の前でチョークを整理していた。こういうことに関しては、非常に道徳的責任感が強い男なのに、いったんスイッチが入ると非道徳極まりないことを平気でしでかすのが日出淡十郎という男である。黒板前での仕事を終えた淡十郎は、教室の後ろに移動し、琵琶湖の水質実験のた

め、一年生の全クラスが飼育しているタナゴにエサをやり始めた。平和なその様子を眺めながら、今から何が始まるのかと考えた。とんでもないことが起こりそうな気がしたし、別に何も起こらないような気もした。何しろ、相手は棗である。いくら失恋の腹いせとはいえ、さすがの淡十郎も好き放題はできまい。

嫌なことは先に済ませようと、昼休みに入るや、僕は一日のいちばんの楽しみである弁当タイムを始める前に、棗の席へ向かった。

「ちょっといいか」

カバンからコンビニ袋を取り出している最中の、やつの机の前に立った。

「何だ？」

と棗は袋を机の上に置き、低い声で訊ねた。

一度、咳払《せきばら》いしてから話を切り出そうとして、ふと前方に視線を感じた。何気なしに顔を向けると、弁当を机に広げる動きを止め、速瀬がひどく緊張した眼差しを送っていた。

僕は慌てて面《おもて》を伏せた。すまない速瀬、君の話ではないのだよ、と心で謝りながら、

「淡十郎がお前に用がある。明日、淡十郎がお前の家に行く。空いている時間を教えてくれ」

と一気に用件を告げた。

棗はちらりと僕に視線を向けると、

「夕方なら空いてる」

と短く答えた。明日は学校が休みだった。ゆったりとした動きで、棗はシーチキンのおにぎりを袋から取り出し、封を切った。

「夕方って何時だよ」

「じゃあ、五時に」

「わかった」

これで話は終了した。

おそるべき呆気《あっけ》なさだったが、淡十郎から託された僕の任務はすべて完了である。

このまま自分の席に戻ってもいいのだが、僕はしばらく棗の顔を見つめ、

「何で驚かないんだ?」

という素直な疑問をぶつけた。何の前触れもなく淡十郎が訪問すると告げられ、「何の用だ」とも訊き返さず、ふたつ返事で了承する。相手は宿敵日出本家の御曹司《おんぞうし》なのに。どう考えても、正常な反応ではない。

しかし、棗はどこまでも落ち着いた口調で、

「そろそろ来ると思っていた」

と妙なことを言って、三角おにぎりの両脇に残ったフィルムを引っ張った。しかし、片方がうまくいかず、海苔《のり》ごとフィルムを取り去ってしまった。棗の指に残った包装の中の海苔を見て、ケッ、ザマみろ、と思った。

「確かにウチで話をするというのは、考えてはいなかったけど……。でも、気づいたなら、それでいい。で、他に誰が来るんだ?」

と棗は眉間の前髪を指でかき上げ訊ねた。

この前からそうなのだが、僕にはこいつの言っていることのほぼ八割が理解できない。質問の意図については、十割理解できない。

「いや、誰も行かない。お前のところへは、淡十郎がひとりで行く」

棗は眉間にしわを寄せて、僕を見上げていたが、

「淡十郎？　あいつはちがうだろう。親父《おやじ》のほうは来ないのか」

とさらに頓珍漢《とんちんかん》な答えを返してきた。

「行くのは淡十郎だけだ」

「そうか……」何か考えている様子で、棗はじっと手元のシーチキンおにぎりを見つめていた。「わかってるだろうけど、あいつには言うなよ」

「あいつ？」

「決まってるだろ、速瀬だ」

突然、速瀬の名前が登場したことに内心驚きを感じながら、

「何で速瀬が出てくるんだ？」

と訊ねた。

棗はしばらく僕の顔を見上げていたが、

「何だよ、お前もやっぱりわかってないのか――」

といかにも面倒そうにつぶやいた。

僕は少々気味悪くなってきた。あまりに支離滅裂で、もはや日本語のやりとりをして

いる気がしない。おにぎりを手に本当に面倒そうな顔をしている棗に、

「ひょっとして酔っぱらっているのか、お前？」

とかなり本気になって訊ねた。そのまま、返事も聞かず、

「とにかく明日、五時な」

と早々に話を切り上げ、僕は自分の席に戻った。いつものように、二人の女子と机の弁当を囲んでいる速瀬とは視線を合わせず、自分の机に戻るなりカバンの中から弁当箱を取り出した。重箱の蓋を開けると、近江牛のたたきが並んでいた。おろしポン酢をかけて、慈《いつく》しむように一枚一枚食べていると、棗との会話で蓄積された不愉快な感情が徐々に流れ去っていった。近江牛をやっつけ、隣のう巻きに取りかかった頃には、もう棗のことなんか忘れていた。

淡十郎に棗の返事を伝えたのは、放課後に入ってからだった。吹奏楽部の練習は休みだったので、日直の仕事を終えた淡十郎とともに教室を出た。職員室に日誌を提出するのを廊下に面したトロフィーケースの前で待っていると、脇の引き戸が開いて淡十郎が姿を現した。

「もう、いいのか？」

「ああ、終わった」

と淡十郎はうなずき、二人並んで昇降口に向かった。

「明日の五時に来てくれだってよ」

ようやく棗とのことを告げると、

「ご苦労だった」

と淡十郎はねぎらいの言葉をくれた。

「本当にお前、一人で棗の家に行くのか?」

「そうだ」

「何しに行くんだ?」

と首を横に向けたとき、そこにいるはずの淡十郎の顔が見当たらなかった。

鈍い音がして、足元に視線を向けると、淡十郎が無様に床に転がっていた。

「ど、どうしたんだ?」

淡十郎は「別に。滑った」と何ごともなかったように起き上がると、すぐさま歩き始めた。

隣に追いつき、話の続きをしようと「それでだな」と口を開いたとき、またもや、淡十郎が派手に転んだ。

「何してんだよ?」

今度は淡十郎もすぐには立ち上がらずに、膝をついたまま、首をひねっている。僕の質問をはぐらかそうとしているのか、とも一瞬勘繰ったが、どうもそうではなさそうだ。

「運動不足じゃないのか? もしくは食べ過ぎだろ。取りあえず、お重をひとつ減らせよ。今のままだと、じきに痛風になるぞ。おかしいだろ、高校生で痛風って」

立ち上がった淡十郎とともに、ふたたび廊下を進み始めた。ええと、何の話をしていたっけ、と思い返そうとしたとき、突然足元がおぼつかないような感覚に襲われた。

気づいたとき、今度は僕が床に転がっていた。

「運動不足はそっちのほうじゃないのか」

ここぞとばかりに、淡十郎が上方から冷たい視線を寄越した。

尻餅をついたまま振り返るも、足をもつれさせた場所には何も見当たらない。床が濡れている様子もない。おかしいなあ、と同じく首をひねっていると、ふと廊下の先に人影を認めた。

廊下の正面は、先ほどまで僕が立っていたトロフィーケースである。その前に、いつの間にか校長が立っていた。

相変わらず、すらりとした長身にスーツを決め、片手をポケットに入れてこちらをじっと見つめている。

ぞわり、とした。

ゴールデンウィークに城で校長と出会ったときにもこの感覚が訪れたことを刹那《せつな》、思い返した。それは、おさなき頃から、僕のなかで力が蠢《うごめ》くとき、決まって訪れる感覚だった。当然ながら、僕はこの感覚を忌み嫌っていたが、なぜ力を使っているわけでもないこの状況で、しかも校長に出会ったタイミングで、二度までも同じ感覚に襲われなくちゃいけないのか——。

「さっさと立てよ」

淡十郎の声に我に返って、僕は慌てて立ち上がった。振り返ると、トロフィーケースの前から校長の姿が消えていた。その代わり、脇のドアから職員室に入っていくスーツ姿の背中が一瞬だけ見えた。

「どうした?」

「いや、何でもない」

僕たちはふたたび昇降口へと歩き始めた。二人とも足元を警戒したおかげか、無事一度も転ばず到着した。げた箱前で革靴に履き替えながら、

「で、お前ひとりで棗の家に行って何するんだ?」

とやっと先ほどの続きを訊ねた。

「棗広海を追い出す」

げた箱から革靴を取り出し、淡十郎はいとも簡単に答えた。

「え?」

「棗家ごと、この町から追い出す」

手にした靴を丁寧に足元に置き、淡十郎はとても乾いた声で宣言した。

どうも、とんでもないことに手を貸したのではないか——、痺《しび》れに似た感覚が頭を巡り始める先で、淡十郎は革靴に足を入れると、いかにも上機嫌な様子で、めずらしくハナウタなどを歌いながら軽やかにグラウンドに出て行った。

*

日出家と棗家の対立の歴史は根深い。

だが、その構図は実のところ驚くほど単純で、およそ歴史と銘打つのが馬鹿馬鹿しいほど、まるで中身がない。

理由は明らかである。それは日出家と棗家、所詮は「どんぐりの背比べを宿命づけられた両家」だったからだ。

たとえば、日出家は他人の心に入りこみ、相手の精神を操る力を琵琶湖から授かり、今に至った。

一方で、棗家は同じように他人の心に入りこみ、こちらは相手の肉体を操る力を琵琶湖から授かり、今に至った。もっともこれは父から聞いた話で、自分の目で直接確かめたことはない。

これほどの異能の力を持っていたなら、長い近江の歴史のなかで、小さな城のひとつでも支配できそうなものである。しかし、この地が淡海《あふみ》と呼ばれたむかしから、両家はいっさい目ぼしい活躍を見せぬまま、江戸時代を迎えた。

なぜか？

石走高校一年C組の今を見ると、その答えは自ずと知れてくる。

僕はあの教室で、自分の力を使おうとは思わない。

力を使った瞬間、棗に殴られるからである。さらには、あのおぞましい音をもう一度聞かされる羽目になるからである。

同様に、棗もあの教室で力を使えない。もしも、やつが好き放題、力を発揮しようものなら、こちらも盛大に力を開放して邪魔してやる。こちらの力が相手にどう聞こえているのかは知らないが、一刻も早くやつを黙らせるよう努める。つまり、相手がいる前で、お互いその力を発することができない。どれほどの力を持っていようと、決して優位性を保つことはできない。

この滑稽とも言える「両すくみ」の状態が、千年以上もの間、延々と続いてきた。

たとえば、ある領主のところに日出家の人間が仕官し、その心を自在に操ろうと企んでも、追って仕官してきた棗家の人間によって、計画はあっという間に頓挫《とんざ》した。計画を潰すのは実に簡単だ。もしも、日出家の人間が力を使う素振りを見せたら、ただ野放図に力を放ちさえすればよい。それだけで、日出家の人間は、あまりのやかましさにとても力を発揮するどころではなくなってしまう。

逆に、戦場で相手の大将の動きを封じ、首を打とうとする棗家の人間がいたなら、すぐさま日出家の人間が走り寄り、手柄を立てさせてなるものか、と力を放ち、棗家の人間をのたうちまわらせた。戦場でのたうっていたら死ぬほかないので、誰もそんなリスクを冒そうとはしなくなる。かくして、琵琶湖畔の各地に散らばる日出家と棗家は、必ず同じ土地に居を構え、以後、互いを密着マークし、相手の足を休みなく引っ張り続けるという、消極的戦いに終始することになるのである。

ならば、琵琶湖を離れ、相手のいないところで勝手にやればいいではないか、という話になるが、そうは問屋が卸さない。いったん琵琶湖を離れると、力は急激にその効果を失い、使いものにならなくなってしまう。日出家も棗家も、その正体はいにしえから続く「湖の民」だ。今も、兄浩介《こうすけ》はふた月に一度、必ず東京から湖西《こせい》の実家に戻ってくる。そうしないと、力が弱まり仕事ができなくなってしまうからだ。実家で一週間過ごし、自然と充填《じゅうてん》される力を携え、兄は東京に戻っていく。淡九郎おじが率いる日出グループが、今も石走に本拠を置くのは、力を保持したまま、一族の働き手に仕事を与える、という二重の目的を有しているのである。

パタ子さんによると、むかしは琵琶湖だけではなく、日本じゅうの湖に同じような力を持った連中がいたそうだ。しかし、今は琵琶湖を除き、「湖の民」はすべて消え去ってしまったという。

「どうしてなんですか？」

と不念堂にて、座布団に正座して訊ねる僕に、

「戦後間もない頃までは洞爺湖《とうやこ》や、西湖《さいこ》、宍道湖《しんじこ》のあたりに、まだ少しは残っていたそうよ。実際に私の師匠も、一度だけ、他の湖の民に会ったことがある、って言ってたもの。でも、その後どの湖からも力そのものが消えちゃったのよね。それで、残っていた人もただの人になっちゃった」

とパタ子さんは、日出家の生き字引としても名高い、自分のお師匠からの話を語って聞かせてくれた。

「何で、湖の力がなくなってしまったんですか？」

「理由は誰にもわからない。でも、こうして涼介くんを見たら、そのへんも薄々わかるよね」

とパタ子さんはいきなり僕を指差した。

「え？」

「だって、この不念堂には今、涼介くんしかいないじゃない。淡十郎くんを入れても二人。私のときは、常に十人はいたもの。そういうこと。琵琶湖も少しずつ弱まってきてるってことよ。淡九郎さんは、まあ、ありがちな話だけど、やっぱり環境問題のせいじゃないかと考えてるみたいで、結構そっち方面にお金を出しているみたい。でも、もう遅いかもね」

そこでパタ子さんは、周囲に誰もいないのに急に声をひそめ、

「これは内緒の話だけど、この三年間、ひとりも力を持った子が生まれてないの。このまま生まれなかったら、自然とおしまい」

と机に肘《ひじ》をつき、「困ったものよねえ」と相変わらずまったく困った様子に見えない顔で首を横に振った。

正座の痺れを何とか我慢しながら、この話を僕はとても複雑な気持ちで聞いた。

己の体内に勝手に居座るこの力を、僕はずっと嫌ってきた。はじめて「琵琶湖を離れたら力が弱まる」という話を父から教えてもらったときは、ならば滋賀を出たらこの力とおさらばできるのではないか、と一気に期待が高まった。しかし、東京で生活を始めた兄から、「対人に及ぼす力が衰えるだけで、自分の中に宿る感覚には何の変化もない」との経験談を伝えられ、心底がっかりした。

琵琶湖が授けた刻印は、そうは容易《たやす》く消えてはくれないらしい。ただし、大もとである琵琶湖自体が力を失った場合は話が異なる。そのときは、間違いなく僕も普通の人間

に戻ることができる。同時に日出家全員も力を失う。自分に関しては万々歳の結果だが、他の人間にとって、それがいいことなのかどうか、僕にはわからない。さらには、棗家の人間だって力を失うだろう。日出家と棗家がいがみ合ってきた歴史は過去のものとなり、ようやく僕と棗広海は、お互い何の遠慮も要らない、完全な赤の他人になるのだ――。

そんな妄想じみたことを思い浮かべながら、僕は先ほどから、淡十郎と肩を並べ、人《ひと》気《け》のない通りを歩いている。

時計の針はあと十分で午後五時を差すが、よく晴れた空はまだまだ明るい。

僕たちが進むのは、湖西の実家を出て石走城にはじめてやってきた日、おそるおそるインターホンを押した正門近くから続く、かつての城下町の目抜き通りである。幅の広い道を挟んで古い民家や商店が軒を連ねるが、活気はまったくない。休日ということもあるだろうが、JR駅前のにぎわいが風前の灯火《ともしび》ならば、こちらはすでに臨終レベルである。確かに古い町並みの品格が保たれてはいるが、あまりに人がいないためかえって通り全体にうらさびしげな色を与えている。自分たちの膝元を騒がせたくない、という日出本家の意向もあって、JRの駅を城から離れた場所に造らせたわけだが、ここまで鄙《ひな》びてしまうとは、さすがに明治のむかしには予想できなかったのだろう。

しかし、覇気なく弛緩《しかん》しきった往来の雰囲気とは対照的に、僕の内なる緊張はいよいよ高まっていた。理由は言うまでもなく、これから淡十郎と二人して、敵地に乗りこむからだ。

およそ一時間前、僕は部屋の前の廊下を突き当たったところにある、淡十郎のアトリエを訪ね、

「僕も棗のところに行く」

と告げた。

十畳の和室の中央に丸テーブルを置き、そこに果物や置物を並べ、いつもと変わらぬ休日の過ごし方をしていた淡十郎は、キャンバスに向かう絵筆の動きを止め、

「別に構わないが」

とあっさりうなずいた。

「淡九郎おじさんには、言ったのか？」

「言う？　何を？」

「棗家に乗りこむことに決まってるだろう。大騒動になるかもしれないぞ」

「そんなことにはならない」

やけに落ち着いた口調で、淡十郎は首を静かに横に振り、

「それに棗家がこの町からいなくなるのは、親父がずっと望んでいたことだ。むしろ、親孝行になる」

と妙な正論を披露して、キャンバスに顔を戻した。

パタ子さんに相談すべきかと一瞬、考えたが、やめておいた。校長の娘にフラれた恨みがことの発端などと、馬鹿馬鹿しくて伝える気にもなれなかったし、勝手気ままにあちこちをふらつくパタ子さんを、広大な城内に探すのも面倒だった。

棗家訪問の約束をした午後五時まであと三十分に迫ったところで、僕は部屋を出た。淡十郎が制服を着ると言うので、仕方なく僕も制服に着替えての出発だった。

「何で制服なんだ？　学校に行くわけでもないのに」

「やはり、礼儀は尽くさないとな」

と真面目な顔で答え、淡十郎は本丸御殿から歩いて正門に向かった。よく考えたら、淡十郎と舟以外の手段で城の外に出るのは、はじめての経験だった。

「棗の家がどこにあるか知っているのか？」

「知っている」

と淡十郎はうなずいた。

「むかしからの武道場だ。竹生島流剣術を教えている」

そう、長い足の引っ張り合いの歴史から、先に抜け出したのは、実は棗家のほうだった。江戸時代に入り、琵琶湖畔では石走のほかに膳所《ぜぜ》、彦根《ひこね》といった城下町が栄えたが、それぞれの藩の武術師範に、「無敵の剣術の使い手」として、棗家の人間が相次いで召し抱えられるようになったのである。そりゃあ、無敵なはずだ。相手の動きを力で自在に止められるのだから。その隙に何だってできる。

この棗家の成功を、日出家はただ指をくわえて見守るしかなかった。門人が厳選された道場と、日出家の身分ではその門を潜ることさえできぬ城内でのみ力を使い、称賛をほしいままにするという棗家の見事な局所戦術に、まったくつけ入る隙を見出せなかったのである。

「おい、涼介」

ゆったりとした歩調で進んでいた淡十郎が急に足を止め、

「ここ、何だかわかるか」

と通りに面した一軒の建物を指差した。

通りを挟むほとんどの家と同じく、板塀にまわりを囲まれた、二階建て家屋がそびえていた。二階の部分までが焦げ茶色の板壁に覆われ、その上に大きな傾斜をつけた三角形の瓦屋根がドンとのっかっている。

「さあ、まったくわからん」

立派な造りなれど、人が住んでいる気配は感じられない、見るからに古びた家屋を見上げ、僕は首を横に振った。

「日出屋だよ。ここでむかし、商売をしていた」

これが、と僕は改めて、目の前の建物を仰いだ。母屋と蔵との間から、巨大な松が両者を見下ろすようにすっくと立っていた。ずいぶんすっきりとカットされたその枝振りから、この屋敷が今もちゃんと管理されていることがうかがえた。

まさしくこの建物こそ、現在の日出本家のルーツだった。

江戸時代に入り、武術師範への道を見出した宿命のライバルに、一時は絶望的なリードを広げられた日出家だったが、追いつくチャンスは意外なところから舞いこんだ。

「商い」である。

ここからは、不念堂にて「最初の講義のとき教えるって決まりみたいだから、いちおう説明しておくね」と日出家の歴史について解説してくれた、パタ子さんからの完全な受け売りである。

近江の国は古来、東西の人の流れがぶつかり合う交通の要所だった。必然、商売も盛んで、その活発なエネルギーは、徳川幕府のもと、世情が安定し、流通の仕組みが発達すると、「近江商人」という形になって一気に爆発した。

近江商人は、国内ではなく近江の外に商売の機会を求める、という非常にアクティブな性格を持っていた。伊勢商人とともに、近江商人は各地で稼ぎに稼ぎ、「近江泥棒、伊勢乞食」などという名誉ある悪口を獲得するほどまでに活躍したそうである。

この流れに、石走で小さな商家を営んでいた日出家が乗った。「日出屋」の看板を掲げ、近江の特産品である蚊帳《かや》を携え、棗家のいない国外へ勇躍《ゆうやく》繰り出したのである。一歩、外の世界に踏み出したら、棗家の剣術同様、「日出屋」の商いは無敵だった。何しろ「買いたい」と相手に思わせたら、それで勝負アリなのだ。

ここにようやく、日出家は自分たちの「力」を最大限活用する方法を発見した。比較的自由かつ安全に日本じゅうを移動できる時代が来るまでの、長い長い辛抱の時間の終焉《しゅうえん》だった。

この商いとしては完全な反則技をせいいっぱい利用し、石走日出家はあっという間に巨富を築くに至る。

多くの近江商人がその後、半強制的に大名への多額の貸し出しを引き受けさせられ、徳川幕府の崩壊とともに、そのすべてを踏み倒され、ばたばたと倒産していったときも、日出屋はほとんど無傷でこの荒波を乗り切った。どんなに偉い大名でも、日出屋から金を引き出すことはできなかった。一対一の対人交渉で、日出屋に勝てる人間など、この世に存在しなかったからである。

明治の世に入り、日出屋は殖産興業の波に乗っていよいよ隆盛を極め、ついにはお殿様、つまり速瀬家になり代わり石走城の主にまで上りつめた。淡九郎おじの曾祖父、淡《たん》六郎《ろくろう》じいさんの時代の話である。淡六郎じいさんは、琵琶湖畔に散らばった日出家を束ね、石走日出家が今後日出本家として立つことを認めさせた。さらに、日出屋の経営に、積極的に分家筋の日出家の人間を取りこみ、その能力をフル活用する仕組みを作り上げた。僕がここ石走にやってくるきっかけになった奨学生制度も、すでにこの頃からあったそうだ。

実際にこうして見上げると、かつての日出屋の母屋は、建築のことなどトンとわからぬ僕にでも、実に堅牢かつ質素な造りで、華美とはほど遠い性格を持っていることがよく理解できた。決して目立たず、ひたすら実を取る、という日出本家イズムが、年季の入った板壁の風情から、にじみ出ているように感じられた。

「行くぞ」

振り返ると、いつの間にか淡十郎は通りを渡り始めていた。慌ててあとに続いて通りに出ると、一台も走る車が見えない四車線の通りの正面に、石走城が見えた。

目立たないことをポリシーにひっそりと生き抜いてきたはずの日出家だったが、こと棗家が相手となったときだけは例外が適用された。積年の対抗意識は、関西屈指、いや日本有数の大富豪となってもいっこうに衰えることはなく、淡六郎じいさんをして、石走城を手に入れ、町の一等高い場所から棗家を毎日見下ろす、というおそろしく子どもじみた行動に駆り立たせたのである。

むかしから極端な性格の持ち主が頭領になる家系だったことは、こうして淡十郎を見ているとよくわかる。失恋の逆恨みの末に棗を排除する、という発想自体そもそもおかしい。しかも、当の棗は速瀬と付き合っているわけでも何でもなく、単に好意を抱かれた、それだけなのである。もはや正当性のかけらもない。

しかし、いくら正論を述べたところで、すべては空《むな》しい。何しろ「ひでぶ」と呼ばれただけで、相手の家のまわりに堀を築き、バスケットゴールに上級生を磔《はりつけ》にしてしまう男だ。世間の常識が通用する人間ではない。あの麦畑での様子を見るに、生まれてはじめてといってもいいくらい、大きくプライドを傷つけられたのだろう。これは「ひでぶ」の比ではないくらいの反動が、引き起こされるかもしれないぞ——と今さらながら、これからの展開が心配になってきた。

やはりここは、淡九郎おじに、いや、せめてパタ子さんにひと言相談しておくべきだったのではないか、それよりも、もっと早く「フラれた腹いせに仕返しってのは、ケツの穴が小さすぎやしないか」と淡十郎に直言すべきだったのではないか——とあれこれ遅すぎる後悔をし始めたとき、前方を進む淡十郎の足が止まった。

場所は目抜き通りから一本内側の道に入り、二度角を曲がり、ふたたび見通しのよい道に入ったあたりである。右手にずいぶん立派な門構えの、まさに「お屋敷」と呼ぶに

ふさわしい豪勢な家が建っているなと思ったら、

「竹生島流剣術　棗道場」

と白の筆で書かれた大きな木の看板が、門扉の脇の柱に掛けられていた。

「ここが――」

瓦屋根が重々しく突き出した、巨大な庇《ひさし》を見上げた。正面の扉は開け放たれ、その向こうには道場の入り口が見える。

そこに、ひとりの女の子が立っていた。

すらりとした背格好の、髪の長い子だった。

頭が拳のように小さく、肌の色がウソみたいに真っ白だった。ぱっつんと横一文字に切った前髪の下で、切れ長な目が、僕と淡十郎の間を鋭く行き来していた。白い顔に、ところどころほくろが散らばっていて、それがまたやけに色っぽかった。それでも少し年下かな、と食い入るようにその子を観察していると、

「日出？」

と女の子はよく通る声を発した。

「棗潮音《しおね》か」

間髪を入れず返された淡十郎の答えに、女の子は一瞬、びくりと肩を震わせたが、

「ここで靴を脱いで、入って」

と背後の道場の玄関を指差すと、くるりと踵を返し、建物に沿って足早に立ち去ってしまった。

「知り合いか？」

「いや、はじめて会った。でも、調べたから知っていた」

「調べたって、何を？」

「棗家のすべて」

と短く答え、淡十郎はすたすたと棗道場の門を潜《くぐ》った。

「なあ、淡十郎よ」

「何だ？」

「たいへん嫌な予感がするんだが、ひとつ訊いてもいいか」

ああ、とぐるりと敷地を見回しながら、淡十郎はうなずいた。

「今の子に向かって、棗ナントカと名前を呼んだ気がするのだが、僕の聞き間違えかな？　そうだと、非常にうれしいのだが」

「棗潮音、中学三年生、棗家長女――」

とリズムよく単語を重ね、淡十郎は窮屈そうにこちらに首をねじると、非情極まりない情報を最後につけ加えた。

「棗広海の妹」

＊

お邪魔します、と靴を脱いで玄関に上がると、そこに待っていた門人らしき胴着姿の男性に道場まで案内された。「ここでお待ちください」と言われたとおり、用意してあった座布団にぽつんと二人並んで座り、僕は淡十郎に念を押した。

「いいか、暴力沙汰は絶対にゴメンだからな。そのときは、僕は真っ先に逃げる」

淡十郎は返事を寄越さず、正面の「一刀万生」と荒々しい筆使いでしたためられた額を見上げていた。

僕は舌打ちして、淡十郎との座布団の間を少し離した。

正真正銘、敵地のど真ん中である。門を潜ったときから続く胸の高まりは、いっこうに収まらず、気分を落ち着かせようと何度も深呼吸した。ついでに、万一のときの逃げ道を確認すべく、改めて道場を見回した。

広さは学校の教室二個分くらいだろうか。質素なれど清潔な開放感があって、どこか本丸御殿の食堂を彷彿《ほうふつ》とさせる、まこと立派な造りだった。艶を帯びた総板張りの床には、飴色《あめいろ》の光がぼんやり漂い、高い天井を見上げると、中空に大きな梁《はり》が渡っていた。前方の「一刀万生」の下には太鼓が置かれ、床の間のような場所の中央には、いかにも古めかしい甲冑《かっちゅう》が飾られていた。

右手の壁の上方には、ずらりと並んだ賞状の数々、左手はすべて開け放しの縁側で、その向こうに視線を送ると、石走城の本丸御殿のそれに勝るとも劣らぬ庭園が広がっていた。

庭の中央にでんと構える、「8」を描くような輪郭の池には短い石橋が渡り、背の高い石灯籠《いしどうろう》が、つつじの植えこみの向こうにちらほら顔をのぞかせていた。絵に描いたようなくねくねした松の根元には、何のためかわからぬ巨石が二つ三つと転がり、縁側と庭を使ったら、『忠臣蔵』の討ち入りシーンをそのまま撮影できそうな趣きだった。さすが藩からお墨付きをいただいた武術師範のお屋敷、往時の威勢が偲《しの》ばれるというものである。

　これは逃げるときは取りあえず庭に飛び出すことにしよう、と見当をつけていると、床を踏む音とともに縁側から人が現れた。

　棗広海だった。

　さらに、先ほど会ったばかりの棗の妹が続いて登場した。

　棗は淡十郎の正面、三メートル前方の床に、音を立てて座った。その隣に、棗の妹が静かに正座した。どうして棗が妹を連れてくるのか、さっぱり理由がわからなかったが、それでもよかった。しばらく、同じ空間で彼女と時間を過ごせることに、密《ひそ》かに心弾む思いだった。いっそのこと、棗はこのまま帰ってくれてもよかった。

　真正面から捉えると、色白なところや、顔にほくろが多いところ、シャープなあごのラインや、少しうつむいたときのまつ毛の長さ、正面から見た鼻の形など、棗潮音はいちいちが隣の兄に似ていた。くやしかった。これだけ棗に似ているのに、そのことに気づかず、一瞬にして心をわしづかみにされてしまった自分がとても残念だった。

「もう少ししたら、親父が来る」

　と棗が壁の時計を見上げ、低い声を発した。

「え？　何で？」

と思わず声を上げた僕に、

「何でだ？」

と逆に棗が問い返してきた。

ああ、そうだ、こいつとは日本語が通じないんだった、と思い返し、僕は黙って座布団を淡十郎にふたたび近づけた。

「何で親父が出てくるんだ？　あいつ、ファザコンか？」

淡十郎は耳元での僕のささやきには応えず、

「お前の親父さんが来る前に、伝えておきたいことがある」

と道場に入ったときからの正座を崩さず、口を開いた。

ああ、と棗が声を出さずにうなずくと、

「棗広海」

と淡十郎はいきなり相手をフルネームで呼んだ。

「僕といっしょに、この町から出ないか？」

「え？」

僕はギョッとして、淡十郎に顔を向けた。

「力と心中したいのなら、このままずっと、この町で生きていけばいい。でも、それが嫌なら、この町から出て行け。僕はここから出て行く。僕はフランスに留学するつもりだ。だから、お前はイギリスに行け」

と穏やかなれど、きっぱりとした口調で淡十郎は言い切った。

何がどう「だから」なのか、あまりに支離滅裂な内容に、

「お、お前……何、言ってんの？」

と僕がその丸い肩に手をかけても、淡十郎はお構いなしに、

「父がお前の家のことを調べていた。その調査結果を読んだ。そこに、全部書いてあったよ。この道場の経営は年々、厳しくなっている。銀行への返済も長らく滞っている。このまま石走の人口が減り、子どもの数が減ったら、道場の経営がどうなるかの予測まで立てられていた。でも、それは僕が言うまでもないだろう。この家の跡取りであるお前が、誰よりもよく理解しているはずだ。お前はここにいても、未来がないことをよく知っている。このままだとジリ貧だということを知っている」

と背筋をぴんと伸ばした姿勢のまま、静かに続けた。

「棗広海、お前のことも報告書にあった。本当はファッションの勉強がしたくて、ロンドンに行きたいと思っているとな。お前は本気で、そのことで父親と諍《いさか》いが起きているともな。別に驚くことじゃない。金と時間をかけたら、日出家の人間はどんなことでも調べることができる。日出家の人間はどんな相手にも、簡単に秘密をしゃべらせることができる。もっとも、親との喧嘩《けんか》のことなら、調べなくてもわかる。むしろお前の状況で、喧嘩しないほうがどうかしている。僕も父とは喧嘩した。もう喧嘩する機会そのものがなくなるくらいな。でも、僕はお前とちがって、自分で未来を切り拓くつもりだ。僕はもうすぐこの町を出る。フランスに留学して、パリで絵を勉強する」

突然飛び出した爆弾発言に、

「え、そうなの？　いつよ？」

と隣で驚愕《きょうがく》する僕に、

「夏過ぎくらいかな」

と淡十郎はいとも簡単に答えた。

呆気に取られている僕の前で、それまで黙って話を聞いていた棗が、

「だから……、お前にはないのか」

と低い声を発した。

「ホウ、わかるのか」

と淡十郎はなぜか少し驚いた声を上げた。

「ああ、わかる」

「そんな力があるとは知らなかった」

「こっちは、お前たちにはない力だとは知らなかった」

意味のわからぬ会話を、唐突に淡十郎と始めたかと思うと、

「隣のボンクラは知らないのか」

と棗は僕をあごで指し示した。

「ああ」

「おい、誰がボンクラだ」

「他の誰も知らないのか」

「少なくとも、父は知らないな」

「だから、誰がボンクラなんだって」

棗は僕の声を完全に無視して、「とんでもないやつだな」と吐き捨てるようにつぶやき、改めて淡十郎を睨みつけた。

「棗広海よ」

と淡十郎はふたたび呼びかけた。

「お前はこれからどう生きるつもりだ？　棗家の男としてここで朽ち果てるのか、それとも外の世界に飛び出すのか。もしも、僕とお前がこの町を出たときは、千年だか二千年だか続いてきた、くだらない戦いが終わる。両家の跡継ぎが、いなくなるわけだからな。みんなが呪縛から解放される。お前の妹だって解放される」

淡十郎は言葉を区切ると、ゆっくりと棗の隣に視線を移した。それまで蒼い顔のまま、身を固くして淡十郎を凝視していた棗潮音が慌てて面を伏せた。

「棗潮音、お前は医療ボランティアになって、世界の人たちを助けてまわりたいんだろう」

とこれまで僕が聞いたことのないやさしげな声色で、淡十郎はうつむいたままの棗潮音に語りかけた。

「でも、お前の父親は、それを許さない。お前にこの石走の地で生き続けることを求めるだろう。それは、お前の父親が今も戦っているからだ。僕の父と何十年にもわたって、この石走で不毛な戦いを続けているからだ。そしてお前の父親も、僕の父も、これからもこの戦いがずっと続くと思っている。だからあの男は、僕がフランスに行くことを絶対に許さない。でも、僕は己の進むべき道は自分で決める。棗広海、お前はこのまま、琵琶湖の虜《とりこ》となったまま、家のために人生を捧げるのか？　それとも自分のために生きるのか？　もしもやりたいことがあるのなら、自分でこじ開けろ。お前に一歩を踏み出す勇気があるのなら、僕が金を貸す。ロンドンに行って、有名になったら倍にして返せ」

どう考えても高校一年生の会話ではなかった。金を貸すといっても五百円とか、そういうレベルの話ではあるまい。でも、何だろうか、この気持ちは。明らかに話がおかしい方向に進んでいるとわかるのに、何とも言えず心が熱い。将来の話など、これまで一度もまともに考えたことのない自分を、むやみに恥ずかしく感じてしまう。

「お前……、頭おかしいだろ」

と棗がぽつりとつぶやいた。

これまでやつが発してきた言葉のなかで、はじめて共感できるものを聞いたと思った。その隣で、棗潮音は相変わらず硬い表情のまま、じっと淡十郎を見つめていた。僕はさらにその斜め横からの顔を、沈黙にかこつけてとっくりと観察した。

どこからどう見ても、これまで僕が出会ってきた女性のなかで、もっとも美しい女性だと認めざるを得なかった。そのことがうれしくもあり、くやしくもあり、ああ、棗をお兄さんなんて死んでも呼べないわ、とひどく悲しくもあった。

＊

そろそろお暇《いとま》しよう、と小声で告げ、僕は淡十郎の制服の袖を引いた。

棗への話は終わったようだし、「よっしゃ、じゃ、俺もロンドン行くわ」とこの場で気軽に同意できる内容でもない。まずは相手に自分の考えを伝えるのが目的だったのだろう。棗をこの町から追い出すという話が、いつの間にか、自分もいっしょに、いや自分から率先して出て行く、という話に変わっていることが妙と言えば妙だったが、何しろ淡十郎のやることである。これでは速瀬にフラれたことは何も関係ないではないか、と思わないでもないが、どれもいちいち考えるだけ無駄だろう。

棗潮音のもとを去るのは名残惜しいが、それよりも敵地深くで丸腰のまま座り続けることへの居心地の悪さが、そろそろ限界に達しようとしていた。

「お二人とも、おつかれさん。さあ、帰ろうぜ、淡十郎――」

とさらに袖を引いて促したとき、縁側からどかどかと床を踏む乱暴な足音がいくつも重なり合って聞こえてきたかと思うと、

「お前らァ、何しに来たあッ」

という荒々しい怒鳴り声とともに、いきなり藍染めの胴着姿の中年男が道場に入ってきた。

「速瀬のことで、わざわざここを指定するなどと、おかしなことをすると思っていたら、

そういうつもりだったのか。ワシは絶対に騙《だま》されんぞッ」

僕は早くも座布団から尻を上げ、逃げる態勢を整えた。どうして速瀬の一件をこのおっさんが知っているのか、と一瞬不思議に感じたが、それについて考えている余裕もないほど、中年男は顔を真っ赤にして一気にまくし立てた。

「淡九郎のゲス野郎めッ。ガキどもまで使って、ワシらの懐に毒を仕こもうとするとはな。イギリスに行けだと？　ふざけるなッ。お前ら日出家の連中は誰がどこへ行こうと、替えがいくらでもいるだろうが、この道場を継ぐのは広海しかおらんッ。琵琶湖のまわりには、棗家の人間はもうワシを含めこの三人しかおらんのだッ。どうしてか、わかるか？　知らんだろうから、教えてやる。日出淡九郎が、地上げに、嫌がらせに、買収に、汚い手をすべて使って、大津、坂本、長浜、余呉《よご》、彦根、八幡《はちまん》――すべての街から、棗家の人間を県外に追い出したからだ。しかも、たんまり金を渡して、文句を言えないようにしてな。でも、俺はちがう。俺は死ぬまでこの場所を動かんぞ。札束にものを言わせようとして、それも駄目だと知ったら、まさかこんな手を使ってくるとはな」

中年男は怒りのためか、震える拳を忌々《いまいま》しそうに己の胴着の袴《はかま》に打ちつけた。それに誘発されたかのように、男の背後に立つ門人らしき胴着姿の三人が殺気だった眼差《まなざ》しをこちらに向けた。その迫力に腰が引け、座布団から床へ尻がずり落ちたとき、

「ちがう――」

と棗が片膝を立て、声を発した。

「こいつらはそういうつもりで来たんじゃない――」

「馬鹿者ッ、お前までコロッとだまされおって。それが淡九郎の狙いだと、どうしてわからん。現に校長のことなど、ひと言も話に出てこなかっただろうが。もともと、こいつらはお前と潮音を籠絡《ろうらく》するために、送りこまれてきたのだッ」

いったい、何の話をしているのかさっぱりわからぬが、とにかく棗がんばれ、と必死のエールを送りながら、

「お、おい、どうするんだよ」

と淡十郎の耳元にささやいた。

目の前の激しい応酬が何も聞こえていないのか、淡十郎は憎たらしいほど落ち着き払った様子で、

「棗永海《ながみ》、棗家道場の当主だ」

とご丁寧に本人を指差して教えてくれた。

これはいよいよもって絶体絶命の大ピンチだ——と僕は改めて、胴着姿の棗の父親に視線を向けた。このおっさんは、最初から僕たちを淡九郎おじのスパイか何かだと疑ってかかっていたのだ。僕たちが何を話すのかを、門人に探らせたのか、それとも自分で盗み聞きしたのか、全部確かめてから、このように完全に頭に来た状態で、満を持して登場したのだ。冗談じゃなかった。曲解にもほどがある。

「お父さん——誤解です、誤解なんですッ」

たまらず、棗親子のやり取りに割りこんだ途端、

「だ、誰がお父さんだッ。ふざけるなッ」

と割れんばかりの怒声で返された。

「わ、すいませんッ」

棗永海は二人の子どもと、何もかもまったく似ていなかった。身長は百六十五センチに届かないくらいだろう。怒り肩のいかにも武道家ぽい、横幅のあるがっしりした体格の持ち主だった。何よりもちがうのはその顔だった。色黒で険のある、ギラギラした面相をしていた。どこか、淡九郎おじと同じ匂いを発している、と感じたとき、

「こんな道場、さっさと畳んでしまえばいい。大人の都合をいつまでも子どもに押しつけるんじゃない、おっさん」

という静かな声が道場に響いた。

「な――」

と発したきり、棗父は途中で絶句したまま完全に固まってしまった。ご本人の前で何てことを言うの、と僕も呆然《ぼうぜん》として背後の淡十郎に顔を向けたとき、

「ゆ、許さんぞッ」

という野太い声がいきなり鼓膜を叩いた。

「先生の道場を、どうしてお前ら日出家は目の敵《かたき》にするんだ。しかも先生の前で、道場を畳めだと？　も、もう勘弁ならん、ブッ殺してやるッ」

と縁側で控えていた三人の門人のうち、軽く百八十センチを超えているだろう、いちばんの巨漢が、弾《はじ》かれたようにこちらに向かって突っこんできた。しかも、その手には木刀まで握られている。

「わっ……だ、駄目だって」

僕は反射的に足元の座布団を投げつけた。尻ごみしたついでに、背中が淡十郎の丸い身体にぶつかった。

男は飛んできた座布団を一刀のもと軽々たたき落とすと、絶叫とともにふたたび木刀を振り上げた。

僕は無我夢中のうちに、相手に手のひらを向けた。何も考える暇もなく、目の前に迫った藍色の胴着に渾身《こんしん》の力を打ちこんだ。

そのとき、男の身体の内側に「ぐぬっ」というものを感じた。

次の瞬間、すでに相手の身体に入りこんだはずの僕の力が、「ぐぬっ」というものに押し出されるように、男の身体の外へと弾き飛ばされた。

同時に、

「しゅららららららららららららららららっ、ぼぼぼんんんんん」

という頭が割れるのではないか、というほどのすさまじい音の衝撃が襲ってきた。

それは入学式の朝に、教室で聞いたのと同じ、まさしく何かが爆発したような音だった。しかも、前回とは比べものにならないほどひどかった。

その耐えがたい音に、僕は思わず耳を塞《ふさ》ぎ、床に転がった。

固く冷たい床の感触が腕や額に伝わってきたとき、すでに音はぴたりと周囲から消えていた。

ただ、前回と大きくちがったのは、今度は庭のほうから、あたりの空気を震わせ、さらに道場全体をも震わせる「本物」の爆音が鳴り響いたことである。

僕は床に転がったまま、強く閉じていた目を開いた。

二メートル手前の床に、木刀を持ったまま、男が伸びていた。さらに床に倒れこんで耳を押さえている棗広海に潮音、同じく膝をついて耳を覆っている棗父の姿が視界の隅に見えた。

そのとき、縁側の向こうで庭の池が突如として、轟音《ごうおん》とともに水柱となって逆立った。池の真ん中を渡っていた石橋が水柱もろとも上方に飛ばされ、縁側の屋根に切り取られた枠の外へとあっという間に消えていくのが見えた。

それはまるで傾けたバケツから落下した水流を、時間を逆巻きにして再生しているかのような眺めだった。水柱そのものが吸い取られるように上空へと消え去り、実際はほんの数秒だったのだろうが、ずいぶん長く感じられた静寂ののち、激しい雨粒が庭を、続いて道場の屋根を打ち叩いた。

地鳴りのような轟《とどろ》きとともに、縁側の屋根に何かが激突した。道場じゅうに響き渡る棗潮音の悲鳴に迎え入れられるように、ついさっき吹き飛ばされたばかりの幅一メートル半ほどの池の石橋が、盛大に屋根を破壊して、縁側の廊下にめりこむように突き刺さった。

第五章

棗広海

石橋が突っこみ大破した縁側と、ぽっかり空がのぞく屋根を、道場の床に転がった姿勢で見上げたのも束の間、僕は反射的に身体《からだ》を起こすと、座布団の上に中腰になって縁側の様子を凝視している淡十郎《たんじゅうろう》の腕を引っ張って、棗《なつめ》道場を飛び出した。目抜き通りまでひたすら走り、追ってくる人間がいないことを確認してから、ようやく足を止めた。

腕を放すなり、淡十郎は顔を真っ赤に上気させ、「何だよ、まったく」と膝に手をついて肩で大きく息をした。

「何だよ、じゃないだろ。当たり前だろ。あのまま、あそこにいたらどうなっていたかわからんぞ」

普段からほとんど運動しないからだろう。淡十郎は早くも額に汗を浮かばせていた。不機嫌そうにフンと鼻を鳴らすと、淡十郎はポケットからハンカチを取り出し、拭《ぬぐ》うのではなく、顔にあてるようにして丁寧に汗を吸い取った。

それから城まで、二人して無言で帰った。

淡十郎は少しずつ暗くなってきた空をふてくされたように見上げ、僕はついさっき見たものを正確に認識しようと地面のアスファルトを見つめ歩いた。二人の視線は一度も交わらぬまま、気がつくと堀に架かった橋を渡り、城門の前にたどり着いていた。

巨大な門扉脇のくぐり戸を押すと、出発したときのまま、鍵のかかっていない扉がぎいと音を立てて向こうへ開いた。淡十郎が扉を潜《くぐ》るのを待つ間、振り返って後ろを確認したが、棗道場の人間はおろか、通行人のひとりすら、通りに姿を見かけることはなかった。僕も続いて扉を潜ると、淡十郎は黙ってかんぬきをかけた。

先月、この城にやってきたときにブルーシートで覆われていた橋は、今は修繕工事も終わり、正門から内堀を渡って本丸御殿へと続く最短ルートになっている。

しかし、僕たちはどうしても目の前の橋を渡ることができなかった。

なぜなら、橋の前に白馬が一頭、悠然と立《た》ち塞《ふさ》がっていたからである。

もちろん、馬上では清子《きよこ》が手綱を握り、ずいぶん高い位置からこちらをむっすりとした表情で見下ろしていた。

しばらく、無言で見合ったのち、

「そこ、どいてくれないか」

と淡十郎が口を開いた。

「どこへ行っていた」

相変わらずのサンダルにジャージ姿で、清子は訊《たず》ねた。

「どこでもいいだろ」

「ずいぶんな音がした」

清子は馬上で右手を伸ばし、「あっちのほうで」と宙を指し示した。淡十郎は無表情でその指を見上げていたが、それは間違いなく僕たちの背後、棗道場の方角を示していた。あの屋根が壊れる音がここまで届いたのだろうか、いくら大音響でも、さすがにそ

れは無理ではないかと考えていたところへ、

「浩介《こうすけ》の弟」

と清子はいきなりこちらに視線を向けてきた。

「は、はいッ」

「あんた、何をしてきた？」

「は、はい？」

「とても匂う」

清子は急に眼差《まなざ》しを険しくして、僕の顔を遠慮なく眺め回した。馬が足踏みして少し動こうとすると、「チョッ」とこちらがどきりとするくらい鋭い声を発し、手綱を引いた。その間も清子は、決して僕の顔から目を離そうとしなかった。

ヘビに睨《にら》まれたカエルの如《ごと》く、その場に立《た》ち竦《すく》むこと十数秒、ようやく清子の厚ぼったい唇から声が漏れた。

「ああ……それで」

なぜか、そこにはかすかに驚きが含まれているように聞こえた。清子は肩口にそれとなく鼻をあて、匂いを確かめている僕に「そうじゃない」と苛立《いらだ》った言葉をぶつけると、急に興味をなくしたようにその膨《ふく》らんだ丸顔から表情を消した。清子は手綱をぐいと引いた。長い尻尾がしゃらりと揺れて、朱色の鮮やかな前垂れを見せつけるように、馬は正面をこちらに向けた。

「浩介の弟」

「り、涼介《りょうすけ》です」

「気をつけな。もしも人に当たっていたら、粉々だった」

清子は「チョウ」という甲高《かんだか》いかけ声とともに、白馬の横腹を両足で挟みこむようにして蹴った。かっかっと舗装された道に小気味よい音を残し、馬は小走りで僕と淡十郎の脇を抜けていった。

二つ結びにした髪が揺れながら去っていくのを、しばし呆然《ぼうぜん》として見送った。

「また心を読まれたのかな」

「だろうな」

隣で淡十郎がぼそりと返事した。

「力を持つ者同士は、逆に力が通用しないって教えられてきたぞ。どうして清子さんだけ、そんな好き勝手にできるんだ？」

「清コングは特別なんだ。何せ〝龍と話せる女〟だからな」

「何だそれ？」

「わからん。清コングの師匠が、そう名づけた」

不意に兄の浩介が高校時代につけたという、「グレート清子」というあだ名が蘇《よみがえ》った。龍と話せるのならば、そりゃあ、文句なしにグレートだろう。

「何で、清子さんは引きこもりなんだ？　どこに行ってもあのまんま無敵でやっていける感じなのだが」

と遠ざかる馬の尻を見つめ、僕はこのタイミングにと、ずっと疑問に思っていたことをぶつけてみた。

「我慢できないんだ」

とつぶやき、淡十郎は橋に向かって歩き始めた。

「ああやって、すぐに相手の頭の中を読んでしまう。どこへ行っても、ところ構わずだ。高校を卒業するまでは、師匠に力を制限されていたから、まだやっていけた。でも、不《ふ》念堂《ねんどう》を卒業して、ひとりで外の世界に出たらすぐ駄目になった」

「駄目って――？」

「まわりが自分をどう思っているか知ってしまった。半年も経《た》たぬうちにその反動が一気に来た」

「そ、そんなことになるんだったら、師匠にまた、その……制限てのをしてもらえばよかったじゃないか」

「一度、放たれた力は戻らない。神水を飲むのと同じだ。前の状態には返れない」

淡十郎はくぐもった声で答えると、橋に向かって歩き始めた。淡十郎の背中に、見送ったばかりの姉の後ろ姿と瓜二《うりふた》つのものを感じながら、

「どうして、清子さんは馬に乗っているんだ？」

と訊ねた。

「馬は自分の悪口を思い浮かべない」

と淡十郎は振り返ることなく答えた。

何も言葉を返すことができぬまま、淡十郎のあとを追って橋を渡った。ゆるやかな橋

板の勾配を足裏に感じながら、扉が開け放たれている本丸への門を潜った。そこからはぶ厚いチャーシューを棚田のように並べた石段が延々と続く。これが城暮らしのつらいところである。お互い完全に無口になって、ひたすら石段を上った。

御殿に到着し、自分の部屋に戻るなり、僕は風呂の道具をもって廊下に出た。そのまま離れに向かい、風呂場の掛札を「使用中」にして中に入った。

何もかもが規格外にデカい本丸御殿だが、風呂場は意外とこぢんまりしている。それでも檜《ひのき》の香りが漂う洗い場で、僕は丹念に身体を洗った。言うまでもなく、清子に「匂う」と指摘されたからである。制服もクリーニングを頼もうと考えながら、湯船に浸かった。檜の太い枠に頭をのせ、湯気のたゆたう天井を見上げた。先ほど棗道場で見たものについて、何か考えようと努めたが、何も考えられなかった。あのあと棗家の連中はどうなっただろう、とか、あれは警察沙汰になるだろうか、とか、棗潮音《しおね》にまた会う機会はあるかな、とか、周辺のことばかりが次々と思い浮かんだ。

風呂から出て、食堂でひとり夕食をとった。だだっ広い食堂の真ん中で伊勢エビ入りのカレーライスを食べた。ごはんが黄色いので、これは何ですかと訊ねると、サフランライスでございます、と給仕係の男性が丁寧に答えてくれた。二杯かきこんで部屋に戻ると、週明けから始まる中間試験の勉強を始めた。当然のことながら、まったく教科書やプリントの中身は頭に入ってこなかった。

＊

一日五科目、二日で十科目にしてくれたら、こちらの苦しみも早く終わろうものなのに、石走《いわばしり》高校の中間試験は、一日二科目×五日間という、容赦ない長期戦を生徒に課してくる。

確かに一日につき二科目なので、試験勉強にたっぷり時間を費やすことができる。その代わり、嫌でも毎日勉強するしかない。これが実に苦しい。高校に入って急に難しくなったカリキュラムに、早々についていけなくなっていた僕は、試験期間中、淡十郎ともほとんど口を利かず、ひたすら勉強に励んだ。棗とは教室で姿を見かけても、いっさい口を利かなかった。目も合わせなかった。あの出来事があったあとの月曜日には、さすがに向こうから何か言ってくるかと思ったが、僕たち同様、こちらの存在を完全に無視しているようだった。

一週間の中間試験が終わると、棗道場での一件ははるかむかしの出来事に感じられた。どういう理由か知らぬが、棗は結局何も言ってこず、大ごとになって淡九郎《たんくろう》おじの耳に入ったらどうしよう、という心配も杞憂《きゆう》に終わり、僕のなかであの一件は、もはやなかったことにされつつあった。

試験明けの土曜日、学校は休みだった。

僕は前日に、部室から持ち出したトランペットを片手に、早起きして御殿の裏山へ向かった。

天守台の石垣の脇を抜け、ゴールデンウィークのときに見つけた、琵琶湖《びわこ》に臨む石垣の突端を目指した。また清子に出くわすかもしれなかったが、それでもよかった。むしろ、もう一度会って「匂う」とは何のことか、確かめたいくらいだった。あの日以降、僕は風呂に入るたびに、清子の言葉を思い出してしまって困っていたのである。

日に日に緑が濃くなっていく山の風景に埋もれるように、足元に崩れかかった石垣が続いている。ときどき急に顔に向かってくる羽虫を、トランペットを振り追い払う。木々の枝葉がいっせいに伸びたせいで、三週間前に通った道なのにほとんど見覚えがない。そのぶん、視界がいきなり開けて、目の前に琵琶湖の眺めが一気に広がったときには、前回に劣らぬ新鮮な驚きを得ることができた。

石垣の突端に立ち、ゆうに五分はぼんやりと琵琶湖を見つめた。マウスピースを取り外し、朝顔の部分を下にしてトランペットを石の上に立てた。ついでにしゃがんで足元を確かめると、石積みの間に、吸い殻をぎっしり押しこんだ灰皿が置いてあるのが見えた。

かすかに湖から風が寄せてきた。朝の太陽を受けた琵琶湖は、さながら銀色の米粒を一面にまき散らしたように、好き放題に輝いていた。腹に手をあて、息を大きく吸いこんだ。風の音にまぎれ、ぴちぴちと騒ぐ声が今にも聞こえてきそうな湖面に向かって、

「ぴぷぷぷぷぷ」

とマウスピースを鳴らした。

唇があったまってきたところで、トランペットの本体を取り上げ、マウスピースをはめこんだ。僕の場合、どうやら自由に音を奏でたい、下手くそでもいいからとにかく曲を通しで吹きたい、と感じる時期と、メロディはいっさい構わず基本を固めたい、と感じる時期が交互に訪れるらしい。今は正確さを身につけたい気分で、僕は単調な反復練習を琵琶湖に向かって淡々と重ねた。

話は飛ぶが、この点がトランペットと「力」の修練に関し、大きくちがうところだった。

不念堂でのパタ子さんとの修練は今も続いている。今日も午後から二時間の予定が組まれている。しかし、いつまで経っても、目の前に置いたグラスとの練習である。練習パターンはそれがすべてなので、どうしたってつまらなくなる。だが、生身の人間相手に実践するわけにもいかないので、こうするほかないこともわかっている。ともに教えを学ぶ仲間でもいたら、競争が生まれ、やる気も少しは湧くのかもしれないが、肝心の淡十郎があのとおりだ。パタ子さんによると二学年下に二人、力を持ったまだ見ぬ後輩がいるらしい。つまり、高校三年になるまで、当分の間、僕はひとりで不念堂で学ばねばならないのだ。

とはいえ、外の世界で力を使う機会がなかったわけではない。むしろ、入学式の日に細眉の葛西《かさい》に向かって一度、棗道場でも馬鹿デカい門人相手に一度、使っている。もしもパタ子さんにこのことを知られたら、叱られはしなくても、さぞ長い小言を食らうだろう。不念堂を卒業するまで、「未熟な使い手」は外で力を発してはいけない、という決まりがあるからだ。そう言えば、棗道場で大男に力を放った直後に訪れた、あの「ぐぬっ」という奇妙な感触は何だったのか。今日の修練でパタ子さんに訊《き》いてみようかな、いや、そんなことしたら、どこで何をしてきたかバレてしまうではないか——などと考えながら、反復練習を五セット完了した。口からトランペットを離し、ふうと大きく息を吐いた拍子に、

「つまらないな」

といきなり背後から声をかけられたものだから、僕はその場で飛び上がった。

またもや気づかぬうちに清子に背後を取られたか、と慌てて振り返ったら、そこにいたのは、姉ではなく弟のほうだった。

「よくそんな代わり映えしないことを、延々続けていられるな」

倒れた木の幹に腰を下ろし、いかにも退屈そうに足を組んで、淡十郎がこちらに視線を向けていた。この姉弟、体形だけではなく、声の調子までもよく似ていることに、今さらながら気がついた。

「い、いつの間に——」

「食堂で朝食をとっていたら、窓越しにお前がトランペットを持って山に向かう姿が見えた。そろそろ、これの掃除もあるし、下手くそな音を聞きながら上ってきた」

「掃除？」

淡十郎は幹から腰を上げると、ズボンのポケットからビニール袋を取り出して石積みの上に進んだ。僕の足元で急に屈《かが》みこむと、石と石の間から灰皿を取り出した。

「ひどいな」

と顔をしかめ、淡十郎は満杯の吸い殻をビニール袋のなかに移した。

「お前がいつも掃除しているのか？」

「ああ、清コングは掃除ができない女だからな」

灰皿の底に残った茶色い液体が、吸い殻の上に垂れるのを渋い表情で見下ろしながら、淡十郎はうなずいた。

「いったい、どこに清子さんは住んでいるんだ？」

「もう少し先にある階段を下りたところだ。むかしの金蔵を改装して、そこに住んでいる」

「そこも、お前が掃除するのか？」

「いや、部屋のほうはパタ子さんの担当だ。そもそも彼女は、清コングのケアのために親父《おやじ》が呼んだ人だからな。カウンセラーの資格か何かを持っているらしい。馬に乗るよう勧めたのも彼女だ」

これまで僕は、不念堂の仕事を任される前からどうしてこの城にいたのか、僕が学校に行っている昼間、何をしているのか、といった質問をパタ子さんに幾度となく投げかけてきた。その都度、曖昧《あいまい》な笑みを浮かべ、ときにちんぷんかんぷんな歌を口ずさみ、僕を煙《けむ》に巻いてきたパタ子さんだった。しつこい弟子ですいませんでした、と僕は心の中で師匠に謝罪した。

「じゃあ、あの暴れん坊将軍みたいな白い馬は？　パタ子さんが連れてきたのか？」

「いや、あれは清コングの趣味だな」

淡十郎は灰皿を元の位置に戻すと、ビニール袋の口を締めた。

「ところで、お前に訊きたいことがある」

淡十郎の声に、僕は石積みの突端から足を投げ出すように腰を下ろし、

「何だ？」

とトランペットをもの上に置いた。

「この前の、棗の道場でのことだ」

「ああ、それについてなら、僕も確かめたいことがある――」

相手の話を遮り、僕は首をねじって淡十郎の顔に視線を置いた。

「あのときお前、この夏にフランスに留学するとか何とか言っていたけど、あれ、本当なのか？　淡九郎おじさんも幸恵《さちえ》おばさんも、絶対にそのこと知らないだろ」

「何を言っている」

としゃがんだ姿勢のまま、淡十郎は心底不愉快そうな表情を浮かべ、僕を見返した。

「フランスなんかに行くわけないだろう」

「え？」

「どうして、僕がここから出て行かなくちゃいけない。出て行くのは棗だ」

「そ、それじゃあ――」

「お前が騙《だま》されてどうする。全部、やつらを追い出すための方便だ。だいたい、絵の留学にフランスだとか、いつの時代の話だ」

軽蔑《けいべつ》に満ちた淡十郎の眼差しを受けながら、僕はウソ話に毎日花を咲かせていた中学時代をとても懐かしく思い起こした。まったく、いつの間に、僕はこんな素直な心根の持ち主になってしまったのか。

「もっとも、お前が隣でいちいち騙されてくれたおかげで、棗の警戒感も下がったようだから、結果的に悪くはなかったが」

「そ、そりゃあ、あんな淡九郎おじさんが調べた話の内容まで聞かされたら、普通、勘違いするだろう」

「ちがう、あれは僕が調べた」

「え?」

「親父は関係ない。全部、僕が自分で日出家の人間を使って調べさせた。家族構成から道場の経営状況から何から何まで調べ上げた」

僕は唖然《あぜん》として、無理に首をねじったまま、淡十郎の顔を見つめた。

「な、何のため、そこまで……」

「棗を追い出すために決まっているだろう。でも、さすがに一日で棗を追い出すことはできないから、半年でこの町から去らせる計画を立てた。棗広海にしか会えないと思っていたら、妹や父親まで出てきた。さらに決定的な楔《くさび》を打ちこむ絶好の機会だったのに、あれのせいでぶち壊された」

「あれって?」

「棗の家で、池の水が橋ごと吹っ飛んだやつだ。あれは、お前がやったのか?」

「な、何で僕なんだよ」と僕は思わず声を荒らげた。「できるわけないだろ？　あんなこと——」

「じゃあ、誰がやった」

「知らんよ、そんなこと」

「清コングもあのとき、涼介に向かって『気をつけな』と言っていた」

そう言えば、城に帰ってきたところで出くわした清子に、そんなことをぶつけられた。

「匂う」と言われたことばかりに気を取られ、完全に忘れていた。

「で、でも、本当に何もやってない。僕だって、さっぱり意味がわからん」

淡十郎はしばらく僕の顔を見つめていたが、何も言わず膨らんだビニール袋を手に立ち上がった。

「まあ、とにかく、あれはひどい音だったわ——。入学式のときに棗に聞かされたやつが、やさしい音色に感じるくらいだ。そうだろ、淡十郎？　何だか知らないけど、あんな目に遭うのは二度とゴメンだ」

あのおぞましいとしか表現しようのない音を思い起こし、僕は改めて怖気《おぞけ》をふるった。

淡十郎はもはや興味もなくなったのか、尻をはたくと、手にしたビニール袋の口を締め直した。

「今日の朝メシなんだった？」

「オートミール」

と短く答え、淡十郎はやるべきことはすべて終えたとばかりに、御殿への道をさっさと戻っていった。

そろそろ腹が減ってきたと感じつつ、一方でオートミールって何だ？　と考えながら立ち上がった。唇の形を作り、あと二セットと決めて湖に向けトランペットを構えた。

＊

修練は午後二時からのスタートだ。

開始時間の二十分前、僕は天守台への階段を上り、不念堂に到着した。縁側は雨戸で塞がれ、入り口扉には南京錠《なんきんじょう》が下がっている。南京錠を外し、引き戸を開けるなり、こもった空気が鼻を撲《う》った。僕は玄関で靴を脱ぐと、なるべく息を吸わないようにして室内に上がり、雨戸の鍵を外し、がらがらと横に引いた。畳の上に光が差し、新鮮な空気が一気に流れこんできた。

ほうきを握り、手早く畳から縁側へとほこりを掃き出した。机と座布団を用意し、洗面台で水を満たしたグラスを机の上に置く。机の隣に空気清浄機を運び、スイッチを入れた。

ここで壁の時計を見上げると、ちょうど時刻は午後二時、あとは師匠の登場を待つばかりである。

僕は座布団の上に正座し、いつものようにパタ子さんが縁側からふらりとやってくるまでの時間を、ぼんやりと天井板を眺めながら過ごした。

五分が経った。

パタ子さんは現れない。

十分が経った。

まだ、登場しない。

十五分が経ったところで、僕は足を崩した。これは今日修練があることを忘れているな、と思った。比較的時間にルーズな師匠ではあったが、ここまで大きく遅れることは、これまで一度もなかったからである。

しびれが走るふくらはぎと足の裏を揉《も》みながら、どうしたものかと考えた。本丸御殿まで呼びにいくべきか。それとも「ずっと師匠を待っていました」という正論を盾に、このまま放っておくべきか。

限りなく後者に意向が傾きかけたとき、いきなり「プルルル」という音が部屋に響いた。どこで鳴っているのか、とあたりを見回すと、どうやら壁際の古い戸棚から聞こえてくるようだ。僕は座布団から腰を上げると、しびれた足を叱咤《しった》し、這《は》うようにして戸棚の前に向かった。音の発信源と思われる、一番下の棚の戸を引くと、ぽつんと古い電話機が一台だけ置かれていた。電話なんかあったのかと驚いて棚の奥をのぞくと、背板に穴を空け、ちゃんとコードが通されていた。

しばらく電話機を眺めていたが、僕が応答するまで、鳴りやみそうもない気配なので、

「もしもし」

と仕方なく受話器を取って耳に当てた。

「あ、涼介くん？」

案の定、パタ子さんの声が聞こえた。

「はい、そうです」

「ゴメン、今から急いでこっちに来てくれない？」

「え、戻るんですか？」

「淡九郎さんが涼介くんと淡十郎くんを呼んでいるの。淡十郎くんはたぶん自分の部屋にいるから、ついでにいっしょに連れてきて」

「連れて行くって、淡九郎おじさんの部屋にですか？」

「うん」

「それはちょっと難しいんじゃないでしょうか」

「淡十郎くんも連れてきて」

師匠の言葉は絶対である。僕は「わかりました」と答え、受話器を下ろした。

三分で戸締まりを済ませ、不念堂をあとにした。小走りで石段を下りながら、淡九郎おじの急な呼び出しということに緊張が高まった。淡九郎おじに会うのは、石走に来てこれで三度目ということになる。ひょっとしたら、先週の棗道場での出来事が耳に入ったのかもしれない。それだと厄介なことになりそうだ、と考えながら、御殿の裏手を回り、自分の部屋への近道を急いだ。

パタ子さんの言葉どおり、淡十郎は縁側に座り、大きな判型の画集を眺めていた。芝生のほうから走って現れた僕を見つけ、訝《いぶか》しげな表情を見せる淡十郎に、淡九郎おじが部屋で呼んでいることを告げた。

行かない、という返事を半ば確信していたのに、意外や淡十郎は「わかった」と簡単にうなずくと、手元の画集を閉じて立ち上がった。

「あれ、そんな素直に行っちゃうの？」

「どうしてだ？　親に呼ばれたら顔を出すのは当然じゃないか」

「ひょっとしたら、棗の家でのことが知られたのかもしれないぞ」

「なら、なおさら行くべきだろう」

「え、どうして？」

「火に油を注ぐチャンスだ」

「あのさあ……、お前」

僕は頭を振りながら、沓脱石《くつぬぎいし》に靴を置いて、縁側に上がった。

「何でそこまでするんだ？　はっきり言うけど、無茶な八つ当たりにしか見えないぞ」

「僕は棗を許さないと決めた。一度決めたことは、最後までやり通す」

「だから、その出発点が、ちょっとおかしいんだって」

淡十郎は僕の言葉には応えず、画集を部屋に戻すと、さっさと縁側を回って廊下に向かった。ため息をついて、僕もその後に従う。

右へ左へと廊下の角を曲がり続け、ようやくたどり着いた淡九郎おじの部屋の前で、パタ子さんが待っていた。

「ゴメンね、急に呼び戻しちゃって。あ、淡十郎くんも。来てくれてよかった」

パタ子さんの表情は心なしか硬く、「どうしたんですか？」という僕の問いかけに、

「何だかさっきから、少し揉めているみたい」

と抑えた声とともに扉を指差した。

「揉める？　淡九郎おじさんひとりじゃないんですか？」

「来客中。校長さんがいるの」

「校長？」

「あなたたちの高校の校長さん。速瀬《はやせ》っていう名前だっけ？　アポイントも取らずに、突然ひとりで淡九郎さんに会いにきたの。さすがに追い返すわけにもいかないから、淡九郎さん、校長さんと会うことになって。でも、校長さんを部屋に案内して五分も経たないうちに、淡九郎さんがすぐ二人を呼べ、って言ってきて――。あなたたち、学校で何かやったんでしょう」

僕はすぐさま頭《かぶり》を振った。しかし、棗道場の一件ではなくとも、制服のことや、上級生を磔《はりつけ》にしたことや、いくらでも校長自らが家庭訪問する理由はありそうに思えた。

依然、疑い深げな視線を落とすパタ子さんだったが、それ以上の追及はせず、扉をノックすると、「淡十郎くんと涼介くんが来ました」とドアノブに手をかけた。

盾のように淡十郎を先に進ませて、「失礼します」と部屋に足を踏み入れた。やわらかい絨毯《じゅうたん》の毛並みがつま先に触れ、他の部屋とはちがうこもった匂いが鼻をかすめた。

僕たち二人が部屋に入ると、外に残ったパタ子さんが、音を立てずにドアを閉めた。

大きなデスクの向こう側で、頭のうしろまで背もたれがあるチェアに深々と身体を沈

みこませる、淡九郎おじの仏頂面といきなりぶつかった。どうやら、あまり良好とは言えない空気が室内に充満しているらしかった。

「ご覧のとおり、二人を呼びました」

と淡九郎おじは不機嫌そうな表情を崩さず、肘《ひじ》かけから手を挙げて、僕たちを示した。

その声に反応して、淡九郎おじの正面のひとりがけソファで、優雅に足を組み腰を下ろしていた人物が、ゆっくりと立ち上がった。

速瀬校長だった。

改めて至近から見上げるに、百八十センチを超える立派な体格に、シックなグレーのスーツが実によく似合う、想像以上のナイスミドルだった。以前、速瀬が言っていた、むかしラグビーをやっていたという名残も、意外とがっしりとした上半身から確かに感じ取ることができた。顔はあまり娘とは似ていなかった。

「もっと早くにうかがうつもりだったが、中間試験が始まったおかげで、今日までのびのびになってしまってね。君たちからすれば、せっかくの試験が終わったばかりの休日なのに、急にお邪魔して申し訳ない」

と僕と淡十郎に対し、校長は渋い声色ながらフレンドリーな口調で話しかけてきた。

どうも、日頃の素行の悪さを咎《とが》めに来たわけではなさそうだった。

「校長は何やら大事な話があって来られたそうだ。でも、お前たちが来るまで話せない、とおっしゃるので、ずっと待っていた」

とデスクの向こうから割りこむようにして、淡九郎おじの明らかに苛立った声が飛んできた。

「すまないが、校長――、次の予定が入っているので、どうか手短にお願いしたい。あと、もしも次回、私に面会するときは、事前にアポイントを取っていただきたいのだが」

　言葉の端々に漂う不愉快そうな響きを隠そうともせず、淡九郎おじは校長に言葉をぶつけた。思わず、こちらまでが萎縮してしまいそうな迫力ある物言いにもかかわらず、校長は「わかりました」と平然とした表情でうなずくと、ゆったりと窓際まで歩を進め、

「少し暑いので、開けていいですか」

とのんびりとした口調でガラス窓を指差した。

「どうぞ」

と淡九郎おじはもはや視線すらも向けず、声だけで了承の意を伝えた。

　校長は留《と》め金《がね》を外し、観音開きの縦長のガラス窓を開けた。部屋の空調が別段、暑いとは思わなかったが、開いた窓からは、レースカーテンを翻《ひるがえ》して、いい風が舞いこんできた。

　校長はガラス窓を背に、こちらに向き直った。よく日焼けした顔が、白いレースカーテンをバックにすると一段と精力的に映った。

「実は日出家《ひので》のみなさんにお伝えしたいことがあって、今日はお邪魔しました」

　まるで朝礼でのスピーチか何かのように、校長は手を後ろに回した。

「ご存じのとおり、日出家はこの石走の町で、最も有力で、また最も有名な由緒ある――

家です。江戸、明治のむかしから、この町の発展に尽力し、多大な成果を上げ今に至りました。また日出家は石走のみならず、日出グループとして、日本の経済界においても、非常に強いプレゼンスを誇っています。その日出グループの総帥《そうすい》であられる日出淡九郎氏に、今日はお願いがあって、やって参りました」

その言葉づかいが、どこか芝居がかったように聞こえるのは僕だけではないのだろう。淡九郎おじも、いかにも胡散《うさん》くさげなものを見る目つきで、

「何でしょう」

と無愛想に応じた。

校長は淡九郎おじ、淡十郎、僕と順に視線を置いたのち、ふたたびはじめに戻り、

「日出家のみなさん――、どうか速やかに、この石走の町から出て行ってもらいたい」

とゆっくりとした口調で告げた。

ぽかんと一瞬、口を開けてしまった僕の内側で、ぞわわ、と力が唐突に蠢《うごめ》いた。

そのとき、僕は不意に了解した。

はじめは城内ですれ違ったとき、次は学校の廊下の先にその姿を認めたとき、そしてこの部屋――、いつだって校長という存在に対し、自分の力が反応していたという事実に、ようやく気がついたのである。

＊

反射的に淡九郎おじに顔を向けると、ちょうど同じタイミングで視線が合った。

「困ったな」

というはじめて見せる表情を、おじは僕に投げかけていた。

「すいません、校長――。いきなり、どうなされたのですか？」

淡九郎おじは校長に顔を向けると、苦笑しながら背もたれから上体を起こした。

しかし、校長は淡九郎おじの顔をじっと見据えたまま、

「あなた方には、この町にいる資格がない。この城にいる資格は、さらにない。三日の猶予を差し上げる。それまでにまず、この町から出て行くことを決断し、さらに行動に移していただきたい」

と依然、穏やかな口調で続けた。

「待ってください」

と淡九郎おじは手を挙げた。

「校長、あなたが速瀬家の血を引く方だということは、私も人づてに聞いて存じ上げている。もしも、むかしの因縁でもって、我々を目の敵《かたき》にしているのなら、それはとんだ勘違いだ。巷《ちまた》で言われているような、我々日出家が札束の力にものを言わせて、あなたのご先祖から城を奪い取ったという話は、タチの悪いデマでしかない。我々は正式な手続きを経て、明治政府からこの城を払い下げられた。おそらく、我々が名乗りでなかったら、この城は壊されていただろう。この場所もただの山に戻っていたはずだ。別に恩を着せるつもりはないが、あなたの先祖が立ち去ってから百年以上、この城を守り、維

持してきたのは、正真正銘、我々日出家の功績だ」

校長は口元に静かな笑みを浮かべながら、淡九郎おじの言葉に耳を傾けていた。ときどき、小さくうなずきもした。しかし、その目はいっさい笑っていなかった。気持ち細めている目の奥には、いつぞや見かけた、あのがらんどうの瞳が居座っていることを、なぜかはっきりと感じ取ることができた。

「そんな話ではないのです」

と校長は深い声色とともに、ゆっくりと首を横に振った。

「過去のことは、何の関係もない。私の出自も同じく関係ない。この地におけるあなたたち一族の役割はもう終わった。ただ、それだけの話です。あなたたちの存在は、もはやこの琵琶湖の地から望まれていない。だから、即刻立ち去らなくてはいけない」

まるで教師が生徒に教え諭すような口ぶりで、校長は丁寧に言葉を連ねた。

「申し訳ないのだが――、校長」

淡九郎おじがチェアから重々しく腰を上げると、スーツの襟を両手でつかみ、しわを伸ばした。

「次の約束の時間がそろそろ迫ってきているので、今日のところは、このままお引き取り願いたい。それと、どうも校長はお疲れになっているようだ。きっと、学校での仕事が重荷になりすぎているのだと思う。私が思うに、あなたは校長の役職を離れ、しばらく静養されたほうがよい」

淡九郎おじは丁寧に撫《な》でつけられた髪を、両の手のひらで額から頭頂部へと押さえながら、デスクを回って校長の前へと進んだ。僕は息を呑《の》んで、淡九郎おじの行動を見守った。まさにこれから、日出本家の歴史の真髄が目の前で繰り広げられようとしていた。校長への宣告はすでに下された。こうして敵対する勢力を否応なく黙らせることで、日出本家は今日の絶対的な地位を築いてきたのだ。

　校長の三歩手前で、淡九郎おじは足を止めた。

　僕よりも背が低い淡九郎おじが校長の前に立つと、ずいぶんとバランスが悪く映った。だが、そのほうがかえって好都合だったかもしれない。校長の視界の死角で、淡九郎おじがそっと手のひらを向けるのを、僕は身を固くして見つめた。生まれてはじめて直《じか》に体験する、大人が本気で力を使う瞬間だった。

「その手でどうするつもりだ、日出淡九郎？」

　そのとき、唐突に校長が押し殺すような笑い声を上げた。

「その力で私を操るのか？　辞表でも書かせて、私をクビにするつもりか？」

　あり得べからざる言葉に、僕は我が耳を疑った。同じく、淡九郎おじもギョッとした表情で相手を見上げた。

　いつの間にか、校長の顔から笑みが消えていた。

「お前、何者だ――？」

　かすれた声が淡九郎おじの口から漏れたとき、校長は人差し指を胸の前に持っていった。まるでそこにゆらめく炎を消そうとするかのように、指の先を吹いた。

　その瞬間、淡九郎おじの動きが止まった。

腰のあたりで手のひらを校長に向け、少し前屈みになった不自然な体勢のまま、まったく動こうとしなくなった。

校長は胸の前の人差し指を、ゆっくりと淡九郎おじの胸元へと伸ばした。人差し指と中指で、おじの紺色のネクタイをつまむと、ほんのわずかだけ手前に引いた。

まるでスローモーションのように、少しずつ淡九郎おじの身体が傾いていった。途中から、自分の重みに耐えかねたように、急に勢いをつけると、鈍い音とともに絨毯の上に頭から倒れこんだ。

「親父ッ」

それまでずっと隣で沈黙を守っていた淡十郎が鋭く叫んだ。

その途端、背中のドアが勢いよく開き、パタ子さんが部屋に飛びこんできた。

窓際の校長と、その足元に倒れている淡九郎おじの姿を認めるなり、パタ子さんはドア脇の背の低い棚の上から、大きな花瓶を引っつかんだ。僕が声をかける間もなく、長いリーチを大きく水平に回転させ、遠心力とともに花瓶を校長に向かって思いきり投げつけた。

花瓶は歪《いびつ》に回転しながら、校長の顔面に向かって一直線に飛んでいった。

校長は落ち着いた表情のまま、ふたたび人差し指の先を吹いた。

花瓶がぴたりと空中にて運動を停止した。

パタ子さんの行動にも度肝《どぎも》を抜かれたが、校長の前で宙に浮いたままぴくりともしない花瓶にも腰が抜けるほどの衝撃を受けた。

校長は指先を淡九郎おじのデスクへと向けた。

すると、細かい装飾に覆われた卵形の花瓶が空中をゆっくりと移動し始めた。

花瓶がデスクの上に到達すると、校長は指先を床に向けた。底が下になるよう回転したのち、花瓶は正しい姿勢を保ちつつ、音もなくデスクに着地した。

「危ないな」

と校長がつぶやいたとき、僕と淡十郎の間を、頭を低くしたパタ子さんが音もなく抜けていった。

気がついたときには、パタ子さんは目の前のひとりがけソファの肘かけを蹴り、宙を舞っていた。そのまま、身体を捻《ひね》り、スカートの中身が丸見えになるのも構わず、すさまじい勢いで校長の横っ面目がけ、蹴りを繰り出した。

しかし、パタ子さんの足は校長に届かなかった。

校長の顔まであと二十センチのところで、しま模様の五本指ソックスに包まれた右足がぴたりと静止した。

僕はぽかんと口を開けて、パタ子さんの長身がものすごい体勢で浮かんでいるのを見上げた。

校長はふたたび「危ないな」と苦笑しながら、今度は指ではなく、手のひら全体を動かした。すると、パタ子さんの身体がまさに空中浮遊マジックのように、同じ高度をキープしたまま、こちらに戻ってきた。ひとりがけソファの上に達したところで校長が手のひらを返すと、真横を向いていた足の先が、絨毯に向き直った。パタ子さん自身は重力の法則を完全に無視していても、スカートの生地は重力に従うようで、ようやくあられもない姿がさらされる事態が回避された。

校長が手の位置を下げると、それに呼応して、パタ子さんの身体が降下する。片方だけ伸ばしたパタ子さんの足が着地すると、

「支えてあげなさい」

と校長が声を発した。慌ててパタ子さんの身体を抱え、ソファに立てかけるようにして、かろうじてバランスを保たせた。

「な、何するんですかッ」

跳び蹴りの途中ゆえに、頭が妙な方向に傾き、目を見開いたままぴくりとも動かないパタ子さんの横顔を眼前にして、勇気を奮って抗議の声を上げたが、みっともないほど力が入らなかった。

校長は僕の言葉には応えず、倒れたままの淡九郎おじの横を抜け、パタ子さんが投げつけたデスクの花瓶を手に取った。

「君たちだけじゃ、話も進まないだろうからね」

と一瞬だけ、肩越しに視線を向けた。

その途端、パタ子さんの動きが再開された。

いきなり右足で床を蹴りつけ、そのまま前へ倒れこみそうになったので、僕は慌てて相手の大きな身体を支えた。

「だ、大丈夫ですか？」

そのまま身体を抑えこむようにしてソファに座らせると、パタ子さんは混乱した表情で左右を見回したのち、

「え？　あれ？　何で？」

「駄目だったの？」

と端的に現状について質問した。

「駄目でした」

と僕はうなずいた。

そっか、と低い声でつぶやくパタ子さんの向こうから、校長が悠然とした足取りで近づいてくるのが見えた。

「三日の猶予を差し上げよう。他にも力を持っている一族の意見を集約する時間が必要だろうからね。まずは、この石走から出て行く意志を三日以内に実際の行動で示すこと。それが最初の条件だ。次にこの琵琶湖から、日出一族全員が立ち去ること。それを確認したら、そこの日出淡九郎氏を元の状態に戻す」

と校長は、自分がまるでこの部屋の主人であるかのような鷹揚《おうよう》な口調で告げると、ソファのパタ子さんに己が投げつけられた花瓶を差し出した。

「でも、もしも、あなた方が琵琶湖のそばに居座ることに固執するなら、残念ながら、あの男は一生あのままだ」

無言で花瓶を受け取り、パタ子さんは微動だにせず校長を睨みつけた。校長はパタ子さんの肩に軽く手を置くと、僕に視線を移した。その顔をまともに見ることができず、

僕は思わず目を伏せた。校長は僕の肩をぽんと叩《たた》くと、淡十郎の前に進み、

「君のお父さんには申し訳ないことをした」

とわずかに頭を下げた。

「しかし、健康には何の問題もない。話がついたら、すぐに元に戻す」

淡十郎は校長の日焼けした顔を凝視しながら、その蒼白《あおじろ》い肌に、なおいっそうの蒼さを加え、

「お前を絶対に許さない」

と静かに言い放った。

校長は同じく淡十郎の肩にそっと触れ、

「私はこれから、もう一件行かなくてはならない用があるので、これにて失礼。あと、これはあくまで大人の問題だから、君たち二人は来週からもちゃんと学校に来るように。そうだ、三日後の火曜日に、君たちが私に日出家の総意を伝えにきなさい。もっとも、選択の余地などはじめからないがね。グループ総帥の命を引き替えにしてまで、この地に留《とど》まろうなんて言う人間はいないだろうから」

と部屋じゅうによく響く声で告げた。

校長は開け放されたままのドアの前に立つと、

「私は争いを望んでいない。あなた方が賢明な判断を下し、平和裏に事態が解決することを期待している」

と残し、部屋から出て行った。

スリッパの足音と、廊下の板の軋《きし》みが混ざり合い遠ざかっていくのを聞きながら、誰もその場から動こうとしなかった。

校長を追うでもなく、目の前に無残な姿で倒れこむ淡九郎おじに駆け寄るでもなく、淡十郎もパタ子さんも僕も、ただぼうっと宙を見上げていた。

それは実に奇妙な感覚で、まったく何かをする気が起きず、まぶたを動かす方法さえも忘れてしまったかのような気怠《けだる》さに全身が包まれていた。

十分が経った頃だろうか、ようやく頭にかかった靄《もや》のようなものが晴れ始めた。思考力が戻るにつれ、肩を叩かれたタイミングに、校長から力を放たれていたことに気がついた。今の自分の状態はまさしく、相手の気を鎮めるために力を使ったときに現れる効果そのものだった。

「あの校長――、僕たちと同じ力を持っている」

思わず漏れた僕のつぶやきに、

「正確には私たちより、数倍強い力ね」

とか弱い声で返し、パタ子さんはふらふらとソファから立ち上がると、淡九郎おじのもとへとよろけながら近づいていった。

隣に顔を向けると、真っ青な顔をした淡十郎が少しずつ自由を取り戻そうとして、手をぶらぶらと揺らしていた。パタ子さんのように動けるにはまだ当分かかりそうだと思いつつ、僕も淡十郎に合わせるように、指を一本ずつ折り曲げることから回復の運動を始めた。

*

週明けの月曜日、僕と淡十郎は普段どおり舟に揺られ高校に向かった。

ぐんと背丈が伸びた外堀の葦《あし》の合間を、源爺《げんじい》は器用に舟を操り抜けていく。ときどき発せられる、「よおぃ」とか「やあぃ」とかいったかけ声を背中に聞きながら、いったいこれからどうなるのだろうとぼんやりと空を見上げた。

パタ子さんは昨日の朝早くに、城を出ていった。

旅行カバンひとつを担いで、マキノに旅立った。

マキノとは、琵琶湖に浮かぶ竹生島《ちくぶしま》を地図の中心としたとき、石走とほぼ対角線上に位置する対岸湖西《こせい》の町だ。高原の町として有名で、夏は避暑地、冬にはスキー場として賑《にぎ》わう。僕も中学校時代、林間学校、スキー学校ともに行き先はマキノだった。

そのマキノにある日出グループの別荘兼研修施設にパタ子さんは向かった。各地から参集した日出グループの大人たちによる話し合いが行われるためだ。石走ではなく、マキノにわざわざ集まるのはもちろん、校長の存在を警戒してのことだった。

マキノへ出発するパタ子さんを玄関先で見送りがてら、僕は明日から普段どおり学校へ行くべきかと訊ねた。「何、言ってんの。当たり前でしょう」とパタ子さんは目をむいて言った。

「このまま、学校を休んでも仕方ないじゃない。今の涼介くんの仕事は勉強することなんだから。校長に会ったらどうするかって？　そんなの無視しなさい。こちらが余計なことをしなければ、向こうは何もしてこないはず。校長も言っていたでしょ、これは大人の問題だって。だから、涼介くんは涼介くんのすべきことをしなさい」

自分のすべき仕事が勉強だと言われても、まったくピンと来ないが、師匠の言葉は絶対である。

「わかりました、行きます」

とうなずく僕に、

「じゃあ、留守をよろしくね」

とパンツスーツに身を固め、いつもとはちがう雰囲気のパタ子さんは、疲れた表情を隠すように、「行ってきます」と笑顔で手を振ると、玄関から出ていった。

それからまる一日が経つが、パタ子さんからの連絡は依然、何もない。

校長が提示した「石走から出て行く意志を実際の行動で示す」期限は、早くも明日に迫っている。

舟の脇をかすめる葦の群れに手を伸ばし、枯れた茎を一本折り取った。葦は中が空洞であるため、少しの力を加えただけで、軽い音を立てて簡単に割れてしまう。無意識のうちにそれをぽきぽきと折りながら、僕は「どうか無事にことが収まりますように」と、マキノからの解決策が届くことを祈らずにはいられなかった。

舟は外堀から水路へと、音もなく進入していく。葦の群生が途切れ、代わりに視界を塞ぐのは水路の両側に建ち並ぶ民家の板壁の列である。古びた風景をぼんやりと見上げ

ている と、前方から小さな子どもの声が聞こえてきた。顔を向けると、水路を渡る橋の上から、「兄ちゃん、舟だ」とランドセルを背負った小学生がこちらを指差していた。そこへ同じくランドセル姿の兄らしき少年が遅れて登場した。弟の指差す先に何気なく顔を向け、僕たちの舟を確認した途端、「やべっ」という表情が少年の顔に浮かんだ。「行くぞッ」と少年は大慌てで弟の手を引き、橋から走り去ってしまった。

この町における日出本家への畏怖の念は、こんな小さな子どもにまで浸透している。それは日出本家が築き上げてきた歴史の重みそのものと言える。しかし、その歴史が今、根こそぎ駆逐されようとしていた。この町の中心に居座り、代々、絶大なる権勢を振るってきた日出本家の当主は、二日前から依然、動かぬままだ。

「息をしていない。心臓も動いていない。でも、死んでいるわけじゃない。ただ、止まっている状態」

校長が本丸御殿を立ち去ったのち、すぐさま駆けつけた、医師の資格を持つ日出家の人間による診断結果は、到底医学的とは言えないものだった。

だが実際のところ、淡九郎おじの状態は、「止まっている」としか表現しようがなかった。土曜日、校長が退場してからゆうに二十分が経過し、ようやく身体に自由が戻った僕と淡十郎、そこへパタ子さんが加わり、三人がかりで淡九郎おじを寝室まで移動させた。淡九郎おじは全身がはがねのように固まり、木製の人形を運んでいるのと何ら変わりがなかった。その手に触れても、指一本すら自由に動かすことができず、肌には弾力というものが存在しなかった。ベッドの上に置いても、淡九郎おじは倒れたときのまま、正確には校長に動きを止められたときの状態を完全に維持していた。

淡九郎おじを運び、ベッドに安置するまでの間、淡十郎はひと言も声を発しなかった。「何も変化はないから、ひとまず自分の部屋に戻りなさい」とパタ子さんに促されるまで、寝室の隅でじっと黙って立っていた。昨日は一日じゅう、部屋に閉じこもって出てこなかった。さすがにパタ子さんも、父親に直接危害を加えた男のもとへ勉強に行けとは言えなかったか、淡十郎に関しては何も触れぬまま、マキノへと出発した。

それだけに、先ほど舟着き場に到着し、いつもの舳先《へさき》の席に赤い制服姿を認めたときは、「えッ」と思わず声を上げてしまった。一連の淡九郎おじのことは、源爺をはじめ、城内の誰にも知らせてはいけない、とパタ子さんから強く念押しされていたため、話しかけたい気持ちをぐっと抑え、自分の席に腰を下ろした。ただ、源爺が杭《くい》にかけたロープを外している間に、「大丈夫なのか？」と声をかけると、堀の水面を見つめたまま、淡十郎は「ああ」と低い声で返事した。

学校までの間、淡十郎はほとんど身動きせず、舟の進む先を見つめていた。いくらパタ子さんが「大人の問題」と強調したところで、これから向かう先に校長がいると思っただけで、自然と身体がこわばってくるのを止められなかった。ましてや淡十郎の場合、内心に思うところは僕の比ではないはずだ。淡九郎おじの部屋で、「お前を絶対に許さない」と校長に告げたときの淡十郎の表情を、僕はいまだに忘れることができなかった。あの言葉どおり、淡十郎はどんなことがあっても校長のことを許さないだろう。学校に到着して舟を降り、部活の朝練が再開されたグラウンドの真ん中を突っきりながら、僕

は淡十郎の様子をうかがった。内心の嵐の存在をまったくうかがわせない、どこまでも落ち着いた横顔に、

「どうして、学校に来る気になった？」

と思いきって訊ねてみた。

「家にいても同じだから」

と淡十郎は平坦な口調で答えた。

「でも、ここには校長がいるんだぞ」

淡十郎はちらりと僕の顔に視線を向け、

「家にいたって、来るときは来る」

と不愉快そうにつぶやいた。城を出てはじめて感情が表に出た瞬間だったが、すぐさま元の無愛想な眼差しに戻って、前方の薄暗い昇降口へ入っていった。

げた箱の前で靴を履き替えながら、

「そういや、どんな顔して、速瀬としゃべったらいいのかな？」

とふと思いついたことを僕は口にした。校長の娘にどう接するべきか――、当然、予想し得た問題なのに、今の今まで速瀬の存在をすっかり忘れていた。

「心配しなくても、彼女はいない」

わざわざしゃがみこんで、かかとを上履きに丁寧に押しこみながら、淡十郎はくぐもった声を発した。

「どうしてわかるんだよ、そんなこと」

「彼女が学校に来て、人質に取られたらどうする？」

「人質？　何の話だ？」

「もしも、日出家の人間が彼女を人質に取って、親父を元に戻すよう、交換条件を突きつけたら？」

僕は思わず「あ」と声を漏らした。

「校長はその申し出を受け入れるしかないだろう。そんなヘマをするとは思えない。だいたい、こんなことで話が簡単に解決するなら、いちいちマキノに皆が雁首《がんくび》揃《そろ》えて相談に集まる必要もない」

「なるほどね」と僕は淡十郎の鋭い見立てに、内心舌を巻きながら、上履きのつま先をとんとんと床に打ちつけた。

「淡十郎、もう一つ訊いていいか」

「何だ」

「速瀬にも――、力はあるのかな？」

「ないよ」

と淡十郎は依然、しゃがみながら即答した。

「でも、それはさすがに、お前だってわからないだろう。父親にあんな無茶苦茶な力があるんだ。彼女が持っていても、何もおかしくない。ひょっとしたら、校長の行動だって、速瀬は知っているかも――」

「涼介、彼女に力はない。彼女は何も知らない」

淡十郎は急に立ち上がると、こちらがどきりとするほどの強い調子で言葉を遮った。

「彼女は自然だ。力を持っている人間に、あんな絵は描けない」

紅潮した頰とともに僕を睨みつけると、淡十郎は足元のカバンを手に取り、こっちの返事も聞かずに、教室へと続く階段に向かっていった。

*

ところが、教室には速瀬がいた。

何ごともなかったように、僕のひとつ前の席で、女友達と楽しそうに話していた。

その様子を、教室の入り口に立ち止まり、僕と淡十郎は並んで見つめた。

「何でいるんだ？」

という僕の声に、

「わからない」

と淡十郎は首を横に振った。

「涼介」

「何だ」

「パタ子さんには言うな」

「で、でも、お前――」

僕はまじまじと淡十郎の目をのぞいた。淡九郎おじが助かるための最速の解決策を、ついさっき当人の口から聞いたばかりである。

「頼む――、パタ子さんや他の大人には言わないでくれ」

と淡十郎はふたたび抑えた声を発した。

一瞬、僕は自分の耳を疑った。

淡十郎の口から、「頼む」などという言葉が飛び出すなんて、夢にも思わなかったからである。

「お前――、自分の言ってることわかっているのか？　これで淡九郎おじさんが助かるんだぞ」

僕は押し殺した声とともに、廊下を見渡した。生徒のほかに教師の姿は見えない。次に、素早く教室の中を確認した。棗の机もぽっかり空いている。邪魔者は誰もいない。つまり、速瀬は今、完全に無防備な状態にある。

「やろう。やるなら、ホームルームが始まる前の今だ。速瀬ひとりなら、たぶん僕の力でも何とかなる。いっしょに城まで連れて帰れる」

「駄目だ」

と即座に淡十郎は首を横に振った。

「いいか、淡十郎。別に速瀬に危害を加えるわけじゃない。ほんの少しの間、城に連れて行くだけだ。話が終わったら、すぐに家に帰ってもらう」

「彼女に力を使うことは、絶対に駄目だ。そんなことをしたら、彼女から自然さが消えてしまう」

「自然さ？　何のことだ？」

「外から力を受けただけでも、無意識のうちに何かしらの影響が残る。彼女が描く絵に、必ず乱れが表れる」

「はあ？」

「彼女の絵は本物だ。一度、こちらが力を使ってしまったら、彼女の自然は二度と戻らない。そもそもお前は、こうして自分たちのために力を使うことが嫌いだったはずじゃないのか？」

　これまで淡十郎に自分が力に対しどういう考えを持っているか、語ったことはない。にもかかわらず、淡十郎の言葉は限りなく僕の真意を正確に把握していた。しかし、さすがに今はそんなナイーヴな話をしている場合じゃない。

「本気で言っているのか？」

と僕は一歩前に出て、相手とほとんど胸が合う距離まで詰め寄った。

「自分のお父さんの命がかかっているんだぞ」

　怒りを抑えて告げる僕の声に、ほんの一瞬、淡十郎の眉間にひどく苦しそうな色が浮かぶのを僕は見逃さなかった。しかし、淡十郎はすぐさま表情を消し、

「駄目だ、彼女に力を使うことは絶対に許さない」

といつもの調子で告げ、先に教室に入っていった。

　その丸まった背中に、依然険しい眼差しを送りながら、僕は小さなため息をついた。厄介なことだと思った。棗のことがあっても、校長と淡九郎おじのことがあっても、淡

十郎はまだ速瀬が好きなのだ。

　ホームルーム開始五分前を知らせる予鈴が、頭の上のスピーカーから聞こえてきた。もう一度、廊下を左右ともに確かめてから教室に入った。席について、目の前に座る速瀬の広い背中を見つめながら、これから彼女とどう接していけばいいのだろう、と考えていると、

「ねえ、訊いてくれた？」

といきなり当の速瀬が振り返って、声をかけてきた。

「えッ？」

と完全に虚を衝《つ》かれ狼狽《ろうばい》する僕に、

「だから、訊いてくれた？」

となぜか早くも苛立った声を、速瀬はぶつけてきた。

「訊く……って何を？」

おそるおそる返した僕の答えに、速瀬は急に眉間にしわを寄せ、

「棗くんのことに決まってるでしょ」

と遠慮なくこちらを睨みつけてきた。しかし、その声は身体とバランスがまったくそぐわない、相変わらずの小ささだった。

「あ、ああ……それか」

「それか、じゃないわよ。ずっと待ってたのに」

「わ、わりい。まだ、訊いてない」

途端、速瀬の顔に一気に落胆の色が浮かんだ。その目まぐるしい表情の変化を前に、僕は改めて淡十郎の言葉が正しかったことを知った。速瀬に力はない。強気と弱気が忙《せわ》しなく交錯する彼女の目から、父親のあの、がらんどうの瞳の気配はついぞ感じられなかった。それに、もしも彼女に校長のような力があったのなら、こんな面倒な手順を踏まず、誰かを操ってとっくに知りたいことを訊き出しているだろう。

「あのさあ、速瀬」

と僕は相手の大きな上半身から放たれる不満げな視線を遮り、

「前にも言ったけど、僕は別に棗と仲良くも何ともない。むしろ逆で、非常に仲が悪い。だから申し訳ないけど、自分で訊いてくれないか」

と今はこんなことにかかずらっている場合ではない、と首を横に振った。

「い、いつ、そんなことを訊くチャンスがあるのよ。簡単に言わないでくれる?」

「何でだよ。無茶苦茶簡単だろ? 理科実験室で隣同士の席じゃないか。今度、実験の授業のときに雑談がてら、いくらでも訊いたら――」

そこまで口にしたところで、僕は不意に言葉を呑みこんだ。

刹那《せつな》、記憶の底で、「コン」と音を立てて跳ね返る何かを感じたからである。

急に黙りこんだ僕を訝しそうに見つめる速瀬の視線に構うことなく、僕は音がした周辺の記憶を慎重に探った。確か、ゴールデンウィーク明けの理科実験室での授業で、こうして速瀬と話していた最中に、棗が急に割りこんできたことがあった。あのとき、僕は速瀬と何の話をしていた――?

速瀬の頭越しに、担任の教師が黒い革表紙の出席簿を脇に抱え、前方のドアから入ってくるのが見えた。「おーい、おはよう」という担任の野太い声に顔を戻そうとする速瀬に、

「そういや、棗と話さなきゃいけない大事な用があった。ついでに速瀬の話も訊いておくわ」

と早口で告げ、僕は立ち上がった。

え？　と驚いた表情をふたたび向ける速瀬を置いて、僕は教室を出た。ホームルームの開始までまだ二分ある。学校に到着するまでの緊張からひとまず解放されたせいで、急に高まった尿意を解消すべく、僕はトイレへ急いだ。

階段脇のトイレに駆けこみ、小便用の便器の前に立った。白い便器の底には、黄色とピンク色の芳香ボールが二つ、排水口の蓋のへりに引っかかるようにして並んでいる。

小学三年生のときだった。兄の浩介と並んで小便をしていると、この玉の割り方を知っているか、と急に兄が話しかけてきた。そんなことができるのかと驚く僕に、

「小便を当てて割ることができる、ほら」

と兄は用を終えたばかりの自分の便器を指差した。

隣からのぞくと、確かにそこには真っ二つに割れたピンク色の芳香ボールが転がっていた。

芳香ボールが砕けた様は、今でもときどき公衆便所などで見かけることがある。どういう過程で割れたかなど、それまで考えたこともなかった僕は、すごい、と兄の言葉に

すっかり感心してしまった。

以来、芳香ボールを見ると、僕は必ず小便を当ててしまう。かれこれ十年近く、律儀に当て続けている。しかし、いまだ玉が割れたことはない。おそらく、最初から割れていたものを使って、兄にまんまとかつがれたのだと頭のどこかではわかっている。何せ、その後マジシャンになった男だ。この一件だって、すでにやり方がマジックそのものである。にもかかわらず、たった今も、僕はこうして黄色のボールに向かって、無駄なトライを繰り返している。ああ、もしも校長なら、パタ子さんをあんなふうに空中で止めたくらいだし、念じただけでこの小さなボールを割ることができるのかな、などと下らないことを考えていると、隣の便器の前に誰かが立った。

視界の端に入りこんできたずいぶん背が高い制服の影にふと顔を向けると、そこに棗広海《ひろみ》がいた。

「また、お前か」

思わず飛び出した言葉に、

「お前に話がある」

と棗がズボンの前をごそごそさせながら、かすれた声を発した。

「ああ、ちょうどよかった。僕もお前にいろいろ訊きたいことがあったんだ」

「何だ?」

「お前、校長のこと、知っていただろ」

僕は水圧を受け、依然、小刻みに揺れる芳香ボールを見つめながら問いかけた。

「理科実験室で僕と速瀬が校長の名前の話をしていたとき、いきなり割りこんで校長の両親の名前を訊いたことがあったよな。あれ、校長の両親の『さんずい』を確かめるためだったんだろ？」

　あのとき、たまたま速瀬から聞いた校長の名前は「義治《よしはる》」だった。「さんずい」がつく名前に敏感な人生を送ってきたおかげでよく覚えている。一方、棗が訊ねた校長の両親の名前に、「さんずい」はなかった。娘の速瀬の名前にも「さんずい」はない。校長の名前にだけ「さんずい」があることが、単なる偶然なのか、それとも何か意味を持つものなのか、僕にはわからない。

「そう言えばお前、あの授業の前にもトイレでこんなふうに並んだとき、いきなり『気がついたか？』とか訊いてきたよな。あれも校長のことだったのか？」

　しばらくの沈黙ののち、

「そうだ」

　と棗は短くすべてを認めた。

「何で――、お前、校長のことがわかった？」

「感じたからだ」

「感じた？」

「俺たちは相手の力を感じ取ることができる。ゴールデンウィーク明けに、職員室に用があったとき、入れ違いでドアから出てきた校長から確かに力の存在を感じ取った。でも、ゴールデンウィーク前に廊下ですれ違ったとき、校長からそんな力は何も感じられなかった」

「じ、じゃあ、そのことを僕に伝えようとしていたのか？」

「そうだ、お前は聞く耳を持たなかったがな」

「逆だろ、お前の伝え方が悪すぎるんだ。だいたい、お前がそんな力を持っていること自体、僕は今の今まで知らなかったんだぞ」

「俺だって、お前たちが持っていないなんて、知りようがなかった」

千年以上にわたるコミュニケーション不足を今さらながら指摘され、僕は大いに鼻白みながら、

「今ごろ言っても仕方ないけど、お前がもっとはっきり校長のことを教えてくれていたら、こんな事態にはならなかった……って、ああ、もういいよ」

と視線の先の、今日も割れずじまいだった芳香ボールに恨み言をぶつけ、便器の上の洗浄ボタンを乱暴に押した。

洗面台の前で手を洗っていると、遅れて棗がやってきた。

「それで話って何だ？」

鏡越しに、棗の動きを目で追いながら僕は訊ねた。

「おとといの土曜日、校長が俺の家にやってきた」

え？　と僕は手を洗う動きを止め、真横に顔を向けた。

「お前に頼みたいことがある」

相変わらず高い位置にある棗の顔を見上げ、この男、こんなに顔色が悪かったっけ、

と思った。

「俺の母親の記憶を消してくれ――」

棗の顔を見つめたまま、出しっぱなしの蛇口をひねった。水を切った手の甲を、無意識のうちに制服の脇腹にこすりつけながら、すまない速瀬、お前のことを訊くのは当分先だわ、と心の中で謝った。

*

昼休みに入り、淡十郎を誘って教室をあとにした。

階段を上って、屋上に出た。

誰もいない屋上の真ん中に座り、淡十郎と弁当の包みを開けていると、購買部で買ってきたと思《おぼ》しきパンとコーヒーパックを手に、棗が遅れて現れた。

棗は僕と淡十郎の前に、黙って腰を下ろした。僕は視線を送らず、淡十郎も声をかけず、三人ともしばらく黙々とパンと弁当に向かった。

「そろそろ、話してくれていいんじゃないか?」

いい加減、長い沈黙に飽きて、僕は棗に顔を向けた。

すでに最初のパンを平らげていた棗は、二つめを手に取り、

「お前ら、いつもそんなもの食っているのか?」

と空いてる手で僕の弁当箱を指差した。

「ああ、そうだけど」

と僕が正直に答えると、棗は不愉快そうに鼻を鳴らし、パンの封を開けた。

今日の弁当には、僕の好物である近江牛カツが入っていた。僕の弁当はおかず半分、ごはん半分の一段だが、隣の淡十郎は一時の三段重ねからようやく戻った二段重ねの重箱である。弁当を用意してくれる食堂のみなさんは淡九郎おじのことを何も知らないので、普段と変わらぬ豪華弁当を用意してくれたわけだが、さすがに淡十郎も今日に限っては箸が進まないようで、先ほどから重箱の隅のオクラと黒豆ばかりをつまんでいる。

棗は前髪をかき上げると、汚れた消しゴムのような色合いの地面を見つめ、土曜日に校長が道場にやってきた顚末《てんまつ》について、ぽつりぽつりと語り始めた。すでにホームルームが始まる前のトイレで大半を聞いていたが、淡十郎もいる場所で改めて話してくれ、こちらも話すことがある、と告げ、この屋上での昼食会を行う運びになったのである。

棗の話のあとに、今度は僕が淡九郎おじの部屋で目撃した出来事を伝えた。日出家にも校長が来たことをまだ伝えていなかったため、はじめは棗も驚いた顔を向けたが、その後はたまにパンを齧《かじ》りながら、終始うつむき加減で僕の話を聞いた。

両家ともに起きた内容は、瓜二つだった。

淡九郎おじの部屋を出る際、校長が「もう一件、用がある」と言っていたのは、棗家のことだった。棗道場に突然来訪し、石走から去るよう要求する校長と当然のように衝突した棗の父親は、一瞬のうちに身体の動きを止められ、今も変わらぬ状態が続いているという。

「淡九郎おじさんと同じだな……」

と僕が暗い声を発すると、

「あれは――、俺たちの力だ」

と棗は聞き取りにくい声でつぶやいた。

「え？　どういうこと？」

棗は僕の問いかけには答えず、

「お前たちは、俺たちがどんな力を持っているとこれまで教えられてきた？」

と逆に妙な質問を返してきた。

「そりゃあ……、何というか、あれだよ。相手の動きを止められるんだろ？　だから、武術の道でズルしまくって、江戸時代に一気に出世したって……おっと、失礼」

「ちがう。俺たちは相手の身体の動きを止めているわけじゃない」

と棗は静かに首を横に振った。

「お前たちには絶対に教えてはいけないことになっていたけど、もう関係ない――」

とぼそぼそ声を発したかと思うと、どこかあきらめたような表情で、目の上にかかっていた前髪を指先で分けた。

「時間を――止めるんだ」

「え？」

「相手に流れる時間を止める。それが俺たちの力だ」

刹那、淡九郎おじの部屋で目撃した、どれほどの勢いがあろうと、いきなりぴたりと止まった花瓶や、宙に浮いたままのパタ子さん、指一本すらビクとも動かない淡九郎おじの姿が次々と脳裏を過《よぎ》った。

「ど、どうやって、そんなことできるんだ？」

「おそらく、お前たちと同じだ。水に訴えかける。水に時間を止めさせる」

「何だそれ？　何で水と時間が関係あるんだよ」

「お前たちこそ、水に働きかけて、思うままに人を操るんだろ？　何で、水が人の感情の動きをコントロールできるんだ？」

まともにそう切り返されると、僕も答えに詰まる。自然にできることを、「どうして？」と改めて訊ねられても、できるものはできるとしか言いようがない。それにしても、よくもまあ、そんな秘密を今までずっと隠し通せたものである。棗家の鉄の結束というより、いかに両家が徹底して反目し、いっさいの情報の共有を断っていたかを示す事実に、改めて感心するやら呆《あき》れるやらしていると、

「そんな話は、今はどうでもいい」

とそれまで箸の動きを止め、黙って棗の話を聞いていた淡十郎が、屋上に出てはじめて声を発した。

「棗広海――、お前たちと同じ力なら、なぜ父親を元に戻さない？」

理に適《かな》った淡十郎の問いだったが、棗は急に動揺した様子で顔を伏せた。

「校長の力が強すぎる。俺の力じゃ何も効かない」

とかすれた声を漏らした。長い前髪がいっせいに下りてきて、鼻先までを隠した。表

情はうかがえずとも、大きく歪《ゆが》んだ口元が棗の気持ちをじゅうぶんに伝えていた。不意に、自分の左右に座っている二人がともに父親を失っている、という異常な事実が冷たい感触を伴って胸まで伝わってきた。平気な顔をして弁当を食べている自分がたまらなく無神経に思え、僕は手にした弁当箱を地面に置いた。

「ちょっと、訊いていいか？」

と弁当箱の蓋を閉めながら、遠慮がちに声をかけた。

「確かお前の親父さん、この前の道場で、僕たちが校長のことで来たと思ってたよな。ということは、親父さんも校長のことを知っていたんだろ？　なら、どうして、そんな簡単にやられたんだ？」

とトイレで話を聞いたときから気になっていたことをぶつけてみた。何も知らず、無防備なままやられた淡九郎おじと、状況はずいぶん異なったはずである。

「だまされたんだ、校長に」

「だまされた？　何を？」

「学校で感じた校長の力は、極めて弱かった。たまたま、職員室で真横を通り過ぎたから、俺も気づくことができた。もしも、体育館の全体集会の距離だったら、たぶん気づくことができなかった。そのくらい小さなものだった」

棗は言葉を区切り、ようやく顔を上げた。すぐに前髪をかき上げるも、そのほとんどが眉間のあたりに束となって戻ってきた。しかし、今日だけは何も思わないでおくことにした。

「親父に相談して、しばらく様子を見ようということになった。その間、俺と親父で校長のことを調べた。調べたといっても、俺がやったことは校長の親の名前を知ることと、教室で速瀬に力がないことを確かめることだけだったけどな——。俺の話を加えた親父の結論は、校長は『湖の民』ではない、だった。これまでの経歴を調べても、校長にはまったく力との関係を見出せなかった。そんなとき、お前たちが道場に来ると言ってきた。校長のことで話し合いに来ると思っていたら、まったく別の話だった——」

棗は一瞬、淡十郎の顔に視線を送った。まさか棗も単に恋の逆恨みが原因で押しかけたとは想像もつくまいと思いつつ、僕も淡十郎の様子をうかがう。当の淡十郎は、我まったく関せずといった表情で手元の弁当に視線を落としていたが、「速瀬に力がない」という部分にきっと安心を感じているはず、と不思議と確信を得ることができた。

「俺はひょっとしたら、校長はまだ自分の力に気づいていないのではないか、とさえ思っていた。道場にやってきたときも、校長の力は微々たるものだった。お前よりも、さらに小さなくらいだ」

と棗は僕の顔を遠慮なく指差した。

「僕の力じゃ、お前の親父さんが怒るのを黙らせるのがやっとだぞ」

「だから、だまされた。話の途中で、校長の力が突然強まった。一瞬で親父はやられ、俺はなぜか動けなくなった。意識はあるのに動けない。うまく説明できないが——」

「それ、僕たちの力だ。相手を鎮めるための力を使われたんだよ。意識を操られたんだ」

僕の言葉に、棗は訝しげな視線を向けた。

「どういうことだ？」

「理由はわからんが、あの校長、両方の家の力を自在に使うことができるということだ」

「でも、音は聞こえなかったぞ」

「音？」

「お前たちの力を使うなら、あの音が聞こえてくるはずだ」

「そう言えば、僕たちのときも、あのひどいのは何も聞こえなかった。何度も力を使って止めていたのに……なあ、淡十郎？」

と僕は隣に声をかけたが、淡十郎はそれには応えず、

「棗広海――、それで、なぜ母親の記憶を消してほしい？」

と一気に話の核心に触れた。そうだ、忘れていた。そもそも、淡十郎をここに連れてきた真の目的は、この件についての意見を聞くためである。

棗は手にした残りのパンを口に放りこんだ。コーヒーパックにストローを突き刺し、うつむいたまま飲み始めた。その間、棗の眉間には内心の苦悩をはっきりと示す深いしわが刻まれていた。僕はすでにその内容を知っているだけに、催促する気になれず、相手が口を開くのを黙って待ち続けた。

昼休みのグラウンドで遊んでいる生徒の歓声が、ときどき屋上まで上ってきた。棗の背後の空に、長い飛行機雲が斜め上方に向かってじりじりと伸びていくのが見えた。

棗はコーヒーパックを地面に置き、

「全部――、お袋に話した」

と暗い声でつぶやいた。

「そうするしかなかった。校長と入れ違うように、パートからお袋が帰ってきた。隠す間もなかった。道場の床の上で目を開けたまま、口を開いたまま、倒れて動かない親父をお袋は見てしまった。死んでいないことを説明するために、俺は力のことをすべて話した。親父のことも、俺のことも、棗家という存在についてみな話した。お袋はパニックになった。お袋は、早く元に戻してやってくれと叫んだ。取り乱すお袋に、騒がないでくれと俺は頼んだ。騒がないことが親父を元に戻すためにいちばん必要だと何度も説得した。昨日は取りあえず落ち着いてくれたが、今日はどうなるかわからない。もしも警察に行かれたり、救急車を呼ばれたりしたら、すべてが終わりだ――」

僕は棗の蒼白い顔を凝視したまま、朝のトイレでこの話を聞いたとき同様、何の言葉も返すことができなかった。

棗が直面する現実は、もはや僕たちが対応できる状況をはるかに超えていた。もちろん、棗の母親の動揺と混乱は痛いほど理解できる。家に帰ってくるなり、突然、淡九郎おじのような状態になった夫の姿を見せられて、パニックに陥らないほうがおかしい。誰かに助けを求めようとして当然だ。

それでも、棗の父親である棗永海《ながみ》を、何も知らぬ外部の人間の目にさらすことだけは絶対に阻止しなければならなかった。それは回り回って、この先、どのような結末になろうとも、棗一家がこの地で、いやこの国で平穏に暮らすことを未来永劫《えいごう》、不可能にさせてしまうことにつながるからである。

なぜ、日出家も棗家も、これまで頑《かたく》なまでに己が持つ力を秘して生きてきたのか？

それはもしも力の存在が周囲の人間に知れたら、この社会で生きていけなくなるからだ。おさない頃から、僕も力の存在を決して他人に教えてはいけない、と耳にタコができるほど言い聞かされ続けてきた。もしも、相手が友達の誰かであっても、力のことがバレたら、家族全員がここで生活できなくなってしまう、という父の言葉は、強烈な抑止力として子ども心に働いた。結果、僕は誰にも自分の力のことを知られることなく今に至った。そのぶん、自分自身の根幹を嘘《うそ》で塗り固めているような気持ちが常に拭えず、身体に溜《た》まった毒を抜き出すかのように、嘘をしこたま重ねる不安定な十代前半を送る羽目になったが。

日出家と棗家はともに「湖の民」だ。琵琶湖を離れては生きていけない。琵琶湖という心臓を失わぬため、両家はどれほど互いにいがみ合い、足を引っ張り合おうとも、力のことだけは絶対に暴かない、という暗黙のルールを守り続けてきた。そこには、力の存在を誇示して周囲の脅威になるよりも、人知れず力を利用し社会との共栄をはかる方が、長きにわたって利益を享受できるという、千年以上、この地で生き抜いてきた両家の智恵があった。

そこへ突如、校長が現れた。

この数日で僕たちが思い知ったのは、ルールの枠外からの攻撃に対し、悲しいほど両家ともに反撃の手段を持たないという事実である。

重い沈黙が流れる間、僕は弁当箱を彩る螺鈿《らでん》模様を目で追い、淡十郎は屋上のフェンスを眺めていた。棗はコーヒーパックから突き出たストローをじっと見つめていたが、

「できるか――」

と短く訊ねた。

思わず弁当箱から顔を上げると、棗の射《い》貫《ぬ》くような視線とぶつかった。

その問いが、力を使って母親の記憶を消す行為を指しているのは疑いなかった。

残念ながら、僕に棗を助ける力はなかった。

僕ができるのは、せいぜい相手の意識に漠然と訴えかけることくらい。しかも腕は相当に悪い。記憶を消すなどという、意識の最深部にまで及ぶ力を操るなんて想像すらつかなかった。

無言を貫く日出家の二人を前に、棗は「わかった」とコーヒーパックを手に立ち上がった。

「時間を取らせて悪かった。俺はこれから道場に戻る」

と言い残し、屋上から足早に去っていった。

背中でドアが重たげな音を立てて閉まるのを聞きながら、どこか見捨てられたような、さびしさとも心苦しさともつかぬ気持ちが胸に重くのしかかってくるのを感じた。

地面に布を広げ、弁当箱を置いた。その上に箸箱を斜めに重ねる。折り畳む布の間に

消えていく、弁当箱の螺鈿模様を見つめ、生まれてはじめてもっと真面目に力のことを学んでいたらよかった、と思った。同時に、ひとりですべての責を負わされている棗に比べ、いかに自分がお気楽な立場にいるかを痛感した。

「涼介」

頭の上から降ってきた声に顔を向けると、いつの間にか弁当箱の包みを抱え、淡十郎が立っていた。

「今すぐ、パタ子さんに電話しろ」

と僕の顔を見下ろし、淡十郎はいつもの淡々とした口調で命じた。

「でも、速瀬さんのことは言うな」

僕は弁当の包みを手に、弾《はじ》かれたように立ち上がった。

速瀬の話でないのなら、ここでパタ子さんに相談すべき内容はひとつしかない。

「これを使え」

と淡十郎は制服の胸ポケットから千円札を一枚差し出した。

「公衆電話で千円札は使えないぞ」

黙って淡十郎はそれを胸に戻した。

「大丈夫だ、小銭はある。悪いけど、これ、教室に持って帰ってくれ」

僕は淡十郎に弁当箱を預け、すぐさま屋上のドアへ走った。

ドアノブに手をかけ、重いドアを引いた拍子に、何も考えず淡十郎に弁当箱を渡してしまったが、あいつ、人から用事を頼まれるなどほとんど経験がないんじゃないか、と気がついた。振り返ると、淡十郎は両手に弁当箱の包みを下げ、まるで丁稚《でっち》のような佇《たたず》まいで困ったように、同じ場所に突っ立っていた。

*

昇降口脇にある、学校唯一の公衆電話から、パタ子さんに電話をかけた。

マキノへ行く前に手渡された、メモの携帯電話の番号をプッシュしながら、財布からありったけの十円玉と百円玉を投入口に放りこんだ。僕も淡十郎も携帯電話は持っていない。そもそも、本丸御殿には電波がほとんど届かず、あっても使い途《みち》がない。

しばらく呼び出し音が続いたあと、

「もしもし」

とくぐもった声が聞こえてきた。

「あの――、涼介です」

はじめの警戒した響きが一転、「ああ、涼介くん」といつものパタ子さんの調子に戻った。

「どうしたの？」

僕は用件に入る前に、「今、どうなっていますか？」と昨日からずっと知りたかったことをまず確かめた。

「駄目、全然話が決まらない。何しろ百人近くいるんだもの。今日いっぱい、ぎりぎりまでかかりそう」

「いい案……出そうですか？」

「そんなのないと思うな。結局、どうあきらめるかの話なのよ。あ、もちろん、淡九郎さんのことじゃなくてね」

疲れが滲《にじ》んでいることが容易に伝わるパタ子さんの声に、一縷《いちる》の望みをかけていた期待が急速にしぼんでいくのを感じた。

「駄目……ですか」

「だって、誰もあの校長には勝てないもの」

とパタ子さんは、敢《あ》えてこれまで考えないようにしていた、残酷な結論をあっさりと告げた。

「で、どうしたの？　校長に会って、また脅かされでもした？」

「やめてください」

と僕は思わず左右を見回した。

「ごめんごめん」

短い笑いとともに、少しだけ元気になったパタ子さんの声を聞きながら、不意に、もしもここで速瀬のことを言ったらどうなるだろう、と思った。

午前中、注意深く観察を続けたが、間違いなく速瀬はフリーの状態にあった。どういうつもりかわからぬが、いっさい監視の目もついていない。人には決して言えないが、トイレのため教室を出た際、わざわざ尾行までしての結論である。

別の休み時間には、それとなく速瀬に家のことを訊いてみた。彼女以外の家族に関しては、校長がどこかへ疎開させているかもしれない、と考えたからである。しかし、速瀬の答えは「弟は学校。お母さんも学校。あ、ウチのお母さん、長浜の小学校で教師しているから。お父さんは、ここ。で、何でそんなこと訊くの？」という、どこまでもあっけらかんとしたものだった。密《ひそ》かに校長はアホなのかと思った。隙があるにもほどがある。二日前に淡九郎おじの部屋で受けた、一分《いちぶ》の隙もなさそうな印象とあまりにちがう。

このどうにも腑《ふ》に落ちない感覚を、僕はパタ子さんに伝えたかった。師匠としての意見を聞きたかった。しかし、それと引き替えに速瀬が失うかもしれぬものを考えたとき、どうしても報告を躊躇《ちゅうちょ》した。淡十郎が余計なことを吹きこむからだ、と心で毒づきつつ、結局、パタ子さんには棗のことを話すだけに留めた。

棗家の道場にも校長が現れ、棗永海も同じ目に遭ったこと、淡九郎おじが止まってしまったのは棗家の力によること、その力の正体が「時間を止める」ものであることを伝え、最後に棗の母親の問題について何とかならないかと電話口の向こうのパタ子さんに相談した。

「難しいわね」

それに対するパタ子さんの第一声は、にべもないものだった。

「でも、やろうと思えばできるんですか？」

「できる人がやったらね。これまでも、日出家の力の存在を間違って知られちゃって、その記憶を消すってことはあったと思う。でも記憶に触れるのは、意識を操るのとはちがって、極めつきの難しさだし、とても危険。何となくわかるでしょ？　どの記憶とどの記憶が頭の中でつながっているのか、全部把握してから消さないと、とんでもないことになってしまう。遠くから針の穴目がけ、猛スピードでちゅっと通すようなものよ」

普段はさっぱりわからぬパタ子さんのたとえが、今回に限ってはしっくりきた。というのも、近ごろ不念堂での修練を通じ、力を使うという行為は、どこか野球の投球に似ているのではないか、というイメージを僕も抱き始めていたからである。

この場合、自分はピッチャーで、力を及ぼす相手はキャッチャーになる。その際、キャッチャーが構えるミットは決して動かない。最初から構えた場所にボールがずどんとストライクで行かない限り、力は相手にうまく作用しない。しかも感覚としては、右利きの人間が左腕で投げるような不安定さが常につきまとう。つまり、訓練しないことには正確に投げこめない。なかには兄浩介のように、はじめから両利きなのではないか、というくらい器用に力を扱う人間もいる。それに対し、不肖の弟はいわゆる制球難のピッチャーで、相手が触れるくらいの位置に来てくれないと、とてもじゃないが力を作用させる自信がないのが現状である。

相手の意識の最深部を探る記憶の操作は、たとえるならば百メートル離れた場所から利き腕ではない腕でストライクを投げ切るようなもの——なのだろう。しかも、暴投したり、届かなかったりした場合、相手の意識に確実に悪い影響を残してしまう。もしも、関係のない記憶を消してしまったら、それこそたいへんなことになる。

「パタ子さんでも、無理ですか？」

「無理無理、そんなのやったこともないし、やろうと思ったこともない」

とパタ子さんは即座に否定した。

「パタ子さんの師匠だったら……？」

「あの人はできると思う。きっと、そういう役目も、これまで引き受けたことがあったんじゃないかな。でも、今は連絡がつかない」

「まだ、電話もないんですか？」

「たぶん、韓国に戻る前日まで、何の連絡もないわね。今ごろ、めいっぱい楽しんでいるんだと思う」

とパタ子さんはため息とともに告げた。

実は、パタ子さんの師匠は、幸恵おばとともに、現在その行方が不明である。

唯一、判明しているのは、二人がヨーロッパに滞在しているということだけだ。韓流ドラマのロケの舞台が、ソウルからヨーロッパの都市に移り、二人も当然のようにそれに同行し渡欧した。四カ国以上を回るロケで、向こうから連絡がない限り、今どの国にいるかもわからない、とパタ子さんがマキノへの出発前に教えてくれた。

「師匠の不在は痛いけど、涼介くんの話を聞いたら、幸恵さんがいなくてかえってよかったのかも。淡九郎さんのあんな姿は絶対に見せられないし、もしも見られたら、私たちも同じ問題に直面したはず。それに、きっとこれから石走を出るために慌ただしくなるから、いっそ留守にしてくれていたほうが——」

ここでパタ子さんは急に口を噤み、「ごめん、まだ結論は出てなかったよね」と謝った。僕はあえて聞かなかったふりをして、

「棗の話、役に立ちましたか？」

と話題を変えた。

「うん。淡九郎さんの状態に関して答えがわかったのは大きいと思う。でも、なぜ校長が二つの力を持っているのか、という新しい疑問が出てくるけどね。日出家と棗家の存在を、どうやって把握したかもまだわからない。覚えてる？　淡九郎さんの部屋であの校長、『他にも力を持っている一族の意見をまとめる時間が必要だろうから』と言って期限を決めたでしょう。どうして、他にもいることを知っていたの？　あの部屋にいた私と淡十郎くんと涼介くんで、残りの一族全部って可能性もあるじゃない。でも、期限まで三日を与えたのは、その他大勢いるって最初から知っていたからだと思う。ここに来ている面々の中で、これまで校長と会ったことがある人は誰もいなかった。グループ外の人がそれを教えることも絶対にないと思う。じゃあ、いったいどこから――あ」

「ど、どうしたんですか？」

「さっきの話」

「え？」

「棗永海さんの奥さんの話。もうちょっと待ってくれる？」

「ひょっとして、誰かできる人がいるんですか――？」

自分の声を追うように、昇降口に昼休みの終了を告げるメロディが鳴り始めた。

「まだ、わからない。少し時間がかかると思う。放課後にもう一度、電話くれるかしら？」

「わかりました。すいません、あともう一ついいですか？」

「うん、何？」

「パタ子さんって、空手か何かをやっていたんですか？」

パタ子さんは一瞬、間を置いたのち、「ああ、あれね」と押し殺した声でくすくすと笑いだした。

「腹が立ったから、無我夢中になってやっただけ。何で、あんなことしたんだろうね。何のあてもないのに、カッとして飛び出しちゃった。もちろん、空手なんてしたことない。あとで聞いたら、私が投げたあの花瓶、一億円くらいするんだって。校長が止めてくれてよかったかも。淡九郎さんにあとで知られたら、危うく一生タダ働きさせられるところだった」

返す言葉が見つからない僕を置いて、パタ子さんは「チャイムの音、懐かしい。じゃあ、またね」とさっさと電話を切ってしまった。

教室に戻ると、机の上にちゃんと弁当の包みが置いてあった。窓際に向かい、いちばん後ろの席に座る淡十郎に、パタ子さんとの電話の内容を報告した。僕の話を淡十郎はすでに無人となった棗の席を見つめながら聞いた。次の授業の教師が教室に入ってきたので席に戻ると、さっそく速瀬から棗が早退した理由を訊かれた。「そんなの知らん」と短く答えると、心配そうな顔で速瀬は前に向き直った。厄介なことだと思った。自分の父親がその原因であることをかけらも知らず、ましてや淡十郎の配慮に気づくはずもない。すべては校長の越境が引き起こしたひずみかと思うと、なおさらやりきれない気持ちがこみ上げてくる。

授業中、速瀬の背中を見つめながら、もしも二日前の出来事を打ち明け、彼女から校長に和解の進言をしてもらったらどうなるだろう——とふと想像した。だが、その場合、僕が言ったことが原因で、速瀬の家族に深刻な亀裂が入ってしまったら、と考えると即座に提案は否決された。この場に至っても、校長の家族の心配をしている自分が、とことん滑稽だった。同時に、自分の正体がいつ娘にバラされるかしれない、というリスクを校長が放ったままにしている理由がまったく理解できなかった。ひょっとしたら、校長は僕と淡十郎が、速瀬と同じクラスであることすら知らないのではないか、と思った。

放課後、終礼のあいさつが済むと同時に、僕は教室を飛び出した。一階まで階段を駆け下り、ふたたび公衆電話からパタ子さんの携帯を鳴らした。

「どうでしたか?」

相手の声が聞こえるなり、僕は荒れた息もそのままに訊ねた。

「話は、した」

とパタ子さんは妙に奥歯にものが挟まったような表現で答えた。

「どういう意味ですか?」

「話はしたけど、やってくれるかどうかはわからない。そもそも、やれるかどうかもわからない」

ますます要領を得ない説明に、僕が返答に窮していると、

「取りあえず、涼介くんは城に戻って。淡九郎さんの部屋まで行ってちょうだい」

とパタ子さんはさらに妙なことを言ってきた。

「もしも、引き受ける気があるなら、そこで涼介くんと待ち合わせるということにしたから」

「あの――、誰が来るんですか?」

パタ子さんは僕の問いには答えず、「ごめん、今たいへんなところなんで切るね」と慌ただしく電話を切った。

釈然とせぬまま、受話器を元の位置に戻した。返却口に音を立てて落ちてくる硬貨を取り出しながら正面に顔を向けると、ちょうど階段を淡十郎が下りてくるところだった。その全身のシルエットに、この男、ほんのちょっとだけ痩せたな、と思った。

*

昇降口で革靴に履き替えながらパタ子さんの話を伝えると、淡十郎は「二人で戻る必要もないから、棗道場へ先に行っている」と言いだした。どうなるかまだわからないぞ、と返しても、ロクにこっちの言うことも聞かず、先にグラウンドに向かってしまった。

舟着き場には、すでに源爺が舟をつけて待っていた。淡十郎は源爺にいつもとは別の

ルートでの帰り方を告げ、途中の橋のたもとで「棗道場で待っている」と残し、本当に舟を降りてしまった。

　ひとり舟に残されて、僕は城への帰路に就いた。

　これまで一度も通ったことのない水路は、普段あまり整備されていないのか、左右に葦が好き放題に生い茂っている。さすがの源爺も、舟を操ることに苦心しているようで、ときに葦が舟の腹をこすって思わぬ迫力ある音を立てることもあった。

　ようやく、いつもとは別の水路から外堀へ戻ってきたところで、

「急に帰り道を変えて、すいませんでした」

　と僕は振り返って源爺に謝った。

　いやぁ、と照れくさそうに応える源爺に、

「葦《あし》が大変でしたね」

　と外堀にも林のように固まって群生する葦を指差すと、

「これはアシじゃなくて、ヨシですぁ」

　と源爺はいつも笑っているように見えるしわっぽい顔をさらに笑顔に変え、前歯が一本抜けた口を開いた。

「え、ちがうんですか？」

「漢字は同じですけど、ここらでは皆、ヨシと呼ぶんでさぁ」

　源爺は艪《ろ》を漕ぐ手を止めると、水面からゆうに二メートルは伸びている葦に腕を伸ばした。

枯れている一本をぽきりと折り、手に残った五十センチほどの、ほとんど葉のついていないまっすぐな茎を源爺は差し出した。

「中身が何もありませんでしょう。これがヨシですぁ。アシのほうには、中に綿のようなものが詰まってますんで」

ははあ、とうなずきながら、僕は茎を受け取った。これまで何とも思ったことがなかったが、確かに中身は空洞である。それゆえ、力を少し入れただけでぽきりと折れてしまう。

「何か腹の中で悪いことを企んでいる人のことを、このへんではあいつはヨシじゃなくて、アシなやつだ、なんて言うんでさぁ」

と説明を加えながら、源爺はふたたび艪に手をかけた。

城の舟着き場で舟を降り、僕は本丸御殿への道を急いだ。

梅林から藤棚までを走り抜け、本丸への石段を一段飛ばしで上ったが、踊り場で息が切れ、桜の下でいったん足を止めた。ふと、源爺からもらった葦をずっと握りしめていたことに気づき、手を開いた。舟の上で何度も折ったせいですっかり短くなった束を、桜の根元に捨てた。粉っぽい感触が残る手のひらをはたき、つまりあの校長こそがヨシと見せかけたアシだったのだ、と改めて了解した。校長の下の名前が、よりによって「義」治であることが何かの悪い冗談にしか思えなかった。

横手に広がる琵琶湖を眺めながら、僕は石段を上った。

こうして、この場所からはじめて琵琶湖を見下ろしたときには、こんなことになるなんて夢想だにしていなかった。わずかひと月半前の出来事なのに、はるかむかしのことに感じられる。そう言えば、頭上で青々と葉を生い茂らせているこの桜が満開だった。平穏のときはとうに過ぎ去った。にもかかわらず、校長の要求を受け入れた場合、明日にも城を出なくてはいけないという現実が、いまだまったく実感をもって迫ってこない――。

実家の父親には、淡九郎おじのことを伝えていない。父は日出グループには属さず、力とは無縁の社会生活を送ることを選んだ人間である。それでも、万が一日出グループが滋賀を去る決定を下した場合、父も行動をともにしなくてはいけないのだろうか？　その場合、父の仕事はどうなる？　家のローンは？　家の墓は？　果たして校長は、父のように力をいっさい使わず、通常の生活を送る日出家の人間もいることを知っているのだろうか。さらには、兄浩介のようにマジシャンを生業《なりわい》にする者、他にも人の意識に訴えかける力をフルに活用し、占い師やカウンセラーとして生計を立てる者、日出グループの経済活動とはまったく関係なく、琵琶湖の力を糧《かて》に自立した生活を築いている人間が多数いることを知っているのだろうか。

そもそも、校長は何のため、こんなケンカを仕掛けてくるのか。どうして多くの人間の人生をやみくもに壊そうとするのか。自分の家族の安全も守らずに、他人の家族を攻撃する理由は何なのか。

御殿の玄関前で掃除していた人が、ほうきの動きを止めあいさつしようとして、僕の顔を見るなり慌てて目を伏せてしまった。きっと怖い表情をしていたのだろうな、と中し訳ない気持ちになりながら玄関で靴を脱いだ。頬の肉をつねって、無理矢理表情をリラックスさせて、待ち合わせ場所へ向かった。

淡九郎おじの寝室は、かつてお殿様も寝所《しんじょ》として使ったという、本丸御殿でいちばん立派な庭に面した角部屋に位置している。御殿の廊下を最も奥まで進み、淡九郎おじの好みなのだろう、書斎と同様、洋室に改装した扉の前に立ち、深呼吸した。

「失礼します」

とドアをノックした。

しばらく待つが、返事がない。

もう一度、今度は少し大きめの音でノックする。

やはり、何の気配も感じられない。

詰めていた息を大きく吐き出し、僕は焦げ茶色の艶を纏《まと》ったドアを見つめた。どこか自信なさげだったパタ子さんの言葉どおり、誰もここには来なかったということなのか。それにしても、何の返答もないのは妙である。日出家の人間が常駐しているはずなのに、トイレにでも行っているのだろうか——。僕は念のため淡九郎おじの様子を確かめておこうと、ドアを半分開けて中をのぞいた。

淡九郎おじの寝室は、ベッドが二つ、壁際に並んだ造りになっている。

ドアを開けるとすぐ正面に、こちらに足を向け、壁側に頭を置く淡九郎おじの姿が見えた。身体にはシーツがかけられ、顔も目の部分がタオルで覆われている。僕がパタ子さんと淡十郎とここへ運んできたときとまったく同じ体勢で、淡九郎おじは静かに横たわっていた。

ベッドサイドのイスの背もたれには、おととい淡九郎おじが着ていたスーツの上着がかけられていた。ネクタイを引かれ、絨毯にゆっくりと倒れこむおじの姿と、それを冷厳に見下ろす校長の眼差しが蘇り、悲しい気持ちがぶり返す前にドアを閉めようとしたとき、

「浩介の弟」

といきなり部屋の中から呼びつけられた。

驚いてドアを開くと、それまで扉の死角になっていたもうひとつのベッドの上であぐらをかいている人物と目が合った。

「す、すいません、気づかなくて――」

と慌てて頭を下げる僕を、ベッドの上の人物は無遠慮に眺め、

「何の用？」

と弟そっくりの仏頂面で口を開いた。

グレート清子だった。

これまで清子を見かけたのは、馬上で二回、トランペットを吹いた石積みの前で一回とすべて屋外だったので、まさか本丸御殿の中で出会うとは思わなかった。しかし、土曜日も、まったく姿を見せなかったので、その存在自体をすっかり忘れていた。淡九郎おじは彼女の父親なのだから、こうしていつそばにいてもおかしくない。

「何の用？」

　ふたたび清子は同じ問いを発した。

「い、いえ、あの、ここで待ち合わせすることになっていて」

　としどろもどろに答える僕に、

「そんなことわかってるわよ。だから、私もここに来たんじゃない。でも、まだ何も聞いてないの。ここに来いとだけ電話で言われて、あとはあんたが説明するから、って」

　と清子は苛立った声で告げた。

「え――」

　ドアノブに手をかけたまま、僕はその場で完全に固まってしまった。まさかと思いつつ、

「えっと、その電話って、ひょっとしてパタ子さんからのですか?」

　と訊ねた。

「そう。あんたが私に用があるから話を聞いてあげて、って頼まれた。最初は断ったけど、何度もかかってくるから、仕方なく来てあげた」

　僕は顔が一気に蒼褪めるのを感じながら、素早く部屋の中を見回した。それとなく振り返り、廊下も確かめた。この場にいるのは僕と清子、あとは淡九郎おじだけだった。

　もはや疑いようがなかった。パタ子さんが話を持ちかけたのは、よりによってグレート清子だった。

　清子はいつもの長袖Tシャツにジャージの下という組み合わせで悠然とベッドからこちらを眺めている。僕は今すぐにでもここから逃げ出したい気持ちをぐっとこらえ、

「本当に、パタ子さんから何も聞いていないのですか？」

とおそるおそる確認した。

「何か大事な用だってパティーは言ってたけど」

「パティー？」

「ああ、パタ子のあだ名ね」

あだ名のあだ名というのもなかなか聞かないと思いつつ、僕は必死で状況を理解すべく頭を回転させた。そもそも、パタ子さんが具体的な内容をちゃんと教えていない時点で、清子が承諾する可能性が限りなく低いことを示唆していた。おそらく電話で素直に内容を伝えても断られるだけだから、パタ子さんはこうして僕に最後の交渉を委ねたのだろう。

「それで？　さっさと用件言いなさいよ」

声を発するたびに、険が増す感のある清子を前に、僕は覚悟を決めて部屋に足を踏み入れた。

「あの――、清子さんに頼みたいことがあります」

何かしら説得に使えそうな材料を探したが、まったく名案は思い浮かばない。悠長にやっている時間はなかった。どうせ駄目なら、正面からぶつかるしかない。

廊下に話が聞こえぬよう、背中のドアを閉め、

「記憶を消してほしい人がいます」

と思いきって結論から伝えた。

清子は一気に視線を鋭くして僕を睨みつけたが、ひるまず言葉を続けた。

「僕のクラスメイトに棗広海という男がいます。棗家の跡取りです。父親はおととい、僕の学校の校長とやり合って、淡九郎おじさんと同じように動けない状態になってしまいました。今、棗の家には母親がいます。母親は普通の人です。棗は状況を説明するために、棗家の力のことを母親に全部話すしかありませんでした。それで、これからの生活のために、母親の記憶を消してほしいと棗から頼まれました」

さらに僕は、清子がまだ知らないであろう、淡九郎おじが棗家の力によって時間ごと止められていること、校長が二つの家の力を操ることも併《あわ》せて伝えた。

「へえ、この人、時間が止まっているんだ」

清子は隣のベッドに横たわる父親に視線を落とした。

「清子さんだったら――、記憶を消すこと、できますか？」

「さあね」

と清子は淡九郎おじを見つめたまま、あぐらをかく足の裏と裏をくっつけると、足ごと握って身体を左右に揺らした。

「だいたい、その話って私にまったく関係ないよね。こっちも父親がこんな目に遭わされて、それどころじゃないし。それにこのままだと、明日にもここを去る準備を始めなくちゃいけない、ってパティーが言ってた。なおさら、他人の世話なんか焼いている場合じゃない。しかも、棗家の手助けをするんでしょ？　冗談やめてよ、何であんな連中のために――」

やっぱり駄目か、と肩を落としかけたとき、清子が身体を揺らす動きをぴたりと止めた。

淡九郎おじから視線を戻した清子と正面で目が合うなり、

「それ——、誰に向かって出て行けとか言ってんの」

と唐突に言葉をぶつけられた。

「え？」

「その男が言ってんの？」

僕の目を見つめたまま、

「その色黒のデカいやつ、そいつが校長？」

と清子はいよいよ眦《まなじり》を吊り上げ、声のトーンを高めた。

頭の中を読まれていることに気づき、咄嗟《とっさ》にガードするつもりで額の前に手を差し出した途端、

「別にあんたのしょうもない頭の中なんか、これ以上のぞかないわよッ」

と清子の膨らんだ頬から、甲高い声が放たれた。

「す、すいませんッ」

「浩介の弟」

「り、涼介です」

「校長に会わせて」

「はい？」

突飛な話の展開にまったくついていけず、僕は思いきり間抜けな声を上げてしまった。

「たかが校長の分際で、あんた何様のつもり？　この町を日出家でも何でもない輩《やから》がどうこうしようなんて百万年早いわ、って本人に言ってやる。しかも、こっちは出たくても出られない事情があるのに、城から出て行けとか、何そんな簡単に言ってんの？　ははっ、上等だわ、上等。その校長野郎、膾《なます》にしてやるからッ」

最後のほうは巻き舌も加わって、かなりの激昂ぶりだった。あまりの迫力に思わずドアに背中が触れるまで後退《あとずさ》った僕に、

「わかった？」

と清子は刺すような眼差しを向けた。

「え？」

「だから条件よ。その誰かの記憶を消したら、校長のところに私を連れていくこと」

「そ、それは……」

「別にあんたに選択の権利なんかないの」

と清子はぴしゃりと僕の口を閉ざさせた。そのとおりだった。ここで清子の要求を呑むか、棗の母親を見捨てるか、どちらかしかない。

「わ、わかりました」

絶対にパタ子さんにはこのやり取りを教えられない、と思いつつ僕はうなずいた。

「決まり」

清子はベッドから降り立つと、「どいて」と僕を押しのけドアを開けた。

「じゃ、十分後に正門の前で」

と言い残して廊下をずんずんと足音を響かせて去っていった。

まるで清子の退場を見計らったかのように、隣の部屋の襖《ふすま》がすっと開き、白髪の男性が顔をのぞかせた。僕と目が合うと、「追い払われてしまってね」と苦笑しながら廊下に出てきた。土曜日からずっと滞在している、数年前に医師を引退したという日出家の老人である。淡九郎おじの状況について訊ねると、「何もかもいっしょだよ」という言葉が返ってきた。僕は老人に「失礼します」と頭を下げ、清子のあとを追って玄関へ向かった。

舟着き場に寄り、また引き返すかもしれないからと待機してもらっていた源爺に、舟は使わなくなった旨を伝えた。ふたたび石段を上り、正門への道を急ぐ途中、そもそも清子は外に出られるのか、という根本的な疑問に突き当たった。先ほどは迫力に押しきられてしまったが、校長の発言に自身でも激していたとおり、三年も引きこもっていて、本当に棗道場まで行けるのだろうか。

そのとき、イチョウ並木の先から見慣れぬ景色が視界に飛びこんできて、一瞬おや？と思った。

違和感の原因はすぐに判明した。

これまで脇のくぐり戸ばかりを使い、常に閉ざされた姿しか見たことのなかった、正門の巨大な二枚扉が豪快に開け放たれていたのである。

木枠によって方形に切り取られた、城外の町並みの眺めに新鮮なものを感じながら門を潜ると、外堀に架かる正面の橋ですでに清子が待っていた。

当たり前のように白馬にまたがり、仏頂面でこちらを見下ろしている。

「そ、それで行くんですか？」

どこまでも無意味な問いとはわかっていても、訊ねずにはいられなかった。

案の定、清子は無言で、手にした朱色の綱を差し出した。

「常に左側に立って。右に立つと、馬が暴れるから」

と短い注意を与え、「チョッ」とピンクのサンダルが目立つ鐙《あぶみ》で軽く馬の腹を叩いた。

豪勢な朱色の前垂れを飾る房が揺れ、ゆっくりと白馬が進み始めた。

ゆるい弓なりを描く橋の真ん中を、清子と馬は堂々と渡っていく。

僕は渡された引き綱を手に馬の脇を固めながら、いつの間にか当たり前のように「供の者」として扱われていることに気づき、姉弟揃っての殿様ぶりに改めて戦慄《せんりつ》を覚えた。

ぎぎぎと軋む音に振り返ると、正門の扉がゆっくりと閉まるのが見えた。まるで出陣のような厳かさに包まれ、僕と馬と清子は、夕暮れの町並みに向け出発した。

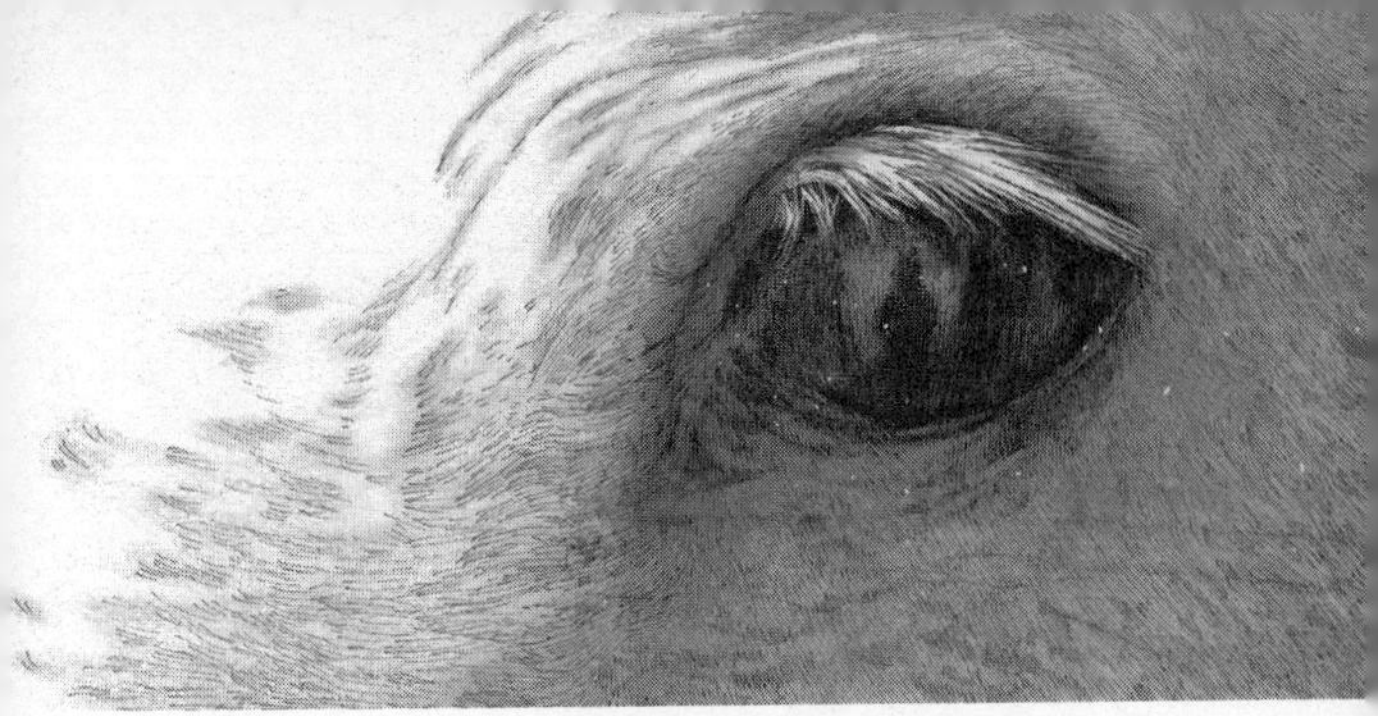

第六章 グレート清子

橋を渡った先の最初の横断歩道で、さっそく下校途中の小学生の一団に出くわした。突如登場した白馬に、子どもたちは歓声を上げて集まってきたが、馬上の清子《きよこ》の姿を認めた途端、みな一様に神妙な表情に直り、「去《い》ね」という清子のひと言で蜘蛛《くも》の子を散らすように走り去ってしまった。

「どっち行くの？」

「こ、こっちです」

僕が目抜き通りを指差すと、清子は横断歩道からそのまま車道へとコースを取った。

かっぽかっぽと馬の蹄《ひづめ》はアスファルトを陽気に叩《たた》く。いたく緊張感のない呑気《のんき》な音があたりに響くが、こちらはたいへんな緊張状態にある。道行く人が唖然《あぜん》として見つめている。左車線が清子専用レーンと化したため、右の追い越し車線を通って、車がおっかなびっくりといった様子で僕たちを追い抜いていく。対向車線にちょうど巡回中のパトカーの姿が見えて、思わず足が止まりかけた。助手席の警察官が窓ガラス越しにこちらを指差している。急にスピードを落としたパトカーに、これは呼び止められるかと思ったが、なぜかそのまま素通りしてしまった。ホッとして馬上を仰ぐと、ちょうど清子が対向車線に向けた手のひらを手綱に戻すところだった。何ということか、たった今、警察相手に力を使ったらしい。一車線分以上の距離があったのに、さらには相手が動いていたのに、一瞬で力を作用させてしまったその腕前に僕は驚嘆した。しかも、対象との間には車の窓ガラスがあった。途中に遮蔽物《しゃへいぶつ》があると、一気に力の届きが悪くなる。にもかかわらず、揺れる馬上からやり遂げてしまうとは。運転席と助手席の二人に対し、同時に力を作用させてしまうとは。

何もかもが、常識外れだった。もはや人間業とは思えぬその技量に、完全に度肝《どぎも》を抜かれていると、

「このまま進むの?」

と頭上の清子が訊《たず》ねてきた。

「す、すいません、向こう側に渡らないと駄目です」

と僕が車道の先を指差すと、清子はぐいと手綱を引いた。

後続の車の列をすべて止め、馬が中央線を越えたとき、何やら湿っぽい音が背後から連続して聞こえてきた。何だろうと首を回すと、白馬がぼたっ、ぼたっ、とデカい糞《ふん》を落としていた。

道路の真ん中で立ち止まるわけにはいかないので、そのまま車道を横断した。歩道にたどり着いて今一度振り返ると、馬糞はすでにタイヤの下敷きになっていた。こういう場合でも飼い主のマナーが求められるのだろうか、と無惨にも道路に摺《す》りこまれた痕《あと》を見つめたが、肝心の飼い主がいっさい振り向こうとしないので、僕も何も触れぬまま、前回淡十郎《たんじゆうろう》に連れてこられたときと同じルートで目抜き通りから脇道へ入った。

一本道の道路は、見渡す先まで人影がなかった。ようやくひと息ついて、僕は引き綱を握る力を弱めた。

馬上の様子をちらりと確かめると、出発前よりも明らかに蒼《あお》さを帯びた清子の顔にぶつかった。

「あの……、大丈夫ですか？」

と思わず言葉が口を衝《つ》いて出た。

淡十郎は三年前から清子は引きこもりだと言っていた。つまり、僕が中学校に通っていた間、清子はずっと城に閉じこもっていたことになる。想像もつかぬ長さである。それがこんな突然、町へ繰り出すことになったのだ。当然、相当なプレッシャーがあったはずだ。

しかし、清子はそんな様子をおくびにも出さず、相変わらずの仏頂面で、

「あん？」

とじろりと視線を落とした。余計なことを言ってしまった、と咄嗟《とっさ》に身体《からだ》を固くしたが、

「別に大丈夫。こいつの頭がここにあるから、ほかに気が向かない」

と無愛想ながら、意外なほど穏やかな声で、清子は白馬の首筋のたてがみを撫《な》でつけた。

「ブタん十郎から聞いてる？」

「え？」

「何で私が外に出ないか」

「え、ええ……はい、何となくは――」

「こいつの声がうるさくて、さっきから歩いている連中の声も聞こえてこない。だから、別に平気」

と添えたままの手で、清子は馬の首を軽く叩いた。

「こいつの声って……、馬の意識ってことですか？」

「そう」

「な、何て言っているんですか？」

「『休みてえ』と『草食いてえ』をひたすら繰り返している」

ははあ、と僕は引き綱の真横で首を上下させる白馬の顔を眺めた。さすが馬面というだけあって縦に特別長くできている。そっと白い毛並みに指で触れてみた。途端、「ぶふる」と荒い鼻息を吐いて首を振られたので、慌てて手を引っこめた。

かつて淡十郎は、他人の頭を勝手にのぞいてしまうから、清子は城の外に出られなくなった、と言っていた。その出られなかったはずの城の外に向かおうと、清子はこうして馬に乗っている。別に衒《てら》っているわけでも何でもなく、清子には馬から聞こえてくる声で周囲の人間の声をシャットアウトする、という純粋な必要があったのだ。

馬の意識を防音壁代わりに使う。

あまりに異次元の話に、とてもついていくことができない。馬の考えが聞こえることが当然の話の前提にされているが、そこに質問をぶつける意欲さえ湧かない。それでも一点、僕には淡十郎から清子の問題を教えられたとき以来、どうしても心にわだかまっていた疑問があった。

「あ、あの……、ひとつだけ訊《き》いていいですか？」

「何？」

清子の無遠慮な視線を浴びながら、僕はおそるおそる問いかけた。

「他人の頭をのぞかないよう、その……、我慢するのは難しいんですか？」

清子はつまらなそうに「ああ」と声を漏らすと、前方に顔を戻した。

そのまま、いつになっても返事が来ない。

さすがに今のは駄目だったかと、「変なこと訊いて、すいませんでした」と頭を下げたとき、

「浩介《こうすけ》の弟」

と前を向いたまま、清子が声を発した。

「り、涼介《りょうすけ》です」

「はじめは、自分からのぞかない限り、他人の声なんて聞こえてこなかった。それが、ずっと同じことをやっているうちに、こっちが何もしなくても、向こうから勝手に声が聞こえてくるようになった。一度そうなったら、もう駄目。元に戻りたくても、自分では戻せない」

かぽかぽという蹄の音をのどかに奏でる馬と歩調を合わせながら、清子もまた、僕と同じ、力の存在と日常生活との折り合いがつけられないひとりだということに、今ごろになって気がついた。深刻さの度合いは、もちろん僕の比ではない。力のことをどれほど嫌ったところで、僕はつつがなく毎日の生活を送ることができる。でも、清子はちが

う。彼女の場合、力によってほぼ強制的に社会と隔絶させられているのだ。

そう思うと、よくあの気むずかしい淡十郎が力との折り合いをつけていられるものだな、と別のところに考えが及んだ。相変わらず不念堂《ふねんどう》での修練を拒否してはいるが、本人から力そのものへの不満を聞いたことはない。竹生島《ちくぶしま》にご神水を飲みにいった際も、意外なほど素直についてきた。

つまり、淡十郎という男は一見頑固そうでいて意外と柔軟な、ひょっとしたらとことん現実的な性格の持ち主なのかもしれない——、とこれまで考えたことのない見方が急に思い浮かんだ。今回の件だって、自分の父親のことがあるにもかかわらず、棗《なつめ》に対し非常に協力的な姿勢を保っている。ほんの十日ほど前に、棗家全員の追放を本気で画策した人物と同一には思えない。これも棗家と利害をともにする以上、いったんは矛を収め、校長への共同戦線を張るという、彼なりの現実的な対応なのだろう。

角を曲がると、その淡十郎が待っているはずの棗道場の軒が姿を現した。豪勢な門構えの前で「ここです」と告げた。清子は手綱をゆっくりと引いて、馬の足を止めた。

前回とは異なり、「竹生島流剣術　棗道場」の看板がかかった柱脇の門扉はぴたりと閉ざされていた。馬を家の前に置いておくわけにはいかないので、くぐり戸脇のインターホンを押し、しばらくして聞こえた棗の割れた声に、「日出《ひので》だけど」と名乗った。くぐり戸からは入らないものがあるから大きなほうの扉を開けてくれ、と頼むと、棗は「わかった」と短く答えインターホンを切った。

おそらく江戸時代には、こうして馬でこの道場に乗りつける偉いお侍も大勢いたことだろう。そのとき、道々に垂れ流した馬糞は、誰が掃除したのだろうか。車も走らないことだし、なかなか無かったことにはしづらいだろうに、などと考えていると、扉の向こうで何かを外す重い音が聞こえた。しばらくして、ゆうに一畳はある大きな扉がゆっくりと左右に開き、その間から棗が顔をのぞかせた。

馬と清子のセットを見て、さすがに棗も戸惑った顔をしていたが、何も言わず扉を片方ずつ開け放ち、僕たちを招き入れた。

「こちらは日出清子さん。淡十郎のお姉さん」

敷地に入ったところで馬から下りた清子を紹介した。棗は「棗広海《ひろみ》です」と軽く会釈した。

清子はしばらく棗の顔を眺めていたが、

「馬、どこにつないでおけばいい？」

とぶっきらぼうに訊ねた。

棗は周囲を見回したが、適当な場所がないと考えたか、

「じゃあ、庭まで」

と竹垣と建物の間の細い道を指差し、先だって歩き始めた。

馬と並んでは進めそうにない幅なので、引き綱を清子に返し、棗のあとに従った。

「お前、いきなり馬が家の前に来たのに、あまり驚かないんだな」

と後ろの清子には聞こえぬよう、声を抑え、僕は皮肉混じりに伝えた。

「そう聞いていたからな」

「聞いていた？　誰に？」

「日出淡十郎に。たぶん姉が馬で来る、と言っていた」

僕はしばし言葉を失った。何ということか、淡十郎はこの展開をすでに予想していたのである。

「今、淡十郎は？」

「道場にいる」

「お袋さんは？」

「夕食を作っている」

どんな状況であれ、主婦の仕事は日々変わらず存在する。思わず粛然《しゅくぜん》として、制服を着たままの棗の背中を見つめた。

急に視界が開け、だだっ広い庭が目の前に現れた。棗は立ち止まり、「このへんに」と立派な松の木とその手前に広がる芝のスペースを手で示した。

見覚えのある風情の松の姿に、その場所が以前、道場から縁側越しに見た庭園の端にあたることに気がついた。道場から見えた灯籠《とうろう》も、てっぺんの笠の部分を植えこみからのぞかせている。

「清子さん、ここでいいですか？」

と僕が振り返って訊ねると、馬をひいた清子は「こいつ、たぶん勝手に草を食べるけど」と芝生に視線を落とした。「構いません」という棗の声に、清子は引き綱を手に松の木に近づいた。

「あと水を飲ませたいから、バケツに入れて持ってきて」

遠慮のない清子の要望に、棗は黙って今来たばかりの道を戻っていった。

清子が引き綱を松の幹にくくりつけている間に、僕は灯籠の脇を通って庭の中央に向かった。

左右のつつじの間を抜けた道の先に、池があった。しかし、そこはもはや池というよりも、泥水が溜《た》まった単なる窪地《くぼち》と化していた。もちろん、石橋はどこにも見当たらない。

あのとき僕たちが居合わせた道場の建屋《たてや》は、芝を隔てまさにこの池の真正面の位置にあった。今はすべて雨戸で塞《ふさ》がれている縁側の中央部分に、ブルーシートが垂れ下がっていた。この場所から、おそらく何百キロもの重さがある石橋が天高く打ち上がり、あの瓦屋根に突っこんだ。とてつもない物理的な力が必要だったはずだ、と改めて縁側のブルーシートとの距離を測っていると、

「あの人、普通じゃないな」

という低い声が背中から聞こえてきた。

振り返ると、いつの間にかつつじの道を抜け、棗が立っていた。その向こうには、すでに水の入ったバケツに首を突っこんでいるのか、植えこみから背中だけのぞかせる白馬、その横で鞍《くら》の調節をしている清子の姿が見えた。

「会ったばかりなのに、もうわかったか。まあ、いきなりあんな馬に乗ってきたら、誰でもわかるか」

「ちがう、力のことだ。あんなに力を持っている人間ははじめて見た」

「あ、ああ……そっちのこと。そっか、お前、そういうのわかるんだよな」

「それで――、あの人にできるのか？」

棗は低い声で訊ねた。

棗の母親の記憶について向けられた問いだろう。

「ああ、たぶん」

と僕はうなずいた。

「すまない、世話をかけて」

と棗はくぐもった声で、少しだけ頭を下げた。

「別にいい。まあ、こっちはそれなりにこのあと、たいへんなことがついてくるけど、こればかりは仕方がない」

成功のあかつきには、清子を校長に会わせる、というどう考えても守れそうにない、とんでもない約束が控えていることを思い出しながら、僕は首を横に振った。

「ところで、これって結局、何だったんだ？」

と僕は足元のかつて池があった場所を指差した。

「やっぱり棗、お前の仕業だろ」

「俺じゃない。俺はお前がやったと思っていたが」

と棗は冷静な口調で返してきた。

「何で僕なんだよ。できるわけないだろ。だいたい、こんなことできたら、校長になんか負けんだろ」

「じゃあ、誰がやった?」

「知らんよ」

睨《にら》み合うように一瞬、視線を交わらせたが、

「お前の親父《おやじ》さん、これについて何か言っていたか?」

と僕は話を変えた。

「親父は……、聞いたことのない音だった、と言っていた」

「音?」

「聞こえなかったか?　あの瞬間、すさまじい音がした」

「ああ、そうだ、そうだった。確かに極めつきのひどい音だった。お前のときの音が、かわいく感じられたくらいだ。そうか、お前の親父さんも聞いたことのない音なのか……」

ならばどういうことなのか、と考えてみたが、推論のひとつすら浮かばなかった。しかし、理由もなくこの場所から石橋が吹き飛び、水が空に向かって逆流した挙げ句、雨となって降りしきるなんてあるはずがないのである。

「そう言えば——、お前にはどう聞こえるんだ?」

と僕はふと思いついたことを訊ねてみた。

「僕が力を使うと、お前には音が聞こえるんだろ?」

棗は僕を見下ろすように顔を向け、

「お前には、俺たちの力がどう聞こえる？」

と逆に問い返してきた。

「お前たちの力？　そうだな……、たとえるなら爆音のような感じだ」

「爆音？」

棗はやけに驚いた声を上げた。

「ああ、爆音だ。入学式の朝にお前、僕が葛西《かさい》を鎮めるため力を溜めていたとき、教室で思いきり力を使っただろ。あのときは校舎がいきなり爆発したような音がした。説明しづらいけど、とにかく耐えがたい音だ。うるさいだけじゃなくって、生理的にもたまらん音だ。思い返すだけで、虫酸《むしず》が走る」

僕の説明に棗は眉をひそめ、次いでわずかに首を傾けた。前髪が目の上に流れてきて、案の定、それをかき上げた。

「それで、お前はどう聞こえるんだ？」

「爆発とは全然ちがう。耐えがたいというのはわかるが」

棗は言葉を探るように足元に視線を泳がせていたが、

「敢えていうなら蛇……だ」

とぼそりとつぶやいた。

「蛇？　何だそりゃ」

「近くに巨大な蛇がいて、その息づかいが嵐ぐらいの大きさに増幅されて、それが耳元に襲ってくる——、そんな感じだ」

「まったく、わからんたとえだな」

「吐きそうになるくらい、最悪に下品な響きということだ」

「いやいや、それはお前のほうだろ」

ふたたび互いの視線が正面からぶつかり合ったとき、

「どうしたの、それ？」

という声が背中から鋭く響いた。

振り返ると、清子がつつじの植えこみの向こうに立ち、僕たちの背後の池を指差している。

「えっと、これは――」

どうしたものか躊躇《ちゆうちよ》する僕の横で、

「別に話してもいいだろう。逆に何かわかるかもしれない」

と落ち着いた声で、棗が横から口を挟んできた。

「何？　さっさと話しなさいよ」

と早速清子が苛々《いらいら》した口調で、脇に立つ灯籠の笠の部分を手のひらで叩き始めた。

こうなると、僕に選択権はない。仕方なく、前回この道場に来たときに起きた出来事をかいつまんで説明した。

「ふうん」

すべてを聞き遂げても、清子は極めて平坦な相づちしか打たなかった。

「何か清子さん……、わかることとありませんか？」

「ない」

と先ほどまでの興味深げな様子とは一転、清子はいかにもつまらなそうな表情で首を横に振った。

「でも、この前……、いや、これは、僕の勘違いかもしれないですけど――」

「あん？」

僕が口を開いた途端、急に険しさを増した視線が向けられた。その迫力に僕は一瞬たじろいだが、何とか怯《ひる》まずに、話の途中で急に蘇《よみがえ》った記憶を投げかけた。

「あ、あの日、僕と淡十郎が城に戻ったとき、橋の前で馬に乗った清子さんに会いました。あっちのほうで音がした、とこの道場の方角を指して清子さんは言いました。それに、人に当たっていたら粉々だった――とも。あのとき、清子さんが言っていたことって、このことだったんじゃないですか？」

清子は相変わらず無愛想な眼差しを向けていたが、急にフンと鼻で笑い、

「覚えていたんだ。まあ、そこまでボンクラじゃないか」

と灯籠の笠をぺたんと叩くと、つつじの間の道を抜けこちらに向かって歩いてきた。

清子は池のへりで足を止め、泥水が溜まった様子をのぞきこんだ。

「そっか、あんたもそのときいっしょだったんだ。だから、まだ少し匂うんだ」

と隣に立つ棗に向かって、いきなり言葉を放った。

「え、え？」

これまで一度も見せたことのない動揺の表情を浮かべる棗に、

「さっさとお母さんのところへ連れていきな。こんなところで油を売っている場合じゃないんじゃないの」

とさらに畳みかけた。

自分より三十センチは背が低い清子の言葉に、棗は完全に気圧《けお》された様子でうなずき、「こっちです」と歩き始めた。そこに猫背気味の清子が続く。さらにそのあとに従いながら、清子にまんまと話を切り上げられたことに気づいたが、もはやあとの祭りだった。

＊

裏口から僕と清子を建屋に招き入れ、

「この廊下沿いに進めば道場だ。日出淡十郎もそこで待っている。先に行ってくれ」

と棗は進行方向を指差し、そのままいかにも鼻の頭が痒《かゆ》いというように、手を鼻に持っていった。

「さっきの、たぶん服の匂いのことじゃないぞ」

と親切心から忠告してやると、棗は腕の動きをぴたりと止めた。何ごとも無かったかのように腕を下ろし、

「母を連れて行きます」

と清子に伝え、道場とは反対側の廊下を足早に去っていった。

「あいつといても、大丈夫ですか？」

華奢《きゃしゃ》な身体つきの割には幅が広い棗の背中を見送りながら、僕は清子に訊ねた。

「大丈夫って何が？」

「その……、棗の余計な声が聞こえてこないのかな、って」

「さっきから何も聞こえてこない。あんたのも聞こえない。ここ、すごく楽」

「え？　何で……ですか？」

「さあ、棗家の力のせいじゃないの」

と面倒そうに答え、清子は棗が指差した廊下に向かった。

「私は聞いたことないけど、棗家の力が発せられるとき、立ってられないほどひどい音がするんでしょ？　もし、あの子の頭のなかが聞こえてきたら、それって私の力が勝手に作用したってことじゃない。そうなったら、いちいち向こうに音が聞こえて面倒なことになるから、そのへん、力もわきまえてるんじゃないの」

相変わらず雲をつかむような説明に、「はあ」とあいまいな相づちを打ちながら、僕は薄暗い廊下を進んだ。

城の本丸御殿にはさすがに劣るが、棗の家も相当広い。幅は狭いが距離のある長い廊下を二度曲がったところで、ようやく視界が開け、道場の真ん中に座りこむ、赤い制服のずんぐりとした背中が見えた。

「遅いな」

僕と清子の足音に、あぐらをかいた姿勢の淡十郎が無理に首をこちらにねじ曲げた。

「ブタん十郎か」

と隣で清子がつまらなそうにつぶやいたが、僕は何も聞こえないフリをして淡十郎のもとに向かった。

「無茶言うなよ。清子さん、三年ぶりに外に出たんだぞ。これでもせいいっぱいの早さだったんだ」

とささやきながら、その隣に腰を下ろした。

「清コング、馬に乗ってきたのか？」

「そうだ。それにしてもお前、よく清子さんが来るってわかったな」

「前の師匠を除いて、清コングより力がある人間はもう日出家にはいない」

「確かに、それならここに来る途中、たんと見せつけられた」

僕は入り口脇の甲冑《かっちゅう》の前で足を止め、しげしげと兜《かぶと》を観察している清子に視線を移した。

「それにしても、僕はお前のことを誤解していたかもしれない」

僕の言葉に、淡十郎はともに清子に向けていた顔をゆっくりと戻した。

「これまで僕は、日出家と棗家は決して相容《あいい》れぬ仲だと思いこんでいた。たぶん、今も日出家のほとんどの人がそう思っている。でも、お前はこうして棗に協力の手を差し伸《し》べた。何というか……、新たな時代を切り拓いているる気がする。それも日出本家の御曹《おんぞう》司がその先頭に立っているという事実が意義深い。この緊急事態に、こんな悠長なことを言ってる場合じゃないかもしれないけど、僕はお前の柔軟さにかなり感銘を受けている」

真面目に伝えたせいか、急に気恥ずかしさがこみ上げ、照れ隠しついでに「おい、やるな淡十郎」と相手の肉づきのいい二の腕を軽く小突いた。

しかし、当の淡十郎はいやに不貞腐《ふてくさ》れた表情で僕を見返している。それどころか、ありありと軽蔑《けいべつ》の色すらその目に浮かべている。

「何の話だ？」

と淡十郎は冷たい調子で返してきた。

「僕はかけらも棗家に協力などしていないが」

「いや、でも現にこうして――」

「忘れたのか？　僕は棗をこの町から追放すると決めた。決めたからには、必ずやり遂げる。そのために僕はここにいる。何で協力なんかしなくちゃいけない」

「ま、待てよ。だって、このまま放っておいたら、どのみち棗家はこの町から出て行くことになるんだぞ。それをお前は防ごうと考えているわけじゃないのか？」

「当たり前だろう。校長の好き勝手にはさせない」

「言ってることが、矛盾してないか」

「何も矛盾していない」

明らかに怒気を含んだ眼差《まなざ》しを向け、淡十郎は語勢を強めた。

「棗を追い出すのは僕だ。あんな下衆《げす》な男がしゃしゃり出る幕はどこにもない。この町で日出家を差し置いて、どこの馬の骨かもわからぬ男が好き勝手しようなんて一億年早い」

「え」

まったく思いもよらぬ方向からの言葉に、僕は一瞬、絶句した。

「ええと、つまり――」

いつの間にか紅潮している淡十郎の頬を見つめ、混乱する頭で相手の言わんとするところを整理した。

「お前は棗を追い出したい。それも、校長ではなく自分の手で始末をつけたい。だから、今は棗に救いの手を差し伸べる。でも、もしも、この校長という嵐が過ぎ去ったら、改めて自分で追い出す、こういうことか？」

「そうだ。最初からそう言っている」

淡十郎は重々しくうなずいた。

ああ、と僕は思わず天を仰いだ。

高い天井と、宙を渡る立派な梁《はり》を見上げ、この男ははじめから何も変わっていやしなかった、とようやく合点した。清子が淡九郎《たんくろう》おじの部屋で垣間見せた、日出本家の矜持《きょうじ》と言うべきか、傲慢さと言うべきか、いや、ここは敢《あ》えて誇りとしておこう。それと同じものを、淡十郎もまた骨の髄まで受け継いでいたのである。奇《く》しくも姉弟がともに口にしたフレーズ――、「ウン年早い」という部分も、清子が百万年、淡十郎は一億年と、ともにいっさいの自由を校長に対して認めぬ姿勢だ。いや、淡十郎のほうがさらに輪をかけて日出本家イズムを強く発露している。

結局、淡十郎はどこまでも淡十郎のままだった。このような危機的状況に陥ってもなお、己《おの》が決定を固持し、利己的な理由を平気で優先する。その生来の殿様ぶりに、僕は呆《あき》れを通り越して、もはや感嘆の念すら抱いた。

僕は大きなため息をひとつつき、おもむろに座る位置を淡十郎から離した。付き合いきれん、という心の距離をかたちで表したつもりである。

そこへ甲冑を鑑賞し終えた清子が床板を派手に踏み鳴らしやってきた。どかりと僕と淡十郎の前に座り、

「あんたがさっき言っていたの、あれ?」

と肉付きのいいあごでもって縁側を示した。

雨戸と屋根の部分は庭から見たとおり、ブルーシートに覆われている。勢いよく石橋が突っこんだ廊下の穴は、現在、毛布のようなもので塞がれている。

建物すべてを揺るがした、あの日の大音響を思い返しながら、「そうです」とうなずくと、

「ずいぶん派手にやったもんね」

と清子は口元に薄い笑みを浮かべつぶやいた。

先ほどの質問の続きを訊ねたかったが、タイミング悪く棗が道場にやってきた。日出家三人の視線を浴びながら、棗は僕たちの前で立ち止まると、

「すぐに母親もここに来ます」

と清子に伝えた。明るい道場の照明の下で、その顔色の悪さがひときわ目立って映った。

「それで、どうしてほしいの？」

清子の問いに、棗は硬い表情を向けたまま、

「俺が母親に話した力に関するすべての記憶を消してください」

と告げた。

「ほかには？」

「新しい記憶を……、与えることってできますか？」

「取りあえず言ってみたら？」

「母に――、福井の実家に明日の朝から一週間帰ると思いこませてください。実際に今、祖母が入院しているので、その世話に行くということにして」

なるほどね、と清子はうなずいた。

「あと、土曜日に母が親父と妹について見た記憶を全部消してください。母の帰省中、二人は何ら問題なく生活しているということにして――」

「ち、ちょっと待てよ」

話の途中だったが、気がついたときには僕は言葉を挟んでいた。

「何で今、妹さんが出てくるんだ？」

棗は僕の顔に目を向けようとしなかった。口元を固く引き締め、僕たちの頭の上あたりに視線を泳がせた。

嫌な予感が一気に胸の内側を圧し、たまらず立ち上がった。

実のところ、今朝トイレで棗に話しかけられたときから、棗潮音《しおね》はどうなったのか気

が気でならなかった。棗自身がまったくその安否にふれないので、大人ではない相手に校長は何もしないはず、と勝手に決めつけ自分を安心させていた。

「妹さんは無事だよな?」

棗は僕の顔にようやく焦点を合わせると、

「俺のせいだ」

と暗いつぶやきを発した。

「な、何が」

「校長には俺と親父と潮音の三人で、ここで会った。親父が動かなくなったあと、校長は『他の一族の人間と相談して結論を出せ』と言った」

「それは僕たちも同じことを言われた」

「お前たちは他にもお仲間が大勢いるだろうが、俺たちはちがう。琵琶湖《びわこ》のまわりには、もうこの石走《いわばしり》にしか力を持つ人間が残っていない」

まさにこの場所に座りながら、棗永海《ながみ》から聞いた言葉を思い出した。淡九郎おじが金の力にものを言わせ、他の棗家の人間を全員、県外へ追い払ったという話だ。

「親父が不在で、俺がこの町から出ていくことを決められるはずがない。黙っておけばよかったのに、俺はそのことを校長に伝えてしまった。校長は『そうだったのか』と言って、いきなり隣に座っていた潮音を止めた」

「な、何で――?」

「校長は俺に言った。棗家の始末は、ほかの用事が終わってからゆっくり取りかかる。

三日後にまた来る。そのときに親父を元に戻す。親父がこの地から去る意志を行動で示したら、次に潮音を元に戻す。潮音は親父への強制力として、しばらくその状態でいてもらう――」

僕は呆然《ぼうぜん》として、表情なく言葉を繰り出す棗の顔を見上げた。

何という校長の抜け目なさか。いちいちが計算高いその行動に、もはや敵わないというあきらめの感情すら湧き起こってくる。だが一方で、ここでも僕は強い違和感を抱かずにはいられなかった。言うまでもなく、棗に見せた慎重すぎる一面と、学校で娘を無防備で放っておくずさんな一面が、とても同一人物の行動には思えないことである。

「そ、それで……妹さんは、親父さんも、今どうなっているんだ？」

「客間に布団を並べて、そこに寝かせている。時間を止めても、身体や健康への悪い影響はない。それだけは確かだ。自分の持つ力だ。保証する」

「お前、どうしてこれまで妹さんのこと黙っていた」

ともすれば一気に高ぶりそうになる感情を抑え、僕は訊ねた。

「今日だって、学校でさんざん言うチャンスがあっただろ？」

棗は口元を固く引き締めたまま、何も答えようとしなかった。

「わかるでしょ。自分が何もできない、誰も守れない、でくのぼうだったからよね」

それまで黙って聞いていた清子が、ゆっくりと口を開いた。静かな調子なれど、刃《やいば》のように鋭く容赦ない言葉に、棗の表情が固まった。清子は僕と棗の間に割りこむように、

「よいしょ」と腰を上げると、

「その話は、もう終わり。来たよ」

と急に抑えた声で告げた。

蒼褪《あおざ》めた顔色のまま振り返った棗の視線を追うと、廊下の端に立ち止まりこちらの様子をうかがっている、年配の小柄な女性の姿にぶつかった。

遠目にもすぐに感じ取れる、憔悴《しょうすい》しきった表情が痛々しかった。どこかおどおどした様子とともに「広海」と声を発した女性に、「大丈夫、こっちへ」と棗は手で招いた。

「母です」

と棗は低い声で伝えた。

「ここからは、私はひとりでやる。あんたたちはみんな出て行って」

清子は僕と淡十郎にあごでそう告げると、

「特にあんた、わかってるでしょうけど、これから力を使うから。どのへんまで聞こえるのか知らないけど、ちゃんと離れておいて」

と最後に棗にも平等にあごで言いつけた。

「母には医者の方と言っています。お願いします」

と棗は硬い表情で頭を下げた。こんなジャージにTシャツ姿で、挙げ句に馬で往診に来る医者なんていないだろう、と思ったが黙っておいた。

「どこに行ったらいい」

僕の問いに、棗は「あっちだ」と縁側とは反対側の入り口を指差した。淡十郎がむくりと立ち上がり、黙って歩き始めた。僕も棗の母親には敢えてあいさつせぬまま、足早に道場をあとにした。

薄暗い廊下に出ると、棗は「大丈夫だから」と道場の中に声をかけ、引き戸を閉めた。

「お前、どこで待つんだ？　離れておいたほうがいいぞ」

僕の言葉に棗は、

「外で待つ」

と答え、すぐさま大またで廊下を進んだ。

突き当たりの玄関で、棗と淡十郎が靴に履き替えるのを横目に、僕は手前のトイレに立ち寄った。門人も使うためか、道場のトイレは小便用の白い便器が二つ並ぶ、学校のような造りになっていた。サンダルを履いてタイル張りの上を歩くと、底の木の部分がからころと音を鳴らした。便器の前に立って底をのぞいた。ここにも薄い緑色とピンク色の芳香ボールが転がっていた。

何も考えず、いつものようにボールに当てて用を足した。じっと便器の底を見つめているうちに、抑えこんでいた怒りがじりじりと湧き上がってくるのを感じた。

わかっている。たとえどれほど棗潮音への好意をこの先募らせたところで、僕が彼女と付き合うことは永遠にない。互いの家の歴史的因縁がそうさせるのではない。力の存在が理屈抜きの理由としてそこにそびえるのである。

力と力を持つ者同士は決して結婚してはいけない。

日出家の人間として生きるうえで、誰もが承知している絶対のルールである。

父洋介《ようすけ》から始まり、兄浩介、淡九郎、淡十郎、清子、パタ子さんの本名濤子《とうこ》、そして涼介――、力を持つ日出家の人間は、その名に「さんずい」が与えられる。名前のなかに、必ず一字と決まっている。名は体を表す。その目的は、力を有する人間であることを互いに示すことはもちろん、「親の一方のみが力を持っている」という証明を兼ねている。二度づけ禁止ルールと呼ばれることもあるが、よくよく考えるとこの呼び方は正確ではない。禁止も何も、力を有し、かつ「さんずい」を二度連ねる、つまり両親がともに力を持っているケースなど、ハナから存在し得ないからである。

実際に力を持った者同士が子を作った場合、どのような危険があるのか、僕にはわからない。それを正確に語れる人間など、もはやどこにもいないだろう。ただ、本能的に忌避すべきものである、と誰もが感じている。千年以上にわたり維持されてきたルールには、何かしらの真実が含まれると誰もが直覚している。

それゆえに、僕が棗潮音と付き合うことは、未来永劫《えいごう》あり得ない。以前、理科実験室で棗本人にも直接確かめた。永海に広海に潮音、棗家でも同じ、二度づけ禁止のルールが適用されている。つまり、僕と彼女の間には、家の問題を軽々と飛び越える、絶対の不可能性が横たわっているのだ。

もっとも、そんな大仰《おおぎょう》な話の前に、僕自身が相手にされるはずがない、という個人的な問題がいちばん手前に存在することくらいわかっている。でも、今はそんなこと、何の関係もなかった。ただ、あの可憐《かれん》な少女を、声のひとつも発しないうちに動けぬ身体にした校長の冷酷さ、棗家の家族のあり方を根本から破壊してへっちゃらな校長の残忍さ、その身勝手さが許せなかった。

僕は敵《かたき》のように小便を芳香ボールに当てた。

怒りは今までも十分にあった。

だが、校長に対し、これほど明確な憎しみを感じたのははじめてだった。

用を終えて、ズボンのジッパーを上げながら、

「ちくしょう、一度くらい割れろよッ」

と澄ました表情で並ぶ緑とピンクのボールに向かって悪態《あくたい》をついた。

そのとき、「こっ」という小さな音が響いた。

僕はジッパーを半分のところで止めたまま、固まって便器を見つめた。

緑色の芳香ボールが、真っ二つに割れていた。

さらに少し遅れて、隣のピンク色がまるで内側からひよこでも生まれてくるかのように震えたのち、いきなり砕け散った。

＊

入り口脇の小さな洗面台で手を洗い、もう一度遠目に便器をのぞいてから引き戸を開けた。

制服に手をこすりつけながら廊下に出た途端、清子と鉢合わせした。便器の底で起きた出来事について、話すべきか考えるよりも早く、

「帰る」

と僕の顔を見るなり、抑えた声で清子は告げた。

「え、もう終わったんですか？」

「終わった」

意味もなく、清子がやってきた方向の薄暗い廊下を確かめた。僕が道場を退出してから、まだものの十分も経《た》っていない。

「これまでこういうの、やったことあったのですか？」

「根こそぎ消すのは、はじめて。疲れた」

清子は声を発するのも億劫《おっくう》そうに、大きく息をつきながら僕の前を通り過ぎ、玄関で足を止めた。

「棗のお袋さんは……？」

「夕食の準備に戻った」

清子は玄関脇に揃《そろ》えてある黒い男性用サンダルを指差し、「あれ、取って」と命じた。そう言えば、裏口に靴を置きっ放しにしたままなことを思い出し、

「僕たちの靴、戻って取ってきましょうか？」

と申し出たが、

「駄目。私たちがここに来た記憶も全部消したから。庭から回ってこっそり取りにいかないと。もちろん、行くのはあんただけど」

とふたたびあごでサンダルを催促された。

ひんやりとするコンクリートに片足をつけ、隅のサンダルを清子の前に運んだ。自分用のサンダルもいっしょに引き寄せていると、

「次はあんたの番だから」

と清子の声が背中に響いた。

「え？」

「え、じゃないわよ。今から校長に会いにいくから」

「ち、ちょっと待ってください」

「待たないわよ。約束でしょ。どこ？　高校に行けばあいつ いる？」

清子は僕の脇を抜け、玄関扉を開けるとさっさと外に出て行った。僕も慌ててサンダルに足を突っこみ、あとを追う。

半分しゃがみこんだ体勢から足を踏み出したものだから、まったく前方を確認していなかった。おかげで玄関を出たところで立ち止まっている清子の背中に危うく頭からぶつかるところだった。

すんでのところで足を止めたとき、

「もう呼んでいるなんて、あんた、ずいぶん手際がいいのね――」

とどこか調子のちがう清子の声が聞こえた。

何のことかと身体を起こした途端、僕の視線は正面に釘《くぎ》づけになった。

馬が入るため開け放たれたままだった門の下に、濃いグレーのスーツ姿の男が立っていた。

速瀬《はやせ》校長だった。

「お邪魔していいかね」

校長は軽く一礼して、敷地に足を踏み入れた。少し遅れて当然のように訪れた、ぞわわ、という不快な力の蠢動《しゅんどう》を身体の内側に感じながら、僕は素早く左右を確認した。外に出たはずの淡十郎と棗の姿は、どこにも見当たらない。

「勝手に入ったら駄目じゃないの？　私、この家の人間じゃないから」

と腰に手を当て、清子はぞんざいな口ぶりで返した。

「ほう」

と校長は清子に向けた目を細めると、

「棗家と日出家が手を携える仲だったとは知らなかった」

と瓦屋根の庇《ひさし》の下で足を止めた。

「何であんた、私が日出家の人間だって知ってんの？」

清子の問いかけにも、校長は穏やかな笑みを浮かべたまま答えない。

ふと校長が何かに気づいたように、顔を横に向けた。

門を入って右手の場所には小さな池がある。このスペースも庭といえば庭なのかもしれないが、馬をつないでいる道場正面の立派なやつとは異なり、池のほかに何もない。塀際には瓦が積まれ、古くなった三輪車やら、枯れた鉢植えやら、錆《さ》びついた子ども用のブランコやらが放置されている。

その池の向こう、通りに面していない板塀には、小さな木戸がはめこまれていた。扉は開け放され、その先に隣の敷地の畑らしきものが見える。そこから、校長の視線に迎え入れられるように、棗が、続いて淡十郎が姿を現した。

先に校長の存在に気づいたのは淡十郎だった。

棗は校長よりも、ちょうど木戸の正面に立っていた僕と清子に注意を引かれ、

「もう、終わったのですか？」

と勢いこんで問いかけた。だが、ただならぬ雰囲気を察し、すぐさまその視線が校長を捉えた。途端、細長い身体がびくりと震えた。

「何しにきた」

とかすれた声で棗は訊ねた。

「期限は明日のはずだ」

「ただ、様子を見にきただけだよ」

と校長は一歩、二歩と足を進め、庇の下から抜け出た。

「君たちが隠れて妙なことでもしていないかと思ってね。それにしても、まさか日出家と棗家がこうしてつながっているとは考えなかった」

手ぶらの校長は両手を股間の前のあたりで合わせ、足を肩幅に開き、

「それで、『終わった』とはどういうことかね？」

と静かな口調で問いただした。

棗は沈黙のまま校長を睨みつけている。

「答えないのなら、この女性を止めてもいいのだが——」

と校長は清子に視線を向けた。

「やめろッ、その人は関係ない」

と棗が一歩踏み出し、声を荒らげた。

「関係ない人間が、この場にいるはずがないだろう。しかも、彼女は日出家の人間だ」

その言葉に、目の前の清子が「はん」と声を上げた。

「おもしろい、やってみなさいよ」

と清子が一歩前に出ようとするのを、僕は慌てて腕をつかんで止めた。

「あんた、何触ってんの」

振り返った清子の刺々《とげとげ》しい声にも、僕は決してその腕を離さなかった。清子は校長の力をまだ知らない。どれほど清子が強い力を持っていたとしても、淡九郎おじや棗永海でさえ、為す術《すべ》なく一瞬でやられたのである。ここで清子まで失うわけにはいかなかった。

「どちらさまですか――?」

そのとき、僕の立ち位置からは見えぬ建物の陰から突然、年配の女性の声が聞こえてきた。

「今、インターホンを鳴らした方?」

僕と清子が立つ場所の右手には、建物があと二メートルほど続いている。壁伝いに曲がると、先ほど馬とともに進んだ竹垣脇の細い道に連なる。おそらくその通路から聞こえてくる声の主に向かって、

「先ほどは失礼しました。門は開いていたのですが、勝手に入っていいものかと思いまして」

と校長はゆったりとした笑みを口元に浮かべ、軽く頭を下げた。

声を聞いたときから、胸の内で一気に高まった悪い予感は、ものの数秒で現実となった。

「ごめんなさい、今日は道場がお休みなもので――」

と砂利を踏む音を響かせ、エプロンを纏《まと》った棗の母親が建物の角から姿を現した。

「来るなッ。戻るんだッ」

棗の殺気だった声が響いた。

「どうやら、私は君たちをみくびっていたようだ。子どもは放っておいても、大過ないと考えていたが、間違いだった。敵の敵は味方というやつか――」

と校長は一歩足を踏み出すと、場の状況が理解できず、怪訝《けげん》な表情とともに校長を見上げる棗の母親に、

「あなた方のほかに力を持つ者はいないから、棗家はもう片づけたも同然と思っていたが、この様子だと、棗家だから、日出家だからという分け方は、何の意味も持たないようだ。申し訳ないが、私は用心深い性質《たち》でね。明日、日出家のほうの始末を終えるまで、しばらくお母さんにも、大人しくしていただこう」

と告げ、人差し指を自分の口元に持っていった。

それは淡九郎おじの部屋で見たものとまったく同じ仕草だった。

あのときはまったく動かなかった身体が、今度は反射的に動いた。僕は右手を握りしめ、左の手のひらを棗の母親に向け、エプロンの紐《ひも》が交差する小さな背中に思いきり力を放った。

昼間の学校の屋上で、弁当を食べながら棗から校長の力が棗家のものだと聞かされたとき、僕の中でひとつのアイディアが芽生えた。

それは、校長の力を邪魔することはできないか？　というものだ。

日出家の力は、ひとりの対象者に対し、ひとりの力しか作用させることができない。たとえば、僕がある相手に力を及ぼしているとき、パタ子さんが割りこんでくることはできない。力を発する者と受ける者の間には、常に一対一の関係が保たれる。相手の「水」を支配できるのは、ひとりだけだ。

ならば、校長の力を根元から止めることはできずとも、邪魔することはできるのではないか？　棗家の力もまた、「水」に訴えかける性質のものなのだから、先に母親の「水」を支配することで、校長の力をブロックできはしないか？　と考えたのだ。

根拠なんて何もない、ぶっつけ本番の賭けだった。果たして、校長よりも先に棗の母親の身体に届いたのかどうかなんてわからなかった。ただ、

「ぐぬっ」

という妙な手応えが、母親の身体の内側から伝わってきた次の瞬間、力が弾《はじ》かれるように、母親の身体から離れていくのを感じた。

僕はその感覚を知っていた。前回、この道場で突っこんできた大男の門人に力を放っ

たときに得た感触とまったく同じものだった。

僕は反射的に耳に手を持っていった。

次に来るものについて、頭よりも身体が先に覚えていたのである。

「しゅらららららららららららららっ、ぼぼんんんんん」

ほとんど間を置かず、すさまじい音の波濤《はとう》が襲いかかってきた。

あまりの音のひどさに頭の中が真っ白ではなく、真っ黒に染まった気がした。それでも、一瞬早く耳を塞ぐことができたからか、片膝をつきながらも何とか目を開けることができた。

正面で清子が頭を抱えるようにして、うずくまっていた。母親のもとに駆け寄ろうとした棗も、崩れるようにして土の上に倒れこんだ。棗の母親はすでに地面に突っ伏している。

僕は歯を食いしばり、精いっぱい目玉を横にずらして淡十郎の姿を確認した。

池のへりに、淡十郎はいた。

なぜか、その場に突っ立っていた。

まったく何ごとも起きていないかのように、淡十郎は僕たちの様子を無表情に見つめていた。

気がついたときには、音の濁流が耳元を通り過ぎ、元の静けさが戻っていた。

「何で」

衝撃の余韻《よいん》が全身に重く漂うのを感じながら、喉の奥から何とか声を絞り出して訊ねた。

「何で、お前は平気なんだ――」

「僕にはないからな」

池の向こう側から、淡十郎は少し困ったような表情で答えた。

「ない？　何が――？」

次の瞬間、視線の先の淡十郎が見えなくなった。

爆発したような音とともに、淡十郎の手前の池の水が逆立ったからである。

水柱はそのまま吸い上げられるように、しぶきをまき散らし、空へ打ち上げられていった。

ぽかんと口を開けて、徐々に薄暗くなりつつある空を仰いだ。

「涼介」

静かに呼びかける声に、顔を戻した。

完全に空になった池の向こうで、淡十郎が足元に積んであった古い瓦の山から二枚を両手に取って頭の上にかざした。

「僕には力がないんだ」

「え？」

「僕は日出家の力を持っていないんだよ」

僕が声を発しようとしたとき、水滴がぽつりと頰を打った。

さらに、二度、三度と今度は額に水の感触が訪れたのち、空へと舞い上がった池の水が、ふたたび淡十郎の姿を覆い隠すくらい、どしゃぶりの雨となって僕たちの頭上へ一気に降り注いだ。

＊

遅い夕食を済ませたら、清子がやることもないし、カロムでもしようと言いだした。

僕はカロムが何なのかも知らなかったが、「あんた、できる？」と清子に訊かれ、はあ、と曖昧《あいまい》に答えると、本当に四人でやることになってしまった。

四人というのは、僕、淡十郎、清子、そして棗広海である。

清子の号令のもと、食堂から五十畳はあろうかという本丸御殿いちばんの畳敷きの大広間に場所を移した。盤は淡十郎がどこからか持ってきた。盤の外観はこたつの上にのった天板をひとまわり小さくして、厚さを十センチほどに増したような形をしていた。それを広間真ん中の畳に直接置き、四方に人が座る。カロムをするための専用盤なのだという。この段になってようやく、実はルールを知らないと告白すると、淡十郎が黙って盤が入っていた箱から一枚の紙を取って寄越《よこ》した。

そこにはゲームのルールとともに、簡単なカロムに関する解説が記されていた。何でもカロムとはエジプトあたりに発祥を持つゲームで、イギリスに伝わり、ビリヤードの原型にもなったのだという。日本には明治時代に入ってきて、現在は滋賀県の一部、湖《こ》東《とう》地域のみで流行《はや》っている、と書かれてある。

生まれてこの方、湖西《こせい》に暮らし、カロムなんて単語は一度だって聞いたことがない。それが湖を隔てた湖東でむかしから流行っていたなど何かの冗談だろうと思い、

「そうなのか？」

と隣の棗に半信半疑で確かめたら、

「小学校の頃はよくやっていた」

とあっさりと認める返事が戻ってきた。しかも、棗の家にも同じく「カロム盤」があるのだという。さらに、「どこでもやっているものだと思っていた」などと大いに寝ぼけたことまで言ってくる。

淡十郎が盤の上に、小さな箱の中身を空けると、いかにも使いこんだ風情の赤と緑の木製の駒がからからと乾いた音を立てて転がった。全部で三十個近くはある。駒は牛乳キャップを五枚ほど重ねたような、厚みのある円形をしている。説明書きによると、これを「玉」と呼ぶらしい。それを清子、淡十郎、棗の三人が目にも留まらぬ速さで、盤中央に描かれた円のライン上に、赤と緑が交互になるよう並べていく。

完全にひとり置き去りにされながら、

「この盤、えらくお前好みのデザインだな」

と側面の厚み部分が鮮やかな赤に塗られていることを指摘すると、

「僕の盤だからな。小学生のとき、京都の人間国宝に作ってもらった。土台部分は赤漆

でまわりを塗っている」

と淡十郎はこともなげに由来を披露した。

カロム盤を囲んで、正面には清子、左手に淡十郎、右手に棗という席位置である。清子と淡十郎が背中を丸め玉を並べる姿は、驚くほど瓜二《うりふた》つで、同時に視界に入るとつい口元が緩んでしまい困る。四人ともに、棗道場にいたときとは別の服を着ている。言うまでもなく、池の水を頭からかぶってずぶ濡れになったためだ。ではなぜ、棗が僕の隣にいるのかというと、安全のため今夜は本丸御殿に泊まることになったからである。

棗道場からの撤収はどこまでも慌ただしかった。

地面に倒れている棗の母親の姿に、てっきり校長の力を受けたものと早とちりしてしまったが、実は気を失っていただけだった。母親の意識が戻ると、清子はふたたび棗を避難させ、母親から素早く目の前でたった今起きた出来事を根こそぎ記憶から消した。急な夕立に見舞われたという新たな記憶を吹きこみ、さらに福井の実家から急な連絡が来たということにして、夕飯の支度もそのままに、着替えを済ませたのち家から立ち去らせた。

もちろん、その場に校長はいなかった。

空へと舞い上がった池の水が視界を覆い尽くすほど激しく降り注いだあと、気がついたときには、校長の姿は目の前から掻《か》き消えていた。

清子は、校長がまた戻ってくるかもしれないから、今夜は城に泊まるよう棗に告げた。いきなり仇敵《きゅうてき》の本拠地に泊まりにこいと言われ、さすがに棗も逡巡《しゅんじゅん》した様子だったが、

「校長が来たとき、あんたひとりで何ができんの」という清子の言葉に、棗が対抗できる材料はなかった。

すぐさま淡十郎が車を呼び、駆けつけた淡九郎おじのボディーガードたちが、棗永海と潮音の身体を車に運んだ。その間、僕は毛布に覆われた棗潮音の姿を、視界の隅に置くことさえできなかった。ただ、校長への怒りと怖れがぶり返すのを、じっと嚙《か》みしめるのみだった。

棗が道場の戸締まりを終えると、清子はふたたび馬上の人となった。行きと同じく僕が白馬の引き綱を担当し、城への道を戻った。夕闇に浮かぶ石走城の正門を前に、馬にまたがる清子、その脇につき添う僕、物憂げな表情で後ろに従う棗と淡十郎――、街灯の光を受けて橋に伸びた四人の影は、さながら三蔵法師とその弟子たちのようだった。

棗を連れ御殿に到着すると、棗永海と潮音はすでに、淡九郎おじの寝室に近い一室に運びこまれていた。棗道場へ出発する前に出会った白髪の元医師が「棗家の人間をこの城で診るなんて、時代も変わったもんだ」とつぶやきながら、二人の様子をチェックする間に、清子は作業に携わったボディーガードたち全員の記憶を消した。もはや相手が何人であろうと、何の労もなく清子はそれをこなせるようだった。

一連の始末が終了し、ようやく男三人は順番に風呂に入った。池の水をかぶったゆえにどこかドブくさい身体を洗った。入浴後、同じく湯上がりで髪を濡らしている清子とともに、四人で食堂にて夕食をとった。だだっ広い部屋に、食事する人間が四人しかいないことに、棗は明らかな戸惑いを見せていた。しかも、よりによって今夜の献立は流しそうめんだった。おそらく僕が石走に来て以来、もっとも凝った夕食だっただろう。この夜のためにわざわざ組まれた竹筒の水路が、すでに長テーブルを端から端まで、穏やかな勾配をつけて貫いていた。そこへ「始めまーす」という料理長ののどかな合図とともに、そうめんが流れてきた。

水流が強いせいか、そこそこのスピードをつけて麺が下ってくる。箸を手に、真剣に竹筒に挑まないとつかみきれない。おかげで、棗道場から沈黙が支配しがちだった四人の間に、否が応でも会話が生じることになった。何しろ「次は自分」と前もって宣言しない限り、たまたま上流に向かい合って座ることになった清子淡十郎姉弟に、すべてのそうめんを引き上げられてしまうからである。さすがの棗も、はじめは沈黙を守っていたが、声を発しない限り永遠にそうめん一本さえ口に入らないことがわかると、遠慮気味ながら「次、ください」と主張するようになった。

緊張をしいる出来事が目白押しだっただけに、全員の腹が減っていた。流れてくるそうめんをひたすら奪い合った。結果的に流しそうめんは、場の空気をほぐすことに大いに貢献した。その流れもあったからだろうか、デザートに運ばれたメロンを平らげたのち、清子がカロムでもしよう、と唐突に声を上げたわけである。

誰よりも小柄で、かつ口は悪くても、清子は兄浩介と同い年の二十三歳だ。四人の中で圧倒的に最年長である。やはり大人としての自覚もあって、話し合いの場を設けるべくカロムをしようと呼びかけたのかな、と密かに感心していたのだが、ゲームを始める準備が整ったのを見て、

「じゃあ、一ゲーム百円で」

と言い始めたあたりから、早くも信頼がぐらついてきた。

「え、賭けるんですか？」

「当たり前じゃない」

「で、でも、僕、一度もやったことないですよ」

「今さら言われても知らないわよ。できる？　って訊いて、うん、って答えたのあんたでしょ」

思わぬ話の成り行きに狼狽《ろうばい》する僕に、

「涼介、清子は味方だ」

と淡十郎が隣から妙なことを言ってきた。

「え？」

「カロムは向かい合った者同士が同じチームになる。二人で同じ色の玉を狙うんだ」

慌てて手にしていた紙のルール説明に目を走らせた。なるほど、対面する二人が同じチームを組み、赤か緑、自分の手玉と同じ色を弾き、盤の四隅に空いた穴に落としていくのが基本の動きと記されている。

「あの……、僕でいいんですか」

一転、おずおずと訊ねる僕に、

「仕方ないでしょ、あんたが勝手に前に座ったんだから」

と清子はどこまでも冷たく応じた。

「清子は石走のカロム小学生チャンピオンだった。涼介と組んでちょうどいい」

と淡十郎は手玉を手のひらに転がし、思わぬ情報を伝えてきた。

「まあ、危なくなったら、力を使っていたようだが」

「ふん、ずいぶんむかしのことでしょ」

清子は余計なことを言うなとばかりに弟を睨みつけた。

「だいたい、ああいうときに使わないで、いつ使うのよ、こんな無用の長物」

僕は軽く咳払《せきばら》いして、自分の前に置かれた円形の手玉を指でつまんだ。かくいう自分も、小学校高学年の頃、いくつかの勝負事に際し、それとなく力を使って状況を有利に運ぼうとした口なので、清子に対しては何も言えない。さすがに中学生になってからは、力への嫌悪もはっきりしたものになって、負けるときは素直にそれを受け入れるようになったが。

「それで、ルールは覚えた？」

「はあ、何となくですけど……」

と僕は手にした紙を畳に置いた。

「じゃあ、始めようか」

「すいません、その前にひとつだけ訊いていいですか？」

「何よ？」

「どうして、淡十郎のことをさっきから何もつつかないんですか？」

「つつくって？」

「だって……、こいつ力を持っていなかったんですよ。今の今まで、僕たちをだましていたんですよ」

つい声のトーンが高くなる僕に、清子はいかにも煩わしそうに視線を向けた。

棗道場で突然の告白を受けた後、棗が母親を介抱している間に、どういうことだ、と僕は淡十郎に詰め寄った。しかし、淡十郎は憎たらしいほど落ち着いた表情で、「その話はあとだ」と言って取り合わなかった。

城に戻り、僕は淡十郎が話を切り出すのをじっと待った。力を持たないなどという、淡九郎おじが聞いたらそれこそ卒倒してしまいそうな、とんでもない内容である。パタ子さんだって寝耳に水の知らせだろう。軽々しく扱う話ではないだけに、流しそうめんの場でも敢えて口にはしなかった。だが、いつになっても話す気配が感じられないので、ついに僕のほうが痺《しび》れを切らしたのである。

「ひょっとして、清子さん、知っていたんですか？」

どう考えても驚天動地の大事件のはずなのに、まったく関心の色を示さない、むしろ迷惑そうな気配すら漂わせている清子の態度に、よもやと思い投げかけた問いに、

「まあ、知っていたかも」

と清子はいともあっさりとうなずいた。

「俺も知っていた」

「え？」

いきなり隣から聞こえてきた棗の声に、僕は驚いて顔を向けた。

「な、何で、お前が知ってるんだよ」

「最初から、こいつには力が感じられなかった」

なるほど、悔しいくらい納得の理由である。

「じ、じゃあ、ずっとそれを知ってて、今まで僕たちと話していたのか？」

「逆だ。お前だけが知らなかったんだ」

冷静な指摘に、思わず言葉に詰まった。

そういえば、棗にはじめて道場を訪問する旨を伝えたときから何かが変だった。淡十郎がひとりで行くと伝えたら、「あいつはちがうだろう」と言われた。相変わらずわけのわからないことを言うやつだと思っていたが、あの時点で棗は校長のことで僕が相談に来たと思っていたわけで、力のない淡十郎では話が進まぬと考えたのだろう。

つまり、わけがわかっていなかったのは僕のほうだったのである。よくよく思い返してみると、淡十郎が力を使う場面を、僕はこれまで一度だって見たことがない。少しくらい不審に感じてもよかったはずなのに、毎日同じ舟に乗って学校に通っていながら何も気づかずにいたなんて、何という間抜けぶりか。改めてコケにされた、裏切られた、という怒りがふつふつと湧き上がってきて、僕は険しい眼差しを向けた。もちろん視線の先には、何食わぬ表情で自分の手玉をカロム盤の手前、スタート位置を示すマークにセットしている淡十郎の膨らんだ丸顔がある。

「で、でも、それだと話がおかしくないか？　お前にはもともと力があったはずだ。赤ん坊のときに水を撥《は》ねさせて、ついでにかわらけも割ったから、名前が淡十郎になったわけだろ？　それに十歳の誕生日に、竹生島に連れて行かれたはずだ。あそこでご神水を飲まなかったのか？」

「島には行ったな」

と淡十郎はようやく口を開いた。

「でも、神水は飲まなかった」

「ど、どうやって？　だって、まわりに大勢いただろ？」

今でも記憶にはっきり残っている。十歳の誕生日、竹生島に到着した僕は、左右にずらりと日出一族の人間が並ぶ広間に通され、ヤクザの襲名式よろしく、淡九郎おじから仰々しくご神水の入った杯を受けた。あの部屋に充満していた重苦しい圧迫感は、そう簡単に忘れられるものではない。断言できるが、あの場でごまかしは利かない。何せ、目の前一メートルの距離に、紋つき袴《はかま》を着こんだ淡九郎おじが座っているのである。どれほど腕のいいマジシャンだって、あれほど衆人環視の場で、ご神水を飲まずに済ますなんて芸当は不可能だろう。

僕の問いかけに対し、淡十郎は何も答えようとしない。

うつむき加減のまま、盤上の円形に並べられた赤と緑の玉を見つめている。

「別に言っていいんじゃない？」

そのとき、正面の清子が気怠《けだる》い声を上げた。

「今、思い出したけど、少しはこの子のお陰といえば、お陰なんだから」

「え、どういうことです？」

「淡十郎の誕生日は、あんたより少しあとだったのよね。だから、先に行った浩介から竹生島での様子を聞くことができた。たとえば来ていた面子《メンツ》とか、人数とか――」

そう言えば、僕がご神水を飲みに竹生島に向かったとき、兄浩介が桟橋で出迎えてくれた。浩介と清子は当時、不念堂でも高校でも同級生だったわけだから、僕の島行きが話題になることもあったかもしれない。だが、わからないのはそんな話を聞いて、いったい何の役に立つのか、ということである。

「師匠が出席しないことがわかったのが大きかった。あの人、極度に船酔いするタチで、滅多なことじゃ島まで出向かないから。私のときも出席しなかったけど、あんたのときもご神水を作るだけで島まで来ないことが浩介の話でわかった。あとはウチの親父を含め、大した面子じゃなさそうだったから、やってみようと思った」

「やってみるって……、何をです？」

「そこにいた大人全員の記憶を書き換える。淡十郎がご神水を飲んだことにしてしまう」

その答えに、僕は完全に絶句した。

しばらく経ってようやく、肉づきのいい清子の顔に向かって、

「な、何で、そんなことを――」

とかすれた声を発した。

「こいつにやってくれ、って頼まれたから」

と清子はあっけらかんとした顔で、弟を指差した。

「月に二度、清子の部屋の掃除をするのが条件だった。今は清子が御殿を出たから、週一で灰皿を掃除することになっている」

それまで横目でじっと姉を捉えていた淡十郎が、淡々とした口調で当時の約束を振り返った。

「灰皿って……あの、石垣のところのやつか？」

そうだ、と淡十郎は無表情な顔でうなずいた。

「ちょうどその頃、不念堂での修練の最中に、同じ日出の人間に対しても、力を発揮できることに気づいたのよね。それで自分の力がどのくらい通じるのか、実際に試してみようと思った。あんな大勢集まるところに顔を出す機会なんて、そうはないから」

「試すって……、だって、僕のときでも四、五十人くらい同じ部屋にいましたよ」

「淡十郎のときは、もっといた。さすがに無理かな、と思ったけど、まあ、時間差で何とかなった」

時間差とは何のことかと疑問を抱いたところで、実際それについて訊ね、何かが理解できるとは思えなかった。ただ、棗道場に行く途中に出会った、パトカーの二人を操るくらい、清子にとって何の造作もないことだけはよくわかった。

「まあ、そういうこと。やろうか」

と何事もなかったかのように、カロム盤に顔を戻した清子の視線を、

「ち、ちょっと、待ってください」

と盤の上に手をかざし遮った。

「どうして、そんなこと、清子さんに頼んだんだ？」

と改めて淡十郎に質問を向けた。

「だって、嫌だろう」

「い、嫌って……、でも、だからって」

「僕は取りこまれたくなかった。だから、自分から拒否した」

「取りこまれるって……、何にだよ」

「もちろん、力にだ」

「お前――、そのときにはもう、力のことを知っていたのか？」

と僕は驚いて淡十郎の仏頂面を見返した。ご神水を飲むまで、僕は力の存在などかけらも知らなかったし、知る術さえなかったからである。

「不念堂に集まって、コップ相手に高校生が目をつぶって何か必死に念じている風景をしょっちゅう見かけるんだ。普通、何しているか訊ねるだろう。清子が答えなくても、清子が教えてくれたとカマをかけて他の人間に訊いたらすぐだ。そこから神水のことも訊き出した。全員が、竹生島であの水を飲んだときから身体のなかに力が宿るようになった、と言っていた。ならば、僕がすべきはひとつだけだ」

「それで……、ご神水を飲まなかったのか？」

「飲まないとどうなるかまではわからなかった。でも、最初に飲むあの水がきっかけなのは明らかだ」

「じ、じゃあ――、ご神水を飲まないだけで力が消えるのか？」

「消えるとは言わないな。現れないと言うべきだろう」

何という十歳か、いや計画を練っていた当時は九歳か――。とにかく唖然として、淡十郎の顔を見つめた。

思い返してみると、確かにご神水を飲むまで、自分の内側に力を感じることはなかった。ご神水を飲んだあと、父親から力の基本的な使い方を教えられるうちに、徐々に力を使いこなせるようになった。僕の父は決して力に対し肯定的な考えの持ち主ではなかったが、それでも、いずれ力を自然と使えるようになり、そのとき基本的なコントロールができないと本人が苦しむからと、よかれと思い、兄や僕を十歳の誕生日に竹生島に連れて行った。だが、淡十郎の言葉が真実なら、父は完全に勘違いしていたことになる。それどころか、自らの手でわざわざ子の力を覚醒させていたという、ショッキングな事実をも示唆していた。

「これまでよくバレなかったもんだな」

動揺する心を何とか落ち着かせながら、僕は皮肉混じりに淡十郎に言葉をぶつけた。

「誰にも訊かれなかったからな」

そりゃそうだろう。日出家の御曹司で、しかも「淡十郎」で、それなのに力を持っていないなんて、詐欺もいいところである。

まったくさすがと言うべきか、腹立たしいと言うべきか、澄ました表情の淡十郎を僕は睨みつけた。何よりも思うのは、そんな簡単なことで力を持たずに済んだのなら、僕だって何とかして、たとえ口のなかにおむつ用の吸水パッドを詰めこんででも、ご神水を飲まなかったのに、ということである。

「ん？　じゃあ、この前、僕とパタ子さんと島に行ったときは？　まさか、あのときも飲まなかったのか？」

「お前とパタ子さんが、かわらけ投げをしている間に、僕の分だけ瓶の中身を捨てた」

もはや、質問を重ねる気も失せてしまった。

「いいですよ、やりましょう」

と清子に力なく告げた。

四人でじゃんけんをした。

勝ち残った清子が、盤上のマークに赤色の手玉を置き、豪快に人差し指の爪で弾いた。盤の中央に円形に並べられた玉が派手に散らばり、にぎやかな音を響かせながら、未知のゲーム、カロムが始まった。

＊

説明書きを読む限りは一見、複雑そうなルールも、実際にやってみると、意外にシンプルかつスピーディーなゲーム展開で、ものの五分もかからずに一回の勝負がついてしまう。

八回連戦し、淡十郎、棗のチームとの対戦成績は四対四、まったく五分の星という状況で、清子はちょっとタバコを吸ってくる、と大広間から出て行った。僕という役立たずがいながら、互角の勝負を繰り広げているのは、ひとえに清子の腕が抜群というところによる。多少のズルをしていたとはいえ、小学生チャンピオンの名は伊達《だて》ではなかった。

清子がいなくなると、広間は急にしんと静まり返った。

何しろ、五十畳の城随一の大広間である。「しん」という度合いも、やけに奥深く感じられる。

右も左も、畳がひたすら同じ方向に並べられている。畳の継ぎ目を追っていくと、何だか酔いに似た感覚になってくる。カロムの最中、清子が棗に「今夜は、この部屋で寝ろ」と冗談か本気かわからぬ提案をして、棗が本気で「結構です」と断っていたが、ここを真っ暗にしてひとりで寝るのはさぞかし、おっかないことと思われた。

ひっくり返って大の字になり、天井を見上げた。何度も木の玉を弾いたため、じんじんと痛む中指の爪をさすりながら、正方形の枡目《ますめ》に区切られた天井板を眺めていると、

「ちょっと訊いていいか」

という棗のくぐもった声が聞こえてきた。

「ああ、構わんよ」

「お前じゃない、日出淡十郎にだ」

相手の冷たい返事に、「あ、そう」と僕は寝ころんだまま棗に背中を向けた。

「何だ」

代わって登場した淡十郎の声に、

「玄関で校長を見ていたか？」

と棗は問いかけた。

「俺たちが音に襲われて、立っていられなくなったときも、お前は平気だったはずだ。あのとき、お前は校長を見ていたか？」

音に襲われる、という表現は言い得て妙だな、と思わず感心していると、しばらく間《ま》が空いたのち、

「ああ、見ていた」

と淡十郎は答えた。

「校長はどうしていた？　音に苦しんでいる様子だったか？」

「いや、僕と同じように、その場に突っ立っていた。別に何かが聞こえているという感じではなかった」

淡十郎の言葉に、それではなぜ校長は力が使えるのだ、という根本的な疑問がまたぞろぶり返してきた。「湖の民」の力を自在に扱うにもかかわらず、校長は音のしがらみから完全に解放されている。校長が棗家の力を使って相手の時間を止めようと、日出家の力で相手の意識を操ろうと、僕と棗の耳には何の音も聞こえてこない。力を使うこと、あのクソやかましい音は、ほとんどセットのようなものなのに、なぜ校長だけいいとこ取りが可能なのか？　あの音は日出、棗両家にとって弱点でもある一方で、相手の暴走を止める歴史的な安全弁でもあり続けたありがた迷惑な代物である。ならば、力の拮抗《きっこう》の枠外に立つ校長には、弱点というものがないということになるのか――。

畳の目を至近に見つめながら、思索の海深くに潜りそうになったとき、

「だが、あの男――、驚いていた」

という淡十郎の声に、ぐいと意識を引き戻された。

「驚いていた？　倒れこんだ俺たちにか？」

「いや――、お前たちを見てというより……、そうだな、自分がその場にいることに対して、戸惑っている感じだった」

「何だ、そりゃ？」

つい声を発してしまった僕に、淡十郎はちらりと視線を向け、

「そのあと、校長は逃げていった」

と淡々とした口調で続けた。

「逃げた？」

僕は頬杖《ほおづえ》をついた姿勢から、身体を起こした。

「池の水が降ってきた間に、走って門から出ていった」

「何だよ、お前。全部、見ていたのかよ。どうして今までずっと黙っていたんだ？」

「誰にも訊かれなかったな」

「また、それか」

舌打ちして、ふたたび横になろうとしたとき、

「俺は、校長に関し、疑問に思っていることがいくつかある」

という声が背中から聞こえてきた。

「あ、そのことなら、僕もある」

と畳に肘《ひじ》をつき、首をねじって棗の顔を捉えた。

「何だ？」

「いや、お前から先に言えよ」

片膝をつき、カロムの玉を手のひらに転がしながら、

「校長は相手に力があるかどうか、感じることができない」

と棗は低い声色でつぶやいた。

「え、そうなの？」

「校長は時間を止めることができる。あれは俺たちの力だ。それは間違いない。でも、俺たちとすべて同じなわけじゃない。校長は相手の力を測ることはできない。お前たちのようにな」

「どうして、そんなことわかるんだよ？」

「覚えているか？　校長はお袋に『棗家には、あなた方のほかに力を持つ者はいない』と言った。あの場にいた棗家の人間は俺とお袋の二人だ。校長はお袋にも力があると思っていた」

「あ――」

「校長は相手の力を感じることができない。それだけじゃない――」

「校長は基本的な力のルールを知らない」

と棗の言葉を引き取るように、淡十郎は重々しく声を発した。

「そうだ」

と棗が短くうなずいた。

なるほど、と僕は心のなかで唸《うな》った。確かに、校長が棗の両親ともに力があると考えていたのなら、それこそ「湖の民」の初歩も初歩のルールを知らなかったことになる。

「ちょっと、待てよ。ということは、ひょっとして淡九郎おじさんの部屋で会ったときも、校長はお前が力を持たないことをわかっていなかったのか?」

「だろうな」

とカロム盤の四隅の穴から、落ちた玉を拾いながら淡十郎はうなずいた。

「だが、不思議なのは僕のことをわかっていなかったのに、あの男、パタ子さんのことはわかっていた、ということだ」

「え、どういうこと? あ、パタ子さんってのは、僕たちの力に関する師匠の名前だ——、いや、今となっては、僕だけの師匠か」

「これまで一度だけ、校長はパタ子さんに会っている。僕とお前で竹生島に行った帰りだ」

「ああ、そうだ、そうだった。マリーナで船から降りたあとだ」

「だが、声も交わさず、ただ道ですれ違っただけだ。それなのに、校長はいったん止めた彼女の動きをわざわざ解いて、他の日出家の人間と相談しろ、と伝えた。どうして、相手の力を感じ取れないのに、パタ子さんが日出家の人間だと確信できた? しかも、彼女はあの部屋に入って、一度も力を使っていない」

淡十郎の言うとおり、あの日、パタ子さんがやったことと言えば、いきなり花瓶を投げつけたことと、何の目算もなく跳び蹴りを繰り出したことの二点のみである。無茶苦茶である。

「この家のことを知っていたんだろうな」

と棗が静かに考えを述べた。

「そう、あの男はこの家のことをとてもよく知っている。三年間、外部の人間とおそらく一度も顔を合わせていない清コングのことまでもな。だが一方で、棗家のことはほとんど知らない。日出家と同じように、棗家も琵琶湖のまわりに大勢散らばっていると思いこんでいた。さらには、あれだけの力を持っているのに、力に関する約束事を理解していない」

少しずつ、校長に近づいている気がする。だが、それは単なる錯覚で、依然校長は遠いままのような気もする。淡十郎も、棗も、僕も、ただ単に同じ輪の中をぐるぐると回っているだけなのかもしれないのだ。

「僕の話はこれで終わりだ」

と一方的に話を打ち切り、淡十郎はカロム盤の上に散らばった玉を中央のサークルの線上に並べ始めた。

「お前が思っていた疑問は？」

次の番だと棗に促され、僕は起き上がると、軽く咳払いして姿勢を正した。

「まあ、お前たちも思っていたことだろうけど——」

と前置きしたのち、今朝から何度も頭に去来した、娘の速瀬を普通に登校させる校長の判断の不可解さについて、改めて棗と淡十郎に語った。速瀬のみならず、その母親、弟も平常の生活を送っている事実を伝え、他人の家族を攻撃している最中にもかかわらず、いっさい自分の家族を守ろうとしない、校長の行動の奇妙を訴えた。

「ちぐはぐだな」

話を聞き終え、棗が漏らした短い感想が、僕の違和感のすべてを集約していた。

そう、校長はいちいちがちぐはぐなのだ。本来、コインの裏表の関係にあるはずのものが、校長の場合、片方しかない。あるはずのないところに、ないはずのものがある——、そこにすべての疑念の源がある。

「明日だな」

と棗がぽつりとつぶやいた。

城に戻ってからも、これまで敢えて誰も口にしようとしなかったが、タイムリミットは確実に迫っていた。

「お前たちはどうするつもりだ？　この城から出て行くのか？」

「わからない。今、マキノでパタ子さんや日出家の大人たちが集まって話し合っている」

「無駄だ。誰も校長に勝てやしない」

棗らしからぬ、投げやりで皮肉の響きさえ漂う言葉に、思わず相手の顔を確かめた。

これまで一度も見せたことのない自嘲《じちょう》めいた笑みを口元に浮かべながら、

「まさか、こんな形でお前とこの町を出ることになるなんてな」

と棗は前髪をかき上げた。

「ちがう」

と淡十郎は仏頂面のまま静かに首を横に振った。

「何がだ」

「棗広海、この町からお前を追い出すのは僕だ。あんな下衆な男の好きにはさせない」

あまりに唐突すぎる発言に、棗が訝《いぶか》しげに眉間にしわを寄せたとき、広間の片側を覆っている障子の向こうから、どすどすと廊下を渡る足音が聞こえてきた。開いたままの障子の間から、予想どおりタバコ休憩を終えた清子が姿を現した。

清子はなぜか険しい眼差しで畳を踏みつけ近づいてきた。

「今、パティーと電話で話した。明日の十二時に、校長にここを引き渡す」

と僕たちを見下ろし告げると、

「次で最後」

とことさら乱暴な音を立てて、カロム盤の前に腰を落とした。

＊

今のところ勝負は引き分けだから、次の一戦に勝った方は、今回の試合の勝者として、負けた方に何でも命令できる、というルールを清子は急に提案した。

僕はカロムの決着をつけることより、パタ子さんの話の詳細を知りたくて仕方がないのだが、清子は「そんなのあと」と言って取り合わない。やむなく、清子の言い分を呑《の》み、最後の一戦を行うことになった。

カロムは手玉を弾き、盤上に散らばった赤と緑の玉のうち、自分と同じ色の玉を四隅のポケットに落とすことから始まる。同じ色の玉をすべて落とし終えると、ジャックという最後の玉への挑戦権が与えられる。そこで見事、ジャックを隅に沈めたら試合終了になるわけだ。

試合は、ほぼ九割の玉を清子が沈めた結果、最後に僕がジャックを落としたら勝利という思いもしない局面を迎えるに至った。

隅にぽっかり空いた穴と、ジャックが直線になるようにコースを取り、慎重に手玉をセットした。

ジャックに手玉が当たりさえすれば、まず穴に落ちるはずだが、意外と爪で弾いて手玉をまっすぐ走らせることは難しい。気負っていると、まるでちがう方向に力なく滑っていくこともある。

僕はしっかり狙いを定めたのち、息を詰めて手玉を弾いた。

勢いよく飛び出した手玉は、次の瞬間にはジャックのすぐ脇をすり抜けていた。

「チッ」

というこれ見よがしな清子の舌打ちを耳にしながら、何とか壁に当たって、うまい具合に戻ってきてくれ、と刹那《せつな》強く祈った。

すると側壁に当たり跳ね返った手玉が、急に加速したように見えた。そのまま、まるで引き寄せられるように、ジャックの位置を目指し戻ってきた。

「カツン」

という軽い音とともに、手玉はジャックにぶつかった。弾かれたジャックは、狙っていたところとはまるで別のポケットにすとんと落ちた。

「よっしゃ」

と思わずガッツポーズを繰り出した。

「何——今の？」

劇的な勝利を決めたにもかかわらず、正面の清子が訝しげな声を上げた。

「変な動きしなかった？」

確かに僕の手玉は、スピードのみならず、入射角と反射角が一致しない、妙な跳ね返りを見せたようにも思える。だが、「あんた、何かした？」と訊ねられても、慌てて首を横に振るしかない。

僕と清子のやり取りを聞きながら、淡十郎が黙って僕の手玉を手に取った。顔に近づけて、何度かひっくり返していたが、そのまま尻の横の空箱に放り投げ、箱ごと盤の上に置いた。負けを認めたということらしい。

「まあ、いいや。じゃあ、言うことを聞いてもらうから」

と清子は自分の手玉を箱に投げ入れ、

「あんたたち全員、今夜はここで寝ること」

と唐突に告げた。

「え？　僕もですか？」

「聞こえなかった？　だから、あんたたち全員」

「で、でも、僕は清子さんと同じチームですよ」

「あんたなんて、これっぽっちも役に立たなかったじゃない。私ひとりで三人相手にしていたようなもんでしょ」

たった今、見事なフィニッシュを決めたばかりの仲間に向ける言葉とは、到底思えぬセリフを口にして、

「さっさと布団を四組、持ってきて」

と清子は命じた。

「四組ですか？」

「そう、ここの四人分」

「清子さんもここで寝るんですか？」

思わず裏返ってしまった声に、

「小さい頃から、一度ここで寝たいと思っていたのよね。でも、これだけ広いとちょっと気味が悪いでしょ。だから、今夜はあんたたちもどこか隅のほうで寝といて」

と清子は広大な畳敷きの部屋を見回した。

「な、何でそんな、よりによって今日に」

「今日だからこそよ。明日にはここを出ていくんだから」

と清子は僕の言葉を撥ねつけ、「よっこらしょ」と立ち上がった。

「歯を磨いてくる。布団用意しといて」

清子がさっさと部屋から退出すると、改めて重い沈黙が場に充満した。

淡十郎はカロムの玉を箱に戻している。客人である棗は意見を述べる立場にない。誰も何の意見も言わないので仕方なく、

「じゃあ、取りあえず棗と清子さんの布団だけ持ってくるか」

と提案すると、

「それは駄目だろ」

と棗がすぐさま声を上げた。

「何で」

「駄目だろ」

わかったわかったとうなずき、改めて「どうする？」と淡十郎に相談した。

「別に僕はここで寝てもいい」

と意外な答えが返ってきた。

「清コングの言うことも理解できる」

確かに、最後の夜に幼いころからの希望を叶《かな》えたいという思いには、静かに胸に響く部分があった。淡十郎が盤を手に立ち上がるのを合図に、「じゃあ、取りに行くか」と僕も腰を上げた。棗も含め三人でぞろぞろと廊下を渡り、自分の部屋へ向かった。部屋の押し入れから布団を二セット取り出し、棗に渡した。僕と淡十郎はそれぞれ自分の布

団を持ち、ふたたび廊下を戻った。

大広間に到着すると、すでに清子は五十畳の真ん中でぽつんと座っていた。奥行きがありすぎるせいで、畳の縁の黒い部分が遠近法を表す線のように、奥へと連なっている。広間の真ん中にひとり座る清子はいかにも小さく見えた。天井を見上げる姿が、この古い建物との別れを惜しんでいるようで少し胸が痛んだ。

「持ってきました」

と声をかけると、清子はゆっくりと立ち上がった。

清子は広間半分の中央に、男三人は残り半分のスペースにお互い適当に距離を取って布団を敷いた。

畳の向きと同じになるように布団の位置を几帳面《きちょうめん》に定め、シーツを敷いてからようやく、清子はパタ子さんとの電話の内容について教えてくれた。

それによると、明日の十二時、校長へ石走城の引き渡しを行う。ただし、はいどうぞと渡せる代物ではないので、まず本家の人間、つまり淡十郎と清子が城を出る。そこでもう一度、校長と話し合う。石走から完全に日出本家が撤退することを条件に、グループの他の人間が滋賀に留まることと、淡九郎おじの身体を元に戻すことを再交渉するのだという。

琵琶湖の地から、日出一族全員が立ち去るよう告げた当初の校長の要求とは、だいぶ隔たりがあるが、ここで再交渉を求めざるを得ない日出家の事情も、じゅうぶんに理解できた。その内なる力を維持するため、日出グループの人間は今も全員が琵琶湖の周辺都市に住んでいる。そこに代々住み慣れた家がある。家族がある。子どもの学校や親の介護、地域の活動、それぞれの生活がある。いきなり出て行けと言われても、そんなこと実質的に不可能である。

「パティーが日出グループの代表として、明日ひとりでマキノから来るんだって。だから、あんたたちが学校に行って、十二時にここに来るよう、校長に伝えてくれだって。これはパティーからの伝言。あんたたち、校長から、日出家の回答を連絡する役目に指名されたんでしょ？」

　と清子は僕と淡十郎へ交互に視線を走らせた。

「私は、あんたの同級生の娘を誘拐するなりして、それをネタに校長と交渉したらいい、って提案したのに、それは犯罪だから駄目ってパティーに言われた。校長にこちらのひとりを新たに止められたら、簡単にチャラになってしまうだって。まあ、確かにそうかもしれないけど――」

　思いもよらない清子の発言に、

「ど、どうして、速瀬のことを知っているんですか？」

　と慌てて訊ね返した。

「速瀬？　ああ、娘のこと？　昼間あんたの頭をのぞいたら、校長といっしょに出てきた」

　とこともなげに清子は答えた。

「もちろん、パティーたちもそのへんは全部把握しているけど、敢えて手は出さないんだって。やるかやられるかの瀬戸際なのに、何寝ぼけたこと言ってんの、あんなクソ校長、通勤途中にでもいきなり襲って、そのまま湖に沈めてやればいいのに、って言ったら、それじゃ人殺しになるから駄目だ、って」

清子は乱暴に掛け布団を広げ、「まったく、やってらんないわよ」と苛立ちの言葉をぶつけた。やはりと言うべきか、すでにパタ子さんたちは校長の身辺を把握していたのである。いつの間にか情報を抜き出していた清子のおそろしさ然《しか》り、日出グループの抜け目なさ然り、目に見えぬ脅威を前に、結果的に速瀬の身に何事も起こらず済んだことに、僕は人知れず安堵《あんど》した。

「棗のあんたは知らないけど、淡十郎とあんたは明日であそこの学校は終わり。別に退学届を出す必要なんかないから。それくらい、校長に後始末させたらいい――」

清子は畳から枕を拾い上げると、口に押し当ててずいぶん長い間あくびをした。

「はあ、やっと寝られる。今日はあんたのせいで、昼間にパティーから電話がかかってきて、全然眠れなかった」

じろりと清子から睨みつけられ、「すいません」と慌てて頭を下げたついでに、

「あ、あの……、僕は明日からどうなるんでしょう」

とこれまで訊きたくても、訊かずに我慢していた問いをついに口にしてしまった。

「自分の家に帰るに決まっているじゃない。あんた、湖西だったっけ？　なら普通に地元の高校に通ったら？　校長がいちいちあんたなんかを探し出して何かをするとは思えないから、大人しくしていたら大丈夫でしょ。まあ、日出という名前は変えたほうがい

いかもしれないけど」

清子は枕を布団の上に放り投げると、

「淡十郎と私は取りあえず、明日はマキノ。そっから先はまだわからない。まあ、私は別にどこに行っても同じだけど。どうせ、外には一歩も出られない」

と皮肉混じりの言葉とともに布団に潜りこみ、「早く、電気消して」とくぐもった声を上げた。

消灯してものの二分と経たぬうちに、清子のいびきが遠くから聞こえてきた。

「響くな」

と率直な感想をつぶやくと、

「清コングは歯ぎしりもひどい。むかし僕の部屋の並びにいたときは、廊下越しでも聞こえてきた」

と淡十郎の声が暗闇から返ってきた。

「おい、棗」

と呼びかけると、

「何だ」

と淡十郎と反対の側から応答があった。

「お前は明日、学校へ行くのか？」

「校長が来るまでここで待つ。親父と潮音の側にいたい」

そうか、と天井を見上げつぶやいた。闇の向こうに、いまだ一度の出会いしか果たせ

ていない、棗潮音の可憐な横顔を人知れず思い描いていると、

「朝飯も毎日、あんな豪華なのか？」

という、どうでもいい兄からの問いかけに邪魔された。

「いや、朝食は普通だ。まあ、普通といっても、名古屋コーチンの玉子焼きとか、鯛《たい》めしとか、ときどきおかしなものは出てくるが」

フッという息だけの笑いが一瞬だけ聞こえてきた。

「今日もお前の家で、池の水が吹っ飛んだな。正直に言えよ。お前がやったんだろ」

やはり、この話題に触れぬまま眠ることはできず、僕は改めて棗に問いかけた。

「あのあとに訪れるものを知っていて、わざわざあんなことをする馬鹿がどこにいる」

婉曲《えんきょく》な言い回しで、棗は即座に否定した。

「じゃあ、何でまたあんな派手に池の水が噴き上がったんだ？　それとも何か？　お前の家は、池に水が噴き上がる機械でも仕こんでいるのか？　お前の家に出向くたび、百パーセントの確率であれが起きている。どう考えても、お前のせいだろ」

「下手な言いがかりはよせ。俺からすれば、あの家であんなことが起きたのは、生まれてこのかた、お前たちが来た二日だけだ。どうせ、お前たち日出家がこれまで隠していた秘術か何かのせいだろ？」

「秘術？　何だそりゃ？　必殺技ってことか？　そんな勿体《もったい》ぶったもの、あるわけないだろ。だいたい、噴水をしこたま上げるための力なんか何の役に立つんだよ。そんなこと言うなら、お前たちの家にはあるのか？　ああ、そうか、相手の力を感じ取ることが

できるあれか。何だ、ずいぶん地味だな」

　そのとき、足元の方向から妙な音がして、僕は言葉を止めた。耳を澄ますと、岩が軋《きし》みながら引きずられているような、重苦しい音が途切れ途切れに聞こえてくる。

「何の音だ？」

「歯ぎしりだ」

　棗の冷静な声が聞こえてきた。

　果たして人間の口の中にこのような音を発する材料が備わっていたか、と疑問を抱くくらい強烈な響きが少しずつ音量を増して迫ってくる。湖西の実家の父も、なかなかひどい歯ぎしりを奏でるが、まるで比ではない。奥歯がこの瞬間にも砕けているのではないか、と心配になるほどのスケールの大きさである。

「そう言えば、棗家はどうやって力の訓練をするんだ？　力の使い方を教えてくれる師匠はいるのか？」

　思わぬ中断が入ったついでに、僕は先ほどからそれとなく抱いていた疑問を投げかけてみた。

「すべて親から習う。お前たちのように、一カ所に集められたりすることはない。そもそも――」

　そこで棗は急に言葉を止めた。おそらく、集めるも何も淡九郎おじの手で仲間が根こそぎ追いやられ、その必要自体消滅したと続けようとして、自分が今、寝ている場所を思い出したのだろう。

そう考えると、実に皮肉な話と言えた。棗家にとって校長の登場は、決してはじめて訪れる脅威ではない。淡九郎おじもまた、校長と何ら変わらぬ、自分たちを石走から追い出そうと企てる外敵だったはずだ。もちろん、校長と淡九郎おじとでは、用いる手段の暴力性に天と地の開きがある。だが、棗にしてみれば、単に最初の脅威を駆逐して、新たなる脅威が訪れただけとも言えるのだ。

「棗広海と涼介――」

そのとき、淡十郎の声が久しぶりに闇に響いた。

「今日、棗道場でお前たちが聞いた音は、どういう感じなんだ？」

ストレートな淡十郎の質問に、僕は言葉に詰まった。あの音を言葉で表現するのは、ことのほか難しい。おそらく時間にすると五秒にも満たない出来事かもしれないが、到底それとは比例しないダメージが身体のなかに残る。一時間分の音を、限界まで濃縮して五秒で一気に放ったようなもの――、と言ったところでわかるはずもない。

「そうだなあ……。まず、とにかくやかましい。立ってられないし、目も開けられない、頭のなかが丸ごと吹っ飛ぶくらいの音だ。でも、その中身を具体的に説明しろと言われても……、ボリュームを最大にしたヘッドホンの音をいきなり聞かされて、何の曲が流れていたかと訊かれるようなもんだからな」

「今日のやつは、この前、道場で聞いた音と同じだったのか？」

「ああ、まったく同じだった」

「お互いの力が放たれたときに聞こえる音とはちがうのか？」

「ちがう。明らかにちがう。もっと、ずっと、ひどい」

　こんな感覚的な答えでは何も伝わるまい、とわかっているが、あの音のいちばんの特徴が「到底言葉にできぬ不快感」なのだから仕方がない。「そんなに知りたけりゃ、お前もご神水を飲め」と意地の悪い返事がのど元まで出かかったとき、

「でも、最初の部分は同じだな」

　と棗が妙なことを言い始めた。

「何だ？　最初の部分って」

　淡十郎よりも先に、僕が訊ね返す。

「ほんの一瞬だが、音が始まる部分が、お前たちの音に似ている」

「それって、デカい蛇の息づかいがどうのこうの、ってやつか？」

「そうだ」

　棗によると、日出家の力が発せられたとき、蛇の息づかいが嵐のような大きさになって聞こえてくるのだという。目が慣れて薄闇に変わりつつある虚空に、僕は音の記憶を呼び起こそうと努めた。だが、すぐさま匙《さじ》を投げた。映像ならまだしも相手は音である。とてもじゃないが、あんな騒音の一部分だけを切り取って思い返すなど不可能である。

「わからんな。いや、それを言うなら、あのやかましさこそが、お前たちの音をさらにウン十倍にも悪化させた感じだぞ」

　今度は棗が「ふうむ」とうなり声を上げた。お互い自分の音は聞けないのだから、相手にどう言われようと、永遠にわかるはずがないのである。

そこへ、どちらの音も聞いたことのない淡十郎が、

「お前たち、ちょっと声に出して言ってみろ」

と妙な注文をしてきた。

「どういうことだ？」

「そのまま声で表現してみろ。爆音ならば『ばーん』とか『どどど』とか、何かあるだろ」

いくら擬音語が発達した国に生まれ育ったとはいえ、そもそもこの世にはない音である。そう簡単に表現できるものではないだろうと思っていたら、

「敢えて言うなら、しゅららららら――、だな。これは最初の部分だ、あとはわからない。まともには聞けない音としか言いようがない」

とあっさり棗が先陣を切った。

「涼介は？」

催促の言葉を向けられ仕方がなく、

「ううん……、そうだなあ、敢えて言うなら、ばばばば、いや、ぼぼぼぼん――、だな。とにかくやかましい。棗の言ってる最初の部分は、まったく知らん」

と先発に続いたが、やはりしっくりこない。すると、

「しゅららぼん、だな」

と淡十郎が妙なまとめ方をした。

「何だ、そりゃ？」

「二人の聞こえた音を合わせたらそうなる」

あの地面が割れんばかりのすさまじい音を、ひとことで「しゅららぼん」などと表現されても、納得しがたいものを感じたが、何度か心のなかでつぶやいているうちに、そんな風に聞こえたかもしれない、と早くもあいまいな気持ちになってきた。これが言語化の魔力というやつか――、などと考えていると、急に眠気が眼球の奥の方から這《は》い上がってきた。足元からは、相変わらず岩が引きずられ、砕かれる音が聞こえてくる。世の中には、出そうとしても出せない、そして本人だけがわからない音に溢《あふ》れている、などと考えるうちに、いつの間にか、すとんと眠りに落ちていた。

＊

何かが、頭にぶつかった。

寝ぼけながら枕の位置をずらす。しかし、しばらくするとふたたび頭を小突かれた。目を開けて確かめる気も起きず、身体を丸め逃げようとしたとき、今度は広範囲にわたって頭に強い圧を受けた。

仕方なく目を開けたら、グレーの靴下を穿《は》いた足が僕の頭にのっていた。

「起きな」

低い声とともに、清子は命じた。

次に清子は棗の布団に向かった。さすがに足を頭に置くような真似《まね》はせず、布団越しに棗の身体を蹴っていた。

棗がぼさぼさの前髪を垂らし上半身を起こすと、

「行くよ、ついてきな」

と清子は僕たちにあごで示した。

いまだ意識がはっきりしない頭で、

「淡十郎はいいんですか？」

と右方向に見えるこんもりと膨《ふく》らんだ布団を指差した。

「ブタん十郎はいらない」

と清子は首を横に振ると、さっさと広間から出て行った。

トイレに行くことと、顔を洗うことだけを何とか許してもらってから、本丸御殿をあとにした。玄関を出る際、柱時計を確かめたら、まだ午前六時を少し過ぎたところだった。

「どこへ行くんですか」

「この前、あんたと会った場所」

「それって……、淡十郎が掃除している灰皿のところですか？」

そう、とうなずき、清子はいつものサンダル姿で裏山に続く石段へ向かった。

他の城内の道と同じく、きれいに掃き清められた石段を上りきり、天守台の石垣の手前にたどり着いたところで、

「少し、休憩」

と清子は膝に手をつき、丸い背中で大きく息をついた。朝が弱い性質なのか、棗は布団を出たときからほとんど声らしき声を発さず、今も蒼白い顔で石垣に手を触れている。鳥のさえずりが途絶えることなく降り注ぐスギの高木を見上げ、僕は大きくあくびをした。まだ少し肌寒い、朝の澄んだ空気を鼻から吸いながら、本当に今日でこの城で過ごすのは最後なのか、と実感の湧かぬ思いで、薄い雲が流れる空を仰いだ。

御殿から手にしていたペットボトルの水を少し含み、清子はふたたび歩き始めた。

崩れかかった石積みの脇を、清子は危なっかしい足取りで進んでいく。あまり運動は得意ではないようで、倒木をまたぐたびにバランスを崩している。土から顔を出した木の根っこにも、しょっちゅう足を取られる。頭上を横切る影にふと顔を向けると、走り去るリスの後ろ姿が見えた。梢《こずえ》から梢へと、尾っぽを膨らませ駆けていく小さな身体を目で追っていると、ああ、もう少しここにいたかったな、という気持ちが自然とこみ上げた。

好き放題、枝葉を伸ばしながら生い茂る緑が突然途切れ、視界の先に巨大な琵琶湖が姿を現したときは、三度目の光景にもかかわらず、やはり声を失ってしまった。

朝の光は千々の粒となって、蒼い湖面を騒がしく覆っている。大きく羽を広げた鳥が天高くに弧を描き、穏やかに吹きこんだ風は、木々の葉を一斉にさざめかせながら背後の森へ抜けていった。

「はあ、やっと着いた」

清子はため息とともに、上着のパーカーのポケットからタバコの箱を取り出すと、

「一本、吸わせて」

と石積みの突端に腰を下ろした。

まだ白みが残る空に清子が煙を吐く間、僕と棗は職員室に呼ばれた生徒のように、手持ち無沙汰のまま、何の用でここに呼ばれたのか教えてもらうときを待ち続けた。隣の棗の顔色が依然冴《さ》えないので、「大丈夫か？」と清子に聞こえぬ声で訊ねると、「いびきと歯ぎしりで眠れなかった」という暗いつぶやきが返ってきた。「それは……、最悪だったな」と同情の言葉をかけていると、

「最悪の夜だった」

といきなり清子が声を発したので、ぎくりとして前方の丸まった背中を見つめた。

「棗のあんたがついてきたからだと思うけど、城に戻っても、誰の頭の声も聞こえてこなかった。あんなに静かな気分で過ごせた夜は久しぶりだったのに、よりによってあれの声が聞こえた」

どうやら、僕の発言とは関係ない話のようである。ほっとしながら、

「あれ、ですか？」

と相づちのつもりで問い返した。

「そう、あれ」

清子は不機嫌そうに指の間のタバコを眼前に突きつけた。どう返していいかわからない僕に向かって、

「だから、あれって言ってんじゃない。目の前に馬鹿みたいに広がっているやつよ。い

つまで寝ぼけてんの？」

と苛立った声とともに、清子は窮屈そうに首をねじり、こちらに顔を向けた。

「ひょっとして琵琶湖、ですか？」

「何というか、まあ、そんなところね」

なぜか清子は急に不明瞭な口ぶりに変わって、

「あんたたちを、ここに連れてこいって言われた」

と僕と棗に、交互に視線を走らせた。

「誰にですか？」

「だから、あれよ」

清子は煙を吐くと、タバコの先をふたたび琵琶湖に向けた。

「ちゃんと証《あかし》を見せろだって」

「証？」

「あんたたちが、あれを呼んだという証」

清子は大儀そうに石積みの間に手を伸ばすと、灰皿を拾い上げた。淡十郎が掃除したばかりなのだろう。淡いブルーの灰皿に吸い殻はほとんど残っていなかった。

「すいません、話が全然わかりません」

と正直に申告すると、清子は不機嫌そうに「あ、そう」とタバコを灰皿に押しつけた。石積みの間に噛ませていたペットボトルを引き抜き、

「師匠が韓国に行くときに頼まれたの。あれの声を師匠の留守中、代わりに聞くように、

って。だから毎日ここに来て声を聞いていた。でも、これまで一度だって、実際に聞こえてきたことなんてなかった。それが昨日、いきなり向こうから夢のなかにやってきた。あれの声を聞いたのは五年ぶりだったけど、相変わらず最悪な響き」

と心底うんざりした顔で、水をのどに流しこんだ。

ふと記憶の底から、以前、淡十郎に聞いた言葉がにわかに蘇り、

「それって……、〝龍と話せる女〟に関係あることですか?」

と反射的に声に出してしまった。

途端、清子は一気に視線を険しくして、

「何であんた、そんな言葉知ってるの?」

と僕の顔を睨みつけた。無言のまま答えようとしない僕の様子を見て、

「誰から聞いた? ブタん十郎?」

「まったく、あのおしゃべり野郎」

と清子は憎々しげに舌打ちした。

「で、でも、清子さん、まさか本当に龍と話すわけじゃないですよね?」

場の雰囲気をやわらげようとしての冗談だったが、「しっ」と清子は素早く口元に人差し指を持っていった。

「その言葉、二度と口にしないで」

射貫くような眼差しに、僕は気圧されたまま、二度、三度とうなずいた。改めて、先ほどから清子が「琵琶湖」という単語すら発しないことに気がついた。

「あんたたちが二回も同じことやったから、見つかった」

「二回……ですか？」

「そう、昨日、道場の玄関先でやったやつ。頭が割れそうなくらい、やかましかったあれ。あんたたち、前にも一回、あれをやってるでしょ」

「しゅらららぼん――、ですか？」

となぜかこの言葉が口を衝いて飛び出した。

「何、それ？」

訝しげに眉間にしわを寄せる清子に、昨夜、歯ぎしりをBGMに、淡十郎と話した内容を手短に伝えた。清子は「間抜けな字面《じづら》ね」と軽く鼻で笑いながらも、「まあ、間違ってないんじゃないの」と意外な感想を口にした。

「別に名前なんかあるはずないんだから、何だっていいのよ。とにかく、あんたたちはそれを二回もやった。別に呼ぶつもりなんか毛頭なくても、向こうはそうは思っていない。だから、さっさと証を見せたほうが身のためだと思う」

これまで、二度までも「しゅらららぼん」の災禍に見舞われ、散々な目に遭ったのはこちらである。それをまるで自作自演のように言われるのは心外極まりなかったが、清子ののどきりとするほど深刻な表情を前に、抗議の言葉はのど元で掻き消えた。

「証……、って何ですか？」

それまで完全に沈黙を守っていた棗が、くぐもった声を発した。

「そんなの知らないわよ。知らないから、訊いてるんじゃない」

と清子は愛想のかけらもない返事とともに、手元の灰皿を石積みの間に戻し、僕と棗を正面に捉えるようにあぐらの向きを変えた。

「何か心当たりはない？　一度目の、えっと何だったっけ？　しゅらぼん？　それをやったときから、身のまわりで起きた変化」

僕は棗と一瞬、視線を交わらせた。

「何かあるか？」

棗は眉間にしわを寄せたまま、黙って首を横に振った。

「その証を見せないと、マズいんですか？」

「マズいかどうか、実際にやってみたら？　でも、どうなるかは何の保証もできない」

と清子は冷たい視線を寄越した。

何もしていないにもかかわらず、いつの間にか追い詰められたような状況に陥っていることに、非常に納得できぬものを感じながら、

「そう言えば――、匂いがどうの、というやつじゃ駄目なんですか？　僕たちから何か匂うって清子さん、昨日も言っていたじゃないですか」

と意味もわからぬままに提案してみた。

清子は「ああ、それね」と物憂げな口ぶりでつぶやくと、

「いちいち言わなかったけど、昨日、城に帰ってきてから、あんたたちの匂い、すごいことになっているから」

と余計に意味のわからぬ言葉を返してきた。

「まだ、わからない？　だから、合図なの。あのしゅららぼんってのは、あれを呼び出すための合図。あんなにクソやかましかった理由も、これでわかるでしょ。一度目のときなんて、この城まで少しだけ聞こえてきた。音だけじゃない。しゅららぼんをするたびに、あんたたちに匂いがつく。つまり、はじめからそういう仕組みだったわけ。あんたたちは何も考えないで、あれを呼び出すための条件——、しゅららぼんを二度起こす、をクリアしてしまった。誰が呼んだかは、匂いが勝手に教えてくれる。それで、あんたたちは見つかった」

予告もなく、とんでもない内容を告げられた気がしたが、頭の理解がすぐには追いつかない。内心の動揺を押し隠すように、僕はＴシャツの袖を鼻の先に持っていった。やはりと言うべきか、何の匂いも感じられない。

「清子さんには……、匂いがわかるんですか？」

「まあね」

「そ、それって、どんな匂いなんですか」

清子は僕の顔を正面に捉えると、

「神の匂い」

と短く答えた。次いで、「私は全然好きじゃないけど」と小さな声で添え、ペットボトルを手にゆっくりと立ち上がった。

「あんたたちがあれを呼んだの。望もうと望むまいと、あんたたちの手で始末をつけるしかない」

そのとき、薄雲が差しかかったのか、急に陽の光が弱まった。清子の背後に広がる琵琶湖がいっせいに陰り、光の粒が音もなく水面に呑みこまれた。

ざわり、と身体の内側で突然、力が蠢《うごめ》いた。

清子が言う「あんたたちが呼んだ」何かが、今まさに目の前の広大な湖に潜んでいるようで、思わず唾《つば》を呑みこんだ。その意思を無言のうちに伝えようとするかのように、琵琶湖は暗い表情で僕と棗を見つめていた。

気がつけば肩のあたりが、みっともないくらいにこわばっていた。

上に一枚羽織っている清子や棗と異なり、布団から起きたときの格好のまま、薄手の長袖Tシャツ一枚で御殿を出たせいか、吹きこむ風が急に肌寒く感じられた。腹が冷えてきたのか、それとも緊張のせいか、トイレの気配が脳裏にちらつき始めたとき、不意に白い便器の底に転がるピンク色の残像が蘇った。

「あ」

思わず漏れた声に、清子と棗が同時に視線を向けた。

「証……、かどうかわかりませんけど」

「何？」

「芳香ボールを割りました」

「何ボール？」

と訝しげに清子は眉をひそめた。

「知りませんか、芳香ボール。えっと、小便するとき、便器の底に転がっているやつです」

「何で私が男便所にしかないものを知らないといけないのよ」

露骨に嫌な顔を見せる清子に、僕は棗道場の便所で遭遇した出来事を、勢いこんで語った。されど、それが一度目のしゅららぽんが起きたのちに生じた、明確な変化であるにもかかわらず、清子の反応はおそろしいほど鈍かった。その視線に懐疑的な色を隠そうともせず、

「やってみな」

と清子はぞんざいにあごで命じた。

「え？」

「忘れたの？　ここで証を見せるため、あんたたちを連れてきたんだから、さっさとやってみな」

「あ、あの……、匂いだけじゃ駄目なんですか？　だって、もしも僕と棗にしか匂いがないのなら、それがそのまま証になると思うんですけど……」

やってみな、と簡単に言われても、やり方がわからない。

苦しまぎれに口にした代替案に、「あん？」と尖《とが》った声とともに、清子の眦《まなじり》が一気に吊《つ》り上がった。

「そんなこと言われても知らないわよ。だいたい、何であんたに注文つけられなくちゃいけないの？　あんたたちの尻ぬぐいさせられてるのは、私なのよ。何様のつもりッ？」

「す、すいませんッ、やります、やらせてください」

慌てて頭を下げる僕に、清子は憤然とした表情でペットボトルを差し出した。これを何とかしろということらしい。何とかできる自信は皆目なかったが、いつかは清子に相談しようと思っていたことである。きっとその場合も、こうして否応なしに実演を求められたはずだ、と僕はあきらめ気分でペットボトルを受け取った。

突端の赤いキャップが、その大きさといい、色合いといい、昨日のカロムの玉を連想させた。ふと、昨夜の最後の一戦、僕が決めたラストショットの軌道が脳裏に蘇った。あの不自然でいびつな手玉の動きもひょっとしたら無意識のうちに力が発揮された結果ではなかったか——？

ペットボトルのキャップを外し、水の入った本体を地面に立つように置いた。

「俺はいても大丈夫か」

おそらく、音のことを心配したのだろう。棗からの問いかけに、

「大丈夫だ、お前には聞こえない」

と昨夜の実例を踏まえながら、裏返したキャップをペットボトルの飲み口に置いた。

まず、このキャップを動かしてみる。ひとまわり大きなカロム玉を動かせたのだ。無理な話ではないはずだ。だが、肝心のやり方がわからない。昨日、棗に何も聞こえなかったということは、日出家の力はいっさい使っていない、ということだ。かと言って、棗道場のトイレでは「一度くらい割れろ」、カロムでは「当たれ」と強く意識した以外、特別に何かをした覚えはない。ならば、とペットボトルのキャップに向かって、シンプ

ルに「浮け」と念じた。

キャップはぴくりとも動かない。

そりゃ、浮くはずないよな、と唸りながら顔を上げると、腕を組む清子の冷ややかな目線にぶつかった。

「ふうむ」

肌寒かったはずのTシャツの内側に、いつの間にか汗ばむものを感じながら、ほかに足りないものはなかったか、と必死で自問した。そうだ、「割れたボール」と「ポケットに落ちる玉」、つまり事後のイメージだ。さらに棗道場では「校長」への憤《いきどお》りも重なったはず、と思い至ったとき、急に棗潮音の姿が思い浮かんだ。しかもそれは、淡九郎おじのボディーガードに運ばれる、硬直した全身に毛布をかけられた姿だった。

刹那、暗い怒りが腹の底から湧き上がってきた。

あと数時間もすれば、またあの校長が、何食わぬ顔でこの城にやってくると思うと、その理不尽さ、不安、憎しみ、やりきれない思いが重なり合って押し寄せ、気がつくと拳を握り、強く奥歯を嚙みしめていた。

一瞬、注意がそれたのち、ペットボトルに意識を戻すと、なぜか先端からキャップが消えていた。

「あれ？」

反射的に、正面に視線を向けると、清子は空を見上げていた。隣に立つ棗も然りである。

釣られて僕も頭上を仰いだ。

何か赤いものが、ふらふらと落ちてきた。よける間もなく額に「こん」と軽い衝撃を受けた。そのまま赤い残像は、大きく跳ね返って地面へと転がった。

ちょうどサンダルの脇で動きを止めたキャップを、清子は屈《かが》んで拾い上げた。昨日の淡十郎のように何度も裏返しては眺め、

「ふうん」

とどこか不満そうな声を上げた。そのまま何の感想も告げず、地面のペットボトルを手に取りキャップを締め直した。

「で、あんたは？」

次に清子は棗に視線を向けた。

「俺は、できません」

「できないんじゃなくて、やり方を知らないだけでしょ。教えてやって」

と当然のようにあごで促された。

言われるままに、棗にやり方を教えた。黙って僕の話を聞いていた棗は、振り返ると足元に転がっていた倒木に視線を落とした。以前、淡十郎が腰かけていたことのある長さ三メートルほどの木だ。幹の上には貧相な枯れ枝が落ちている。すでに集中を始めたのか、枯れ枝に視線を落とす棗に、「最初の挑戦としては、まあ、いいんじゃないか」と先輩風

を吹かせ見守っていると、いきなり、

「べきり」

という何かが割れたような音が響いた。

次の瞬間、倒木の幹の表面に亀裂が走った。樹皮が弾けるように飛び散り、白い裂け目が荒々しい音とともに、倒木の端へと勢いよく向かっていく。亀裂が両端に到達し、音が聞こえなくなったと思ったら、いきなり倒木が真っ二つに割れた。

空を向いた白々とした断面を、度肝を抜かれ見下ろした。

「ど、どうやったんだ？」

「お前に言われたとおりだ。校長を思い浮かべたらこうなった」

棗は「ふう」と軽いため息とともに前髪をかき上げた。もとからの能力の差か、それとも父と妹を動かぬ身にされ、さらには母さえも攻撃の対象となったことからくる、校長への憎悪の量の差か。くやしいから、後者ということにしておいた。

「やるじゃない」

僕のときとはまるでちがう、その声に少なからず驚きの響きをのせて、清子は二つに裂けた倒木の前に近づいた。

腰を屈め、荒々しい表情の木の断面に手を触れようとしたとき、清子の動きが急に止まった。口元をきつく結び、緊張した面持ちで清子は振り返った。しばらくの間、瞬きもせずに琵琶湖に視線を向けていたが、

「あんたたち、先に戻っていて」

と押し殺した声で告げた。

「え？　清子さんは——」

「早く」

これまで一度も聞いたことのないその声色に、「行こう」と棗を促した。棗もただならぬ清子の雰囲気を察し、すぐさま割れた倒木の前を離れた。

しばらく進んだところで、僕は振り返った。

清子は琵琶湖に向かって、何ごとかつぶやいていた。

どこか苦しそうな表情とともに、小さく唇を動かすその横顔に、〝龍と話せる女〟という言葉がふたたび蘇った。たとえ彼女が今、本当に龍と話していても何もおかしくない、と不思議に了解した。

＊

食堂に入ると、隅に置いてある柱時計がぼんぼんと静かに鐘を鳴らした。時間を見ると午前七時である。まる一時間、長い朝の散歩に出かけていたことになる。

食堂にはすでに制服に着替え、白いシャツ姿の淡十郎がひとりぽつんと席に座っていた。

「おはよう、淡十郎」

「おはよう、涼介、棗広海」

背筋を伸ばし、淡十郎は鷹揚《おうよう》にうなずいた。

「もう、食べ終わったのか？」

「いや、これからだ」

淡十郎の正面の席に、棗と並んで腰を下ろした。給仕の男性がすぐさま、湯呑みを二つお盆にのせやってきた。

「こいつのぶんも、朝食お願いします」

と横の棗を指で示すと、男性は深々とお辞儀して厨房《ちゅうぼう》に戻っていった。

「いいのか」

と遠慮がちな声を上げる棗に、「構わない」と淡十郎が告げた。それを聞いて、棗はようやく湯呑みに手を伸ばした。

「どこへ行っていた？」

「清子さんに無理矢理起こされて、棗と裏山まで連れて行かれた。あの、お前が掃除している灰皿があるところだ。そこでいきなり証を見せろ、って言われた」

「証？」

茶をすする湯呑みの動きを止めた淡十郎に、たった今、遭遇したばかりの出来事を語って聞かせた。清子が夢の中で証を見せるよう求められ、それに対し僕と棗がそれらしきものを明らかにした――。もっとも、ペットボトルのキャップを飛ばした僕に対し、棗が派手に倒木を割ったと伝えるのはどうにも癪《しゃく》で、「何やら僕たちは妙な力を得てしまったみたいだ」と平均して総括しておいた。

手を触れずに物を動かす、というとんでもない現象を目の当たりにしたにもかかわらず、気持ちは驚くほど盛り上がらない。むしろ、新たな厄介ごとに巻きこまれるのではないか、という不安ばかりが募ってくる。

「それで、〝龍と話せる女〟って何なんだ?」

つかみどころのない不安を少しでも和らげようと、御殿へ戻る途中、何度も反芻《はんすう》した疑問を、話を終えるなりいのいちばんに投げかけた。

「その言葉のとおりだろ」

こちらの前のめりな語勢とはうらはらに、淡十郎はつまらなそうに答えた。

「じ、じゃあ、清子さん、本当に龍と話すのか?」

思わず声の調子を高める僕に、

「龍だか何だか知らん。ただ、清コングが高三のとき、何かが聞こえるようになった、とは騒いでいた」

とどこまでも関心なさげな口ぶりで返してきた。

改めて裏山で清子が発した、「あれの声を聞いたのは五年ぶり」という言葉が蘇った。五年前ならば清子は十八歳、高三あたりになる。

「〝龍と話せる女〟って名前をつけたの、清子さんのお師匠さんだったよな」

「そうだ」

「どうして、〝龍と話せる女〟なんだ? だってあのお師匠さん、パタ子さんってあだ名をつけたり、ウチの兄貴にもKOWABYって芸名をプレゼントしたり、何というか、独特のネーミングセンスの持ち主だろ。〝龍と話せる女〟は路線がちがいすぎないか」

「師匠自身が、〝龍と話せる女〟だったからだ。それをそのまま清コングに授けた」

なるほど、師匠もまた、清子が聞いた声を知る人間だったのだ。それゆえに、韓国に飛ぶに際し、清子に毎日声を聞くよう、その任を授けたわけである。琵琶湖に向かってつぶやいていた、清子の丸い横顔が思い浮かぶ。僕と棗が去ったあと、清子は琵琶湖とどんな話をしていたのだろう――、と考えたところで僕は我に返った。もはや清子が何ものかと実際に言葉を交わしているということに、自分が何の疑いも持っていないと気がついたからである。

「ほかにも、〝龍と話せる女〟はいるのか？」

「いや、清コングと師匠の二人だけだ」

「その話って有名なのか？　うちの親は聞いたこともないと思うぞ」

「知っているのは親父を含めわずかだ。その連中だって、単に清子が師匠の後継者に指名されたくらいにしか思っていないはずだ」

「まったくお前――、何でも知ってるんだな。力も持っていないくせに」

言葉の端に存分に皮肉の響きをのせたつもりだったが、

「持っていないからだ。まわりをだますには、そのぶん情報が必要になる」

と軽々と受け流された。その何とも小憎らしい返事に鼻じわを寄せていると、給仕の男性が食事をのせたカートを押して登場し、会話はいったん中断した。

目の前に差し出された皿の上には、見たこともない白い粉をまぶした豆腐のようなものが置かれていた。しかし、和食ではないようで、その証拠に、豆腐はいかにも上等そうな洋皿にディスプレイされ、あとから左右にフォークとナイフが置かれた。

「あ、あの、これ何ですか？」

たまらず訊ねると、男性はうやうやしく「フレンチトーストでございます」と答えた。

お好みに合わせて、これをお使いくださいとシロップやら、ハチミツやら、ブルーベリージャムやらが入った小さな器を示されたが、お好みも何も、どう食べるか自体わからない。棗も困惑しているようで、フォークとナイフには触れず、じっと皿の上を睨みつけている。それぞれのティーカップに男性が優雅な手つきで紅茶を注ぐ合間に、淡十郎はシロップを軽く豆腐の上にかけると、フォークとナイフを手に取った。手早く豆腐をサイコロ大に切り分け、フォークで突き刺し口に運んだ。なるほど、ステーキのように食べるのか、とようやく僕と棗もテーブルに手を伸ばす。

給仕係の男性が立ち去っても、三人は無言でフレンチトーストに向かった。思わぬやわらかさでナイフが入ることに驚きつつ、経験したことのない食感に、これがおいしい食べ物なのかどうかすらよくわからなかった。棗も眉間にしわを寄せ、難しい顔でしっとりと濡れたフォークの先の断面を見つめている。

淡十郎に倣《なら》いハチミツをかけてから口の中に押しこんだフレンチトーストを咀嚼《そしゃく》しながら、僕は考えた。

たとえば、この力を誰から授けられたと思うか、と訊ねられたなら、日出家の人間全員がすぐさま「琵琶湖」と答えるだろう。そこに疑いの余地はない。琵琶湖があってこその湖の民、琵琶湖があってこその日出家と棗家である。だが、琵琶湖という言葉の内側に、さらなる具体的なイメージがあるのかとなると、答えはNOである。何となく「母なる湖《マザーレイク》」とも呼ばれる、あの馬鹿デカい湖から代々漫然と力を与えられ今に至る、と誰もが思っているはずだ。僕が石走にやってきた初日、淡九郎おじは力のことを神から授けられたものと表現し、竹生島ではパタ子さんが竜神拝所にて祝詞《のりと》を上げるのを聞いてからご神水を飲んだ。だが、それらにしたって、何か実在のものを想定しているわけではなく、あくまで琵琶湖という大きな存在への自然な敬意を表現した言動だったはずだ。

しかし、〝龍と話せる女〟は言った。

何ものかが僕と棗を見つけだし、証を示すよう求めている、と。

機械的にあごを動かしながら、フレンチトーストの最後のひと切れを口に押しこんだ。石走最後の一日になるにもかかわらず、自分が取り巻かれている状況がまったくわからない。ついでに、フレンチトーストの味もわからない。僕がようやく食べ終えた目の前で、淡十郎はもう一枚、お代わりを頼んだ。逆に棗は口に詰めこんだものを流しこむように、紅茶を一気に飲み干した。

「淡十郎よ、ところでその格好は、これから学校に行く、ということだよな」

と僕は紅茶をひと口含み、相手の白い長袖シャツを指差し訊ねた。

「そうだ、お前は行かないのか？」

「校長に会うのは、正直なところ気が進まない。でも、パタ子さんに頼まれたことだし、お前が行くなら僕も行くよ。ただ、律儀に一時間目から行く必要はないんじゃないか？」

「遅刻と欠席はしない主義なんだ」

遅刻も何も、今日で退学じゃないか、と言い返したかったが、穏やかな顔つきでティーカップを傾ける淡十郎を見るとなぜか言葉が出なかった。

「それより、荷物はもうまとめたのか？　僕は一時間もあったら荷物を送れるけど、お前はそうはいかんだろ」

「何もしていない。全部そのままだ」

と淡十郎は静かに首を横に振った。

「な、何でそんな悠長に構えてられるんだよ。遅刻のことより、そっちの準備のほうが先だろう。ここには二度と戻ってこられないかもしれないんだぞ。お前の場合、普通の荷物に焼き物やら、絵画やら、彫刻やらがさらに加わるわけだろ？」

「そんなものは持っていかない」

「焼き物のうわぐすりの調合がどうとか言っていたじゃないか。それも全部置いていくのか？」

「置いていくも何も、荷物をまとめる必要がない」

「必要がない？　何言ってんの？　パタ子さんの伝言を聞いただろ。今日のうちにはマキノに移るんだぞ」

「マキノには行かない。僕がこの城から出ることはない」

あまりに現実と対応せぬ淡十郎の発言に、僕は相手の顔をまじまじと見つめた。こんな頓珍漢《とんちんかん》な発言をする男だったかと今さらながら訝しんだが、いや、何か深い考えがあってのことかと、

「何を根拠にそんなことを言う？　ひょっとして、まさかの一発大逆転の秘策でもあるのか？」

といちおうの確認を取った。

「別に、そんなものはない」

と淡十郎はあっさりと首を横に振った。拍子抜けもはなはだしい返事に、僕は舌打ちして、つい前のめりになった身体をイスの背もたれに預けた。

「僕はあの男を許さないと決めた。決めたことは最後までやり遂げる」

「わかっている。それはわかっている。でも、問題はどう校長に勝つかってことだ。淡九郎おじさんや棗の親父さんを元に戻せるのは校長だけなんだぞ」

淡十郎は表情のまったく読み取れない顔でティーカップを置くと、

「それは僕が考えることじゃないな」

とまるで他人事《ひとごと》のような口ぶりでつぶやいた。

人が真面目に話そうとしているのに、何なのかその相手を小馬鹿にしたような態度はと、

「じゃあ、誰が考えるんだよッ」

と思わず声を荒らげたとき、淡十郎がふいと顔を横に向けた。

釣られて視線を送ると、まるで僕たちの注意が集まるのを待ち受けていたかのように、食堂の入り口扉が勢いよく開いた。同時に、

「ああ、お腹減った減った」

という騒々しい声が部屋じゅうに響いた。

大またで絨毯《じゅうたん》を踏みつけながら、清子はテーブルにやってくると、「あ、フレンチトースト」と三人の空の皿を見てつぶやいた。そこへ給仕の男性がお代わりの一枚を携え現れ、淡十郎の隣に腰を下ろした清子は、当然のようにそれを自分の前に差し出させた。

照明の具合もあるのだろうか、先ほど別れたときよりも、清子の顔色は蒼白さを増したように見えた。それでも、シロップの残りをすべてフレンチトーストの上にかけ、ナイフの先が皿を叩く硬質な音を響かせながら、清子は一気に一枚を食べきった。

ふたたび、給仕が淡十郎のお代わりを持ってやってきた。清子は空き皿を男性に突き出し、有無を言わさず新しい一枚と交換させた。

今度はハチミツをたっぷりかけ、清子は二枚目に取りかかった。

食堂に入ってからというもの、清子は一度も僕たちに視線を向けようとしなかった。何事か考えているのか、ひたすらフレンチトーストを睨みつけ、切り刻み、咀嚼した。

二枚目の半分を平らげたところでようやく清子は面《おもて》を上げた。膨らんだ頬の内側に詰まっていたものをごくりと飲みこみ、

「あのクソ校長に引導を渡す。この城は渡さない。あんなどこの馬の骨とも知れぬ男には、この城の玉砂利ひとつだってくれてやらない。身のほどもわきまえず、調子に乗っ

て日出家をコケにしたことを、骨の髄から後悔させてやる」

と溜《た》まった思いが噴き出したかのように、一気に言葉を連ねた。おそらくこの石走の町で、唯一無二の由緒ある血筋の持ち主であろう旧藩主の子孫は、一刀のもとに切って捨てられた。

清子は射貫くような眼差しを棗から、僕、淡十郎と順々に向け、

「これから、校長と戦う」

と厳かに宣言した。

「賛成だな」

間髪を入れず、淡十郎が支持を表明した。その声は妙に軽やかで、かすかに細めた目の奥で、淡い光がキラキラと瞬いていた。僕はその目に見覚えがあった。それはまさしく、かつて学校のグラウンドにて、バスケットゴールに磔にされた上級生を見上げているときの目だった。

嫌な予感がむくむくと湧き起こるのを抑えつつ、

「ち、ちょっと待ってください」

と僕は慌てて清子に向かって手のひらを向けた。

「昨日の電話で、パタ子さんがそんなこと言ったんですか?」

「パティーが? 言うわけないじゃない」

何を言っているのか、とばかりに、清子は目をむいた。

「そ、それじゃ――」

「私が決めた。校長と交渉はしない。パティーには悪いけど、勝手にやらせてもらう」

「で、でも、淡九郎おじさんや棗の親父さんを元に戻せるのは校長だけなんですよ」

「そんなこと、あんたに言われなくても百も承知よ。でも、今さら何を言われたって無理。だって、もう約束してしまったから」

「約束？　誰とですか？」

清子は僕の顔を睨みつけ、フンと鼻を鳴らし、ふたたびフレンチトーストに戻った。残りの半分を食べ終え、カップの紅茶をぐいと飲み干しようやく、

「本当は一生、口にしたくない言葉だけど、あんたのために曲げて一回だけ言ってあげる」

と大上段から前置きした。

「はい――」

「龍、と約束した」

「はい？」

食堂に響き渡るくらい、裏返った声を発してしまった。

「あんたたちが帰ったあと、校長のことを話した。もちろん、私たちのことも話した。それから、私たちのことを助けてほしいとお願いした。つまりそれは約束したのと同じことだから」

と早口で告げ、「わかった？」とフォークの先を遠慮なく僕の鼻頭に突きつけた。

沈黙がテーブルの上に訪れた。そこへ、しずしずと給仕の男性が三たび新しい皿を運

んできた。

男性は皿をテーブルに置くと、申し訳なさそうに淡十郎に一礼し、足早に厨房へ戻っていった。

清子が三枚目のフレンチトーストにナイフを入れた。僕はすっかり冷えてしまった紅茶をすすった。棗は自分の空になった皿を見つめている。淡十郎も同じく口を閉ざしているが、この場合は多分に抗議の意味も含まれていたと思われる。

清子は大きなひと切れを口に押しこみ、

「ほら、あんたたち、もっと食べな。これは戦いだよ、戦い。やるかやられるかの。あん？　何あんた、睨んでんの」

と存分に頬を膨らませながら、訝しげに弟の顔を見返した。

第七章 しゅらぼん

棗《なつめ》とともに、舟着き場から淡十郎《たんじゅうろう》を見送った。

赤い制服を着て、舳先《へさき》に座り前方に視線を送る姿は、まるで中間テストの現代文の範囲だった『高瀬舟』の風景そのもので、ああ、淡十郎とも今生《こんじょう》の別れかと一瞬勘違いしてしまいそうになったが、まさかそんなはずもなく、淡十郎にはこれから学校に行き校長を連れて戻ってくるという、想像するだけで気が重くなる仕事が待っている。

「よぉいしょォ」

というかけ声とともに、源爺《げんじい》がテンポ良く艪《ろ》を操るのに応じ、いよいよ遠ざかる淡十郎の背中を目で追いながら、なぜか速瀬《はやせ》のことばかりが頭に浮かんだ。きっと速瀬はいつもどおり、どこか悠然とした雰囲気を放ち、今日も学校に来るのだろう。僕が欠席でもいっこうに気にかけず、その一方で、昨日の早退に次ぐ棗の欠席には、憂いの表情をその濃い眉の間に宿らせるのだろう。さらには僕に頼んだ棗に関する質問の答えを気にしながら、六時間の授業を受けるのだろう。

速瀬は校長と僕たちとの戦いを何も知らない。でも、僕たちはすべてを知ったうえで、彼女の父親に戦いを仕掛けようとしている。もしも、速瀬が僕の目の前に座っていなければ、いや、そもそもちがうクラスなら、どれほど気が楽だっただろう。しかし、清子《きよこ》によって賽《さい》は投げられた。淡九郎《たんくろう》おじと棗親子を元の姿に戻すため、さらには琵琶《びわ》湖とともに暮らす大勢の日出《ひので》家の人間のため、僕たちは彼女の父親と真正面からぶつかり合わなければいけない。

石垣の陰に舟が見えなくなってから、塞《ふさ》いだ気持ちを引き連れ、棗と並んで石段を上った。僕も棗も、学校に行くわけではないのに、ともに制服姿である。棗は城に来たときの格好に戻っただけだが、僕はこれを着るのも最後かもしれぬと、敢《あ》えてすっかり馴染《なじ》んだ感のある赤い詰め襟に袖を通した。

本丸御殿の玄関に戻ると、父と妹の部屋に連れて行ってほしい、と棗が言った。もう誰もいないから好きにしていいぞ、と伝えたが、場所がわからない、と返ってきた。そりゃそうか、僕もここに来たときは部屋の位置関係を覚えるのに一週間かかったものな、と懐かしく思い返しながら、棗を部屋まで案内した。御殿内に人の気配はなく、二人の廊下を踏む音だけが静かに響く。校長を招き入れることを想定し、早くも臨戦態勢に入った清子が御殿内から働く人全員を追い出してしまったのだ。

棗親子が眠る部屋の前で棗といったん別れ、僕は突き当たりの淡九郎おじの寝室に向かった。ノックして扉を開けると、元医師の老人が引っ越しの準備をしていた。すでに昨夜、老人の元にはパタ子さんから連絡があったのだという。

「昨日訊《き》き忘れたのだが、マキノへはどうやって運ぶのかね？　電車には乗せられんし、車は琵琶湖をぐるっと回るのに時間がかかるし、彼女は船で来ると言っていたから、やはりそのまま船で連れていくかね？」

とひとりごちながら、トランクの荷造りを進める老人に、「ちがうんです。パタ子さんはこの城に来ませんし、そもそも淡九郎おじをマキノに運び出すこともありません」

とは当然伝えられるはずもなく、ただ「おつかれさまでした」と頭を下げるばかりだった。

部屋を退出する際、もう一度ベッドの淡九郎おじを見遣《みや》った。シーツ越しに浮かぶ身体《からだ》のシルエットは、三日前とまったく変わっていない。老人がこちらに背中を向けている間に、そっとシーツの上から触れてみた。まったく弾力のない、木の棒に手のひらを押し当てるような感覚に、これから校長に立ち向かうことの意味が、急に生々しい現実感とともに迫ってきた。つまり、それはいつ自分がこうなってもおかしくないということだった。慌てて手を離し、シーツから目をそらした。踵《きびす》を返しドアノブに手を伸ばしたが、指がこわばりうまく回すことができなかった。

やっとのことで寝室の外に出ると、棗が廊下の先に立っていた。

「どうだ？」

「何も変わりはない」

棗は僕とは目を合わさず、暗い表情で首を横に振った。その前を通過する際に、「行こうぜ」と肩を叩《たた》くと、棗は黙って後ろをついてきた。

自分の部屋の前に戻り、

「淡十郎から連絡がくるまで、まだ時間があるだろうから、適当にしておいてくれ。あ、そこの本棚にマンガがたくさん詰まっているから勝手に読んでいいぞ。まあ、そんな気分じゃないかもしれないけど」

と棗に告げ、襖《ふすま》を開けた。

八畳間の中央には、段ボール箱が四つ、ぽっかりと口を天井に開けて並んでいた。いずれも四月の頭に湖西《こせい》から送り出し、そのまま押し入れに眠らせていた箱である。

僕は畳の上にあぐらをかき、作業途中の箱をぼんやりと見つめた。これらを押し入れに逆戻りさせるべきか、しばらくこのまま様子を見るべきか、それとも引っ越しの準備を続行すべきか。側面にみかんやら、りんごやらの産地が記された、使い古しのくたびれた段ボール箱の取り扱いは、そのまま校長と戦う覚悟のほどを表していた。貼《は》られたままの伝票に、斜めに傾いた母の文字を見つけ、密《ひそ》かに湖西の気配を蘇《よみがえ》らせている自分が情けなかった。引っ越しの準備を拒否し、まさに背水の陣を敷いている淡十郎に比べ、いかに自分が中途半端で臆病な人間であるかを思い知らされた。

しかし、いくら勇ましく戦うと拳を振り上げたところで、校長の力を受けた瞬間、何の抵抗もできず、淡九郎おじのようになるのは自分である。徒手空拳のまま、気合いだけで戦いの場に参加する無謀さを考えると、どうしてもこれらの箱を元に戻す決断を下せない。

「おい、大丈夫か」

そのとき、いきなり背中から声が降ってきて、驚いて首をねじると、いつの間にか襖が開いて棗が顔をのぞかせていた。

「な、何だよ?」

「それはこっちのセリフだ。声をかけても返事がないし、開けてもまったく気づく様子がない」

「べ、別に大丈夫だ。何か用か？」

と僕は慌てて立ち上がった。

「暇だし、これでもしないか」

襖の向こうから、棗は二つの野球グローブを登場させた。そう言えば、マンガ棚のいちばん下に収められたがらくた箱に、誰ぞのグローブも放りこまれていたような気がする。

「あ、いいな、やろうか」

僕の返事に、棗がひとつを放り投げた。僕はグローブをキャッチし、障子を開けて縁側に出た。

「いいなここ」

棗の声を背中に聞きながら、僕は裸足《はだし》で縁側から飛び降りた。

見渡す限りを青い芝で覆われた庭だが、決して平坦ではなく、ところどころに勾配がある。縁側を背に進みながら、いったいいつのものなのか、くたびれきってあちこち革が破れたグローブに指を入れた。拳でグローブを叩きながら前方を望むと、白壁の向こうに広がる琵琶湖にぶつかった。ガスがかかって対岸の景色は見えない。空は早朝よりもやや雲が多い。蒼《あお》さはいつもほどではないが、相変わらずただただ馬鹿デカい湖に向かって、「バッチこーい」とつぶやいた。

適度な距離を取って、棗とキャッチボールを始めた。

最初は近い距離で軽めに放っていたが、一投ごとお互い下がるにつれ、徐々に棗の球威が強まってきた。軟式球がしゅるしゅると音を立てて飛んでくる。耳の横で受け止めると、ばちんと音を立てて、一瞬、腕が持っていかれる。そのあと、じわじわと手のひらの真ん中に痛みが来る。

「なあ、棗」

と呼びかけてから、投球モーションに入った。

「何だ」

「別にお前、自分の道場に戻ってもいいんだぞ」

と気持ちカーブのつもりで手首をひねって投げた。

「ここにいたら、昨日のこともあるし、間違いなく校長の心証は悪くなる。もしも、清子さんの狙いどおりにならなかったら、今日、親父《おやじ》さんを元に戻すという約束を、校長は守らないかもしれない。でも、道場で大人しくしていたら、間違いなく親父さんは帰ってくる」

話の頭でぱんと軽い音を立てて、球が棗のグローブに収まった。

「今、カーブかけたけど、曲がっていたか？」

「いや、全然」

実に味気ない返事とともに、棗はグローブから球を取り出した。右手で縫い目の位置をチェックしながら、

「でも、俺がいないとできないだろ？」

と冷静な声を返した。

「そう清子さんは言っていたけど、本当かなあ。僕には信じられない」

食堂にて、三枚目のフレンチトーストを食べ終えた清子は、これからすべきことを矢継ぎ早に指示した。いや、指示ではなく命令した。

「あんたはここに残って、浩介《こうすけ》の弟ともう一度、あれをやる」

と僕と淡十郎への話を終え、清子は最後に棗に顔を向けた。

「あれ、ですか？」

と訝《いぶか》しげに眉間にしわを寄せる棗に、

「そう、しゅららぼん」

と端的に答えた。

なぜ、しゅららぼんをするのか、その理由はまったく定かではない。

「だって、やれって言われたから」

当の清子がこれなので、それ以上、訊《たず》ねようがない。しかし、「やれ」と言われても、裏山での証《あかし》の場合とちがって、今度ばかりはさすがに無理である。

「隣の棗はどうか知りませんが、僕はいっさい心当たりがありません」

とできない旨、率直に伝えたところ、

「まだわかってないの、あんたたち？　二度もやったのに？」

と心底馬鹿にしたような視線を返された。

「じゃあ、清子さんはどうしてあれが起きたか知っているんですか？」

と訊ねたら、今度は完全に無視された。

そのとき、しゅるしゅるというかすかな音とともに、

「日出ッ」

と強く呼びつける声が鼓膜を打った。

驚いて意識を戻すと、白球が目の前に迫り、慌ててグローブを突き出してキャッチした。

「今の、曲がってたか？」

しばらくして、棗の声が届いた。

「いや、全然」

内心の動揺を鎮めつつ、先ほどの言葉をそのままお返ししてやった。

「お前はどうなんだ、日出？」

「何が？」

と僕はサイドスローの投球モーションを試しながら訊ね返した。

「お前だって大人しく湖西に帰れば、これまでと変わらない生活が待っているはずだ。まだ石走《いわばしり》に来て二カ月しか経《た》っていないんだろ？　なら、さっさと家に戻ればいい。別にお前の親が何かされたわけじゃないんだ。同じ日出家といっても、遠い親戚ってだけだろ？　そこまで本家に義理立てする必要もないはずだ。それにお前に何かあったら、親が泣くぞ」

今もっとも揺れている部分を真正面から打ち抜かれ、ボールを離すタイミングが一瞬遅れた。結果、あらぬ方向に弧を描いて白球が飛んでいった。

「あちゃ、すまない」

裸足でボールを追いかけていく棗の姿に、思わず手を合わせた。

無人の芝生に着地したボールは一度大きく跳ねたのち、ころころと転がっていった。ようやく動きが止まった頃に棗が追いつく。開きすぎた距離を詰めるべく僕も移動した。踏み出すたび、芝生の先端が足の裏をくすぐった。芝生から白い頭をのぞかせたボールを、棗は屈《かが》んで拾い上げた。棗がこちらに向き直ると、その背後に大きな琵琶湖が広がっていた。

もしも、この城を去ったなら、淡十郎や清子との毎日や、棗との学校生活ともすべてお別れになるのだな――、そう思ったとき、

「やっぱり、僕は残るわ」

と自然に口から飛び出した。

棗が目を細め、右手のボールを左手のグローブにすぽんと投げこんだ。

「淡十郎をひとりで置いておけない。まあ、校長と戦うのはこわいけど」

棗は唇の端に薄い笑みを浮かべ、

「俺もだ」

と右手の指を大きくV字に開いて、グローブからボールをつかんだ。

「それにこの石走だって悪くないと思う。もちろん、湖西もいいけど」

「確かに、どうしようもない田舎だが悪くない」

「お前はロンドンだろ」

「ロンドンも悪くない」

今度ははっきりとわかる笑みを浮かべ、

「次、フォークな」

と言って棗は振りかぶった。

＊

縁側に寝転びながら、腕の時計を確かめると午前九時三分だった。

いつの間にか寝てしまっていたと、身体を起こすと、板壁に頭を預け、棗も船を漕いでいた。昨夜ほとんど眠れなかったそうだから、仕方がないとそのまま放っておく。

棗の前には、かれこれ三十分近くボールを受け続けたグローブが、重なって置かれている。ふとグローブから庭へと視線を向けると、目が覚めたのは虫の知らせだったのか、白壁にはめこまれた板戸が開き、のっそりと清子が姿を現した。

朝食時とはちがう服装に着替えているが、パーカーにジャージという組み合わせは相変わらずである。サンダルはピンクで決め、清子は芝生を踏みゆっくりとした足取りで向かってきた。

右手の指先に携帯電話のストラップを引っかけながら、庭を突っ切ると、

「午後くらいに雨が降りそう」

と沓脱石《くつぬぎいし》の前で清子は空を仰いだ。

その声に意識が戻ったか、背後で棗がごそごそと動く音が聞こえた。

「さっき、ブタん十郎から電話が来た」

清子はストラップを顔の前に引き上げ、携帯電話をぶらぶら揺らすと、

「校長に十二時に会談したいと伝えて、向こうもそれを了承したって。校長の野郎どんな様子だった？　って訊ねたら、クソ落ち着いていたってさ。まったく一事が万事、不愉快なやつよね」

と口の端をあからさまに歪《ゆが》めた。

「ということで、次はあんたの番。食堂で言ったとおりにして」

と携帯電話をいきなり放り投げてきたので、僕は慌てて手のひらで受け止めた。

「まず、校長とのアポイントが取れたことをパティーに伝えて。わかってるでしょうけど、学校からってことにしなさいよ。学校に行っていないことがバレたら、何か勘づかれるかもしれないから」

「で、でも、これで電話したら、清子さんの携帯からってわかってしまいますよ」

「そんなの、今日だけ借りたとか何とか、適当に誤魔化せばいいでしょ。ちょっとくらい頭働かせなさいよ。それにその携帯、私のじゃないから。パティーがマキノに行くときに、何かあったら電話しろって置いていったやつ。御殿じゃほとんど電波が入らないって聞いていたけど、ここ、さっきから入ってる」

清子はサンダルを脱ぎ縁側に上がると、

「で、何て言うかわかってるわよね」

と鋭い眼差《まなざ》しで僕を見下ろした。

「ええと……、待ち合わせ場所が変更になった、です」

「校長がそう主張したからってことにしなさいよ」

とぶっきらぼうに告げ、清子は僕のすぐ隣にどかりと腰を落とした。

そのまま、じっと僕の顔から視線を外そうとしない。

「ほら、早くかけなさいよ」

「で、でも……ですね、やっぱり」

「やっぱり何よ？　今さらチャンスをドブに捨てる気？　このままだと全員が滋賀から追い出されるしかないのよ。あんた、それでいいの？」

早口で畳みかけたのち、清子は僕の手から携帯を奪い取ると、ボタンをプッシュし「ほら」と突き返してきた。もはや逃げ道もなく、僕は携帯を受け取り耳にあてるほかなかった。

「もしもし、キヨティー？」

といきなりパタ子さんの声が聞こえてきた。「キヨティー」が清子を指していると気づくまで、一瞬の間が空いたのち、

「す、すいません、涼介《りようすけ》です」

と慌てて名乗った。

「あれ、この番号涼介くんの携帯だったっけ？」

「いえ、清子さんが使ったらいい、って学校に持たせてくれました」

「あ、そうなんだ」

「えっと――、今、校長と話してきました」

途端、電話の向こう側で一気に緊張が高まるのが感じ取れた。

「うん」

「十二時に会談することについて、校長からＯＫをもらいました。ただ、場所について向こうから要望がありました」

「要望？」

「はい、会談場所を竹生島《ちくぶしま》にしてほしいと言われました」

「竹生島？　何で？　そこじゃ、私たちが城を本当に出たかどうか確認できないじゃない」

非常に鋭いパタ子さんの指摘に、携帯を持つ手がじっとりと汗ばむのを感じた。

「それは……、島が日出家にとって大事な場所だからだとか、何とか言っていましたけど、よくわかりません。でも、とにかく島じゃないといけないそうです」

「ふうん」

しばらくの沈黙のあと、

「涼介くん、今、学校の中？」

とパタ子さんは急に質問の矛先を変えた。

「は、はい、そうですけど」

「ずいぶん、まわり静かかね。あと、声の調子がさっきから変だけど、校長に何かされた？」

「今、屋上にいるんで、だから静かなのかと。あと、別に校長には何もされていません。ただ緊張が取れなくて……」

「そりゃ、そうだよね――。でも、どうしてわざわざ、屋上まで出て電話してるの？一年の教室って、確か屋上までいちばん遠かったんじゃない？」

「あ、いや、学校内ではいちおう携帯が禁止なんで」

ああ、そっか、と納得の声を上げるパタ子さんに、一語一語と重ねるたびに師匠を裏切っている罪悪感をひしひしと募らせていると、

「まあ、ちょうどよかったかな」

とパタ子さんが妙なことを言いだした。

「え？」

「マキノからは船でそっちへ行くから、途中で竹生島に寄ってお参りしよう、って思っていたの。困ったときの神頼みだけど、少しは助けてくれるかもしれないからって。今、淡十郎くんも、いっしょ？」

「いえ、僕だけです」

「淡十郎くんに、ありがとうって伝えておいて。涼介くんもおつかれさま。本当は私たちがすべきことなのに、押しつけちゃってごめんなさい。でも、これからは大人の出番、竹生島へは私だけで行くから。あなたたちはみんな城で留守番していなさい。島での話し合いが終わったら、どちらにしろ淡九郎さんを運ぶため、私も石走に向かうことにな

ると思うから。そう、キヨティーにも伝えといて」

「は、はい、伝えます」

「じゃあ悪いけど、もう一度、校長のところに了解したって返事を持っていってちょうだい」

「わかりました」

相手の通話が切れるのを待ってから、僕は携帯を耳から離した。いつの間にか、液晶画面がびっしょり汗で濡れていた。僕は画面を袖で拭《ふ》き取り、清子に返却した。

「パタ子さんに伝えました」

「ご苦労」

清子は丸いあごの下に肉を寄せ、重々しくうなずいた。

「意外とあんた、咄嗟《とっさ》にしぶといウソが出るのね」

言葉の端にどこか皮肉っぽい響きを湛《たた》え、清子は「うんしょ」と立ち上がると、

「じゃあ、あんたたち、十分後に裏門で待ち合わせ。わかった？」

と沓脱石のサンダルに足を入れた。

「本当に、やるんですか」

「やる。約束したもの」

「でも、やり方がわからないです」

清子は僕の顔に向かってフンと鼻を鳴らし、「黙って来たらいいの」と残し、さっさと芝生に降り立った。

やってきた道をたどって清子が板戸の向こうに消えるのを見届けてから、僕はのろのろと腰を上げた。昔取った杵柄《きねづか》か、清子に嫌み半分にほめられるくらい、まんまと師匠をだましたことが重く心にのしかかった。マンガ棚のがらくた箱にグローブを放りこみ、憂鬱な気分のまま、棗と静まり返った廊下を急いだ。

裏門に到着すると、すでに門は開放され、その先に昨日と同じく、白馬にまたがった清子が空の様子をうかがっていた。

「これから、どこへ行くんですか?」

「浜」

と短く答え、清子は引き綱を馬上から差し出した。

「そこに行け、って言われたんですか?」

無愛想な一瞥《いちべつ》ののち、清子はただ「チョウ」と声を発し、鐙《あぶみ》にかけたサンダルで馬の腹を軽く蹴った。

この石走の町で、「浜」と言ったらひとつしかない。

石走の琵琶湖に接した部分は、石走城を筆頭に小山や丘陵地が多い。何とか浜と呼べそうなものは城の北側に一カ所あるのみだ。そこに特段の呼び名はない。それほど小さく、貧相なものだからだ。

すっかり聞き慣れた馬の息遣いを顔の真横に感じながら、引き綱を手に堀端の道を進んだ。棗も少し距離を取って、無言でついてくる。

やがて外堀は琵琶湖と直結し、道路は右カーブを描く。今度は湖岸と並行して走る道路の両脇には、大きな枝ぶりを誇る松が並び、一見海水浴場の趣きである。途中、錆びついた標識と、むき出しのベンチが置かれているだけの小さなバス停を通過した。ベンチではおばあさんがひとり、背中を丸めバスを待っていた。白馬の一行が目の前を通り過ぎると、「おや、まあ、気をつけて行ってらっしゃい」としわだらけの笑みを浮かべ、清子を見上げていた。

道路から松林に入り、浜に抜け出た。

幅百メートルあるかないかくらいの小さな浜には、人っ子ひとり見当たらない。砂浜というより、やわらかい土といった感触の地面を踏み、湖に向かう。

汀《みぎわ》には一本の流木がさびしげに転がっていた。その前で、清子は馬を止めた。鞍《くら》から下り立ち、下半分が砂に埋もれている流木に引き綱を結びつけた。

僕は波打ち際に進み、足元を見下ろした。

海でもないのに、波が寄せては返していく。

控えめな波音に、とんびの鳴き声が混じって聞こえてくる。これが海ではないことが不思議なほど、目の前の風景は巨大な広がりを見せつけていた。天気のせいもあるが、対岸はまったく見えない。「淡海《あふみ》」というかつての呼び名のとおり、これを海だと勘違いして一生を送る人が大むかしにいたとしても、何もおかしくないような眺めである。

「浩介の弟」

呼びかける声に振り返ると、すでに棗を引き連れ清子は歩き始めていた。

慌ててあとを追うその左手に、竹生島が見えた。湖を正面にして、少し右寄りの位置に小さな島影がぽつんと浮かんでいた。曇り空を背景に、どこか暗い表情とともに浮かぶあの島へ、パタ子さんがこれからひとりで向かうのだと思うと、改めて胸がきりりと痛んだ。もちろん、校長は島へなど行かない。校長は最初の予定どおり、僕たちが待ち受ける城にやってくる。

「このへんでいいか」

と前方の清子は緩い砂浜の傾斜を下っていった。寄せる波がそのピンクのサンダルを濡らすまで波打ち際に進み、足を止めた。湖に向かって堂々と仁王立ちする清子と少し距離を取って、僕と棗も並ぶ。

「じゃ、やろうか。しゅららぼん」

まるでそれがラジオ体操か何かのように、清子は振り返ると簡単に宣言した。

しばらく清子と無言で視線を交わしたのち、

「お前、できるか？」

と隣に立つ棗に訊ねた。

「できない」

と棗は率直な回答を述べた。

これで話はすべて終わりである。しかし、清子は何ら動じる様子も見せず、改めてこちらに身体を向けると、

「あんた、一度目のしゅららぼんが起きたときのこと覚えてる？　胴着を着たでっかい男が、木刀だかを振り上げて襲ってきたときのこと」

と妙な問いを発してきた。

一瞬の間ののち、それがはじめて棗道場を訪れた日の出来事を指していると気がついた。

「ど、どうしてそれを――」

「別に。あの日、城に帰ってきたあんたとブタん十郎に橋のところで出くわしたとき、少し頭をのぞいただけ」

と清子は面倒そうに種明かしすると、

「あのときあんた、突っこんでくる相手に何した？　力を放ったんじゃないの？」

と問いを重ねた。

「そ、そうです。相手を鎮めようと必死で力を放ちました」

「それ、成功した？」

「いえ……、何か『ぐぬっ』という感じのものに力が押し出されて、たぶん相手にはちゃんと届かなかったかと……」

「じゃ、昨日は？」

「昨日？」

「しゅららぼんが起きる前、同じことがあったんじゃないの？」

刹那《せつな》、棗道場の門の下にたたずむ校長の姿と、それに対応する棗の母親の背中が脳裏に蘇り、

「あ」

と反射的に声を発してしまった。

「そ、そうです、棗のお袋さんに力を放とうとしたら同じような感触にぶつかって。でも、何でそんなことまで――。だって清子さん、昨日から誰の頭の中ものぞけないはずじゃ」

とその原因に顔を向けたら、いきなり、おそろしく険しい棗の表情にぶつかった。

「ち、ちがうぞ。誤解するなよ。別にお前のお袋さんに何かしようとしたんじゃないぞ。校長よりも先に力を及ぼしたら、校長の力をブロックできるんじゃないかと思ってだな――」

と慌てて棗への弁明を繰り広げようとすると、

「それ、成功したの？」

という清子の鋭い声に遮られた。

「い、いえ、前と同じように『ぐぬっ』というものに、弾《はじ》かれたような、持っていかれたような、そんな感じになって――」

「じゃあ二回とも、それのあとに、あの死ぬほどやかましい音が起きて、最後に池の水が吹っ飛んだわけね」

「は、はい、そうなります」

とうなずく僕の顔をしばらく見つめ、清子は「何で気づかないかな」とつぶやいた。

「え、何をです？」

僕の声には応えず、清子は隣に視線を移すと、

「あんた、今の話を聞いてどう思った？」

と今度は棗に問いかけた。

棗は返事をしなかった。

しばらく待つも、やはりうんともすんとも言わない。妙に思って様子をうかがうと、棗は硬い表情で清子の足元に往復する波を見つめていた。母親に力を放ったことが、そんなに気に障ったかと、

「だから悪かったって。でも、悪気はなかったんだ。あのときはこっちも必死で――」

と改めて謝ろうとしたとき、

「俺と同じです」

という低いつぶやきが、棗の口から漏れた。

「え？」

「一度目のとき、俺は中村《なかむら》さんを止めようとして力を使った。中村さんというのは、あのとき木刀を持っていた人だ。でも、俺の力は何かに押し出され、届かなかった。昨日も校長にお袋がやられそうになる前に、何とかしようと無我夢中でお袋に力を放った。だが、やはり何かに押し出され、弾き飛ばされた」

すぐには、言葉が出てこなかった。

口をぽかんと開け、棗の少し色素の薄い目を見上げた。

「わかった？」

と清子が静かに言葉を放った。

「あんたたちが同時に力を放ち、それがぶつかり合ったとき、あれが起きる。だから、しゅらぼん、っていう呼び方は間違っていない。お互いの音が拮抗《きっこう》し、共鳴し、増幅されて、あれが引き起こされるんだから。本当によくできた仕組み。絶対に手を組まない、いや組めるはずのない日出と棗の力が合わさったとき、しかも二度それが起きたときにだけ、人間はあれを呼びだすことができる。ちなみに、さっき私が直接聞かされた話じゃ、大むかしにちゃんと人間に伝えていたみたいよ。でも、そんな仕組み、とっくに全員の記憶から忘れ去られてしまった。それをあんたたちが蘇らせたわけ。しかも、まぐれが起きたときのために、わざわざ二回の合図が必要ってことにしたのに、あんたたちはご丁寧に両方ともまぐれであれをしでかした。さすがに人間がここまでいちいち馬鹿な生き物だとは、向こうもわかっていなかったんじゃないかしら」

ふたたびの沈黙が訪れた。

すぐに消化できるとは到底思えぬ内容に、ただただ動揺と混乱が広がるだけの胸の内を嘲笑《あざわら》うかのように、とんびが「きゅういぴよろう」と空で鳴いた。

「ど、どうして清子さん、僕たちがやったってわかったんですか……?」

「逆でしょ。そこまでわかってて気づかないほうが、わからない」

清子はにべもない返事とともに、

「説明はもういい?」

とさっさと話を切り上げようとした。

「あ、あの、すいません」

「何？　まだあんの？」

心底、煩わしそうな眼差しを向ける清子に、

「あとひとつだけ——、しゅららぼんをやることが、どう淡九郎おじさんたちを元に戻すことにつながるのか、それだけ教えてください」

と何とか食い下がった。

とはいえ、これくらいは僕たちだって訊いていいはずだ。何しろ「校長と戦う、淡十郎は学校に行け、あんたはパティーに電話しろ、そのあとしゅららぼん」、この流れ以外、清子からはまだ何も教えてもらっていないからである。

「わからない」

「はい？」

「だから、私もわからない」

清子は驚くべき言葉を、さらりと口にした。

「ち、ちょっと待ってください」

冗談じゃない、それではしゅららぼんと校長は何の関係もないことになるではないか、とさらに声を上げようとしたとき、

「あんたの言いたいことはわかってる」

と清子は人差し指を頭の上に持っていって、背後の琵琶湖を示した。

「私はあれに、全部伝えた。校長のことも、私たちのこともすべて。それに対する答えが『浜で合図をもう一度やれ』だった。だから私たちは、ここでもう一度しゅららぼん

をする。もしも、何も起こらなかったら、そのときはあんたがパティーに電話したらいい。はじめの予定どおり、パティーに城に来てもらったらいい。でも、聞いて。パティーや他の連中は、校長とは絶対に戦わない。なぜなら、それは日出淡九郎を見捨てることになるかもしれないから。みんな馬鹿みたいにやさしくて、あのクソ親父ひとりのために、校長の脅しに屈し、全員が今の生活を捨てようとしている。わかる？　この世で校長と面と向かって戦えるのは私たちしかいないの。だから、チャンスをちょうだい」

清子は言葉を区切ると、掲げた手を下ろした。水辺からサンダルを引き上げ、ゆっくりとした足取りで傾斜を登って近づいてきた。

僕の手前で、清子は足を止めた。

思わず身体を固くする僕の前で、

「もう一度だけ、しゅららぼんをして。あのクソ親父と母さんと私とブタん十郎が、この石走で暮らせるよう手を貸して。あと、みんなが湖とともに生きられるように。日出も棗も関係なく」

と言って、清子は頭を下げた。

強い風が湖から吹き寄せ、それまで控えめに鳴っていた波音が、まるで清子の言葉を後押しするように騒ぎ立てた。全身に痺《しび》れが走るのを感じながら、間近に捉えると驚くくらい小さな清子の背中を見つめた。

ひとつ唾《つば》を呑《の》みこんで、

「――わかりました。やります」

と声を発しようとしたが、実際にその言葉を先に口にしたのは、またしても隣の棗広海《ひろみ》だった。ああ、そうだった、こいつはいつもこうやっていいところばかり先取りする嫌な野郎だった、と臍《ほぞ》を嚙《か》みつつ、

「ぼ、僕もやります」

と慌てて続いた。

清子は面《おもて》を上げた。ぎこちなく鼻の頭を搔《か》くと、うつむいたまま「あ、そう」とくぐもった声でつぶやき、ポケットから携帯電話を取りだした。

「今から、これを上に投げる。地面に落ちた瞬間に私に力を放って。普通の力じゃたぶん駄目。あんたたちが必死で何も考えずに向けた力だったから、しゅららぼんも起きたはず。わかってるでしょうけど、タイミングを外したら最悪なことになる。お互いの聞きたくもない音を聞かされるだけ。まあ、成功したらもっと聞きたくない音を聞くことになるけど」

「だ、大丈夫なんですか、清子さんに力を向けても」

「あんた、私のこと誰だと思ってんの」

すでにいつもの横柄が戻った口調で、清子はじろりと僕を睨《にら》み返した。

僕たちの二メートル手前に立ち位置を定め、清子は琵琶湖を正面にして、肩幅に足を開いた。

「手加減は失敗のもと。絶対に一回で成功させな――」

静かに上下する清子の肩に、急に緊張が高まるのを感じていると、

「校長を思い浮かべろ。それがいちばん力が入る」

と隣から棗の低い声が聞こえてきた。

「わかってる」

僕は目をつぶり、校長の姿を脳裏に描いた。書斎で倒れた淡九郎おじを見下ろす、あのがらんどうの瞳を思い浮かべた。

「いくわよ」

まぶたを開けると、清子が携帯電話を右手の肩の位置に掲げていた。

僕は手のひらを清子の背中に向けた。棗は上半身に動きはなく、ただ腰を少しだけ沈めた。

清子の携帯の先に、ちょうど竹生島の島影が見えた。

清子は真上に携帯を放った。

大きく息を吸いこみ、手のひらに意識を集中させる。

わずかに回転しながら空へと舞った携帯が、やがて落下へと転じ、あっという間に清子の身体の脇を抜け、縦になって砂に突き刺さった瞬間——、校長を粉微塵《こなみじん》に蹴散らすイメージで思いきり力を放った。

まるで吸いこまれるように、清子の背中に力が入りこんだと思った次の瞬間、

「ぐぬっ」

という感覚が訪れた。

しかも、これまでとは明らかにちがう、とても乱暴な衝撃を伴い、力は清子の身体を

通過し、そのまま加速して前方へ弾き飛ばされていった。

突き出した手を、すぐさま耳に持っていった。

「しゅらららららららららららららららららららっ、　ぼぼぼんんんんんん」

視界が途切れ、訪れた暗闇のなかですさまじい音が破裂した。

大きく口を開けたまま、膝から砂浜に崩れ落ちた。顔ごと砂浜に突っこんだのか、荒い感触を目のあたりに受けた。次いで口の中に砂がいっせいに入りこんできた。だが、口を閉じることもできず、僕は身体をのたうちまわらせた。

「しゅらっららららっ、　ぼぼぼぼぼぼぼぼぼぼぼぼぼぼぼ——」

これまでの二回とちがって、いつまで経っても音がやまなかった。目を開けることもできない。上下左右、さらには時間さえもわからない。「このままでは死ぬ」と本気で感じた。身体だけがぐるぐると回っている真っ暗な感覚のなかで、死の恐怖を心臓のあたりに感じたとき、突然音がやんだ。

しばらく耳に手をあてたまま、じっと動かなかった。いや、実際には身体じゅうの筋肉が固まって動けなかった。

おそるおそる、目だけを開けた。

いきなり、曇り空が見えた。

仰向けになった自分の身体の状態を、ようやく了解した。のろのろと上体を起こすと、顔から頭から砂が細かい音を立てて降ってきた。目の前に、死体のように突っ伏している棗の姿があった。本当に死んでいるのではないか、とひやりとしたが、うめき声とともに顔だけが持ち上がり、僕と視線が合うと、砂が口に入りこんだのだろう、顔を歪め唾を吐いた。

清子はどうなったかと慌てて湖に顔を向けると、まるで寝相の悪いおっさんのように、パーカーの裾を乱し、少し腹を見せるようにして砂の上に倒れていた。

「清子さんッ」

口の砂を吐き出しつつ、這《は》って近づこうとしたとき、いきなり地面がぐらりと揺れた。思わず両手で、砂をつかんだ。

続いて轟音《ごうおん》が沸き起こった。空全体を使ってこだまするような音が響き渡り、目の前に水柱が一本、突如として立ち上がった。

軽く見積もっても幅は三十メートルを超えていた。もはや水柱というより、円柱形の建造物と呼ぶに相応《ふさわ》しいものが、地鳴りとともに巨大なかたまりとなって空へと逆立った。

あんぐりと口を開け、まさしくロケット発射場の如《ごと》く、揺れ続ける大地にしがみつきながら空へと噴き上がる濁流を見送った。

さながら高層ビル一棟が、根こそぎ雲へと吸い寄せられるような眺めだった。垂直に発射された水柱は、たんぽぽの綿毛のように、はるか上空で分解され、水平方向に分散し、あっという間に霞《かすみ》となって消え去った。

それと同時に轟音はやみ、地鳴りもゆっくりと収まった。視線を戻すと、湖は何ごともなかったかのように元の表情を取り戻していた。

しかし、たった今、おそらく何十トンもの水が柱ごとかたまりとなって、一気に空へと持ち運ばれた。いったいそれらの行方はどうなるのか？　改めて上空を仰いだとき、額に一滴の水を受けた。

何の段階も踏まず、いきなりどしゃぶりの雨が降ってきた。

昨日の棗道場のものなど比ではない、大粒の雨がいっせいに僕たちの頭に降り注いだ。ひと粒ひと粒の雨滴が異様に大きく、顔に当たると痛かった。

雨は湖面を水紋で埋め尽くした。砂浜をあっという間に泥まみれにした。背後の松林にも容赦なく叩きつけ、ただでさえやかましい音が、さらにぶ厚く重なり合った。おろしたてのスペアの制服はぐしょぐしょになり、顔を拭《ぬぐ》っても拭っても、とめどなく水が額を流れてきた。

そのとき、打ち続ける雨音のなかに、

「ギャッ」

という奇妙な叫び声を聞いたような気がした。

何ごとかと顔を向けると、清子が上半身を起こしていた。

「何？　何？」

と濡れた髪を振り乱し、左右を見回す清子だったが、砂浜に膝をついたままの僕と視線が合うと、

「やったの？」

と前髪をべっとり額に貼りつけたまま問いかけた、ように思えた。声はすべて雨音に掻き消され、口の動きだけで判断するしかなかったからである。

「さっきの、聞かなかったんですかッ」

とめいっぱいの大声で訊ね返すと、

「わからないッ。あんたたちの力を受けたときから記憶が消えてるッ」

と清子は叫んだ。そういえば棗道場で、門人の大男も棗の母親も、しゅらぼんのあとに揃《そろ》って気絶していたことを思い出しながら、

「たぶん、やりましたッ」

と豪雨を指差し、指で丸を作った。

いつの間にか、隣で棗が立ち上がり、口を開けて雨を受けていた。いくらか溜《た》まった水で、ぐるぐるとうがいして吐き捨てている。なるほど、いいアイディアだと、いまだ消えぬ砂の感触を舌に覚えながら、空に向かって口を開けた途端、雨がぱたりとやんだ。

口を開けたまましばらく待ち受けたが、一滴すら落ちてこない。

周囲には静寂が舞い戻っていた。控えめな波音も復活している。空の様子も元と同じである。さすがにとんびは逃げ去ったようだった。

まったく馬鹿にされた気分で前方の琵琶湖に顔を戻したとき、ふと浜から沖合に向け、真正面の位置に一本の細長い影が渡っていることに気がついた。

何かが飛んでいるのかとすぐに上空を確認したが、薄暗い雲が覆うだけで、動くものの姿は何も見当たらない。

されど、目の前の湖面には変わらず影が縦断している。それどころか、つい先ほどまで線くらいの細さだったものが、いつの間にか帯ほどの太さにその濃さを増していた。正面の砂浜に近いところでは、すでに一車線分くらいの太さに変化している。

そのとき、僕は唐突に影の正体に気がついた。

何かが映りこんでの影ではない。それは湖自体が作りだした影だった。つまり、影のように見える部分は、湖面が沈みこんで「溝」が生まれたがゆえの高低差だったのだ。光の加減による目の錯覚かと心配する必要はなかった。なぜなら、湖の影はいよいよ濃さを帯び、太さを増し、さらには深度をも加え、ついには砂浜に近い場所から順に「道」が現れ始めたからである。

僕はふらふらと立ち上がると、清子のもとへ進んだ。空を仰いだまま、まだぼんやりとした表情をしている清子に手を差し出すと、

「ひとりで起き上がれるわよ」

と睨みつけられた。清子はびしょ濡れになったパーカーを恨めしそうに眺め、大儀そうに腰を上げた。尻の下から砂に埋没した携帯電話が現れ、渋い顔で拾い上げた。

「清子さん――、あれ」

「あん？　何？」

「あれ――、見てください」

「だから、何よ」

携帯電話が正常に作動するかどうか画面を確認しながら、清子は苛立《いらだ》った声とともに顔を向けたが、僕よりも背後に立つ棗のほうに、先に注意が引かれたらしく、

「何であんた、そんな馬鹿みたいな顔してんの？」

と僕の肩越しに訊ねた。

「後ろ――、向いてください」

棗の声に「だから何なんだって」と荒々しく振り返った清子は、目の前のものを視認した途端、

「何、これ――」

と絶句して動かなくなってしまった。

波打ち際に出現した「道」は、すでに二車線分ほどの幅を確保して、沖へ沖へと進出していた。その距離は早くも百メートル近くに及ぶだろうか。まるで新雪に踏みこむような勢いをつけ、湖面に影が差した部分の水位が一気に下がり、替わりに湖底がいよいよ顕《あら》わになっていく。

髪を伝って水滴が眉間を垂れ、目に入っても拭わなかった。

刻一刻と琵琶湖が割れ、「道」が生まれていく様子を息をするのも忘れ凝視した。

湖面を走る影の延長線上に目を遣ると、はるか彼方、「道」の先に竹生島の薄暗い島影が浮かんでいた。

気づかぬうちに頰に力が入り、奥歯を嚙んだ。奥歯に入りこんでいた砂が、がりりと

とても嫌な音を立てた。

＊

清子の白馬に、なぜか僕と棗が乗っていた。

一方で馬の主人である清子は、砂浜に立ち、僕たちを見上げていた。

「今、何時？」

と清子が訊ねた。

「十時五分です」

袖をめくって時計を確かめた。清子はうなずくと湖に顔を向けた。

「本当に……、これを進むんですか？」

「そう」

「死にませんか？」

「あんたたちは呼ばれたの。なら、行くしかない。大丈夫、別に底で溺《おぼ》れても、上がってきたらいいから。所詮、琵琶湖なんていちばん深いところでも百メートルくらいしかないもの」

「ひ、百メートルもあるんですか？」

「確か、素潜りの世界記録ってそのへんでしょ？　息継ぎなしで潜って帰ってくるわけだから、上がってくるだけなんて、楽勝じゃないの」

冗談なのか本気なのか判断できぬ清子の言葉を、僕と棗は微動だにせず馬上から聞いた。

突然の豪雨がやみ、湖面に引かれた一本のか細い影の線が、はるか竹生島まで到達したように見えたときだった。清子が突然、「声」を聞いた。

「合図を起こした二人を遣わすように――。道の先で授けるものがある、だって」

もちろん、僕と棗にそんな声は何も聞こえない。しかし、議論している暇はなく、清子は流木につないでいた白馬を連れて戻ってくると、

「そういうことだから、取ってきて」

と簡潔に命令した。

「まさかこれで行くんですか」と驚く僕に、「それ以外、どういう方法があるのよ。二人で歩くつもり?」と清子は有無を言わさず僕と棗を馬に押し上げた。馬上の配置は前に棗、後ろに僕である。なぜ、棗が手綱を任されたかというと、

「棗のあんたのほうが、どう見てもセンスありそうだから」

と清子がまったく根拠のない理由で指名したからだ。おかげで二人乗りとはいえ、鞍は前方の棗が自動的に占有するので、僕は直接、馬の背にまたがる羽目になった。あまりに差別的な扱いに、

「いっそ棗ひとりで行かせたらいいんじゃないですか」

と本気で提案したが、

「二人でって言われたから」

と軽く一蹴され、馬上へと追い立てられた。

生まれてはじめての乗馬なのに、気分はまったく優れない。視界はすべて棗の広い背中に塞がれ、窮屈極まりない。とどめはどしゃぶりの雨を吸いこんだ下着の感覚が気持ち悪くて仕方なく、僕は尻の位置をなかなか決められずにいる。

「何でそんなところ握ってんの。ちゃんと前の腰をつかみなさいよ。あんたは足を固定するところがないから、何かあったら、すぐに振り落とされるわよ」

棗の身体に触れるのが嫌で、先ほどから鞍の端をつかんでいたのだが、さっそく清子に見つかり、厳しい注意が飛んだ。

「こいつの腰に手を回すなんて無理です」

「何でそんなことする必要あんの。ベルトをつかめばいいでしょ」

それすらも勘弁願いたかったが、清子の強い視線に負け、「つかむぞ」と断ってから制服をめくり、ベルトと腰の間に指を入れた。湿ったうえに生あたたかい棗の体温が感じられ、「うわあ」と思わず声を上げてしまった。

「行くわよ」

清子に綱を引かれ、ゆるい砂浜の傾斜を下っただけで、思いのほか身体が揺れた。慌てて太ももで馬の背をしめつけ、脇を絞って棗のベルトの握りを強めた。単に足を置いているだけと思っていた鐙の重要性が、ほんの数秒でじゅうぶん理解できた。

「石走から竹生島まで、だいたい十五キロ。往復で三十キロ。十二時には城で校長を迎えなくちゃいけないから、十一時半にはここに帰ってきて。こいつならギリギリ間に合う」

清子は引き綱を短くまとめ、鞍に結びつけると、白馬の顔に口元を近づけた。何ごとか馬に向かってささやいているので、

「何を話しているんですか？」

と訊ねると、

「あんたたちの言うことをよく聞くように言っておいた。でも、もしも何かあったときは、さっさと振り落としてお前だけ帰ってきな、とも言っておいた」

と真顔で返された。

僕は咳払《せきばら》いして、棗の肩越しに視線を向けた。

「やっぱり、この道って、島まで続いているんですか……？」

「それをこれから、あんたたちが確かめにいくの」

琵琶湖を真っ二つに貫き浜から続く道は、竹生島自体が正面右寄りに位置するのに呼応するように、右に角度を取っている。湖底がそのまま道と化し、さながら地下駐車場へのスロープをのぞきこむようだ。しかし、実際の地下駐車場へのスロープと大きくちがうのは、どこまでたどっても肝心の目的地は見えず、スロープそのものが霞んでしまうことと、何といっても両側の壁が「水」ということである。

「ちょっと、待ってて」

馬を止め、清子はひとりで道に足を踏み入れた。ところどころ水たまりが残り、短い藻草が散乱する砂地を、ぺたぺたとサンダルの音を鳴らして進むと、水の壁の前で立ち

止まった。湖面は清子の胸の位置で、ゆらゆらと揺れている。その様子はガラス壁に仕切られた、水族館の水槽そのものである。清子はしげしげと壁をのぞきこんでいたが、いきなり手を突っこんだ。

清子は壁の向こうで手をグー、パー、グー、グー、パーとしたあと引き抜いた。

「ど、どうですか？」

「別に……、バケツの水に手を入れるのと同じ」

と濡れた手を振って水を切りながら、清子は戻ってきた。棗に馬の乗り方を簡単にレクチャーしたのち、

「じゃあ、行ってきな」

と馬の尻を「チョッ」と叩いた。

ぐらりと視界が揺れ、馬が動き始めた。湖が割れてできた道という異常な状況を馬は理解できないようで、いっさいの躊躇《ちゅうちょ》なく波間に生まれた砂地へと踏みこんでいった。

あっという間に両側の水位が一メートルの高さになり、さらに数十秒後には、湖面の位置は僕たちの頭を軽々と超えた。もしも、湖に船を浮かべて観察している人がいたなら、これにて僕たちは完全に水没扱いだろう。

道の左右を満たしている湖に、何ら変わった様子はない。月の引力ではなく、湖を渡る風によって引き起こされる波が、表面にかすかな三角形を作るのみだ。湖底の道を渡っているというのに、不思議なくらい心は平穏だった。異常な出来事の連続に、心が麻《ま》痺《ひ》してしまったのかもしれない。三車線分はあろうかという、ゆったりとした道幅の真

ん中を進んでいる、という妙な安心感もあったのかもしれない。実際に感覚としては、左右を背の高い塀に囲まれたゆるい坂を、自転車でのんびりと下る気分にどこか似ていた。

「どう——？」

と背後から清子の呼ぶ声が届いた。振り返ると、早くも五十メートル離れた後方に、砂浜に立つ清子の姿が見えた。

「きれいです、あと、ちょっと汚いです」

「汚い？」

「結構、ゴミが捨てられています」

水が引いた湖底には、プラスチック容器やら、金物やら、空き缶やら、さらには掃除機のようなものまでが、どこから流れてきたのかときどき岩場に引っかかるように散乱していた。一方で、きれいというのは、道からの光を側面に受け、壁が湖面と同じ透明度を見せつけるためである。

「急ぎな。そんなチンタラ進んでたら、間に合わない」

左右を壁に塞がれているからか、意外なほどよく伝わる清子の声に、棗は「チョッ」と鐙にかけた両足で馬の腹を蹴った。しかし、うまく蹴りが入らないようで、二度、三度と繰り返すうち、いきなり馬が加速した。

「わ、わ、わ」

あやうく振り落とされる寸前で、上半身のあらゆる部分に力を加え棗のベルトにしがみつき、何とか身体のバランスを保った。

「気をつけて行ってきな」

という声に、一瞬だけ首を後ろに回すと、浜で清子が手を振っていた。

手を振り返す余裕などないまま、前に向き直った。馬にとっては小走り程度なのかもしれないが、こちらは早くも振り落とされないために必死である。時代劇でよく主役の殿様が波打ち際を馬に乗って疾走するシーンがあるが、あれは本当に乗馬技術があるのだな、と乱暴な揺れのなかでひそかに発見した。

道はなだらかな下りがひたすら続き、左右の壁はいよいよ高くなる。湖底は砂地に覆われ、ときに岩場が固まって顔を出す。そういう場所には必ずといっていいほどゴミが引っかかっている。砂地を緑に染める藻草が絨毯《じゅうたん》のように重なり合う。きっと壁の存在に気づかず飛び出してしまったのだろう。魚群ごと突っこんだのか、大きな魚が二十匹以上、固まって跳ねている気の毒な風景にも出くわした。

「どうだ？　何か見えるか？」

「霞んでまだ見えない。ずっとゆるい下りだ」

少し周囲が暗くなってきたような気がする。振り返ると、すでに浜ははるか彼方《かなた》で、清子の姿も視認できない。松林の緑がほんの少しのぞくだけである。道に音を発するものはいっさい存在せず、湖を渡る風の声も届かない。ただ馬の息づかいと砂地を蹴る音だけが響く。

左右の壁はすでに五、六階建てのビルの高さにまで成長していた。高さの根拠は、見上げたときの威圧感が、駅前の鳩のロゴマークで有名なスーパーを前にしたときと同じだからだ。いちばん大きなものを測る際の基準がそこにあることに一抹の悲しさを感じるが、石走にはそれ以上の高さの建物がほとんどないのだから仕方がない。

「チョウ、チョウ」

スピードに慣れてきたのか、棗が馬の腹を蹴った。今度は一回でぐんと勢いがついた。後ろ脚が地面を蹴るたびに尻が上下し、慌てて棗のベルトをつかむ手に力を入れると、いよいよエンジンがかかってきたのか、馬ははじめて聞く声で「ひひん」と勇ましくいないたのち、「ぶるるふ」と荒い鼻息を添えた。

*

傾斜はあくまでゆるやかなので、走っているぶんには坂を意識することはないが、振り返って確認すると、はるか上方にスタート位置があることにゾッとする。すでに浜は霞と消えていた。慌てて視線を戻し、なるべく後ろを見ないことに決めた。

道の先が竹生島につながっているかどうかについての答えはすでに出ている。前方の突き当たりに崖が見える。左右を湖に切り取られ、帯状に露出した表面を足元から視線をたどっていくと、空の下にこんもりと緑がのぞいていた。おそらく、あれが竹生島だろう。

坂を下り続けること四十分、とうとう道の終点にたどり着き、僕と棗は馬から下りた。

全身に緊張をしいたせいか、地面に立ってもしばらく膝に手をついたまま動けなかった。棗も臑《すね》をさすり、何度も内太ももを拳で叩いている。

「それで、ここで何をしろってんだ？」

馬の背で何度も上下動したために、軽い打ち身のような状態になっている尻を手のひらで揉《も》みほぐしながら、僕は頭上を仰いだ。

左右の水の壁は、二十階建ての高層マンションくらいの高さがありそうに思えた。ビルとビルの間の路地に立ち尽くす気分だった。正面に視線を移すと、むき出しの断崖が聳えていた。かつて相手が自分よりも背が高いことに腹を立て、夷服岳《いぶきがだけ》が浅井岳《あざいがだけ》の首をちょん切り、そのてっぺんがここまで飛んできたという言い伝えがあるが、急な傾斜が続く様はまさに「竹生山」の眺めだった。

棗が砂地から岩場へと変わる湖底を、水たまりを避けて進んでいく。いつの間にか、地面は上りの傾斜を帯びている。

これ以上は手をかけないと斜面を登れないというところで立ち止まり、棗は振り返った。

「どうだ？　清子さんが言うには、僕たちは何か授けられるそうだけど、それらしいのが落ちてないか？」

と訊ねると、

「別に何も見当たらないな」

と周囲を見回し、棗は首を横に振った。棗に言われるまでもなく、せいぜい三車線分あるかないかの道幅である。夕暮れどきに近い薄暗さではあるが、のっぺらぼうな砂地に泥地、岩場がただ続くだけでゴミのひとつも落ちていない。何もないことは一目瞭然だった。

「困ったな」

ここで馬に走り去られたら大ごとなので、引き綱をしっかり手首にからめ、僕は来た道を振り返った。上りスロープの先はぼんやりとした霞と化し、それがいつしか空へとつながっている。やはり長い時間眺める気分にはなれず、すぐに背を向けた。

「ああ、清子さんに電話できたらなあ」

と何気なくつぶやくと、

「電話ならあるぞ」

と棗が思わぬ返事を寄越した。

「え？　お前、持ってんの？」

「普通、持ってるだろ」

と棗はズボンのポケットから携帯電話を取り出し、画面を確かめた。「こんなところでも電波は届くんだな」と帯のように切り取られた空を見上げた。

「番号は？」

「え？」

「清子さんの番号だよ」

「知らんよ。お前もさっき縁側で見ていただろ。借り物の携帯だったから、たぶん清子さん自身もわかっていないんじゃないか」

ならば、どうやって清子とコンタクトを取るべきか、地面に溜まった水を熱心に飲んでいる馬の横顔を見つめ、必死で頭を回転させた。いちばん現実的な方法は、城に電話して清子に伝言を頼む、というものだろう。しかし、御殿には人がいない。清子が全員追い払ってしまったからだ。それにたとえ誰かと連絡がついて、城から浜まで人を走らせたとしても時間がかかりすぎる。

「ふうむ」

となって、依然痛みを発する尻に、無意識に空いている手を持っていった。指先にぶつかった感触に思わず、

「あ」

と声が漏れた。

制服に着替えて部屋を出る際、いつもの癖で尻ポケットに財布を突っこんでいた。確か中に入れっ放しだったはずだ、と慌てて引き抜くと、果たせるかな、折り畳んだ紙切れが札入れに隠れていた。

「やったぞ、棗ッ。パタ子さんの電話番号だ。ここに電話したら、清子さんの番号も発でわかる。ただ問題は――、パタ子さんにどう説明するかということだ」

「今さら繕《つくろ》っている場合じゃない。俺たちだって、いつまでも安全とは限らないんだ」

棗の声に、僕は頭上を仰いだ。そそり立つ水壁に、もしもこれが崩れてきたら間違いなく即死だろうな、と率直な感想を抱いた。

「わかった、電話する」

棗が岩場を伝って、軽やかな動きで戻ってきた。馬の引き綱を預け、代わりに携帯を受け取った。

「すごいな、アンテナが全部立っているぞ」

「電波が反射するんだろう」

と棗は指でジグザグを描くようにして、水の壁の間を指し示した。清子の番号を訊き出すためのストーリーを考えている時間などなかった。なるようになれ、と番号を打ちこんだ。

発信音が聞こえるとすぐさま、

「もしもし」

というパタ子さんの声が聞こえてきた。

「あ、パタ子さんですか？　すいません、涼介です」

「あれ？　これ、涼介くんの携帯？」

「えっと、今度はまた別の携帯電話からかけています」

「ひょっとして下から？」

「はい？」

「今、琵琶湖の下からかけてるの？」

「え――」

想像だにしないパタ子さんからの質問に、僕は完全に次の言葉を失った。

―さっき涼介くんから電話もらったとき、まさに船に乗ってマキノを出発するところだったの。石走に戻る前に竹生島に寄ってお参りするつもりだ、って言ってたでしょ。予定は変わっちゃったけど、マキノの煮詰まった空気にも飽き飽きしていたから、到着が早くてもいいやとそのまま船に乗ったの。琵琶湖がいきなり割れたの。竹生島の港に着いて、たぶん五分も経っていなかったと思う。琵琶湖がいきなり割れたの。南側から回って港に入ったから、もう少し遅かったら、船ごと真っ逆さまで本当に危なかった。すぐにマキノに電話して、琵琶湖じゅうの船の移動を停める連絡を回すように頼んだわよ」

「そ、それじゃあ……、今、パタ子さんは」

「そう、あなたたちの真上。竹生島にいる。事情は全部、キヨティーに電話して聞いた」

「ど、どうして僕たちがやったってわかったんですか？」

「何、言ってんの。今、竜神拝所で電話を受けているんだけど、ちょうどこの場所目がけて、石走から一直線に道が向かってきている。あなたたちが何かしでかしたとしか思えないでしょう」

「すいませんッ、パタ子さん。本当にすいませんでしたッ――」

「今はそんなこと言ってる場合じゃないでしょ。話はあなたたちが無事、戻ってから。それで用は何？」

「は、はい、清子さんの携帯の番号を教えてください」

「わかった、言うわよ」

余計な質問はいっさい挟まず、パタ子さんは番号を伝えると、僕の言葉を待たず「じゃあね」と自ら通話を切った。僕は携帯に向かって頭を下げてから、砂地に指で書き写した清子の番号をすぐさまプッシュした。

「誰？」

しばらく間を置いてから聞こえてきた、清子のくぐもった声に、

「涼介です。棗の携帯からかけています」

と勢いこんで話しかけた。

「ああ、あんた――。よくこの番号わかったわね」

「パタ子さんに電話して聞きました」

「パティー、怒ってた？」

「いえ、すぐに番号を教えてくれました」

「さっき電話があったけど、無茶苦茶、怒られた。そりゃそうだわね。で、今どこからかけてんの？」

パタ子さんの隠された気持ちを知り、身が縮む思いになりながら、

「道の突き当たりまで来ました。やっぱり、島の真下までつながっています。でも、何も見つかりません」

と改めて周囲を見回しながら伝えた。

「水は？」

「水、ですか？」

「何のことかわからなかったから、あんたたちには教えなかったけど、正確には『これまでと同じものを授ける』みたいな感じで言われたの。向こうも日本語で話すわけじゃないから、意味がつかみづらいのよね。あんたたちが出発してからずっと考えてたんだけど、私たちがこれまで直接もらってきたものって、水しかないでしょ。だから、水を探して」

「それって、ご神水ってことですか」

「そうかも」

僕は携帯を耳に当てたまま、もう一度ぐるりと視線を一周させた。水を探せと言われても、左右はすべて水、地面にもあちこちに水たまり、見渡す限りの水資源である。

「えっと……、取りあえず、探してみます」

「急ぎな。帰りはずっと上り坂だから、行きより時間がかかる」

清子との電話を切り、棗にその内容を伝えた。

「水か……」

棗も困惑の表情で、一面水びたしの地面から、左右の壁へと視線を向けた。

「水って言われても壁ならお手上げだし、水たまりのどれかに特別な意味があったって到底、見極められない。やっぱり、お前と清子さんで来るべきだったんじゃないのか――」

僕がさっそく弱気の発言を漏らすのを、

「俺とお前の二人で、という指名だったんだ。ならば、きっと意味があるはずだ。壁の向こうの湖の水なら、別にここまで来る必要はない。あるなら道の内側だ」

と棗は強い調子で押し返した。

「それって、この水たまりのどれかってことか？」

「わからない。俺はこっちを探す。お前は崖のほうを見てくれ」

「う、うむ、わかった」

　馬はそのまま棗に任せ、僕は岩場へと急いだ。

　一本だけ意気揚々と噴水でも湧き出していてくれたなら話も早いのだろうが、もちろんそんな都合のいいものはどこにも見当たらない。岩場の窪《くぼ》みには、大小の水たまりが無数に散在している。その中に「正解の根拠」を見つけることなど、果たして本当に可能なのだろうか。

「そんなの、無理だろう」

　やはり僕ではなく、清子が棗とともにこの場に来て、ふたたび声を聞くべきだったのではないか、と早くも白旗を揚げそうになったとき、ふと足元に漫然と投げかけた視線が止まった。

　膝ほどの高さにある段差を上ったところに、窪みができていた。そこに水が溜まっている。何の変哲もない水たまりだが、その表面が一瞬、震えたように見えたのだ。

　僕は腰を屈め、フライドチキンのような歪《いびつ》な形をした水たまりをのぞいた。水たまりの幅はいちばん距離のある点と点をつなぐと、およそ二メートルになるだろう。深さは二十センチほどか。そこそこ大きい水たまりだ。底には岩のかけらやら、砂利が沈んでいる。

僕は息を詰めて、水面を見つめた。確かに表面が静かに揺れている。映りこんだ上空の絵が乱れているのが何よりの証拠だ。振り返って、別の水たまりを確かめた。隣の水たまりものぞいた。反射する風景はどれも微動だにしていない。

何かが噴き出ているのかもしれない、と注意深く観察すると、底に沈んだ一枚の平らな石のかけらのようなものが、かすかに揺れていることに気がついた。

水たまりに手をつっこみ、かけらを拾い上げた。石にしてはずいぶん薄く、妙に軽いなと感じながら、小ぶりなせんべいほどの大きさのかけらを顔の前に持ってきたとき、思わず息が止まった。

なぜかそこに、「日出涼介」という名前が書きこまれていた。

しかも、その字体は、涼介の「さんずい」の部分がやけに大きく書かれ、全体のバランスが崩れている、よく見慣れたものだった。

まぎれもない、僕が書いた字だった。

＊

混乱しきった頭のまま、食い入るように下手くそな自分の名前を見つめた。

なぜ、こんな縁の割れた軽石のようなものに、自分の名前があるのか。もちろん、こんなものを書いた記憶などまったくない――、と無意識のうちに字を指でなぞろうとし

たとき、急に手が滑った。あっ、と思ったときには、岩盤がむき出しになった地面に跳ね返り、何ということか、

「キンッ」

という甲高《かんだか》い音とともに、

真っ二つに割れてしまった。

その音を聞いた瞬間、僕は手にしていたものの正体を唐突に了解した。

腰を屈め、見事なまでに中央で割れた二つの大きなかけらをのぞきこんだ。石がこんな簡単に砕けるはずがない。確か淡十郎は、これを素焼きの土器だと言っていた。

そう――、「かわらけ」だった。

パタ子さんと淡十郎と僕の三人で、ゴールデンウィークの最終日に、ご神水を飲むため竹生島を訪れた。そのとき、暇つぶしにパタ子さんとかわらけ投げをした。二枚のうちのひとつに自分の名前を書き、ひとつに願い事を書き、竜神拝所から勢いよく放り投げた。鳥居の柱の間を潜れば願いが叶うと聞いて力をこめたが、一枚はたどり着かず、もう一枚に至っては無惨にも崖の下に落ちてしまった。

そのときの一枚が、どういうわけかここにある。

およそ考えられないことだが、それ以外に思いつく理由はない。

二つのかけらを拾い上げ、もう一度、ぴたりと接ぎ合わせた。自分の下手くそな名前を確認してから、

「棗、たぶんここだ」

と振り返って大声で呼んだ。

すぐさま馬をひいて岩場を上ってきた棗に、僕は割れたかわらけを示し、状況を説明した。

「どこに沈んでいた？」

と棗は水たまりを見下ろし訊ねた。

「ここだ」

と僕は水たまりの端に近いところを指差し、手を沈めた。かわらけが揺れていた場所に近づけると、指先に水圧を感じた。

「ほんの少しだけど、底から水が湧き出ている」

「間違いない、ここだ」

何かしら反論をぶつけられると思いきや、呆気《あっけ》ないほど棗は僕の意見を肯定した。むしろ、こちらが不安になるほどの断言口調に、

「そ、そうか？　絶対にここって言い切れるか？　確かにかわらけは衝撃的だけど、偶然の偶然ということもあり得るだろ。だいたいお前、何で見つけた僕より自信満々なんだよ」

とついなじるように返してしまった。

「偶然は三度重ならないからな」

「何だそれ？」

「お前、これを見て何も思わないのか？」

「何が？」

棗は眉間にことさらにしわを寄せ、僕を見返した。

「そこの場所が悪い。俺の隣に回ってこい」

「何だよ、さっさと言えよ」

「ここに立ったらわかる」

しつこく手で招かれ、僕は渋々、水たまりをまたぎ棗の隣に立った。

「どうだ」

「どうだって言われてもだな――」

「この水たまり、よく見慣れたものの形をしているだろうが」

「何だ？　フライドチキンか？」

「ちがう、琵琶湖だ」

と棗は明らかに苛立った声とともに、水たまりの外周を指でなぞった。

「しかも、お前のかわらけが落ちていた場所」

棗は僕からかわらけの半分を取り上げると、一歩進み、元あった場所に手を伸ばし沈めた。

「あ――」

「竹生島の位置だ」

返す言葉もないままに、僕はかわらけが沈み水紋が水面を乱す、目の前の幅二メートルの小さな琵琶湖を見つめた。いつも地図では南を下にして見るため、それまで僕が立っていた位置からでは気づかなかったのだ。もっとも、こうして南から見た姿を前にしても、気づかなかったわけだが。

「お前の名前に、琵琶湖に、竹生島。偶然は三度重ならない。ここが正解だ」

と棗が僕の背中を叩いた。ワンテンポ置いたのち、ようやく探し物を見つけた実感がじわじわとこみ上げ、「よっしゃ」と拳を突き上げようとしたとき、

「だが、ひとつ問題がある」

という声に腕の動きを止められた。

「何だよ」

「水を入れる容器がない」

「あ」

僕は思わず左右を見回した。こういうときだけ都合よく、空き缶でも落ちていたらいいのだが、完璧な掃除を終えたあとのように地面は実にきれいなものである。ここに来る途中なら、いくらでも空き缶やペットボトルのゴミを見かけたが、今から探しに戻る時間はない。

「お前、ポケットからさっきの携帯みたいに、ペットボトルが出てきたりしないよな」

「しないな」

と棗は冷たい返事を寄越《よこ》した。

「制服を浸しても駄目かな」

「吸いこむ分なんて、たかが知れているだろう。それに帰る間にどんどん漏れてしまう。確実に運ぶことが何より大事だ」

「だよな。清子さんに電話する」

棗がポケットから携帯を取り出し、素早く清子の番号を呼び出してから手渡してきた。

「見つかった？」

いきなり聞こえてきた声に、

「見つかりました。たぶん、これだと思います」

と僕は手短に状況を説明した。

「それっぽいわね。じゃあ、持って帰ってきて」

「すいません、水を入れる容器がありません」

「ああ、そういうこと――」

一瞬の沈黙が流れたのち、

「わかった、ちょっと考える。また連絡する」

と言って電話が切れた。

腕の時計を確かめた。この様子だと、十一時半に浜に戻るのはかなり難しそうだ、と時間を計算しながら、しんと無音に包まれた湖底で電話を待った。ときどき馬が退屈そうに足踏みし、蹄《ひづめ》の音がかつかつと岩場に響いた。今もかすかに震えている水たまりの水面を見つめ、よしんばこれを持ち帰ったところで、それがどう校長に立ち向かうことにつながるのか、相変わらずわからなかったが、今は何も考えないように努めた。

手にした携帯が急に震え、

「はい、涼介です」

とすぐさま応答した。聞こえてきたのは、なぜかパタ子さんの声だった。

「涼介くん――、上を見て」

「上、ですか？」

「今から、桟橋の端っこから投げる。私が立っている桟橋のすぐ先に割れ目が見えてるの。島の斜面にぶつかるようにして、水面が真っ二つよ。そりゃもう、ホラーな風景よ。本当は近寄りたくもないけれど、かわいい教え子のために協力してあげる。いい？　ちゃんと避《よ》けるのよ」

「な、何をですか？」

「三十数えたら投げる。危ないから、なるべくそこから離れて」

そう告げたきり、電話は切れてしまった。

「パタ子さんからだった。よくわからんが、ここから離れろだって。上から何か降ってくるらしい」

僕の言葉に、棗はすぐに手綱を引いて移動を始めた。

二人して崖から五十メートルの場所まで離れたところで、振り返って上空を仰いだ。壁に切り取られた空に何やら黒い点が見えた。その点ははじめ動いているのか、動いていないのかわからないくらいだったが、ぐんぐん近づいていることがそのふらふらとした揺れ具合から伝わってきたときには、十メートル先の砂地に、湿った音を立ててめりこんだ。

落下地点へと走った。

三十センチにも満たない小さな黒いかたまりを拾い上げた。手に取ると、拍子抜けするほど《ほど》軽い。大きな結び目を解くと、それがジャケットを丸めたものであることがわかった。その内側にはタオルを三重にしてくるんだものが、さらにその中心からは見覚えのあるデザインの空のペットボトルが姿を現した。淡十郎と竹生島に来たとき、やつが土産物屋で買っていたのと同じものだった。

水たまりへと走りながら、パタ子さんに電話した。

「届きましたッ、ありがとうございます」

「急ぎなさい。校長が来る時間に間に合わない」

「ちゃんとパタ子さんのジャケットも持って帰ります」

「それ高かったから、よろしくね。あ、キヨティーには、私が電話して伝えておく」

「本当にすいませんでした。ごめんなさい」

「悪いと思うんだったら、絶対に無事に帰ること。今回はさすがに長めの説教させてもらうから」

電話を終え、水たまりの前でペットボトルのキャップを外した。かわらけの片方が沈んでいるところへ、ペットボトルを突っこむ。ぶくぶくと空気の泡が水面を騒がせる。満タンにして立ち上がると、すでに馬上の人となった棗が「走れ」と手招きしていた。

制服の前を開けて、長袖シャツの胸ポケットにペットボトルを突っこんだ。

馬の背にまたがるなり聞こえてきた、

「帰りは飛ばす。ベルトじゃ危ない」

という声に、「わかってる」とペットボトルが胸を圧迫するのを感じながら、棗の腰に手を回した。やつのへその前で固く指と指を組んだ。

「行くぞ」

鐙が馬の腹を蹴る振動とともに、「チョウッ」と棗は鋭い声を発した。ぐらりと頭が揺れたときには、すでに白馬は勢いよく走り始めていた。

＊

白馬は駆けに駆けた。

往路では明らかに力をセーブしていたとわかる力強い走りに、これならさほど遅れずに浜に到着しそうだ、と少しほっとした気分で左右の壁を見上げた。その高さから見て、上り坂も半分まで一気に駆け抜けたと思われる。そろそろ棗の腰に手を回すのをやめたかったが、馬の後ろ脚が地面を蹴るたび、尻が勢いよく跳ねるのでしがみつき続けるしかない。

そのときふと、かすかな震動音のようなものが背中の方から伝わってくる気がした。

僕は無理に首をねじり、窮屈な姿勢のまま振り返った。

すでに竹生島ははるか彼方に遠ざかり、崖の様子も霞んで見える。揺れる視界のなかでしばらく様子をうかがったが、何の変化も見られない。震動音のようなものも、意識を集中させようとするとかえって、それがはじめから聞こえていた音のように思えてきてしまう。

前方に顔を戻し、

「なあ、棗。何か聞こえるか？」

と訊ねた。

「ん、何が？」

「いや、何もないわ」

それから、しばらく黙って耳を澄ませてみたが、鞍の金具が揺れる音、蹄が砂地を蹴る音、馬の息づかい、それらに混じって依然、震動音は聞こえているように思えた。しかも、ほんの少しだけボリュームを増している気もする。

念のためもう一度、首をねじった。

がくがくと揺れる視界の奥で、何かが動いているように見えた。だが、なかなか視点が定まらない。僕はせいいっぱい目を見開き、下り坂の先の様子を見極めようとした。

「おい……、棗広海」

焦点が定まりかけたとき、思わず相手のフルネームを口にしてしまった。

「何だ？」

「い、いや、ちょっと待て。僕の見間違いかもしれない」

気持ちを落ち着かせようと、いったん首を戻した。開きすぎて痛くなった目を瞬《しばたた》き、

「異常な出来事が連続したせいで、お前はだいぶ参っているはずだ、気を確かに持て」

と心に言い聞かせた。

「なあ棗、ちょっと質問していいか？」

「ああ、何だ」

「お前、彼女いるのか？」

「はあ？　いきなり、何の話だ？」

「クラスの倉知《くらち》とは付き合ってるのか？」

「何で今、そんな話をする必要がある？」

「付き合っていないのか？　じゃあ、ほかに付き合っている彼女がいるのか？」

「彼女とか、それどころじゃないだろ」

「それはいないってことか」

「ああ、いない。お前、ふざけてるのか？」

よし、これで速瀬との約束は果たせたと思った。心の重荷をわずかに減らし、気分を変えてみたところで、改めて振り返った。先ほど見えたものが雲散霧消していることを願って、もう一度、目を凝らした。

望みとはうらはらに、呆気ないほど簡単に焦点が合った。対象の大きさが明らかに増していたからだ。はかない願いが藻屑《もくず》と消え、さらには自分たちもが本当に藻屑と化す危機に瀕《ひん》していることを、その眺めは端的に伝えていた。

「棗よ——、たいへん言いにくいのだが、聞いてくれるか」

「いい加減にしろ。こっちはお前とちがって、馬の相手でたいへんなんだ」

「後ろから波が追いかけてきている」

数秒の沈黙ののち、

「今、何て言った?」

と棗は低い声で問い返した。

「最初は見間違えかと思ったけど、しぶきみたいな白っぽいものが坂の下のほうで騒いでいる。それがだんだん大きくなっている。ひょっとして、こっちに近づいているのかもしれない。いや、やっぱり気のせいかもしれ——」

「ちょっとお前、これ持て」

腰の前で組んでいた僕の指を、棗は強引に解いて手綱を握らせた。すぐさま腰をひねり、振り返った。

「何だか、低い震えるような音も聞こえてこないか?」

僕の声には応えず、棗は三十秒近く無言で坂の下を見つめた。そのまま黙って元の姿勢に戻り、ふたたび手綱を自分の手に戻した。

「ど、どうだった?」

「後ろを見るな」

「え?」

「お前の言うとおりだ。波が上がってきている。こっちに近づいている」

「ち、ちょっと待てよ。じゃあ、どうなるんだ、僕たち?」

「一秒でも早く浜に着くしかない」

緩やかな上り坂がだらだらと続く道の先に、浜は見えない。道のりはまだ半分を越えたばかり、どれだけ急いでもゴールまで十五分か二十分はかかるはずだ。

「い、急げ、棗ッ」

「うるさい、わかってるッ」

棗は鐙を蹴った。焦りがそのまま「チョウッ、チョウッ」という甲高い声となって口を衝《つ》いて出た。馬の走りがさらに勢いを増した。僕は頬を棗の背中に押しつけ、必死でしがみついた。清子が棗に手綱を預けたのは見事な眼力と言うほかなかった。もしも、僕が手綱を担当していたなら、こんな飼い主のように馬を乗りこなすことなど、到底できなかっただろう。

頬に水滴がぶつかった。ぎょっとして振り返ろうとしたら、今度は額に冷たいものを感じた。空を仰ぐと、鈍色《にびいろ》の濃度を増した雲が、切り取られた一本道の空を覆っていた。いよいよ雨まで降ってきたらしい。

雨を避けるように顔を伏せると、ちょうど棗の背中に隠れるような格好になったためか、耳を切る風の音がやんだ。代わりに届いたのは、まるですぐ後ろに迫っているかのような、重く、ぶ厚い震動音だった。

棗に止められていたが、確かめずにはいられなかった。棗の背中にしがみついたまま、首と目玉をせいいっぱい後ろへ向けた。

視界の端から飛びこんできた風景を、僕は瞬《まばた》きも忘れ、呆《ほう》けたように見つめた。

延々と続いているはずの、下り坂はどこにも見当たらなかった。

代わりに、猛り狂った波が、先を争い、重なり合って、しぶきを撒《ま》き散らしながら、まさしく怒濤《どとう》の勢いで這い上ってくる様がはっきりと見えた。

「な、棗ッ。来てるッ。どんどんこっちに来てるッ」

完全に悲鳴と化した僕の声に、

「くそッ」

と棗は二度、三度と強く馬の腹を蹴った。僕も少しでも気持ちが加われ、とばかりに、いっしょになって踵《かかと》を馬の腹に打ちつけたが、踏ん張りの利かぬ蹴りは、強靭《きょうじん》な馬の身体にまったく力を響かせることができなかった。

「駄目だ、これじゃあ追いつかれるぞッ」

「これが限界だッ」

棗の肩越しに坂の行方を確かめた。まだ道の終点には雲しか見えない。浜ははるか先だ。顔からいっせいに血の気が引いていくのを感じた。左右の壁に音が反響し、今や波の咆哮《ほうこう》はすぐ背中まで迫っているかのように鼓膜を叩いた。顔を後方にねじ向けると、馬の尻尾が狂ったように躍っていた。その向こうに、波の先頭の輪郭をはっきりと確認することができた。その距離はすでに二百メートルを切っているだろうか。こうして距離を測る間にも、どんどん近づいてくる。岩場が呑みこまれる。藻草やゴミが、一瞬波乗りしたのち泡となって消えていく。大きな倒木が波に拾い上げられ、着地とともに粉々に砕け散ったときは、もう少しで棗の前で組んだ手を放しそうになった。追いつかれるまであと一分か、二分か。左右の壁の高さは依然、二十メートルはある。濁流に巻きこまれ、あの倒木と同じ扱いを受けたのち、無事に湖面まで浮かび上がる自信など一《いち》分たりとも持てなかった。

急に頭がぼんやりとしてきた。いつの間にか聴覚が遠ざかり、棗の「チョウッ」という叫び声や、鐙で馬の腹を叩く振動が、ぶ厚い膜を隔てているかのように伝わってきた。

どうして、こんな目に遭うのだろう、と思った。僕と棗を指名して呼び寄せておいて、波に攫《さら》わせて命を奪うのなら、わざわざ突き当たりで水を授けた意味は何だったのか。明け方に証と称して、新しい力を確認する必要は何だったのか——、と絶望とともに自問したとき、

「力?」

と朦朧《もうろう》とした頭に、何かが引っかかった。

その瞬間、聴覚が一気に蘇った。

「な、棗ッ。力だ、力を放てッ」

「何だって?」

前を向いたまま、棗は叫んだ。

「今朝、木を割った力だ。あれで波を押し返せッ」

「そんなことできるわけないだろッ」

「できる。できるから、僕たちはここにいるッ。僕たちだから、あの水のありかがわかった。僕たちだから、このどう考えてもアウトな状況でも生還できるはずだ。だから、やれッ。じゃないと僕もお前も馬もみんな死ぬッ」

「こんな状況じゃ、集中できない」

「うるさいッ。できなくても、やれッ」

とありったけの声で叫んだ。組んでいた手が乱暴に引き離され、手綱を任せられるのを感じた。棗はそのまま背中を丸め動かなくなった。集中に入ったのだ。背後から迫る低い震動音に、水が跳ねる音がはっきりと混ざるようになった。一瞬だけ、視線を振った。波は百メートル後方まで迫っていた。波濤はもはや水の壁の半分の高さにまで達している。あんなものに襲いかかられたら絶対にひとたまりもない。

「来てるッ。棗ッ。もうそこまで来てるッ」

棗は動かない。

馬が藻草のかたまりの上を駆け抜けた。僕はそれを目で追った。一、二、三、四、五、六、七まで数えたところで、絨毯がめくり上げられるように、緑が散乱し、踏み潰されるように波に呑みこまれていった。

「だ、駄目だ、本当に追いつかれるッ」

と悲鳴を上げたとき、棗が身体を起こした。勢いよく腰をねじり、後方へ放たれた「ん」という短い声を、凶暴な音の洪水のなかに聞いた。

手綱を握りしめ、棗を抱えこむような体勢のまま、何とか背後の様子を確かめた。ほんの十メートル後方で波が鎌首をもたげるようにして、僕たちを見下ろしていた。手を伸ばしたら、弾け飛ぶ水しぶきに触れられそうだった。吸える限りに息を吸いこんだ。押し寄せる爆音に包まれながら、棗の脇腹に顔を押しつけた。

十秒、待った。

まだ、波に引きずりこまれなかった。

二十秒、待った。

まだ、生きていた。

息を止めたまま、目を開けた。

濁流の勢いを伝える轟音は何ら衰えず、今この瞬間にも絶望的な衝撃とともに頭の上から襲いかかってきそうだった。

それでも、おそるおそる首をねじった。

先ほどとほとんど変わらぬ、十メートル離れた位置で波が止まっていた。

それはつまり、馬と同じ速さに勢いが収まったということなのか。時間が経過するにつれ、少しずつ馬との距離が開いてきた。さらには先頭の波が急に泡立つように騒ぎだしたかと思うと、突然、逆流を始めた。

「や、やった。やったぞッ」

息を吸いこむと同時にむせるように叫んだ僕の声に、棗が「ふう」と小さいため息をつき、姿勢を元に戻した。

「でかした、でかしたぞ、棗ッ。おお、どんどん波が戻っていく。ああ、すばらしい眺めだ。最高だ」

浜から見た湖が割れるときの光景そのままに、波が坂を下り、ふたたび湖底に道が現れ始めた。

「おい、この指を放せ」

「お、おお、放す放す」

そう言ったものの、力を入れ過ぎたせいで、指がこわばって動かない。棗が無理矢理手をこじ開け、やっとのことで手綱を渡すことができた。

「浜が見えてきたぞ」

棗の声に肩越しにのぞくと、坂の上に松林の緑が浮かんでいるのが見えた。

「後ろは大丈夫か？」

音との距離感からも、波の脅威がひとまず消え去ったことは明らかだった。確認のために顔を向けると、早くも百メートル近く波は後退している。

「まだまだ逆流してる。まったくお前、大したもんだな。きっと僕がやっていたら、一メートルも下がってくれず、全員あの世行きだったろうよ」

来た道をさらに勢いをつけ戻っていく波の姿を、安堵《あんど》と愉快が混ざり合った気持ちとともに見送りながら、「ハア、助かった」と首を戻そうとしたときだった。

突如、視界に異質なものが映りこみ、僕はぎょっとして顔の動きを止めた。

波しぶきが過ぎ去り、顕わになったばかりの坂道を何かが塞いでいた。

離れているうえに揺れる視界も加わり、はっきりとは確認できなかったが、黒っぽい巨大な影が、波の引いたあとの道をまるで堰《せき》のように塞ぎ、ゆっくりと左から右へ移動しているように見えた。湖底からの高さはゆうに十メートル以上はあったのではないか。何かとてつもなく長く、大きなものの一部が、突如波が引いたために予定外に姿を現してしまった、そんな眺めだった。

僕は慌てて、棗の背中に視線を戻した。

決して見てはいけないものを見てしまった、となぜかはっきりと感じた。ペットボトルがごつごつと当たってくる制服の内側で、心臓がこわいくらいに高鳴っていた。

「どうした？」

「い、いや、何でもない、大丈夫だ」

本当に大丈夫かどうかなんてわからなかったが、今すぐにもう一度、確認する気にはなれなかった。しばらくうつむいて、鼓動が鎮まるのを待った。前方に砂浜と松林がくっきりと見え始めたとき、ようやく思いきって振り返った。

馬の足跡が下り坂にひたすら淡い線を描いていた。波は彼方に、ほとんど見えないくらい小さくなっている。湖底の道を横断していた巨大な影は、もちろんどこにも見当らなかった。

詰めていた息を吐き出した。

ふと空を見上げると、いつの間にか雨もやんでいた。

「助かった――」

と棗が絞りだすような声でつぶやくのが聞こえた。途端、腕から急に力が抜けた。それっきり、上半身に力が入らない。仕方がないので棗の背中にもたれかかった。胸のペットボトルの感触を確かめながら、「ああ、助かった」と改めて長いため息をついた。

＊

城に戻ったとき、裏門の詰め所の時計は十二時二十分を示していた。

約束していた時間をずいぶん過ぎているが、清子は焦る様子もなく詰め所の人間に、

「だいぶへたばっているから、たっぷり食べさせてやって」

と馬を預け、棗とともに本丸御殿への石段を上っていった。僕は清子らと別れ、ひとり舟着き場に向かった。

「あんたたちを待っている間に、ブタん十郎から電話があった。どういう訳かわからないけど、授業が終わってからじゃないと学校を抜けられないんだって。昼休みに入ったら学校を出るそうだから、少し遅れるみたい。校長もその時間に合わせてくるそうだから、あんたは城に着いたらブタん十郎を舟着き場に迎えに行って」

と帰城の途中に、清子から命じられていたからである。

昼休みの開始時間から考えて、淡十郎が帰ってくるまであと十分くらいか、と僕は舟着き場前の石段に腰かけ、舟の到着を待った。

石に触れただけで痛みが走る尻の位置を慎重に定め、内堀の水面をぼんやりと眺めた。ほんの数十分前の決死行がまるで夢の中の出来事に思える、そんな静けさだった。やはり「水平」という言葉のとおり、水は平らでいるのがいちばんよい、としみじみ感じた。

湖から持ち帰ったペットボトルは清子に渡した。「どう使うのですか？」と訊ねると、

「今までと同じように使うしかないでしょ」と清子はペットボトルを曇り空にかざした。つまり、中身をご神水として使う、ということだった。以前、パタ子さんは、すでに力を得た者がご神水を飲んでも新たな効き目はない、と言っていた。力の素養がない人間が飲んでも、もちろん何の意味もないだろう。僕も棗も清子も、すでにご神水を飲んだ身である。ならば、この状況で水を飲むべき人物はひとりしかいなかった。

「淡十郎が……、飲むでしょうか？」

うかがうように訊ねる僕に、

「あんたが説得しな」

と短く命じ、清子はペットボトルの底を僕の顔に突きつけた。

もしも淡十郎が飲まないと言った場合、僕と棗の命懸けのおつかいは完全に無駄になる。だが、今まで頑《かたく》なに力を受け入れることを拒絶し続けた淡十郎が、素直に飲むかどうか、僕には予想がつかなかった。何しろ、淡十郎から「これを飲むとどうなる？」と訊ねられても、僕には何の説明もできないのだ。

水音がいきなり鼓膜を叩き、驚いて顔を上げると、ちょうど目の前の堀に、水鳥が忙しなく羽ばたきながら着水するところだった。水面に足を突っ張るようにして減速し、下半身を沈めた鳥は、すぐさま澄ました顔で泳ぎ始めた。ときどき、思い出したようにくちばしを水中に突っこんだ。水鳥が渡ったあとに広がる波紋をぼんやりと見つめていたら、何の予告もなく、右手の石垣の陰から舟の先端がぬうと現れた。

舳先に姿勢よく座る、いつもの淡十郎の姿を認め、僕は思わず立ち上がった。しかし、

「おかえり」と勢いよく発しようとした声は、掲げた手の動きとともに、最初の「お」のところで止まってしまった。

淡十郎の後ろに、校長が座っていた。

こちらに背中を向けていたが、よく日に焼けた彫りの深い横顔を、見間違えるはずもなかった。

さらに校長と並ぶように座る人物の姿を認めたとき、僕は呆然《ぼうぜん》として手を下ろし、その場に立ち尽くした。

速瀬だった。

物珍しそうに周囲に視線を向けていた速瀬は、僕と目が合うと、

「あ、日出くん」

と驚いた表情とともに、手を振った。その声は相変わらず聞き取れぬほど小さく、僕はどう返事をしたらいいかわからぬまま、石段を下り、舟着き場にふらふらと足を進めた。

源爺が投げた縄の輪っかを受け取り、杭《くい》につなげ、腰を屈め舟のへりをつかんだ。後部では源爺が舟から伸ばした片足を板に置き、舟の動きを固定した。「あい、どうぞぉ」という源爺の声に、最初に速瀬が、次に校長が、最後に淡十郎がむっすりとした表情で降り立った。

「彼の厚意に甘えて、いっしょに乗せてもらうことになってね。今日は娘ともども、お邪魔させてもらうよ」

と淡十郎にいったん視線を置いたのち、校長はスーツの上着の襟を正しながら、穏やかな笑みとともに軽く会釈した。

校長の言葉には応えず、強引に淡十郎の腕を取り石段を上った。「どういうことだ」と押し殺した声で詰め寄った。

「何で、同じ舟に乗ってくる必要がある？　それより、どうして速瀬がいる？」

「彼女がいっしょに来ると言ったからだ。だから、授業が終わるまで学校を出られなかった」

「な、何で速瀬がそんなこと急に言い出すんだよ？」

「あの男がそれを望んだからだ。彼女には断ることはできない。僕もその申し出を拒絶することはできない。あの男が舟に乗って城に向かうと言ったら、僕も彼女も何もできない」

「そ、それって――、ひょっとして、二人して力を使われたという意味か？」

淡十郎は険しい眼差しを僕に向けた。ほんの一瞬視線が合っただけで、不愉快極まりないといった表情で顔をそらした。

「清コングはどうしてる？」

「清子さんは棗と本丸御殿で待っている。それより、お前、大丈夫なのか？」

「大丈夫だ、軽くかけられただけだ。舟に乗っている間に解けた」

と自ら確かめるように、淡十郎は手のひらを何度か開いては閉じた。その蒼白い横顔を見つめ、改めて怒りがこみ上げるのを感じながら、僕は舟着き場の校長親子に視線を落とした。

「すいません。速瀬は……、いえ、娘さんには帰ってもらうよう言ってもらえますか？」

校長はまぶしいものを見るように目を細めると、

「なぜかね？」

と穏やかな声で訊ね返した。

「無駄だ、涼介」と淡十郎が隣で低くつぶやくのを聞きながら、

「これからの、僕たちの話し合いに関係ないからです」

とはっきり伝えた。校長への恐怖心は不思議と湧いてこなかった。相手の力はもちろん承知しているが、まぶたの裏に生々しく焼きつく、あの波のおそろしさには敵《かな》わなかった。

「この城は私たちの祖先が、二百年以上も住み続けた、速瀬家ゆかりの場所だ。せっかくの機会だから、娘にも一度、見せてやりたくてね、それで連れてきた。君たちとの話し合いもそれほどこみいった内容ではないから、特に問題はないと思ってね。それにまさか、娘に危険が及ぶようなことはないだろうから」

と石段の左右にそびえる石垣を悠然と見回し、校長は最後に娘の顔に視線を置いた。

僕たちを呑みこもうとした波の物量感とはまったくちがう、別の種類の恐怖がひんやりと胸の底を這った。この男は自分の盾として、何かあったときの保険として、速瀬を呼んでいる——。

─ねえ、お父さん。別に私、帰ってもいいよ。変な話だけど、どうして急にここに来たいって言いだしたか、自分でもよくわからなくなっちゃった。何だか、私がいたら邪魔みたいだし、それにやっぱり午後の授業を休むのよくない」

僕たちのやり取りを不安げな顔で聞いていた速瀬が、小さな声を上げた。校長は「別にいいんだよ」と速瀬の幅のある肩にゆっくりと手を置いた。

「では、案内してもらおうか。時間も予定よりだいぶ遅くなってしまったからね」

と校長は僕たちを見上げると、石段に足をかけた。その後ろを、まるで今のやり取りなど何もなかったかのように、速瀬がどこかぼんやりとした表情で続く。その顔を校長の肩越しに見下ろした途端、ぞわわ、と不快な力の蠢動《しゅんどう》が訪れた。

「速瀬に何をした」

石段を近づいてくる校長にかすれた声を発した僕の腕を、「やめろ、涼介」と淡十郎が強く引いた。

「ここで争っても意味がない。あの男に余計な力を使わせるだけだ」

顔を向けると、淡十郎がこわい表情で僕を睨みつけていた。わかった、とほとんど声にならないまま僕がうなずくと、

「舟はもう乗らない。ご苦労だった」

と淡十郎は源爺に声をかけた。否でも応でも僕たちのやり取りを聞かされ、しわっぽい顔にさらに困惑の色を加え、途方に暮れた様子で舟の後方で待機していた源爺は、その言葉に二度、三度と頭を下げ、長い艪を水から引き上げた。

石段を上り、梅林を抜ける間、校長親子は会話もなく僕たちの後ろをついてきた。石垣に沿った道を進みながら、僕は淡十郎に湖での出来事を、校長に聞こえぬよう声を潜め伝えた。淡十郎は表情の読み取れぬ顔でそれを聞いていたが、

「つまり、僕にどうしろと言うんだ？」

と単刀直入に訊ねた。

「それは……」

僕は一拍置いたのち、

「おそらく持ち帰った水は、ご神水と同じ力を持っている。僕や棗や清子さんはもうご神水を飲んでいるから、効き目がない。あるとしたら淡十郎、お前だけだ」

とこの場に至り、曖昧《あいまい》な言い方をしても意味がないとストレートに伝えた。

「飲んだらどうなる」

「たぶん、力を得る」

「力を得たらどうなる。そこからどうやって、親父を元に戻す」

「それは、わからない」

「清コングは何と言っていた」

「お前を説得するよう言われただけだ。水を飲んだらどうなるか、清子さんもわからないと思う。最初から清子さんは、自分は声に従って動くだけだって言っていたからな」

「お前はどう思うんだ、涼介」

「僕は……、よくわからない。ただ言葉じゃ伝わらんだろうが、僕と棗は死ぬような目

に遭ってあれを持ち帰ってきた。だから、それだけの価値があってほしい」

「ただの湖の水をすくってきただけ、という可能性はないのか？」

「それは確かに否定できない。でも――」

刹那、水しぶきをまき散らし引いていく波から、突如身体を現した巨大な黒い影が脳裏に浮かんだ。

「でも、何だ？」

「う、うん……、やっぱり、普通の水ということはないように思う」

淡十郎はしばらく僕の顔を眺めていたが、「フン」と鼻を鳴らし、視線を正面に戻した。

長い藤棚をくぐり、本丸御殿への階段を上った。途中の踊り場を覆うように枝葉を伸ばす桜の下から、琵琶湖を望んだ。

僕と棗を乗せた白馬が砂浜に帰還し、二人とも湿った砂がつくのも構わず、地面に突っ伏している間のことだった。僕たちの到着を見届けたかのように、竹生島まで貫いていた湖底の道が消え始めた。と言っても、いきなり左右の壁が失われるといった乱暴なものではなく、まるで風呂の湯船が満たされるように、底から徐々に水位を戻しながら、湖は穏やかに原状回復を始めた。清子がひと休みした馬にまたがり、浜を去ろうとしたときにはすでに、下りスロープから湖底の姿は見えなくなっていた。それでも、水の壁がどこまでも続く壮観は変わらず、記念に写真でも携帯で撮っておけばどうだと棗にもちかけたら、「二度と思い出したくない」と本気で睨み返された。

校長に悟られぬよう、何気ないふりを装い、竹生島の方角を確かめた。まだ水位が戻りきっていないのだろう。竹生島の手前にか細い影のラインを認めることができた。今も島の竜神拝所に立ち、パタ子さんがこちらに視線を向けているような気がして、心の中で頭を下げた。まだしばらくは、島から船は出せないだろう。パタ子さんは、ここには来ない。どのような結末を迎えるにしろ、僕たちだけで校長の相手をするしかないのだ。

石段を上りきり、玉砂利が敷き詰められた向こうに本丸御殿の玄関が見えた。いかにも重たげな大屋根の下で、清子がひとりふてくされた表情で立っていた。

清子のもとに駆け寄り、

「棗はどうしたんですか？」

と訊ねると、

「黙って」

といきなり殺気立った声を向けられた。さらに「どいて」と険しい表情で告げられ、慌てて横に飛《と》び退《の》いた。清子は正面から近づいてくる校長を、眉間に深いしわを寄せ見つめていたが、急に大きく息を吐くと「駄目」と舌打ちした。

「な、何がですか？」

「校長を操ろうとした。だって、そうしたら全部解決でしょ。みんなを元に戻させて、そのあと力に関する記憶を無茶苦茶にしてやるの。でも、駄目だった。あいつ、どうやっているのか知らないけど、全然中に入りこめない」

「だ、だから、棗がいないんですか？」

清子が力を使うとなると、当然棗は平気でいられない。清子は「まあ、そんな簡単にいくわけないわよね」と自嘲《じちょう》めいた笑みを浮かべ、

「おかえり、淡十郎」

と遅れてやってきた弟に声をかけた。この姉弟、最低限の敬意を示しているのか、お互いの前では「ブタん十郎」と「清コング」を使わないことに、今さらながら気がついた。

それにしても――、何ということか。

戦いはすでに始まっていた。

＊

「どこで話し合いをするのかね」

という校長の問いかけに、

「応接室。いちばんいい部屋を用意してあげたから」

と清子はぶっきらぼうに答えた。

「ふむ」と校長は少し首を傾けると、

「建物の中は遠慮させてもらおう。何が仕組まれているかわからないからね」

と清子の背後に控える本丸御殿に視線を向けた。

「どうして？　あんた、自分の力に自信があるんでしょ？　なのに、盾代わりに娘まで連れてくるなんて卑怯《ひきょう》な真似《まね》までしておいて、今さら何を心配する必要があるのよ。そんなに心配性なら、最初から身の丈に合わないことなんか、しなけりゃいいじゃない」

清子の容赦のない言葉にも、校長は穏やかな笑みを口元に浮かべたまま、

「わかっているとは思うが、君たちに選択の権利はない。建物の外で、君たちとの話し合いは行う」

と変わらぬ口調で告げた。

「別にどこでも構わないけど、もうすぐ、また雨が降るわよ。それでも、外で話がしたいの？」

「案内してくれるかな。せっかく、これほど広々とした敷地を持っているのに、わざわざ狭苦しい部屋で話す必要もないだろう」

清子はしばらく校長の顔を眺めていたが、「変な男」と率直な感想を口にした。清子の言うとおり、いつ雨が本格的に降り始めてもおかしくない曇り空を見上げ、ふと、淡九郎おじの部屋でも、校長が暑いからと窓を開けたことを思い出した。よほど外の空気が好きなのか、それとも古い建物にいるとアレルギーでも起こす体質なのか、などと考えていると、「浩介の弟」と清子が低い声を発した。

「これからあの男を、あんたたちの部屋の前まで連れて行く。ここからいちばん遠い場所だから、外を回って着くまで時間も潰せる。淡十郎とあんたは今から食堂に行って。棗のあの子を呼んできて。そこに水も置いてある」

と僕にしか聞こえないボリュームで告げた。わかりました、とうなずき、すぐに隣の淡十郎の腕を引いた。

「淡十郎」

背後を抜け玄関へ向かおうとした弟を、清子は呼び止めた。

「水を飲むかどうかは、あんたの好きにしたらいい。ひょっとしたら、私のようになってしまうかもしれない。ならないかもしれない。飲んだところで、親父を助けられるかどうかもわからない。保証は何もできない。全部、自分で決めな」

淡十郎はいつもの仏頂面で姉の言葉を聞いていたが、何も返さず玄関へ入っていった。

玄関で靴を脱ぎ捨て、食堂へと急いだ。

長い年月を経て磨きこまれた廊下は、勢いをつけると簡単に靴下が滑ってしまう。太ももに力を入れ、摺《す》り足《あし》のような小走りで食堂を目指した。コーナーのたびに減速しきれずバランスを崩す僕とは対照的に、さすがここで生まれ育っただけあって、淡十郎は驚くほど器用に曲がっていく。

棟から棟へ、まるで廊下を掃除するように靴下をすりつけ到着した食堂では、入り口のドアが開け放たれ、正面の大テーブルに棗がひとりぽつんと座っていた。棗の前には持ち帰ったペットボトルが、その隣にはなぜかおにぎりが並ぶ大皿が置かれていた。

「校長が来た」

棗は硬い表情でイスから立ち上がった。

「何だ？　このおにぎりは」

「さっき、厨房《ちゅうぼう》で清子さんが作っていた。腹が減っていたら、食べたらいい」

そう言えば、朝食にフレンチトーストを食べてから、何も口に入れていない。緊張のためか空腹感はほとんどないが、腹ごしらえするに越したことはない、とひとつ手に取った。

「お前は食べたのか？」

と棗に訊ねたらなぜか目をそらされた。妙に思いながら一気に半分くらい齧《かじ》った途端、いきなり舌に激烈な刺激を受けた。

「な、何だよ、これ」

口の中に痛みを伴うほどの塩加減に思わず口を押さえると、棗が黙ってテーブルの上のティッシュ箱を差し出した。

「俺も無理だった」

「先に言えよ」

「清子さんに悪いだろ」

僕と棗のやり取りを完全に無視して、淡十郎はペットボトルを手に取った。そう言えば、部屋に入ったときから、淡十郎はおにぎりを見ようともしなかった。ひょっとしたら、姉の腕前をはじめから知っていたのかもしれなかった。

「ああ、それがさっき言っていたご神水だ」

口元のティッシュを丸めながら伝えると、

「何でこんなものに入っている？」

と淡十郎はペットボトルを顔の前に掲げた。

「入れるものがなかったからだ。島にいたパタ子さんが上から放ってくれた。たぶん、島の土産物屋で買ったんだろうな。ゴールデンウィークに島へ行ったとき、お前が飲んでいたやつと同じだろ？　まあ、確かにこんなものに入っていると、ご神水と聞いても、ありがたみがなくなってしまうけど」

しばらく難しい表情でペットボトルのラベルを見つめたのち、キャップを外して鼻を近づけ、慎重に匂いをかいだ。そのまま一気に飲むかと思いきや、やはりと言うべきか、ふたたびキャップを閉めてしまった。

「飲まないのか」

テーブルを挟み、その様子を見つめていた棗が低い声を放った。

「どうして飲まない。それを飲んだら、お前の親父さんが助かるかもしれない。ここを出なくて済むかもしれないんだぞ」

「別に何も起こらないかもしれない」

「それでも試す価値はある」

淡十郎はペットボトルをテーブルに戻すと、「棗広海」とどこか挑むような声色で呼びかけた。

「どうして、僕がこれまでずっと力を避けてきたかわかるか？　それは一度、力を得ると、世界を見る目が変わってしまうからだ」

淡十郎は棗を正面に捉え、肉《ふく》づきのよい頬を膨らませ言葉を連ねた。

「僕はこれから、もっと絵がうまくなりたいと思っている。陶芸も、彫刻も、もっとうまくなりたいと思っている。美しいものにもっと触れたい、近づきたいと思っている。でも、これはちがう。この力は自然じゃない。その源は自然の中にあっても、決して人間の世界とは相容れない。勝手に相手の心を操ったり、下らない喧嘩《けんか》の種になったり、全然美しくない。だから、これまで何があっても、僕はこの力を避けてきた。世界を見る目が変わることが嫌だったからだ。一度失ったら、僕の自然は二度と戻らない」

棗に向けられた強い眼差しには、淡十郎の力に対する嫌悪、いや憎悪の感情がはっきりと現れていた。

昨日の学校で、速瀬が父親と同じ力を持っているのではないかと疑った僕に、淡十郎は「彼女は自然だ。力を持っている人間に、あんな絵は描けない」と言い切った。彼女に力を使おうと提案したときには、自然が損なわれるからと断固反対した。舟着き場で校長につっかかろうとした僕を止めたのも、それ以上、速瀬に力が及ぶのを防ぐためだったのだろう。淡十郎は常に速瀬の内なる「自然」を守ろうとした。それはすなわち、淡十郎自身の戦いでもあったのだ。決して口にはしないが、すでに二度、自身が校長から力を行使されたことに対しても、相当腹を立てているはずである。

淡十郎の判断をすべて肯定するつもりはない。でも、淡十郎の気持ちはじゅうぶんに理解できた。この城を去ることになったとしても、日出家の誰かが死ぬわけではない。しかし、ここで水を飲んだら、淡十郎の内なる大事なものが死ぬかもしれない。望まない力を無理矢理持たされた苦しみなら、僕も嫌というほど知っている。それだけに、淡十郎に向かって簡単に水を飲めとは言えなかった。

「つまりお前は立ち向かわないということだ、日出淡十郎」

淡十郎の視線を正面から受け止め、棗はどこか乾いた声で告げた。

「今朝、清子さんがこの場所で、校長と戦うと言ったとき、お前は真っ先に賛成した。それなのに、自分が犠牲になるとわかった途端、今度は真っ先に降りると言うのか？道場でお前は、自分の力で未来を切り拓く、と言った。それは自分の未来だけを守って、残りは全員見捨てて逃げていく、という意味だったのか？」

「お、おい、それはさすがに言い過ぎだろ。淡十郎には、淡十郎の考えがあってだな――」

「別に俺は、お前の家がどうなろうと何の関係もない。勝手にしたらいい」

と棗は僕の言葉を遮り、暗い声で吐き捨てた。

「でも、ひとつだけ言わせろ。どれだけこの力を憎んだところで、俺は一生、力を捨てることはできない。それでも、俺にはやりたいことがある。だから、そんなふうに、自分だけがきれいでいるみたいに言うな。他の力を持った人間を、汚れたみたいに言うな」

静かな怒りを言葉の底から滲《にじ》ませ、そのまま食堂を出ていこうとする棗を、

「ま、待てよ。どこへ行けばいいのか、知っているのか？」

と慌てて呼び止めた。

「知らない」

「僕の部屋の前――、今朝、キャッチボールした芝生のところだ」

棗は「わかった」と低い声で返し、足を踏み鳴らし食堂から去っていった。ため息とともに視線を戻すと、淡十郎の仏頂面にぶつかった。その顔色はたいそう悪く、口元は何かをこらえるように、きつく閉じられていた。うつむき加減のその横顔は、何だか悄気《しょげ》ているようにさえ見えた。この男、ひょっとしたら生まれてはじめて他人から叱られたのかもしれなかった。

淡九郎おじの部屋で、淡十郎は校長に「お前を絶対に許さない」と宣言した。ならば、地の果てまで追ってでも、この男は自らの言葉を実行するだろう。ゆえに清子とともに校長と戦うことにも賛同した。ただ最大の誤算は、反撃の糸口がよりによって淡十郎最大の弱点にその位置を定めてしまったことだ。重い選択を前に、淡十郎は自分を取った。それもまた、どこまでも淡十郎らしかった。

「ほら、僕たちも急ごう。清子さんが待ってる。速瀬のことも心配だ」

多分に同情の気持ちをこめて、淡十郎の背中を叩いた。テーブルの水に一瞬、目を遣るも、結局手は伸ばさぬまま、淡十郎は入り口に向かった。僕も一度はその前を通り過ぎたが、やはりそのまま放っておくことはできず、ペットボトルを引っつかみ制服のポケットにねじこんだ。

いったん玄関に制靴を取りに戻ってから、ふたたび摺り足で自分の部屋を目指した。廊下の先に部屋の襖が見えると、心臓の鼓動が急激に高まり、首の血管までもが脈打ってくるのを感じた。襖を開け、畳に置いたままの段ボール箱をまたいだ。淡十郎は段ボール箱を避け、ご丁寧に部屋の隅を回って雪見障子の手前で僕と合流した。

面と向かった拍子に、淡十郎が僕のポケットから飛び出したペットボトルに気がついた。

「飲みたかったら、今すぐ言ってくれ」

と最後の確認をしたが、淡十郎は無言で障子に手をかけた。

「わかった——、行くぞ」

と対になった障子に手を伸ばし、二人同時に障子を左右に引いた。

＊

芝生の緑が一気に視界の前に広がった。

その真ん中に、校長と速瀬が立っていた。

縁側から離れていても、両者ともに背の高さが際立っている。校長は手を股間のあたりで合わせ、こちらに視線を向けていた。その隣で、速瀬は首をねじるようにして、庭を囲む白壁の向こう、薄暗い色合いとともに広がる琵琶湖を見つめていた。

「はあ、やっと来た」

と沓脱石に足を置き、縁側に座っていた清子が腰に手をあて大儀そうに立ち上がった。

「あれ？　棗は来てませんか？」

「知らない、見てないわよ」

何の躊躇もなく食堂を出て行くものだから、てっきり道を把握しているのかと思っていたが、御殿内で迷子にでもなったのか。

「で、飲んだの？」

僕の背後に淡十郎の姿を認めるなり、清子は問いかけた。

淡十郎は清子の前に進み、革靴を沓脱石に置いた。答える気がないようなので、代わりに「飲んでません」と僕はポケットのペットボトルを示した。

「そっか」

とそれだけつぶやいて、清子はピンクのサンダルで芝生に降り立った。

「ここらが潮時ってことかな――。まあ、あのクソ校長に何もできないんだから、どうしようもないわよね」

と意外にさばさばとした声で、前方の校長親子に顔を向けた。およそ三十メートル離れた位置で、やはり校長はじっとこちらの様子をうかがっている。

「これから、どうするんですか？」

「どうするも何も、あの男に言われたとおり、城を出るしかないわよね。そこから先はパティーにお任せ。結局、パティーがここに来るのが最初の予定より、少し遅くなるだけの話よ。でも、その前に、棗のあの子がいないことだし、もう一度試してみようかな」

「試すって……、何をですか？」

清子はパーカーのポケットに両手をつっこんだまま、背中を丸め歩き始めた。靴を履き終えた淡十郎がそのあとに従う。僕は慌てて沓脱石に革靴を放り投げた。

「これだけ待たせておいて、他の面々を呼びにいっていたわけではないのかね？」

つま先を靴に押しこむ僕の耳に、校長の声が届いた。

「ここに来るのは、もう少し時間がかかりそう。ちょっとした手ちがいがあって、途中で足止めを喰《く》らってるの」

「では、結論を先に聞かせてもらおう。マキノに大勢集まり、日出家の総意はどこに落ち着いたのかな？」

「へえ、何でそんなことまで、部外者のあんたが知ってんの？」

校長は薄い笑みを浮かべたまま答えない。清子は校長の手前三メートルで足を止めた。二人のやり取りに反応した速瀬が湖から顔を戻したが、相変わらずその目線はぼんやりと清子の頭のあたりを漂っている。

「私たちの答えを伝える前に、ひとつあんたに確かめたいことがあるんだけどいい？」

「何かね？」

「あんた、本当に親父を元に戻せるの？　それを確認しないで、返事なんかできない。もしも、あんたが親父を戻せないなら、話が全部変わってくる」

なるほど、と校長が大げさな仕草でうなずいた。僕は革靴のつま先を地面に打ちつけると、すぐさま清子を追って芝生を大股で進んだ。

「私がそれについての返答を拒否したら、どうするのかね？」

「どうして拒否する必要があるの？　そのほうが、話し合いがスムーズに進むのよ。聞いた話だとあんた、この前ここに来たときに、平和裏に解決したいとか何とか言ってたんでしょ？　なら、少しくらい自分でも実践しなさいよ」

校長は苦笑いを浮かべながら、

「だからといって、日出淡九郎を元に戻すわけにはいかない」

とまるで生徒をたしなめるような口調で告げた。

「そんなのわかってるわよ。だから、この子にやってみてって言ってるの」

と清子がいきなり振り返り、「浩介の弟」と淡十郎の背後に追いついたばかりの僕を指差したものだから、心の底から仰天した。

「え？　ち、ちょっと」

事態が把握できぬまま、近づいてきた清子にぐいと腕をつかまれた。

「この子を親父みたいに止めて、それからまた元に戻して。それを証明しても、あんたには何の損もないでしょ？」

「ま、待ってくださいッ」

尻ごみする僕を、清子は問答無用の勢いで引きずっていく。目の前を通り過ぎたとき、助けてくれと必死で手を差し出したのに、淡十郎には完全に無視された。

「やめてくださいッ、何するんですか、いきなり」

「別に死ぬわけじゃない。たぶん止められても、あんたの中じゃ時間が経過しないから、止められたこと自体、気づかない。もちろん、向こうが言っていることが本当だったらの話だけど」

「だ、駄目ですッ。それは絶対に駄目です。こんなのおかしいですッ」

「うるさい、さっさと前に進みな」

と清子は素早く背中に回り、思いきり体当たりを喰らわせてきた。つんのめるようにして飛び出した僕を、校長はどこか迷惑そうな表情すら漂わせ見下ろしていたが、

「わかった、仕方ない」

とあきらめたような声でつぶやいた。

校長はすうと右手を胸の前に持ってきた。

淡九郎おじの部屋で見せた仕草そのままに、人差し指を口元にゆっくりと寄せた。混乱しきった頭を鎮める間もなく、反射的に目をつぶった。あれほど悩んで湖西に帰らぬことを決断し、琵琶湖の底をわけもわからぬまま命懸けで駆けた結果がこれかと、唐突すぎる展開に何を恨めばいいかもわからぬまま、全身の筋肉を力の限りにこわばらせた。

ほんの数秒か、それとも数分か、時間を計れない感覚のなかで何かを待ち続けた。

「涼介」

いきなり耳元でささやかれ、びくりと身体を震わせた。

肩に手を置かれる感覚に思わずまぶたを開けると、正面で校長と目が合った。

校長は人差し指を依然、唇に添えていた。あのがらんどうの目でじっとこちらを見下ろしていた。

思わず、自分の身体を眺め回した。頬に触れ、皮膚の感覚を確かめた。

「大丈夫だ、お前は何もされていない」

という声に顔を向けると、淡十郎が僕の肩に手をのせていた。

「え?」

そのとき、すっと僕の隣を抜け、清子が校長の前に立った。

清子は右の手のひらを、校長の胸に静かにあてた。

「あんたに力を放とうとした一瞬、やっぱりまわりを囲んでいた壁が消えた。もう大丈夫、こいつの中に完全に入りこんだから。しばらくは好き勝手できない」

「じ、じゃあ、最初からそのつもりで……」

清子はちらりと振り返ると、

「囮《おとり》、ご苦労。あんたが本気でビビッたから、この男も油断した」

とにこりともせずに告げた。

腰が砕けたように、思わずその場に座りこんだ。

それに呼応するように校長が膝をついた。さらに上体を投げ出すようにして、豪快に芝生に倒れこんだ。

「面倒だから、眠らせた」

傲然と校長を見下ろし、清子は「ふう」と短く息を吐いた。相手を好き勝手に眠らせるなど、僕ではおそらく一生不念堂で鍛錬を積んでも到達できない領域だろう。

「タイミング的に危なかったけど、結果オーライだわ」

などとひとりで勝手に納得しているずんぐりとした姿を見上げ、よくぞ兄は「グレート清子」などというネーミングを編み出したものだと思った。もっとも、今の気持ちは

「グレート」というより「魔王」と冠したいくらいだったが。

「淡十郎、その子を先に家の中へ連れていって。かわいそうに、結構強めに力をかけられてる」

父親が倒れているというのに、わずかに不安そうな表情を浮かべているだけの速瀬の元へ、淡十郎はぎこちない動きとともに進んだ。自分よりだいぶ身長が高い相手を見上げ、その腕を引こうとするのだが、なかなかふんぎりがつかない。何度か躊躇したのち、やっと制服の端を少しだけつかんだ。

「涼介もいっしょに来い」

自分ひとりでは手に余ると判断したのか、あくまで命令調で助力を求める声がかかった。仕方ないと立ち上がり、ズボンに貼りついた芝を払おうとしたとき、

「え？　何で……」

というつぶやきが頭の上から聞こえてきた。

「どうしたんですか？」

面を上げると、清子が右手を倒れた校長の頭のあたりにかざしていた。つい先ほどまでの紅潮した表情とは打って変わって、やけに顔色が悪い。

「ない」

「え？」

「この男、力がない。こいつ、力なんか何も持っていない」

相手の言っている意味を、すぐには理解できなかった。

「力にまつわる記憶もない。親父の部屋でのことも、昨日の棗道場のことも、ここに来る途中のことすらも、何も記憶に残っていない」

とこれまで聞いたことのない、かすかに震える声で清子は言った。

「そ、そんなのおかしいです。だって、僕は実際に校長が力を使っている場面をこの目で見ました。パタ子さんが飛びかかったら、そのまま宙に浮いて。それに、現に淡九郎おじさんが――」

「言ったでしょ、この男は力をいっさい持っていない。普通の人間で、普通の校長。ただ、子どものときから父親や、そのまた父親に、ウチの悪口を散々吹きこまれてきたみたいだけど。札束で城を掠《かす》め取って、石走から自分たちを追い出した連中だって。けど、それだけ。力とは生まれてこの方、これっぽっちも関係ない」

何か反論したいが、言葉が見つからない。口に溜まった唾を呑みこみ、ただ呆然と地に伏した校長を見つめた。

「じ、じゃあ、今までの校長は何だったんですか……」

「操られていた」

その声に、清子がゆっくりと振り返った。

依然、速瀬の制服を遠慮気味につまみ、

「だから、外で話をしたがった」

と淡十郎は低い声で続けた。

「ど、どういうことだ？」

「建物の中だと、操る人間が外から力を及ぼしにくい。操りやすくするために、わざわざ屋外を選んだ」

その言葉に導かれるように、淡九郎おじの部屋でこれから話を始めようとした矢先、校長が急に窓を開けたいと言い出したときのことがふたたび蘇った。あれも、操る人間が外から力を放ちやすくするためだったのか。そう言えば、昨日の棗道場でも、校長の登場は屋外だった。

なるべくさりげない風を装って、周囲を見回した。広大な芝生をぐるりと囲む白壁、琵琶湖、御殿の屋根、縁側――、天候が崩れてきたからか、空も含め、動くものの姿はいっさい見当たらない。

「なるほどね、だからさっきはこの男の中に入りこめなかった。すでに先客がいたってわけだ」

同じく険しい眼差しで、素早く四方を確認した清子が忌々《いまいま》しそうにつぶやいた。

「でも、誰が……、そんなことを？」

「棗広海だ」

一瞬、息が止まり、僕はまじまじと淡十郎を見返した。

「ま、まさか――。いや、それはちがう。あいつはちがうぞ、淡十郎」

「そうじゃない」

と淡十郎は眉間にしわを寄せ、僕の背後を指差した。

「棗広海がいる」

「え？」

指の示す先に首を回すと、ちょうど障子を開け放した僕の部屋から、棗が出てくるところだった。棗は沓脱石には回らず、縁側から直接飛び降りると、靴がないのか、靴下のままこちらに向かって走ってきた。

「おいッ、今までどこにいたんだよ。これだけ遅れたなら、靴を取りに行く時間くらいあっただろう」

早とちりのせいで急に高まった鼓動を落ち着かせながら声をかけると、

「近寄れるはずないだろ。散々、力を使って出られないようにしていたのはそっちだろうが」

と明らかに怒気を含んだ声で返してきた。

「あ、そっか」

そもそも棗がいなかったからこそ、清子が校長に最後の仕掛けを放てたことを今さらながら思い返していると、

「壁を何枚も隔てていると薄まるみたいだから、離れて力がやむのをずっと待っていた。それでも、ひどい音だったが」

と僕の前で足を止め、棗は渋い顔で靴下の裏をのぞくと、貼りついた芝を一本つまんで捨てた。

「でもお前、食堂を出てからどこに行ってたんだ？　迷子にでもなったか？」

「親父と潮音《しおね》のいる部屋に寄った。お前たちの家のいざこざに首を突っこむことが急に

と気が変わったからだ。でも、部屋で二人の様子を見ていたら、やはり合流しよう
と気が変わった。部屋を出てこっちの棟に入ったら、いきなり力が放たれる音が聞こえ
てきた」

「昨日来たばかりなのに、よくあちこち部屋を覚えられるもんだな」

「普通だろ」

素っ気ない返事に、大いに鼻白むものを感じながら、

「まあ、お前がいなかったおかげでこのとおりだよ」

と多少の皮肉もこめ、倒れている校長を指差した。

「死んでいるのか？」

と棗は声を潜め訊ねた。

「まさか、眠っているだけだ」

僕は清子が校長の頭の中をのぞき判明した内容を手短に伝えた。

「操られている……、か」

と棗はうなるように声を漏らした。棗家で目撃した出来事を反芻《はんすう》しているのだろうか、
棗は僕と同じく何か反論したそうな表情で倒れた校長を凝視していたが、

「彼女も、校長が連れてきたのか？」

とようやく速瀬に視線を向けた。

「そうだ。校長から力をかけられて、まだ全然解けていない」

速瀬は淡十郎の隣で、依然ぼんやりと足元の芝生を見つめている。せっかく棗が目の

前にいるというのに、反応のない姿が何とも不憫《ふびん》だった。元に戻ったら、いのいちばんに、待たせすぎた棗に関する頼まれごとの答えを伝えよう、と決めた。

「何のため、校長は彼女を連れてきたんだ？」

「そりゃあ、自分の安全のためだろう。盾にしようとしたんだと思う」

「でも、結局、何の意味もなかったわけだよな」

と棗は敢えなく突っ伏す校長に視線を戻した。

「そう言われてみると、そうだけど――」

そもそも自分の安全も何も、校長には「自分」がなかったのに、と何か腑《ふ》に落ちないものを感じたとき、

「それでどうやって校長を眠らせたんだ？　奇襲でも仕掛けたのか？」

と棗が質問を変えた。

「いや、奇襲というより囮作戦だな。僕が見事囮を演じ、まんまと校長を引っかけた。そこへ、すぐ後ろにいた清子さんがずどんと一気に仕留《しと》めた、というわけだ」

「何だって？」

突然、棗はギョッとした顔を僕に向けた。

「な、何だよ」

「今、清子さんはどこにいたと言った？」

「どこって――、僕の真後ろだが」

「それって、この庭の中ってことだよな」

「当たり前だろ、ちょうどお前が立っているへんだよ」

棗は固まったようにしばらく僕の顔を見つめていたが、

「いいか日出、俺が何を言っても、絶対に視線を動かすな」

といきなり意味がわからないことを言い出した。

「俺の後ろの縁側に部屋が並んでいるな。その左から二番目の障子の向こうは何だ？」

「左から二番目？　どれだ？」

「馬鹿ッ、顔を向けるなッ」

殺気立った声に、慌てて首の動きを止めた。

「そこなら、僕のアトリエだが」

すぐには答えられない僕に代わって、淡十郎が正解を伝えた。

「そのアトリエにいた」

「誰が？」

「校長を操っていた人間だ」

一瞬の沈黙が場を支配したのち、

「どういうこと？」

と清子が僕の隣に進み出て、押し殺した声で訊ねた。

「俺は相手の力を感じ取ることができます」

「そうなの？」

清子から投げかけられた視線に、

「はい、棗家ではスタンダードな力らしいです。僕たちよりずっと前から、棗は校長のことに気づいていました」

と急ぎ補足説明した。

「続けな」

と清子はあごで促した。

「ちょうど日出の部屋につながる廊下に出たときに、いきなり音が聞こえてきたんです。慌てて来た道を逃げようとしたとき一瞬ですが、とても強い力を感じました。ちょうど場所から言って、左から二番目の障子のへんです。力を感じ取れると言っても、こいつくらいなら、この距離まで近づかないとわかりません」

と棗は遠慮なく僕の前に指を突き出した。

「でも、あのときはかなり離れた廊下からでも、はっきりと強い力を感じることができました。だから、そこから清子さんは奇襲をかけたのかと思ったんです」

「今も力を感じるの？」

「いえ、俺が庭に出てからは一度も」

「じゃあ、どこのどいつか知らないけど、あそこに隠れてずっと私たちの様子を見ていたってことだ」

と妙に平坦な声で清子は言葉を連ねた。

「馬鹿にしやがって――」

という暗いつぶやきが聞こえ、なぜか清子はサンダルを脱いで、裸足で芝生に立った。

次の瞬間、清子はいきなり駆けだした。

「だ、駄目です、清子さんッ」

「相手は好き勝手に力を消すことができるってことでしょ？　なら今逃がしたら、もう捕まえられない」

「と、止めろ、日出ッ。相手のほうが、清子さんよりさらに力が強いッ」

棗が靴下姿で清子を追う。僕も慌ててスタートを切る。しかし、そのぽっちゃり体形からは想像できぬピッチで、清子はぐんぐんスピードをつけ庭を突っ切ると、沓脱石を蹴って一気に縁側に飛び乗った。

「止まってください、清子さんッ」

棗の必死な声にも一顧だにせず、そのままの勢いで、清子はアトリエの障子を横に引いた。

タンッ、という甲高い音を立て、障子が開いた。

棗とともに縁側まで走り着いたとき、

「あんただったの――」

というかすれた声を聞いたような気がした。

それっきり、清子は動かなくなった。

「き、清子さん――？」

と呼びかけたとき、その丸い身体が音もなく前方に倒れた。

「清子さんッ」

「余計なことをする人だあ」

アトリエの中から、急に聞き覚えのある声がした。

ざわわ、とまるで相手の登場に怯《おび》えるように、胸の内側で力がのたくった。

開いた障子の間に、ひらりと藍色がのぞいた。いつもの庭仕事をしているときのはっぴを纏《まと》い、源爺がゆっくりとした足取りで縁側に現れた。

＊

頬に水滴を感じた。

次いであごと額に訪れた雨粒の感触もそのままに、呆然として縁側を見上げた。

「ぜ、全部、あなただったんですか？」

と震える声で訊ねると、源爺は眉をことさらに垂れ、しわの多い顔を泣き笑いのような表情に変えて、

「へい」

と短く答えた。

「ど、どうしてそんなことを——？」

源爺は僕の問いには答えず、清子をのぞきこむと、首を軽く振り、沓脱石のほうに向かった。

棗とともに縁側に飛び移り、清子の様子を確かめた。淡十郎のアトリエは絨毯敷きで

ある。相手を視認した驚きの表情のまま、清子は絨毯に倒れこんでいた。

足が縁側に投げ出されたままで放っておくことはできず、棗とともに清子をソファまで運んだ。淡九郎おじと同じく、清子の全身からはいっさいの弾力が失われていた。完全に硬直した状態で、ソファにバランス悪く横たわる姿に、最大の支柱を失ったショックがじわじわとこみ上げてきた。

「僕たちだけでどうすればいい？」

声に力が入らず、震えを帯びる手前で何とか止めた。棗も蒼い顔で清子の背中をじっと見つめている。

「涼介」

部屋の外から静かに名を呼ぶ声がした。

縁側に出ると、淡十郎が床板の向こうから胸から上の部分だけをのぞかせ、

「傘と毛布を取ってこい」

と手を差し出していた。「校長に使う」という淡十郎の言葉に視線を向けると、急激に暗さを増しつつある雲の下、倒れたままの校長とその脇に立ち尽くす速瀬の姿が見えた。

源爺はちょうど沓脱石に接した縁側のあたりに立ち、まるで僕たちの準備が終わるのを待つかのように、どこか申し訳なさそうな雰囲気すら漂わせながら、じっとこちらを見つめていた。

唐突に、学校からの帰り道、源爺から葦について教えてもらったときのことを思い出

した。源爺は水路に群生するのはアシではなくヨシだと言った。見た目は同じでも、アシのほうには茎を折ると綿のようなものが入っている。腹の中で悪いことを企む人を、ここらではヨシではなくアシなやつと呼ぶ、と説明してくれた。それを聞いて僕はすぐさま校長を「アシ」と断罪したが、実は、校長のほうが中身が何もない「ヨシ」だった。日々、僕と淡十郎を学校に送り迎えし、この城でともに暮らしていた源爺こそが、「アシ」だったのだ。

アトリエに戻り、僕が昼寝によく使う毛布と、デッサン用のがらくたの中から傘を急ぎ拾い上げた。傘を淡十郎に投げ、僕も毛布を抱え、芝生に飛び降りた。

すでに小雨が降り始めていた。

無言のまま、淡十郎と速瀬の前まで歩いた。芝を踏むたび、湿った音が返ってくるのを聞きながら、どうして昨日、校長はあれほどタイミングよく棗道場に現れたのか？とひそかに抱いていた疑問が自ずと氷解するのを感じた。学校からの帰り途、舟を漕ぐ源爺の前で、淡十郎自身がこれから棗道場に行くことをわざわざ伝えていたではないか。

さらには、校長がパタ子さんや引きこもりだった清子の存在を認識していたこと、日出一族がマキノに集まっていると知っていたこと――、マジックの種が次々と明らかになった。石走に来た初日、馬に乗った清子の名を最初に教えてくれたのが源爺だった。パタ子さんは城のマリーナからクルーザーでマキノに向かった。操縦した同僚にマキノの様子を聞けば、会合の存在をすぐに察することができるだろう。

「毛布を校長に――

という淡十郎の声に、脇の毛布を広げた。

どうやら清子は校長に相当強く力を加えたらしい。雨に当たっても、校長は芝に横顔を押しつけたまま、ぐっすりと寝入っている。上背がありすぎるため、頭の部分を先に毛布で覆うと、膝から下が全部出てしまった。

「濡れるから、これを持って」

淡十郎は速瀬に広げた傘を差し出した。

速瀬はゆっくりと手を持ち上げ、傘を受け取った。「ありがとう」と淡十郎を見下ろし、いつもよりさらに小さな声で礼を言った。少しずつ力が解け始めているのかもしれなかった。だが、その表情にはまだ鈍いものが残っている。

「僕はありがとうと言われることなんて、何もしていない。君はここにいて、お父さんを見ていてほしい。僕がかたをつけてくる」

と傘の柄《え》を握る速瀬の手を見つめ、淡十郎はぼそぼそとした口調で告げると、すぐさま踵を返した。慌ててあとを追う僕の耳に、

「たぶん、僕のせいだ」

というかすれた声が聞こえてきた。

「え？　何が？」

と訊ね返すも、淡十郎は振り向くことなく、源爺の元へと歩を進めた。

源爺は沓脱石を前に、縁側にたたずみ、静かに淡十郎を待ち構えていた。アトリエから出てきた棗が、縁側から飛び降りてこちらにやってくる。淡十郎は大きな沓脱石を挟

むようにして源爺の正面に立ち止まった。その後ろに、僕と靴下姿の棗が並んだ。「清子さんは？」と声を落とし訊ねると、「そのままだ」と棗は硬い表情で答えた。

結局、どうしようもない困難を前に矢面に立つのは、いつもこの姉弟だった。しかし、清子と決定的にちがうのは、淡十郎には何の力もない、ということだ。

「源爺――」

と淡十郎は静かに呼びかけた。

「へい」

と源爺が軽く頭を下げた。

「校長をずっと操っていたのはお前だったのか」

「へい」

「親父を止めたのも、棗道場で棗永海《ながみ》と棗潮音を止めたのも、お前だったのか」

「へい」

「なぜ、そんなことをした」

「力を得たからですぁ。わしゃあ誰よりも強い力を得ました。だから、使ったんです」

源爺は淡十郎の顔をまっすぐ見つめ、何ら臆することなく言葉を連ねた。

「それはこの家のみなさんがやってきたことと、同じでございましょう。わしは知っています。日出のみなさんは力があったから、こんな大きなお城に住むことができました」

「源爺、お前は日出家の人間なのか？」

「いいえ」

「棗家の人間なのか？」

「いいえ」

「なら、どうして力を持っている」

「それは自分でもわからねえです。でも、急にむかしの記憶が蘇ったんです。わしゃあ、もともと力を持っていたんです。それを先代様から、記憶といっしょに封じられたのです。わしゃあ怒っています。そんな人の頭の中身を勝手にいじって、大事な思い出を消してしまうなんて、先代様でも許せんです」

いかにも憤慨したように、源爺は拳を握り、藍色のはっぴをうち叩いた。「先代様って、淡八郎《たんはちろう》じいさんのことか？」と耳打ちすると、淡十郎は黙ってうなずいた。僕がはじめて石走を訪れたのは小学三年生のとき、淡十郎の祖父にあたる、「先代様」淡八郎じいさんの葬式に参列するためだった。

「源爺、親父を元に戻せ」

と淡十郎は抑えた声で命じた。

「それはできません、淡十郎ぼっちゃん」

と源爺はとても悲しそうな表情とともに首を横に振った。

「わしゃあ決めました。わしはあの校長さんを使って、この城をいただきます。わしは先代様にだまされたのです。たくさん記憶を消されて、それを知らぬまま、この城で五十年も働くことになりました。わしゃあ庭いじりが好きなんで、先代様にはここで働けることをいつも感謝していました。でも、今となってはそれを笑いながら聞いていた先代様が憎らしくて仕方ないです。悪いことをした罰を、日出のみなさんにはちゃんと受けてもらいます。あの校長さんも、日出のみなさんに対して、たいそう怒っていました。でも、そこの棗の人には別に恨みはねえです。棗のみなさんも日出と同じ力を持っていると、先代様に教えてもらいました。それなら、やはりいなくなってもらわないと困るわけですぁ」

源爺の言葉に、棗が一歩、身体を前に進めた。握りしめた拳が震えるその腕を、慌てて「やめろッ」と引いた。

「淡十郎ぼっちゃん、どうか大人しく、みなさんを連れて、ここから出て行ってくだせえ。わしゃあ、約束は守ります。みなさんが、立ち去ったときには、ちゃんと淡九郎さまを元に戻します。棗のみなさんも戻します。清子さまだけは、ちょっとこわいので最後に戻します」

徐々に雨足が強まってくる。淡十郎は微動だにせず、縁側の源爺を見上げている。赤い制服が雨に濡れ、肩と背中が暗い臙脂《えんじ》に色を変えていく。その表情はうかがえずとも、まったく変化を感じ取れないその声から、淡十郎がいつもの仏頂面で源爺と対峙《たいじ》していることは容易に想像できた。

「源爺、その蘇った記憶というのは何だ」

「わしの大切な、子どものころの記憶です。先代様は、わしから力のことを忘れさせるために、わしの母《あば》や父《おど》や、ほかのふるさとの思い出までごっそり隠したんです。わしゃそうそう、ちょうどお二人と濤子《とうこ》さまを竹生島に連れていった、その帰りのときですぁ」

「あれは――、琵琶湖の上にいたときでした。急にむかしの記憶が、ぽっこぽっこと湧くように蘇ってきたんです。わしゃあびっくりして、ちょっと操縦があぶなかったです。

源爺はしばし宙に視線を漂わせたのち、

「いつ、その記憶は戻った」

あ、とても腹が立っています」

と僕と淡十郎を順に指差した。

「それで城に戻ったら、ばったり校長さんに出会ったんです。なぜだか校長さんがたいそう淡九郎さまのことを嫌がっているのがぞわぞわと伝わってきて、わしも帰りの船でいろいろ思い出して腹を立てていたんで、試しに力を使ってみたです」

「どうして、お前は力の使い方を知っていた」

「先代様です。先代様はわしに力のことをいろいろと教えてくれました。でも、そのあと根こそぎ記憶を奪い取ったです。いっしょに母《あば》や父《おど》の思い出まで奪い取ったです」

怒りゆえか、ときに甲高く跳ね上がる源爺の声を聞きながら、竹生島にご神水を飲みにいった帰り、城内で偶然、校長と遭遇したことを思い返した。あのとき、はじめて校長のがらんどうの瞳を見た。てっきり、その瞳は淡十郎を捉えていたと思いこんでいたが、そうじゃなかった。あの視線は淡十郎ではなく、その背後に立つ源爺に向けられていた。僕たちは校長が源爺に心を奪われる瞬間に、何ということか、立ち会っていたのである。

「校長さんは、意外とねちっこい人で、わしの力がよぉく染みこんだです。何度も練習して、わしの思うたとおりに動くように仕組んだです。校長さんがあまり遠くにいたり、建物の中にいたりだと、力が届かないこともわかってきて――、そう、学校の廊下で、お二人をすっ転がすのがせいぜいでございました」

思わず「あ」と声が漏れた。確かに学校の廊下で、淡十郎と何度も足を滑らせたことがあった。あのとき廊下の端に、確かに校長のスーツ姿を見たことを思い出しながら、改めて何もかもが周到に準備されていたのだと知った。淡十郎とともに校長を舟に乗せ城に連れてきたことも、常に至近距離からコントロールするための作戦だったのだろう。

「校長さんは残念ながらああなってしまいましたが、こわい清子さまはもういねえです。淡十郎ぼっちゃん、どうかあきらめてここを出て行く準備を城のみんなに命じてくだせえ。みなさん方がどれだけ束になってかかってきても、わしにゃ勝てねえです」

その静かな語り口が、逆に源爺の確固たる自信を強烈に伝えていた。どれほど穏やかな表情で縁側にたたずんでいようとも、源爺が気まぐれに指一本を動かしただけで、僕たちの未来は一瞬にして消し飛ぶのである。この場に立っていることに急にそらおそろしさを感じた。源爺の言うとおり、僕たちにとって唯一無二の対抗手段だった清子を失った時点で、できることはもはや残されていないのだ。

「た、淡十郎――、ここはひとまず、相手の言うとおりにしよう。パタ子さんとよく相談してだな」

弱気に駆られ、僕は斜め前方の淡十郎の肩に手を置いた。

肉づきのいい肩がゆっくりと上下し、大きなため息をつくのが手のひら越しに伝わったあと、

「わかった」

と淡十郎は低い声を発した。

淡十郎は振り返ると、僕の顔を正面に捉え、

「やっぱり、僕のせいだ」

と聞き取りにくい発音でつぶやいた。

「だから、それ何のこと――」

淡十郎は僕の制服のポケットから、素早くペットボトルを引き抜いた。まるでちょっとのどが渇いたからと言わんばかりに、とても自然な動作で淡十郎はキャップを外し、口元へ持っていった。

「お、お前……」

一度も口を離さぬまま、淡十郎は最後まで水を飲み切った。空になったペットボトルを僕のポケットに戻し、「結局、僕もあの湖の虜《とりこ》だったということだ――」と自嘲めいた笑みとともに、口の端を手の甲で拭った。

「ど、どうだ――？」

「不味《まず》い。やっぱり、琵琶湖の水そのままだからかな」

「そ、そうじゃない、力のほうだ」

「別に。何もない」

と淡十郎は素っ気なく首を横に振った。

その答えに、淡十郎の肩に置いたままの手が自然とずり落ちた。あれほど苦労して持ち帰ったのに、結局は僕たちは何でもないただの水たまりの水をすくってきただけだったのか――。

そのとき、不意に気がついた。たとえ僕たちが汲《く》んだ水が本物で、淡十郎に力が備わったところで、それをどう使えというのか。いくら赤ん坊のときにかわらけを割ったとはいえ、淡十郎は肝心の力の使い方をこれっぽっちも知らない。どれほど生まれつき肩がいい人間でも、握り方と投げ方を教えてもらわなければ、正しいピッチングはできないのである。

ああ、ここに清子がいてくれたら、と叫び出したいような気持ちで思った。苦し紛れに、「さっき波を押し返したように、お前が力を使っても駄目かな」と隣の棗に持ちかけた。「俺に人殺しになれと言うのか」と棗は硬い声で返してきた。長い前髪が雨に濡れ、顔の上半分を汚らしく覆っても、棗はそれをかき上げようともしなかった。

棗の言うとおりだった。今さら源爺に物理的な攻撃を加えてどうしようというのか。半殺しの目に遭わせ、命と引き替えに清子たちを元に戻させるというのか。ならば、そのあとは？　源爺が回復して、また同じことをしたときは？　そんなことを続けていたら、最後に残される選択は、源爺をこの世から消し去るしかなくなってしまう。

「すまない、棗」

考えなしの発言を謝ると、

「別にいい。お前はよくやった。お前がいつも脳天気に構えているから、俺も平気でいられた」

と背中を叩かれ、どう返していいかわからぬまま、僕も棗の背中を叩き返した。

「どうする、淡十郎」

僕と棗が短いやり取りを交わす間、淡十郎はじっと僕たちの背後を眺めていた。視線を追って振り返ると、暗い琵琶湖にまるで噴煙のようにどす黒い雲が低く垂れこめていた。その手前に速瀬の姿が見えた。校長のそばに屈み、毛布に覆われた父親の頭の部分が濡れぬよう、傘をかざしていた。

淡十郎はゆっくりと身体の向きを正面に戻すと、

「源爺――、もう一度だけ言う、親父と清子を元に戻せ。棗家の二人も元に戻せ」

と静かに告げた。

「それはできねえです。これ以上は、もうやめてくだせえ。そうでないと、淡十郎ぼっちゃんまで、みなさんと同じ目に遭わせてしまうことになります。それはわしも嫌です。本当は昨日、棗道場で校長さんを使って、みなさんのことを全員止めてしまおうと一度は考えたです。でも、急に変な声が聞こえてきて、わしゃあ、びっくりして逃げてしまったです」

「変な声？」

「へい、棗道場から少し離れたあたりで、わしは隠れていたです。そうしたら急に空が全部鳴ったような、聞いたことのない大きな音で、『誰だ』とか『どこにいる』みたいな声が聞こえたんですぁ。変な言葉で何て言ってるかよくわからないのに、確かにそんな風に言っていたんですぁ。そうしたら今度はすごい音がして、道場のへんから水のかたまりが空に飛んでいくのが見えて――、もうわけがわかんなくなって、わしゃあ校長さんを連れて逃げたです。でも、そのおかげで、みなさんは助かったんです。せっかく助かったものを、大事にしてくだせえ」

遠方で、雷がひとつ鳴った。

振り返ると、ここまで音が届かぬほどの遠くで、琵琶湖の上空がしきりに光っていた。まるで、琵琶湖がものも言わずに怒っているようだった。

「源爺、それは警告だ」

淡十郎の言葉を肯定するように、またひとつ雷が離れたところで鳴った。

「源爺、今ならまだ間に合う。親父たちを戻せ。すべてをなかったことにする。清子に言って、全員の記憶を消させる。僕が約束する」

「せっかくのお話ですが、お断りですぁ。そうやって、まただまされて、記憶を奪われるのはもうまっぴらです」

と源爺は急に声を荒らげると、

「もうこの話はおしまいです。もしも、城を出て行く気がないなら、残念ですが三人さんとも止めてしまいます。それで淡九郎さまたちといっしょに、運んでもらいます。だから、あまり、わしをいらいらさせねえでください」

雷が少しずつ近づいてきている。風も急に強まってきた。雨が角度をつけて頬を打ちつけ、周囲の芝がいっせいに騒ぎ始める。

「涼介――」

と淡十郎が背中を向けたまま声を放った。

「僕のせいだ」

「だ、だから、さっきから何を――」

「僕が源爺に神水を飲ませた。源爺の力を開放したのは僕だ」

一瞬の間が空いたのち、

「い、いつ、そんなことを？」

と思わず裏返った声で訊ねた。

淡十郎は窮屈そうに首をねじり、蒼白い顔を向けた。

「竹生島に行ったときのことを覚えているか？　お前とパタ子さんがかわらけ投げをしている間に、僕は瓶に入っていた神水を捨てた」

「ああ、それなら前に聞いた」

「地面が濡れていたらバレてしまう。だから、飲み終えたペットボトルに瓶の中身を全部、移し替えた」

「ま、まさか――、それを」

「力がない人間が飲んでもただの水だ。もちろん僕もそのつもりだった。だが、源爺は力を持つ人間だった。理由は知らないが記憶といっしょに封じられていた力が、そのとき蘇った――」

僕は呆然とポケットに差しこんだ空のペットボトルに視線を落とした。竹生島で淡十郎が源爺にペットボトルを渡したシーンなら、今でもよく覚えている。それをあっという間に、源爺が飲み干してしまったことも。先ほど食堂で、淡十郎は難しい表情でラベルを見つめていたが、あのときと同じペットボトルを前に、何か予感の訪れのようなものがあったのか。

「全部、僕のせいだ。だから、僕がかたをつける」

その膨らんだ頰を雨が乱暴に叩いても、もはや拭おうともせず、淡十郎は低い声で宣言した。前に向き直る間際に目が合った。淡十郎は見たこともないくらい、悲しそうな顔をしていた。

「淡十郎ぼっちゃん、もう、これが本当の最後です。今すぐ、この城から出て行きなせえ」

「僕たちは、この城に残る。去るのは源爺、お前のほうだ」

「残念です、淡十郎ぼっちゃん。申し訳ねえですが、みなさんも淡九郎さまと同じようにさせてもれえます。さっきの校長さんのときは、うっかりしてしまったけれど、今度は逃げられねえ」

と源爺は右手をすうと口元に近づけた。

「駄目だッ、逃げろ、源爺、淡十郎――」

「僕も残念だ、源爺」

相手から死刑宣告を受けても、淡十郎はまったく声の調子を変えることなく、

「去るべし――」

とまっすぐ源爺を指差した。

淡十郎の腕を背後から引っつかみ、「走れッ」と叫んだとき、

「な、何です、この声は――」

と人差し指を口元にあてたまま、源爺が急に狼狽《ろうばい》の声をあげた。

「お前は見つけられたんだ、源爺」

「た、淡十郎ぼっちゃんにも聞こえるのですか？　『お前を見つけた、お前を見つけた』って言ってます。何ですかこれッ」

「源爺、お前はここの湖の民じゃない。なのに、よその縄張りで力を使いすぎた――」

突如、思わず耳を塞ぐほどの、激しい雷が真上で鳴り響いた。風が巻き上げるように吹き荒れ、それに煽《あお》られた雨粒が、地面から逆立つように顔に当たってくる。源爺のはっぴが乱暴に翻り、縁側に進入した雨が源爺の背後の障子に「ばらら」と弾のような音を立てて突き刺さった。すでに源爺の表情に、先ほどまでの悠然とした構えは微塵も見当たらなかった。両手を口にあて、何ごとかつぶやきながら、おろおろと空に視線を向けている。

「源爺、最後にひとつだけ教えろ。なぜ、彼女を――、校長の娘を連れてきた」

その問いかけに、源爺はふいと淡十郎に顔を向けた。

狼狽しきった表情が一瞬消え、いつもの泣いているか笑っているかよくわからぬしわ

っぽい顔に、はっきりと笑顔が浮かんだように見えた。

「それは――、淡十郎ぼっちゃんがあのお嬢さんのことを美しいって、学校の帰りに舟で言うのを聞いたからですぁ。お城を出たら、もう二度と会えなくなるのはとてもかわいそうだと思ったです。それで、校長さんに声をかけさせたんです。わしゃあ、ふるさとの好きだった子のことを五十年間もずっと忘れさせられて、とても悲しかったです。だから、淡十郎ぼっちゃんにはしっかりと記憶に留めてほしかったんですぁ」

ふたたび雷鳴が真上で轟《とどろ》いた。まるで何かの咆哮《ほうこう》が混じっているかのように、空気がその余韻を伝えびりびりと震える。まだ昼過ぎのはずなのに、いつの間にか、周囲は完全に夜の漆黒に覆われていた。

「逃げろ」

という淡十郎の声を、いよいよ轟く雷鳴のなかに聞いた。

「逃げろ、馬鹿源爺ッ。あれが来るッ――」

淡十郎が首をねじって空に視線を向けた。目も開けられないほど強い雨に逆らってその視線を追ったとき、なぜか真っ暗な空が動いているように見えた。

凄《すさ》まじい爆発音とともに空が光った。

その瞬間、考えられないほど巨大な何かが、真上の空を横断していることを、光を遮る影の形から知った。

「みなさん、伏せてくだせえッ」

という源爺の絶叫が聞こえたとき、耳をつんざく雷鳴とともに、風と雨がない交ぜになった強烈な圧が頭上から襲いかかってきた。

思わず目を閉じ、顔を伏せたとき、急に足元の感覚が消えた。

あっと思ったときには、すでに僕の身体は宙に浮いていた。

吹き飛ばされるように、御殿の前から身体が離れていくのを、コマ送りのような感覚のなかで見送った。

視界の下の部分で、縁側に立った源爺がこちらに手のひらを向けているのが見えた。だが、一度まばたきして、ふたたび目を開いたとき、そこから源爺の姿は消えていた。

とてつもない轟音が鼓膜を震わせるのを感じながら、鈍い痛みとともに背中から芝に落ちた。強い風に煽られ、落下したのちも、身体が地面を滑っていく。その途中も、僕は目を見開いて、源爺が立っていた場所を捉え続けた。

僕は確かに見た。

黒く巨大な、とんでもなく長い何かが、暗い空から一気に降下し、ふたたび「U」の字を描くようにして上昇していくのを。

それはまさに、僕が湖底の道に一瞬見かけた、何かの気配そのものだった。

破裂したような音を響かせ、雷がすぐ近くに落ちた。

空から一本降り立った光の筋が、上昇する巨大な影を一瞬、真横から照らし出した。その側面を、黒い鱗《うろこ》のようなものが列を成してびっしりと覆う様をはっきりと目撃した。

雷とは明らかにちがう、野太い咆哮が空全体を覆い、まるでその帰還を祝うように、雲から雲へ雷が光を渡し、風雨が狂ったように舞い踊った。

その時間は五分だったか、十分だったか、全身ずぶ濡れのまま芝に転がり、狂乱のときが終わるのを待った。

やがて、雷がやんだ。

雨も徐々に大人しくなってきた。

それでも、僕は立ち上がらなかった。

同じく棗も芝の上に転がったまま、御殿の方向をぼんやりと見つめていた。速瀬はと振り返ると、とっくに傘は吹き飛ばされたのか、倒れた校長に覆い被さるようにして、呆然と空を見上げていた。

視界の隅で淡十郎が立ち上がり、よろよろとした足取りで御殿へと進んでいくのが見えた。

僕たちが先ほどまで立っていた場所は、すでに存在しなかった。

源爺が立っていた縁側も存在しなかった。

地面をそのままえぐり取るようにして、御殿の一部が丸ごと消えていた。壁は崩れ、折れた梁《はり》がむき出しになり、瓦が一枚、自らの重さに耐えかね滑り落ちた。

「源爺ッ」

と淡十郎が名前を呼んだ。

「返事をしろ、源爺ッ」

と淡十郎は消えた御殿に向かって、声の限りに命令した。

「僕の前に出てこい、源爺ッ、源爺ッ、源爺ッ、源爺ッ」

物音ひとつ立たない廃墟に向かって、淡十郎は叫び続けた。

しかし、二十度目に名を呼んだくらいだったろうか。

淡十郎の声が急に弱くなった。

それでも何度か、源爺を呼んでいたと思う。しかし、正座をするように淡十郎が地面に腰を落とし、そのまま自らの胸を抱くように崩れたあとは聞こえなくなってしまった。代わって途切れ途切れに伝わってくる、淡十郎がすすり泣く声を聞きながら、黙って空を見上げた。

いつの間にか雨がやみ、琵琶湖の上空にはうっすらと雲の切れ目が生まれていた。陽の光が一本、柱となって湖に降り注ぎ、嵐が過ぎ去ったことを静かに伝えていた。

＊

折れた柱や、瓦や土壁の破片を避《よ》け、縁側の床板が途切れたところから足元を見下ろした。

ちょうどアトリエの隣、淡十郎の部屋の途中から始まり、ひとつ空き部屋を挟み、僕の部屋までが、ごっそり土台から建物ごと消え去っていた。まるで隕石《いんせき》が落ちた跡のように地面にぽっかりと穴が空き、まさに根こそぎ削り取られている。穴を隔てた先には、僕の部屋の断面が見える。斜面に向かってずり落ちそうになっている畳の奥に、四個用意していた段ボール箱のうち一個だけが、ぽつんと生き残って蓋を空に向けていた。天井が吹っ飛んでいるので、本当に空に面している。

ポケットのペットボトルを手に取り、足元に放った。えぐられた斜面を軽い音を立てて転がり落ちた空のペットボトルは、底に溜まった水たまりに、他の瓦礫《がれき》とともにぷかりと浮かんだ。

振り返ると、棗が壁に頭を預けるようにして座っていた。長い足を床板に投げ出し、ぼんやりと庭の芝生を眺めている。アトリエの障子を挟み、僕も腰を下ろした。まるで何ごともなかったように澄ました表情で庭の向こうに広がる琵琶湖を前にすると、無性に腹が立ってきて、思わず視線をそらした。

すでに背後のアトリエに、清子はいない。

淡九郎おじの寝室に運び、今は父親の隣のベッドに横たわっている。

壁に後頭部を押し当て、空に戻ってきたとんびの旋回を目で追った。制服はまだ湿っているが、もうどうでもよかった。なぜか、朝食ではまったく口に合わなかったフレンチトーストをまた食べたいな、と思った。

予期せぬ物事の終わり方に、いまだ現実を冷静に肯定することができない。源爺という力の源が消えたことで、時間を止められていた面々が元に戻るのではないか、という希望的観測が木っ端微塵《こっぱみじん》に打ち砕かれたショックからは、そう簡単に立ち直れそうにない。

元医師の老人は、僕たちに言った。

「もう、わしにできることはないよ――」

全身びしょ濡れのまま芝生から起き上がり、真っ先に僕が行ったことは、淡十郎とともに清子を老人の元に運ぶことだった。棗はひとりで校長を担ぎ、淡九郎おじの寝室近くの空き部屋に運びこんだ。同じく濡れそぼった姿のまま、速瀬も自ら歩いて校長に付き添った。

淡九郎おじの寝室では、元医師の老人がパタ子さんの到着を、何ら状況を知らされぬまま、じっと待ち続けていた。そこへ僕と淡十郎が清子を担ぎ飛びこんできた。「何だ、何だ」と慌てふためく老人だったが、診察を始めると、ものの一分もかからず、

「親父さんといっしょだな——」

という結論を下した。

淡九郎おじに何か変化はなかったかと訊ねたが、隣のベッドに視線を向け、

「あのとおり何も変わらないが、なぜ？」

と逆に問い返された。棗親子の診断も頼んだが、回答は同じく「何も変わらない」だった。清子も、淡九郎おじも、棗永海も、棗潮音も、源爺の力を受けたときの状態のまま、いっさいの変化を拒み続けていた。つまり、源爺がいなくなっても、加えられた力は何も解けなかったのである。

あまりに残酷な結末に、棗は廊下にしゃがみこんだまま動かなくなった。淡十郎も漆《しっ》喰《くい》の壁を見つめ、呆然と立ち尽くした。かけるべき言葉を何も見つけられぬまま、僕はただ二人の後ろで突っ立っていた。

「わしの用は終わりかね？」

棗親子の部屋から出てきた老人が、控えめな声で訊ねた。僕は老人の袖を引いて、速瀬と校長の待つ部屋へ向かった。「そろそろ何があったか、教えてくれてもいいんじゃないかね」とつぶやきつつ、老人は校長と速瀬の診察をしてくれた。校長は眠っているがまったくもって正常、速瀬は軽い貧血を起こしているとの診断だった。老人は速瀬にしばらくここで休むように告げたが、「今すぐ帰りたい」という声が、部屋の外で待つ僕の耳まではっきりと届いた。

「あのままだと風邪を引くから、せめて着替えの服を」

部屋から出てきた老人の声に、僕は淡十郎と棗の元に戻った。速瀬の言葉を伝えると、淡十郎は車を手配するために立ち去った。僕は棗から電話を借り受け、パタ子さんに電話した。

パタ子さんはまだ竹生島で足止めを喰らっていた。割れていた湖面が修復されたのちも、湖上の風と波が強く、船を出せない状態が続いたのだという。そこに嵐が訪れ、今になってやっと波が穏やかになってきたとパタ子さんは言った。パタ子さんに多くは説明しなかった。すべては石走に到着してから話します、と伝え、代わりにパタ子さんの部屋で触れてよい引き出しの場所を教えてもらった。もちろん、身長百七十センチを超える女性用の服を貸してもらうためである。

着替えとバスタオルを持って、速瀬の部屋に戻った。襖の前で、「日出だけど、着替え、置いておくから」と声をかけた。返事は何も聞こえなかった。しばらく廊下を進んで振り返ると、襖が小さく開き、着替えを取る腕が見えた。その眺めに、これまで曲がりなりにも、か細い糸が通じていると思っていた速瀬とのつながりが、完全に途切れたのを感じた。

暗い気持ちを引っさげ廊下を戻ると、棗は依然、淡九郎おじの部屋の前で壁にもたれて立っていた。眉間にしわを寄せ、天井を見上げ、じっと何かを考えている。話しかけられることを強く拒絶するその空気に、居場所を定められずにいると、淡十郎が帰ってきた。車の準備ができたから、これから校長親子を家まで送り届けると言う。あとは任せろという淡十郎の声に、じゃあ、アトリエのへんに戻ってるわ、と告げると、棗がぼそりと「俺も行く」と言った。その結果、何の会話もないままに、二人して二十分近く、こうして縁側にただぼんやりと座っている。

「ぴょろうひゅろろろう」

と甲高いさえずりを雲間に残し、何かエサでも見つけたのか、とんびが急降下を始めた。その鋭角な黒い影を目で追ったが、そのまま庭を囲む白壁の向こうに消えてしまった。まるでとんびからバトンを渡されたように、視界の中央に戻ってきた琵琶湖は、すっかり穏やかさを取り戻し、湖底を駆けたことがはるか大むかしの出来事に感じられた。

あの白馬は、主人を失ったら、これからどうなるのだろう、とぼんやり考えていると、アトリエの障子がすうと開き、淡十郎が姿を現した。

「速瀬は――？」

「さっき、出発した。浜のあたりに家があるらしいから、そろそろ着くころだろう」

「校長は？」

「車が出るときもまだ寝ていた」

「何か彼女、言っていたか」

「いや、ひと言も声を発しなかった」

「ショックだろうな……。力を加えられていても、見えるものはいっしょだろうからな」

淡十郎は憂いの表情を眉間に残したまま、縁側の先の「現場」に視線を向けた。その横顔はひどく蒼白く、目のまわりにはまだ少し腫れが残っていた。

今日のことをどう速瀬に説明し、これからどう接するべきなのか――、ほんの少し考えただけで暗澹《あんたん》たる気分になった。ああ、そうだ、結局、速瀬に頼まれた質問の答えを伝えられずじまいだったな、と今さらながら思い返していると、

「日出淡十郎」

と棗がこの縁側に戻ってきてはじめて声を発した。

「お前、あのときに何をやった――。そろそろ、俺たちに話せ」

僕の視界を横切って、半分吹き飛ばされた自分の部屋を確かめに向かった淡十郎の動きがぴたりと止まった。

「お前が、あの化けものを呼んだんだろ？」

「お、おい、いきなり何を言い出すんだよ？」

淡十郎は振り返った姿勢のまま、棗の顔を黙って見つめていたが、

「そうだ。僕が呼んだ」

と蒼白い顔のまま、静かにうなずいた。

「た、淡十郎、お前――」

僕は呆気に取られ、肩のあたりの色が沈んでいる、まだ乾ききっていない淡十郎の赤い制服を見上げた。

「ど、どうやって、そんなことを……」

「水を飲んだからだ」

「水？　でも、お前、飲んでも何も起きないって――」

「あれはウソだ」

と淡十郎はあっさりと前言を翻した。

「お前たちが持ち帰ってきたものは、正真正銘の神水だった。その証拠に、飲んだ途端、あれの声が聞こえてきた。あれはずっと源爺を探していた。自分の縄張りで、ほかの湖の民の音を聞かされ、頭に来ていた」

「ほかの湖の民？　源爺が？」

「そう言っていた。音がちがうと。涼介、僕たちは利用されたんだ。清コングも、棗広海も全員が――」

「利用って、誰に？」

淡十郎はその問いには答えず、半分を残しずたずたに切断された自分の部屋を壁に沿って見上げ、そこからぽっかりと空いた縁側の屋根へと視線を移した。

「あれは自分の意志で、人間の世界に干渉することはできない。もともと人とは決して交わらない存在だ。でも、唯一の例外がある。あの不味い水だ。あれを通じてのみ、人間の世界に干渉することができる。あれははじめから清コングの頼みなんて、聞くつもりはなかった。ただ、お前たちが二度もしゅらぼんを起こし、交渉の扉を開いた。人間に水を渡すチャンスが生まれた。だから、清コングを誘導して、お前たちを取りに向かわせたんだ――」

「待てよ、それは明らかに矛盾している。じゃあ、何で僕と棗は、途中で波に追いかけられて、死にかけなくちゃいけなかったんだ？　向こうにとっては、大切な客のはずだろ？」

「別にあれは人間のことなんか、かけらも大事に考えていない」

その言葉に思わず、えぐり取られた土の跡に目を向けた。沓脱石の手前、僕たち三人が立っていた場所は完全に穴の内側である。もしも、あの場に突っ立っていたなら、三人とも今ごろ影も形もないはずだ。

「あれだけ好き放題、湖を汚して使っているんだ。大事に扱えというほうが虫のいい話だ。まあ、どうせ気まぐれで帰すつもりがなくなったか、近くに人間がいること自体忘れたか、そのへんだろう」

その言葉に、本来ならば押し寄せる波に隠れ、湖底を横断していたはずの巨大な影を思い起こした。あながち淡十郎の指摘は間違っていないのではないか、となぜかはっきりと感じた。

「で、でも――、どうやってあれを呼び寄せたんだ？」

――ただ返事をしさえすればよかった。僕には水を飲んだときから、ずっとあれの声が聞こえていた。『去るべしか、否か』。そればかり、延々と問いかけてきた。あれは源爺をこの地から去らせることを望んでいた。それを人間の口から言わせようとしていた。だから、僕は答えた。『去るべし』と。わかるか涼介？　僕があれに許可を与えたんだ。源爺を連れ去る許可を。いや、ちがう。僕があれに命令したんだ。源爺を殺せ、と」

「やめろ、日出淡十郎」

そのとき、棗の口から、鞭《むち》のような鋭さで言葉が発せられた。

「全部、僕の責任だ。僕が源爺に水をやった。そのせいで親父が、清コングが、棗永海が、棗潮音が――。もう全員、戻らない。そうさ、あれは別に何も利用なんかしていない。僕があれを利用して、源爺を殺させた。僕が源爺を殺したんだ。でも、誰も戻ってこなかった。源爺だけじゃない、僕が親父を殺した。清コングも、棗広海、お前の親父も、妹も、み、みんな僕が――」

「それ以上言うな、日出淡十郎ッ」

棗の叫びにも似た怒声に衝き動かされるように、僕は身体を起こした。床を蹴って、淡十郎に飛びかかり、

「もういい」

とさらに続けようとするその口を手で塞いだ。

「もういいんだ、淡十郎」

と丸い身体を思いきり抱きしめた。

淡十郎はそれでも「僕が僕が」と喚《わめ》いていたが、突然、空気が抜けたように膝から崩れ落ちた。

かすかな嗚咽《おえつ》とともに、小さく震える淡十郎の背中に手を置いて、崩れた屋根の先を仰いだ。滲む視界に二羽に増えたとんびの点が大きくぶれて映った。いつの間にか雲間に青空が戻っていた。

「すまなかった、日出淡十郎」

と棗がかすれた声を発した。

「でも、おかげで決めたよ」

妙に力のこもったその言葉に、

「決めたって、何を？」

と声が揺れないよう、腹に力をこめて訊ねた。

「すべてを元に戻す」

と棗は正面の庭にまっすぐ視線を向けたまま答えた。

「何言ってるんだ？　お前」

「棗家には秘術がある」

「それって、相手の力を感じることができる、ってやつだろ？」

「ちがう。それは棗家の人間なら、誰もができる普通の力だ。秘術はこれまで誰もやったことがない、まったく別のものだ」

「誰もやったことがないとか、何でそんなことわかるんだ？」

「ここに俺がいるからだ」

と棗は意味のわからない答えを返すと、

「きっと日出家にも同じようなものがあったはずだが――、お前たちは忘れてしまったんだろうな」

とつぶやきながら、なぜか靴下を脱ぎ始めた。

「何を言っているのかさっぱりわからんが、要はしゅららぼんみたいなやつってことか？」

「どちらかといえば、そっちだ」

「それで、昨日布団に入ってから、あれは日出家の秘術じゃないのか、とか言っていたのか？　というより、本当にそんなものがあるのかよ」

「ある。少なくとも千年以上、ずっと棗家には伝わってきた」

「千年？　よくもまあ、そんな長い間、使いもしない秘術を伝えてきたもんだな」

「俺たちは脳天気なお前たちとちがって、もう少し深刻にできているんだ」

「思いきり、しゅららぼんのことは忘れていただろうが」

「だから、もう少し、と言った」

脱いだ靴下を丸めてポケットに突っこみ、棗はゆっくりとした動作で立ち上がると、縁側のへりに進んだ。

「それで何だよ、秘術って？」

「言ったとおりだ。日出の親父さんも、清子さんも、俺の親父も、潮音もすべてを元に戻す。校長や速瀬だって、何も知らない状態になる。もちろん、源爺さんだって――」

「そ、それを、お前がやるって言うのか？」

「そうだ」

僕は棗の背中を見つめ、数秒間、激しく逡巡《しゅんじゅん》したのち、

「本当か？」

と声のトーンを落とし訊ねた。

「ああ、本当だ」

と棗は首をねじり、冗談を言っているようには聞こえぬ、淡々とした声でうなずいた。

「す、すごいじゃないか。そんなものがあるんだったら、確かに一気に全部が解決だ」

「待て――、棗広海」

思わず興奮の声を上げる僕の横で、うずくまっていた淡十郎が、突如むくりと立ち上がった。ポケットから取り出したハンカチで、いったん目尻のあたりを丁寧に拭ったあと、

「それなら、なぜ今までやろうとしなかった」

と不機嫌さの滲み出る声で訊ねた。

「鋭いな」

と棗は小さく笑った。昨日からおそらくはじめてと言ってよい、前髪をかき上げる仕草をしてみせた。

「秘術の目的が目的だからだ」

「どういうことだ？」

「棗家がこの世から消える」

棗は縁側のへりに裸足になった親指をかけ、両手を横に広げると、まるで飛びこみの選手のようにとんと真上にジャンプし、音もなく芝生に降り立った。

芝の感触を確かめるように、ゆったりとした足取りで進む棗の背中に、

「な、何だよ、その秘術。全然、お前たちの役に立たないじゃないか。クソッ、出鱈目《でたらめ》言うなよな。一瞬、本気で信じそうになっただろうが」

と本気で腹を立てて抗議した。

「出鱈目じゃない」

「ウソつけッ。だいたいそんなことして、お前たちに何の得があるんだよ」

「普通の人間に戻ることができる」

と棗はどこまでも静かな口ぶりとともに振り返った。

「お前たちが散々、嫌がっている力を失う、そのための秘術だ。詳しい仕組みは俺にもわからない。何せ、これまで誰もやったことがない。だから、俺がこうしてここにいる」

もはや相手が冗談を言っているのか本気なのか判断できず、僕は困惑の心持ちで淡十郎の横顔をのぞいた。腫れぼったい目はそのままに、淡十郎はこちらがどきりとするほど険しい表情で、棗を睨みつけていた。

「棗広海、そんな危険な力を、棗家の人間は全員が持っているのか？」

淡十郎の問いかけに、棗は「全員じゃない」と首を横に振った。

「ほかの力といっしょに知識として伝えても、使えるかどうかは個人の力次第だ。俺の親父は習得できなかった。潮音も無理だ。俺だけが使える」

薄々感じていたことだが、身につけたばかりの力でいきなり倒木を割ったことといい、押し寄せる波を丸ごと逆流させたことといい、棗の力は棗家でもおそろしくレベルの高いところにあったのではないか。ひょっとしたら、清子に匹敵するほどの。

「おいおい――、何だか、よくわからない展開になってきたぞ。少し落ち着こう。もうしばらくしたら、パタ子さんが竹生島から帰ってくる。それから、改めてみんなで話し合おう。きっと何かいい考えが浮かぶはずだ」

「無駄だ。さっき日出淡十郎が言っていた。ほかの湖の民だったと。どれだけ力を使っても解けないはずだ。はじめから俺たちとは別種の力だったからだ。だから、校長が力を使っているときも、俺たちには何の音も聞こえなかった」

「な、なら、源爺と同じ力を持っている人を探すとかしてだな――」

言ったそばから、かつて不念堂にて、パタ子さんから琵琶湖を除き湖の民はもはや存在しない、と教えられた記憶が蘇った。力なく途中で声を失う僕を、棗は目を細めるようにして見上げていたが、

「結局、俺たちの秘術に使い途なんてなかった。何せ、一族の歴史がすべて消える。そんなもの、誰もおそろしくて使えない。でも、今はちがう。俺はこの地に残る最後の棗家の人間だ。そして、最後の秘術を知る人間だ。日出淡十郎、お前は俺の道場で、自分

の手で未来を切り拓くと言った。だから、俺も切り拓く。お前たち二人の記憶は残るようにしておく。あと、清子さんも。源爺さんの記憶を上手に戻してやってくれ。でも、いちばん大事なことは――、わかっているな」

とわけのわからないことを一方的に告げながら、最後のあたりで淡十郎の顔をまっすぐ指差した。

「お前たちとはここでお別れだ。すべてが戻っても、お前たちの前から棗家という存在は消える。同様に、力と決別した俺たち棗家の人間の記憶からも、お前たち日出家の存在は消える。少し残念な気もする。でも、それより得られるものがある。親父や潮音やお袋と、まったく新しい生活をやり直すことができる」

「ま、待てって棗。何、話をまとめに入っているんだ？　だいたいお前の話は、いつもわけがわからないんだよ。一度くらい、まともに話してみろよ」

と僕が思わず前に出ようとするより早く、

「やめろッ、棗広海」

と淡十郎が僕を押しのけ、棗の正面に走り出た。

「お前をこの町から追い出すのは僕だ。僕を差し置いて、勝手にいなくなるなんて、そ、そんなことは絶対に許さないッ」

と声を震わせて縁側から拳を振り上げ命令した。

「何だ、それ」

と棗は一瞬、怪訝《けげん》な顔で返したのち、

「わかった、わかった」

と空を仰いだ。ついに太陽が姿を現した雲間に向かって手をかざし、

「全部、冗談だよ」

とその手を頭の上で振った。

「え？」

「秘術なんか、最初からない。ただの現実逃避の冗談だ。まあ、我ながらいいアイディアだと思ったんだ。そんな力があったらな――、って。このままだと、これから悲しいことがいっぱい続くからな。特にお袋が悲しむ。いつまでも親父や潮音が元に戻る日を待ち続けるのは、俺もお袋もとてもしんどい。特にお袋は普通の人間だからな。もう清子さんの力にも頼れない。まあ、そんなことを考えたら、ちょっとだけ気持ちが弱くなったんだ。悪かったな、タチの悪い冗談になってしまって。一瞬、みんながいたときの毎日に、無性に戻りたくなってな――」

棗は空から視線を戻すと、

「そうだ、日出淡十郎」

と目元にかすかな笑みの表情を浮かべ呼びかけた。

「何だ」

縁側に仁王立ちしたまま、警戒の表情を隠さず、淡十郎は応えた。

「前から訊きたいことがあったんだ。もしもお前に将来、跡継ぎができたらどうなるんだ？　日出淡十一郎《たんじゅういちろう》か？　それとも戻って日出淡一郎《たんいちろう》になるのか？　たとえば、お前

の九代前って何だ?」

あまりにあっけらかんとした棗の方向転換に、淡十郎もどう対応すべきか決めかねていたようだったが、相手の勢いに押されるように、

「淡太朗兵衛《たんたろべえ》だ――」

とぎこちない声で答えた。

「次は淡二衛門《たんにえもん》、それから淡三郎《たんざぶろう》だ」

棗は笑みを押し殺すような表情とともに「絶対にわからんな」とつぶやくと、また一度、前髪をかき上げた。しかし、すぐさま眉間のあたりに髪が戻ってきて、ああ、相変わらず鬱陶しい男だな、と思ったとき、なぜか棗は膝を少しだけ曲げ、腰を落とした。

「じゃあな、日出涼介。速瀬のこと、がんばれよ――、日出淡十郎」

と棗のくぐもった声が聞こえた瞬間、

「やめろッ、棗広海」

と淡十郎の絶叫が響いた。

同時に、

「しゅらららららららららららららららららららららっ、ぼぼぼぼぼぼぼぼぼぼぼばぼぼぼぼぼぼぼぼぼぼぼぼぼぼぼぼぼぼぼぼぼぼぼぼぼぼぼぼぼぼぼんんんん」

という頭が丸ごと吹き飛ぶような爆音が鳴り響き、耳を塞ぐ間もなく、視界が真っ黒

に染まった。

＊

まわりから、やけに人の声が聞こえてきた。

僕はおそるおそる目を開けた。

なぜか、制靴が視界の真ん中に飛びこんできた。

おろしたてのぴかぴかの靴が二足、目の前に並べられていた。状況がつかめず、制靴を見つめる僕の視界に、ピンク色のものが風に乗って舞いこんできた。

黒い革の表面に着地した、その小さなピンク色を指でつまんだ。

桜の花びらだった。

僕は顔を上げた。

あたり一面、満開の桜が広がっていた。

学校の中庭を囲む桜がいっせいに咲き誇り、池の向こう側に、大勢が集まって甲高い声を上げているのが見えた。

僕はこの風景を知っていた。

目の前に展開されている出来事の意味がじわじわと頭に染みこんでくるのを感じながら、右足を靴に伸ばした。甲に当たる革がとても固かった。先に靴を履き終えた隣の赤い制服を纏った丸い身体が、ゆっくりと進み始めた。新品であろうと構わず、つま先をコンクリートに打ちつけ、僕もふらふらとあとを追った。

中庭の中央に構える方形の池の向こうに、人だかりとともに大きな白い紙が壁に貼りつけられているのが見えた。

池を迂回《うかい》する途中で、ようやく淡十郎に追いついた。

「元に戻すって……、これが……」

力のこもらぬ僕の声に対し、

「時間を操ることが棗家の力の根本だ。それゆえの——、秘術か」

と淡十郎はなかば自らに問いかけるような、低いつぶやきを放った。その言葉は同時に、淡十郎の意識が僕と同じく継続していることを教えてくれていた。

お互い口を閉ざしたまま、A組からG組まで、横一列にクラス名簿が掲示されたなかのC組を、競うようにして目指した。人ごみを乱暴にかき分け、同時に先頭に出た。アイウエオ順に並んだ名前の中に、僕は真っ先に自分の名前を見つけた。そのひとつ上に「日出淡十郎」が、さらにひとつ上に速瀬の名が記されていた。にわかに鼓動が高鳴るのを感じながら名簿をたどった。

紙を見上げたまま、しばらく動けなかった。

あるべきはずの名前が、そこから消えていた。何度も縦の列を見直し、さらにはクラス全員の名前を確認した。それでも足りず、すべてのクラスを見て回った。

歓声とともに生徒たちが次々と教室に移動しても、その場を立ち去ろうとは思わなかった。

ついに中庭に誰の姿も見えなくなっても、淡十郎と二人、長々と貼られた紙の前でいつまでも立ち続けた。

エピローグ

同じ日を二度繰り返すというのは、妙な気分がつきまとう。

まず、距離感に困る。

なかでも、パタ子さんとは今も話がしづらい。

パタ子さんが僕の不念堂《ふねんどう》の師匠になるのは、もう少し先の話なのだが、師匠に大ウソをついたまま、結局、直接謝罪できなかった、という罪悪感がどうしても拭《ぬぐ》えない。負い目がたたってつい遠慮気味に接してしまい、「涼介《りょうすけ》くんって、ずいぶん謙虚な性格なのね」などとパタ子さんに褒め口調で言われると、「あの節は、本当にすいませんでしたッ」とその場で土下座したくなる。

次に、モチベーションの維持に困る。

特に、学校の授業の繰り返しはきつい。教師の言っていたことを一字一句覚えているわけではないが、やはり流れというものを一度体験すると、人の話は格段につまらなくなる。もっとも、高校に入って急に難しくなった数学には、早々についていけなくなっていたので、もう一度復習を兼ねて話を聞けるというメリットはあるにはあるのだが、それでもやはりほとんどの授業が退屈極まりない。

最後に、淡十郎《たんじゅうろう》に困る。

この男、人が変わったように覇気というものを失ってしまった。細眉の葛西《かさい》が教室に乗りこんできた上級生らに絡まれ、本来なら、そのうちのひとりをバスケットゴールに磔《はりつけ》にするはずのシーンでも、「ひでぶー」と散々からかわれたにもかかわらず、淡十郎はまるで相手の声が聞こえないかのようにじっと窓の外を眺めていた。代わりに、「俺のクラスのやつを馬鹿にするんじゃねえ」とヒートアップした葛西が、上級生に殴られ鼻血を出していた。

速瀬《はやせ》との関係は変わらない。

棗《なつめ》がいようといまいと、理科の実験の授業では同じく愚図扱いされ、教室ではひとつ前の席でいつもの大きな背中を誇っている。また、速瀬とともに変わらないのが清子《きよこ》との関係である。入学式を終え、僕と淡十郎が城に戻ると、部屋の外の縁側でさっそく清子が待ち受けていた。

「これ、どういうこと？　何で桜が咲いてるの？　何で親父《おやじ》が偉そうに部屋でふんぞり返ってるの？　全部、説明しなッ」

先に縁側に出てしまった時点で僕の負けだった。襖《ふすま》の前で別れたはずの淡十郎は、部屋にいるだろうにいっさい物音を立てない。援軍はたのめず、仕方なくひとりで、清子が離脱してからの出来事をすべて説明しようとしたら、今度は「もういい」と途中で止められてしまった。

「あんたの下手クソな話なんか、いちいち聞いてらんない。面倒だから全部のぞいたわよ。あんたのしょうもない頭の中なんて、いい加減ウンザリなのに――」

と手で払いのけるような仕草とともに、清子は不機嫌極まりないといった表情で沓脱《くつぬぎ》石《いし》に上がり、縁側に尻を置いた。

教師に叱られた生徒の如く背後で突っ立つ僕のことなど、完全に忘れ去った様子で、清子はぼんやりと庭の向こうの琵琶湖《びわこ》を眺めていたが、

「結局、私がやったことなんて、何の役にも立たなかったってことじゃない」

とぽつりと声を発した。

清子と少し距離を取って、僕も縁側のへりに腰を下ろした。僕たちがすでに経験した出来事が、しかもたった半日前のことが、この世界では二カ月後の日付の話になるという不思議が、まだ理解できなかった。

「棗道場には行ったのよね？」

と清子は短く訊《たず》ねた。

「はい。今、帰ってきたところです」

学校が終わっていのいちばんに、淡十郎とともに棗道場へ向かった。立派な門構えと長い土塀が続いているはずの敷地には、二棟のアパートが建っていた。ちょうど道を通りがかったおばあさんに話を聞くと、自分の知る限り、この場所に道場があったことは一度もない、と訝《いぶか》しげな顔で首を横に振られた。

築三十年近くは経《た》っていそうな古アパートを見上げ、棗が通っていた中学校や小学校、さらには住民票や戸籍――、たとえ江戸時代までたどって調べたとしても、きっと何も出てこないだろうな、という強い予感を抱いた。そこには、棗の存在を失いたくないという思いと、あいつなら完全にやり遂げるだろう、という相手への奇妙な信頼が同席していた。

今も髪をかき上げる仕草がはっきりとまぶたに残る、棗が最後に立っていた場所は、春の陽差しを受け、芝が騒ぎ立つような緑を放っていた。

「あの子、今もどこかにいるのよね。たぶん棗じゃない、新しい名前で。でも、私たちのことは何も覚えていない」

と清子が太ももに肘《ひじ》を置き、頬杖《ほおづえ》をつきながらつぶやいた。

「また、いつか会えるのかな」

どうにもならぬ悲しみがこみ上げてきて、慌てて空を見上げた。眼球を乾かそうとする僕にまるで見せつけるように、とんびが優雅に弧を描き、我がもの顔で青い空を渡っていた。

*

二度目の四月を送るにあたり、関係性が以前より難しくなった相手もいれば、元より難しいままの相手もいる。そして、逆にとてもよくなった相手もいる。

その相手とは、源爺《げんじい》である。

入学式の帰りは、さすがの淡十郎も緊張していた。かくいう僕も舟着き場に到着し、すでに舟をつけて待っていた源爺から、

「お疲れ様でございます」

と頭を下げられたときには、どう返事をすべきかわからず、曖昧《あいまい》に会釈することしか

できなかった。

棗道場を確認するため途中下船するまで、淡十郎は舳先《へさき》のいつもの席で、一見無関心の風を装いつつ、その実、源爺の一挙手一投足を観察していた。

橋のたもとで舟から降りる際、

「源爺、お前のふるさとはどこだ？」

と淡十郎が急に問いかけた。

舟が動かぬよう、片足を水路沿いの通路に置いて踏ん張りながら、

「わしですか？　わしゃあ、秋田の田舎ですぁ」

と源爺は照れたように答えた。

「秋田のどこだ」

「淡十郎ぼっちゃんはご存じないでしょうかねえ。むかし、八郎潟《はちろうがた》という湖があったんです。とてもとても大きな湖でしたが、干拓してほとんどを埋め立ててしまったです。その近くで家は漁師をしておったです」

「あ、だから、舟を操るのがうまいんですか？」

と思わず僕が口を挟むと、

「いえいえ」

と源爺は大仰に手を振ったのち、

「父《おど》の手伝いはよくしましたけど、それだって五十年もむかしの話ですぁ」

と上が一本抜けている前歯を見せ、よほど故郷の話をするのがうれしかったのか、カ

カカと笑った。

舟を降り、橋の欄干越しに、水路を去っていく源爺を見送りながら、

「大丈夫、あれはいつもの源爺だ。まあ、そんなこと言って、最後の最後まで見抜けなかったわけだが」

と感じたことを率直に伝えた。

淡十郎は欄干に手を置き、遠ざかっていく舟を黙って見つめていたが、急にうつむくと、そのまま動かなくなってしまった。

「お、おい、どうした、大丈夫か」

と慌てて声をかけると、淡十郎は丸い背中を膨《ふく》らませて、またしぼませて、何度も大きく呼吸した。ずっと抱えてきた不安や後悔を、すべてではないにしろ、ようやく外に流し出すことができたのだ。

水路を曲がり建物の陰に消えていく源爺に、僕は改めて頭を下げた。結局、このことについては誰にも話す機会がなく、今後も話すことはないだろうけど、ここに僕と淡十郎が立っているのは間違いなく、あのとき僕たちを吹き飛ばしてくれた源爺のおかげだからだ。

「源治郎《げんじろう》だ」

「え？」

うつむいた姿勢のまま、淡十郎が唐突につぶやいた。

「源爺の名前だ、さんずいが二つ、ついている―

「それが、何だよ?」

僕の問いかけには答えず、淡十郎は面を上げ、さっさと橋を渡り始めた。

結局このときは、淡十郎の言葉の意味をそれ以上知ることもなく、棗道場の消滅に意識をすべて持っていかれてしまったが、この続きは期せずして清子の口から語られることになる。

別れ際、棗は「源爺さんの記憶を上手に戻してやってくれ」と僕たちに宿題を残した。果たして、淡十郎がそのことを清子に伝えたのか、それとも清子が僕の頭の中を勝手にのぞいて知ったのか、その経緯はわからない。ただ、入学式から一週間が経った朝、棗の宿題がすでに清子の手によって無事成し遂げられたことを知った。

いつもどおり七時半に起床し、十分で制服に着替え、カバンを手に食堂に向かうと、テーブルに清子と淡十郎が並んで座っていた。

「めずらしい、早起きですね」

と声をかけると、

「あんたたちと広間で寝た日から、ちゃんと朝に起きてるわよ」

と不機嫌そうに返された。

朝から大盛りの茶がゆに挑んでいる淡十郎の横で、清子はなぜかざらめせんべいを翳《かざ》っていた。

「源爺の記憶、戻しておいたから」

と清子は突然、切り出した。

「かなり周到に隠されていたから、修復するのに四日もかかったけど、力以外のところはきれいに戻しておいた」

「あの、力……って源爺の話ですよね？」

「淡十郎から聞いているでしょ？　あの人、湖の民だもの。八郎潟っていう、むかしは琵琶湖に次いで日本二位の大きさだった湖の。それをじいさんが――、ああ、淡八郎《たんはちろう》じいさんのことね、あの人がこの城に連れて帰ってきた。ちょうど、八郎潟の干拓が始まって漁師の人たちがみんな廃業したときの話。学者肌の変なじいさんで、その頃、趣味で全国の湖をまわって湖の民の調査をしていたの。戦争が終わったあたりに一度目の調査をしたときは、まだちらほら湖の民が残っていたらしいけど、五十年くらい前に二度目の調査をしたときには、たった十五年かそこらしか経っていないのに湖の民はすっかり消滅してしまっていた――」

そこへ給仕係の男性が僕の茶がゆを運んできて、清子はいったん話を中断した。男性は清子の湯呑《ゆの》みにお茶のお代わりを注いでから、うやうやしく去っていった。

「実際に私も、じいさんから、むかしどこそこの湖へ行った、っていう話を聞かされた覚えがあるけど、そのときはただの湖めぐりの観光話にしか考えてなかった」

湯気の立つ湯呑みに口をつけ、清子は当時を思い返すように天井を見上げた。

「僕もパタ子さんから、もう琵琶湖にしか湖の民は残っていないと聞きました」

「うん、今はそう。でも、二度目の調査の時点では、実はまだ八郎潟に湖の民は残っていた。でも、そのことを内緒にして、じいさんは帰ってきた」

「ど、どうして、そんなことを？」

「他の日出家《ひので》の人間に内緒で調べようとしたの。はじめて出会った『二度づけ』の人間が、実際にどういう力を持っているのかを。干拓が完了して八郎潟が消えたら、力もいっしょに消えるだろうから、何とかその前に、って」

そのときになってようやく、入学式の帰りに淡十郎が橋の上で一瞬口にしたことと、今の清子の話が、僕の頭の中で線を結んだ。

「そう、源治郎。さんずいが二つ。湖の民なのに。つまり『二度づけ』」

「それって……、八郎潟にも同じルールがあったってことですか？」

「そういうこと。たぶん、そのへんを最初はじいさんも調べようとしたんじゃない？」

清子は手にしていたざらめせんべいを、前歯で大きく割った。テーブルクロスにこぼれる砂糖も気にせずに、がりがりと強烈な音を響かせて、勢いよく咀嚼《そしゃく》していく。

「で、でも、『二度づけ』なんて、実際にあり得るんですか？」

「逆よ。あり得るから、そのときのために『二度づけ』が存在する。源爺の両親はともに力を持つ湖の民だった。どういう事情でそうなったのかは知らない。でも、『二度づけ』することによって、まわりの仲間にその事実を伝えることができた。どんな影響を及ぼすかわからない力から、その子を遠ざけることができた。実際に源爺自身は力のことは何も知らなかったし、力だって持っていなかった。だから、棗道場で校長は、棗のあの子のお母さんに頓珍漢《とんちんかん》なことを言っていたの。そりゃ、そうよね。湖の民のルールなんて、源爺が知るはずないもの。それを、じいさんが石走《いわばしり》に連れて帰ってきた。そのとき、源爺はまだ中学を出たばかりだったそうよ」

清子は新しいざらめせんべいを袋から取り出し、ふたたび豪快に歯を立てた。僕は茶がゆをれんげですくい、すぼめた口に流しこむ。淡十郎はすでに大盛りを収めた器を食べきり、黙々とデザートのイチゴをつまんでいる。

「ここからは、母さんと韓国に行った師匠の話になるけど――」

「それって、兄の師匠のことですか？」

「そうね、あと私とパティーの師匠でもある人。あの人、最近いろいろ記憶があやしいところもあるんだけど、昨日、電話で話してみたら、ちゃんと覚えていた。あの人、五十年くらい前の調査に、じいさんの助手として同行してるの。あの人も他人の頭をのぞけるから、それで湖の民を探すことができたわけ。そもそも師匠なのよね、源爺の記憶を消した張本人って」

「え？」

思わぬ人物がいきなり舞台の真ん中に登場し、僕は裏返った声とともに、茶がゆを運ぶれんげの動きを止めた。

清子は手に残ったせんべいを一気に口に含むと、テーブルに散らばっていた砂糖の粒を丁寧に集め、食べ終わった淡十郎の茶がゆの椀にはらはらと落とした。湯呑みの茶をすすり、ふうとひと息ついてから、師匠から聞いたという、五十年前の顚末《てんまつ》について語り始めた。

源爺の石走行きに際して、八郎潟に住む両親を説得したのは清子の師匠だった。といっても、相手を操ることにかけては桁外れの力を持つという師匠が、両親にこっそり力を加えた、というのが真相である。それもこれも、いつか琵琶湖からも力が失われるかもしれない、そのときのために八郎潟の力が失われる過程を、源爺を近くに置いて調べたい、と淡八郎じいさんが強く主張したからだ。しかし、調べると言っても、当の源爺が力を持っていない。

「じいさんは師匠に頼みこんで、源爺の力を引き出してもらった。つまり、琵琶湖のご神水を飲ませたって意味ね。師匠も『二度づけ』のことは当然承知していたけど、実際にどんな問題があるかまでは知らないから、じいさんの口車にまんまと乗ってしまった。電話じゃ、じいさんのこと、あのクソ詐欺じじい、おかげでもう少しでみんなが死にかけた、ってさんざん罵《ののし》っていたけど――」

琵琶湖由来のご神水であっても、源爺の力はちゃんと発現した。しかも、源爺は最初から二種類の力を使うことができたそうだ。それが『二度づけ』の特殊な能力だと、淡八郎じいさんは自分の試行の結果、判明した新事実にたいそうご満悦だったそうだが、すぐに強烈なしっぺ返しを喰《く》らうことになる。

「ある日、源爺の力がいきなり暴発したの。そのせいで庭がまるまるひとつ吹っ飛んだ。あんたと淡十郎の部屋に面した庭よ。あそこもほかの庭と同じで、元々は池も木もあるちゃんとした日本庭園だった。でも、ほとんどが吹っ飛んで、跡に芝生を貼《は》ってごまかすことになった。ほら、今でも妙に勾配が残っていたり、ところどころにデカい石が転がったりしているでしょ。庭が消えたのを見たじいさんはびっくり仰天して、師匠に何とかしてくれと泣きついた――」

しかし、一度開放された力は元には戻らない。時間の余裕はなかった。師匠は荒療治を決断する。すなわち、源爺の力にまつわる記憶を根こそぎ消した。何かのきっかけに反応して、ふたたび力が暴発することを防ぐため、力のルーツである両親のことや八郎潟での生活にまつわる思い出にも、手を伸ばさざるを得なかったそうだ。

「師匠は電話で、源爺にはとても悪いことをした、って言ってた。でも、本当にあぶなかったそうよ。もう少し遅れていたら、源爺も、師匠も、じいさんも、城ごとみんな消えていたかもしれないって。だから、あのまま源爺が校長を使って好き放題続けていたら、また同じような暴発が起きたかも。まあ、それは誰にもわからないか――」

唇の端についたざらめ糖を舌先で器用に舐め取り、清子は湯呑みのお茶をぐいと飲み干した。

「これが五十年前に源爺と日出家との間であった話。本当にウチの家系って、クソ馬鹿揃《ぞろ》いよね。当然だけど、じいさんは死ぬまで、師匠には頭が上がらなかったそうよ――。まあ、そういうわけで、源爺の記憶は全部戻しておいたから。記憶を消したといっても、意識の底に沈めただけだから、またそれを引っ張り上げるの。でも、形が固まっていないから、崩さずにすくい上げるのがたいへんだった」

清子は限りなく雲をつかむような話を披露したのち、

「師匠に何でそんなこと急に電話してきたのかと訊《き》かれたけど、源爺が夢に出てきてそのときのことをさんざん仕返しされたから、って言っておいた。間違ってないわよね？」

と湯呑みをテーブルに置き、八時を告げる柱時計の音が響くと同時に席を立った。

「あれ、ごはんは食べないんですか？」

「ダイエットしてるから」

と本気なのか冗談なのかわからぬ口ぶりで告げ、食堂から去っていった。

「お前……、知っていたか？」

「初耳だ」

と淡十郎も少し驚いた様子で答えた。

「行くか」とテーブルのカバンを引き寄せ、僕は立ち上がった。丁寧にナフキンで口元を拭い、淡十郎も同じくテーブルのカバンに手を伸ばした。

舟着き場を出発したときから、源爺の様子は普段と明らかにちがっていた。艪《ろ》をテンポよく左右に動かしながら、ハナウタなどを奏でている。思わず、

「何かいいことがあったんですか？」

と訊ねると、源爺はしわっぽい顔をさらにくしゃくしゃにして、

「何だか不思議な夢をいっぱい見まして、今朝起きてみたら、むかしのことをびっくりするくらい思い出していたんですぁ」

と外堀を横切りながら、弾んだ声で告げた。

淡十郎と一瞬、視線を交わしたのち、

「どんなことを思い出したんですか？」

と控えめに質問を投げかけてみた。

「この前、少しお話ししたせいですかねえ。ふるさとの八郎潟のことをわんさか思い出したです。夢の中で、父《おど》の白帆船に乗って、潟《がた》の漁場へ向かったです。潟にはその頃、漁師が全部で三千人もいたんです。何十もの船が真っ白な帆を張って、いっしょに進んでいくんですぁ。ワカサギやシラウオをたくさん獲って戻ったら、岸に母《あば》が待っているです。こんな大事な思い出を、わしゃあ何十年もすっかり忘れてしまっていたです。つくづく親不孝者と思ったです。でも、今はうれしいです。父《おど》と母《あば》に会えて。二人とも、わしがこっちに来て、何年も経たぬうちに、病気で亡くなってしまったんで。本当に久しぶりに、父《おど》や母《あば》と話ができました」

と艪を漕ぐ手を急に止めると、源爺は「申し訳ねえです」とはっぴの袖で目尻を拭った。

「でも、何よりうれしかったのが、とても好きだった子のことを全部思い出したんです。二人ともよちよち歩きの頃からの付き合いで、いつかは結婚するって、わしゃあ勝手に決めていたです。潟を去るときも、三年で必ず戻ると約束していたです。でも、わしはよりによってその約束まで忘れてしまって——。それで今もこうして独り身のまま、本当に自分の馬鹿さ加減に呆《あき》れるですぁ。でも、あの子にも久々に会えて、わしゃあとても、とてもうれしかったです」

源爺は「よぉいしょォ」と改めて艪に力をこめ、舟は滑るように堀から水路へと進入した。

「朝からくだらない話ばかりで、申し訳ないですぁ。馬鹿なじじいだと、せいぜい笑ってくだせえ」

源爺の言葉を、僕と淡十郎は微動だにせずに聞いた。悲しい気持ちが音もなく胸を満たすのを感じながら、あの戦いの場で、源爺が淡十郎に告げた速瀬を連れてきた理由を改めて思い返した。ひょっとしたら、源爺をあんな行動に駆り立てた最初のきっかけは、大事な約束を無理矢理に忘れさせられたことへの怒りだったのではないか。

「源爺」

舳先の淡十郎が、背中を向けたまま静かに声を発した。

「へい」

「いつか——、いや、今度の夏休み、僕を源爺のふるさとに連れて行ってくれ」

一瞬の間が空いたのち、

「へい」

と源爺のうれしそうな声が水路に響いた。

水路を挟む石垣に沿って、生まれたての葦《よし》がやわらかな若葉を芽吹かせつつあった。常にアシである人間もいなければ、常にヨシである人間もいない。アシになったり、ヨシになったり、ころころと変わるのが人間ではなかろうか、と風に吹かれそよそよと揺れる青葉に手を伸ばしそっと触れてみた。

＊

ゴールデンウィークの最終日、僕たちは予定どおり竹生島《ちくぶしま》に向かった。淡九郎《たんくろう》おじは急な仕事が入り、直前になって同行を取りやめ、僕とパタ子さんと淡十郎の三人でのクルージングになった。クルーザーを操縦するのはもちろん源爺で、パタ子さんは島に到着すると、やはりデッキから白装束を着たお遍路のおばちゃんたちに手を振っていた。

僕に関しては、前回と同じことをすればよいだけなので、愚直なまでにすべてをおさらいし、竜神拝所からパタ子さんといっしょにかわらけを投げ、柵越しに放った一枚目は鳥居の手前で力尽き、二枚目はあれほど意識して投げたにもかかわらず、大いにコースアウトして崖《がけ》に落下するところまで、瓜二つ《うりふた》再現してしまった。

パイプ机に戻ると、何食わぬ顔で淡十郎がご神水の入った瓶を前に座っていた。その顔からも、今日もご神水を飲むつもりがないことは明白だった。淡十郎は黙って左の瓶を僕に手渡し、ああ、そうだ、前回もこうしてこっちを渡された、と犯行の手口を改めて思い返した。

祭壇の前で祝詞《のりと》を上げ、ご神水を飲んだ。すでにこの場で一度飲んでいるため、もはや意味はないのだろうが、これから迎える大事な「本番」のため、さしてうまくもない水を一気に飲んだ。

ふもとに戻ると、土産物屋前のベンチで源爺が座って待っていた。「お勤め、ご苦労様ですぁ」と立ち上がった源爺に、「何か飲み物でも、買ったのか」と淡十郎が訊ねた。源爺が首を横に振ると、淡十郎は手にしていたペットボトルを源爺に渡した。「え？」と僕が思わず声を上げた横で、源爺はお礼を言いつつそれを受け取ると、あっという間に飲み干してしまった。

ペットボトルの行方も確かめず、さっさとクルーザーに向かった淡十郎を慌ててつかまえ、

「お、おい、何飲ませてるんだ？　気でも狂ったか」

と詰め寄った。

「あれは神水じゃない。本当に僕が残した分だ」

「え？　じゃあ、瓶の中身はどうしたんだ？」

「お前たちがかわらけ投げの最中、まったく振り向かないことを知っていたから、いったん拝所の外に出て植えこみにまいた」

と淡十郎はいつもの仏頂面で答えた。これ見よがしな舌打ちとともに、淡十郎の肉づきのいい胸を小突いた。そのまま、淡十郎を追い抜いてクルーザーに乗りこみ、石走までひと言も口を利いてやらなかった。代わりにパタ子さんと、清子の近況についての話で盛り上がった。

ゴールデンウィークに入る前に、清子は城を出ていった。なぜ、そんな思いきった行動に踏み切ったかというと、これまで清子をさんざん苦しませてきた、他人の頭の中身が勝手に聞こえる、というあの現象がぱたりとやんだからである。

「まるで棗のあの子が城にいたときのようにいつも静か。毎日が最高」

と琵琶湖を臨む石積みに立ち、トランペットの練習をしているところへやってきた清子は、僕と交代で突端の特等席に腰を下ろし、タバコをふかし始めた。

どうして聞こえなくなったのか、と倒木に腰かけて僕が訊ねると、

「さあ、棗のあの子が時間を戻してからずっとだから、何か関係あるのかもしれないけど、いくら考えてもわかんないわよね」

と清子は関心なさそうに細い煙を宙に放った。

僕たちをふたたびこの時間の流れに招いたのは、まぎれもなく棗の力だ。ならば、何らかの形で、棗がこの城にいたときの状態が継続しているのだろうか。それとも、僕と淡十郎と清子にかつての記憶を残したように、棗がこっそり清子に細工を施したのだろうか。

「つまり、どんな問題にもいつか終わりが来るってことね。とにかく、よかったよかった」

とパタ子さんが呑気《のんき》にまとめているのを聞いていると、清子の言うとおり、考えてもわからないことだろうし、まあこれでいいか、という気になってくる。

「そういえばキヨティーが城を出ていく前に、棗家って知ってる？　っていきなり訊かれたんだけど、それって前にも涼介くんに訊かれたやつよね。何？　アイドルか何かの名前？　それ、流行ってるの？」

とさらに呑気さを増すパタ子さんに、話題を変えることも兼ね、清子は城を出て何を

するつもりなのかと訊ねた。

「いきなり動物写真家になるとか言いだして、絶対に冗談だと思っていたら、どうもキヨティー、本気も本気らしいわよ。フランス人の写真家に弟子入りする約束をつけて、今月中に南極近くにペンギンを撮りに行くんだって。昨日の電話でそう言ってた」

「え？　清子さん、フランス語しゃべれるんですか？」

「しゃべれないでしょう。でも、相手の考えていることは全部わかるから大丈夫じゃない？」

「写真の経験はあるんですか？」

「何もない、だって。でも、馬に乗って動物と接するコツをつかんだから問題ないって言ってた」

弟子入りの過程に限りなく力の介在の可能性を感じたが、何も言わずに黙っておいた。

「楽しみよねえ、どんな写真を撮るのかな。重い機材を持ち運びできるように、最近、ダイエットしながら、こっそり鍛えていたみたいだし」

まさか、ざらめせんべいダイエットがそんなところへつながるとは、と予想もしない展開に驚きを感じながら、ペンギンの群れの中央にたたずむ、防寒着に身を固めた清子を思い浮かべた。どうがんばっても、清子がまわりのペンギンに同化してしまい困った。

城のマリーナに帰港し、クルーザーを降りた。残るは、あとひとつ。裏門の前から続く道を進むと、正面から校長一行がこちらに向かって歩いてくるのが見えた。

「こんにちは」

とすれ違うタイミングで頭を下げると、校長は一瞬戸惑った表情を見せたのち、「ああ」と声を漏らし、

「やあ、こんにちは」

と快活に手を挙げて応えた。

振り返ると淡十郎も軽く目礼し、源爺は相手が誰だかわかっていないだろうが、その淡十郎の尻に額がつくのではないか、というくらい深々とお辞儀をしていた。

しばらく進んでから、振り返った。校長一行が裏門脇のくぐり戸から出ていく姿がちらりと見えた。

「涼介」

と同じく隣で足を止めた淡十郎が声を発した。

「散歩でも行くか」

その言葉は、入学式の朝から今日まで、繰り返すべきこと、繰り返してはいけないこと、それらの狭間で息苦しく過ごした時間が終わったことを告げていた。僕たちは棗から託された宿題をやり遂げたのだ。

パタ子さんとその場で別れ、

「お気をつけて行ってらっしゃい」

と源爺に見送られながら、裏門を出た。校長一行の姿はすでになく、人通りの少ない堀端の道を淡十郎と並んで歩いた。

「どこか行きたいところでもあるか?」

特にないと返ってきたので、

「じゃあ、浜に行こう」

と誘った。

久しぶりの浜には、やはり人っ子ひとり見当たらず、控えめな波の音だけが静かに響いていた。清子が白馬をつないだ流木は、まったく同じ位置で乾燥しきった木肌をさらしている。流木の上に腰を下ろし、やわらかな陽差しを仰いだ。淡十郎はしばらく波打ち際を見つめていたが、おもむろに靴を脱ぎ始め、次いで靴下を脱いだ。ズボンの裾をめくり上げ、生っちろい素足をさらしながら、淡十郎は波の先端を冷やかしにいった。

蒼《あお》い琵琶湖を見渡すと、竹生島が遠くに浮かんでいた。その向こうには、白い雲がもくもくと立ち上っている。よくもまあ、あんなところまで湖底を走ったものだ、と呆れ気味に島との距離を目で測っていると、

「日出くん？」

といきなりささやくように後ろから呼びかけられた。「わッ」と尻を持ち上げて振り返ると、なぜかそこに速瀬が立っていた。

「は、速瀬。こんなところで何してんだ？」

「何って見たらわかるじゃない。犬の散歩。私の家、すぐそこだもの」

と速瀬はいつもの小声で松林の先を指差した。そう言えば、速瀬と校長を車で送った際、浜の近くに家があると淡十郎が言っていたような気がする。

「日出くんたちは？」

と波打ち際の淡十郎に視線を向け、速瀬は訊ねた。

「ああ、僕たちも散歩。見てもわからないかもしれないけど」

速瀬の後ろには、サンゴ色の首輪がよく目立つ、黒い中型犬がはあはあと荒い息を吐いて控えていた。身体《からだ》の大部分は黒で、脚の先や、あごの下や、腹のあたりが淡い茶に染まっている。

「柴犬？」

「ううん、雑種」

「名前は？」

「玄三郎《げんざぶろう》」

「古風な名前だな」

「日出くんの散歩相手といい勝負だと思うけど」

「あいつは古風な家の出身だから、それでいいんだよ」

「私の家もいい加減、古風だから別にこれでいいの」

速瀬はしゃがみこむと、犬の首輪からリードを外した。犬は尻尾を振りながら、一目散に砂浜を駆けだした。途中でゴミでも落ちていたか、しばらく地面の匂いをかいだのち、ふたたび走りだした。ずいぶん、脚の短い犬だった。

「そういえば、ついさっき城で校長に会った。会ったといっても、道ですれ違っただけだけど。偉い感じの人たちといっしょだった」

「お父さんと？　まだあいさつ回りが終わってないって言っていたから、それじゃないかな」

「ゴールデンウィークなのにたいへんだな」

「まだ、こっちに移ってきて間もないから。ここ、座っていい？」

ああ、どうぞ、と流木の脇に寄ると、一メートルほど距離を取って、速瀬も腰を下ろした。重心の位置が変わり、ほんの少し木が傾いた。

「ああ、そうだ。速瀬に教えてあげなくちゃ、とずっと思っていたことがあった。最近、何ともいえない夢を見た。速瀬が出てくる夢なんだ」

「何それ？　どんな夢？」

と速瀬は口元に笑みを浮かべながら訊ねた。

「ウチのクラスに、速瀬の好きな男がいるんだ。背が高くて、男前で、いいところばっかり取っていく、カッコつけの、イケ好かない野郎だ」

「それ誰のこと？　そんな人いる？」

「だから、夢の話だって。夢の中じゃそいつがクラスにいるんだ。他のクラスの女子からも大人気で、僕が自分の席で立ってたら、赤いのが邪魔で見えないなんて言われる。それで僕は速瀬に頼まれるんだな。そいつに彼女がいないかどうか、確かめてほしい、って」

「何、それ」

と今やはっきり声に出した笑いとともに、速瀬は口元を押さえた。

「何でわざわざ日出くんに頼むのよ。そんな恥ずかしいことするくらいなら、自分で訊くわよ」

「いやいや、速瀬。それがちがうのだよ。恋する乙女は優先順位のつけ方が狂ってくるんだ」

「何でそんなこと、日出くんがわかるの」

と速瀬はまだ笑っている。

「夢の中で、速瀬が散々せっつくから、仕方なく僕はその男に彼女がいるか訊くんだ。嫌々そいつは答えていたな。別にいない、って。まあ、明らかにそんなこと訊くような状況じゃなかったけど」

無意識のうちに、琵琶湖の穏やかな水面に、浜と竹生島を結ぶラインを思い描いていた。いったい、あの質問を棗にしたのは、どのへんだったのだろう？ 波に追われながら馬上で必死にしがみついた、棗の意外とがっしりとした骨格の感触と重なるように、棗潮音《しおね》の面影が不意にまぶたを過《よぎ》った。詳しく思い返そうとしても、長い髪が脳裏に浮かぶばかりで、すでに彼女の顔はおぼろになっていた。ただ白い肌が、もの悲しそうにぼうっと淡く発光していた。いつか、棗のこともこんなふうに遠い思い出となってしまう日が来るのだろうか？

「それで——？」

「え？」

「え、じゃなくて、その続きは？ 私はその人と付き合うことになるの？」

「ああ、なるほど。いや、続きはない。まあ、今となって言える正直な感想としては、ちょっと肌になさそうだったかも」

　速瀬はしばらく僕の顔を眺めていたが、「ねえ、二度と私の夢は見ないでくれる？」とずいぶん冷たい声とともに立ち上がった。

　ふと別の場所から視線を感じ顔を向けると、今ごろ速瀬を発見したのか、正面で淡十郎がこちらを向いて突っ立っていた。「来い」と手招きすると、はじめは躊躇《ちゅうちょ》する様子だったが、いかにも渋々といった態《てい》で砂浜を上ってきた。

「速瀬の家はこの近くなんだってさ。犬の散歩に来ていた。ほら、あの脚の短いやつ。あ、戻ってきた」

　砂を散らしながら駆けてくる犬を、腰を屈《かが》めて迎えた速瀬は、

「そう言えば、そっちの日出くんって部活やってるの？」

と淡十郎に視線を向け、急に質問を投げかけた。

　せっかくの速瀬からのコンタクトに対し、ぎこちない姿勢で流木の前に立ち止まり、首を横に振っただけで話を終える気配なので、

「このとおり、淡十郎は今は何の部活もやっていない。ああ、そうだ。こいつ、美術部に入ったら駄目かな？　速瀬って美術部だろ？」

と無理矢理、接《つ》ぎ穂《ほ》を作ってみた。

　速瀬は手際よく犬の首輪にリードを取りつけ、

「美術部に？」

と驚いた表情とともに立ち上がった。

「ああ、本当はこいつ、絵を描くのが大好きなんだけど、最近スランプみたいなんだ。家にいても描く気が起きないのなら、環境を変えたらいいかもしれないと思って」

そうなのだ、淡十郎はいっさいの絵をやめてしまった。陶芸もやめた。彫刻もやめた。休日に淡十郎の姿を探してアトリエの襖を開けても、常に空気のこもった匂いが鼻を撲《う》つばかりだった。この散歩の時間だって、本来ならば島から帰るなり、焼き物のうわぐすりの実験に没頭していたはずなのだ。

中央に流木を挟み、速瀬はしばらく淡十郎の顔を見下ろしていたが、

「いいよ、大好きなんだったら、いっしょに描こう」

と身体の大きさとはまったくそぐわぬ小さな声でうなずき、「じゃあ、また学校で」と犬とともに松林へと去っていった。

呆《ほう》けたようにいつまでも立ち尽くす淡十郎のももを、思いきり叩《たた》いた。ようやく動きを再開した淡十郎は、僕の隣に腰を下ろすと、足の砂もはたかぬまま靴下を半分穿《は》き、慌ててまた脱いでいた。

「棗もがんばれよ、って言ってたからな。でも、もうめんどくさいから助けないぞ」

淡十郎はしばらく僕の顔に視線を置いていたが、「今の、感謝する」とくぐもった声でつぶやき、取り出したハンカチで、足の指と指の間に入りこんだ砂を念入りに拭い始めた。

*

僕に授けられたあの「証《あかし》」の力はその後、どうなったのか。今も気になって、ときどき試してみることがある。

今朝も洗面所で棚の歯ブラシに手を伸ばすのが面倒で、こっちに飛んでこいと念じたが、ぴくりとも動かなかった。校長という起爆剤が消滅し着火の手がかりを失ってしまったのか、それともすでに力そのものが消滅しているのか、もしくは僕が力に関しとことん無能なだけなのか、答えは当分、出そうにない。

この話を洗面所を出た足で向かった食堂で淡十郎に聞かせると、「くだらないな」と心底軽蔑《けいべつ》した視線を返された。

「いいことを教えてやる」

とティーカップを口に運びながら、淡十郎は妙な話を始めた。

「神水を飲んだとき、頭に聞こえてくる声が単に自分の幻聴なのかどうかを判断するために、僕はあれにひとつの質問をした。日出家と棗家が力を放ったときにお互い聞こえる音は何なのか、と。あれは答えた。むかし人間に与えたのは、自分のげっぷと屁の力だと。日本語で話すわけじゃないから、直接の表現ではなかったが、そんなことを言っていた。だから、棗広海《ひろみ》が聞いた『しゅらら』という日出家の力は、あれのげっぷの音だ。対して、お前が聞いた『ぼぼぼん』という棗家の力は、よりによってあれの屁の音だ。所詮、あれにとって、その程度の力だったということだ。くさい音同士が延々いがみ合ってきたわけだな」

「じ、冗談はやめろよ。何だよ、その下品な話は。これから食事なんだぞ」

「そうだ、僕にはこんな下品な話は、逆立ちしたって思いつかない。だから、頭に聞こえる声は本物だと判断した」

と先に食事を終えていた淡十郎は席を立つと、テーブルのショルダーバッグを手に取り、

「力のことなんか、考えるだけ無駄だ」

と言い残し、カートを押してやってきた給仕係の男性と入れ違うように、さっさと食堂を出ていった。

呆気《あっけ》に取られたまま、差し出された湯気を放つ焼きたてのパンケーキにメープルシロップをかけた。ならば、「しゅららぼん」はあれのげっぷと屁の力が合わさったもの、ということになってしまうじゃないか――、とやめとけばいいのに、考えを進めてしまった。

こうして学校へ向かう舟に揺られながら、舳先に座る丸い背中に僕は思う。

淡十郎には今も力があるのだろうか、と。

淡十郎はご神水を飲んだ。その効果は時間を遡《さかのぼ》っても持続するものなのか。本人に直接訊ねたら済む話なのだろうが、淡十郎が絵をやめてしまった理由が「自然」を失ったことにあるのなら、それについて訊ねるのはとても酷に思えた。淡十郎自身も、棗の

ことを含め一連の出来事をいっさい口にしようとしなかった。それだけに、食堂で淡十郎が自ら力の話題を口にしたのはとても意外だった。少しずつ、淡十郎のなかで頑《かたく》なだったものが、解け始めているのかもしれなかった。

　実は、僕は淡十郎に訊ねたいことがひとつある。

　それは、棗の去り際に聞いた、あの「しゅららぼん」のことだ。

　あのとき、僕は力を放っていない。

　にもかかわらず「しゅららぼん」が起きた。

　棗が力を放った瞬間、僕以外の誰かが同時に力を発したのだ。ならばそれは淡十郎しかいない。棗を引き留めようとしたのか、それとも無我夢中に放っただけなのか、とにかく僕が知りたいのは、棗が仕掛けた秘術に、淡十郎の力が加わったのか否かということだ。

　もしも淡十郎が力を放ったのなら、棗の純粋な計画に別の力が混ざったことになる。それがどういう意味を持つことなのか、僕にはわからない。でも、根拠もないままに、僕は淡い予感を抱く。いつか、あのとき棗が考えてもいなかったことが起きるのではないか？　そのときは、淡十郎が力にこめた思いが、ほんの少しでもこの時間のなかに反映されるのではないか？　まあ、ひょっとしたら、僕たちが気づかぬうちにすでに起きてしまっているかもしれないが――、などととりとめのないことを考えているうちに、舟は学校に到着した。

　源爺と別れ、グラウンドを横断する途中、僕は淡十郎のショルダーバッグの表面に、やけに角張ったシルエットが出っ張っていることに気がついた。

「何だ、その四角いの？」

と訊ねると、淡十郎は頬を紅潮させ、急に早足になって昇降口を目指した。そのときになってようやく、僕は淡十郎が美術部に入る決意を固め、ひそかな準備とともに登校したことを知った。

鈍感すぎる自分の言動を反省していると、げた箱前で、淡十郎は職員室に日誌を取りに行くと言った。職員室脇のトロフィーケースをのぞきながら、淡十郎を待っていると、廊下の先に校長の姿が見えた。校長の隣には教頭が立ち、にこやかな表情で保護者らしき二人と話している。校長と教頭のちょうど陰に隠れ、その姿はほとんど見えなかったが、こんな朝っぱらから両親が揃って来るなんてめずらしい、と思っていると、職員室から淡十郎が日誌を手に出てきた。

教室への階段を上る途中、淡十郎のショルダーバッグの内側で、油絵の道具箱がかたかたと音を鳴らしているのが聞こえた。トイレに寄ってから教室に向かうと、淡十郎は机に荷物を置き、日直の仕事に取りかかっていた。すでに席に座っていた速瀬に、「おはよう、昨日は奇遇だったな」と声をかけ、机にカバンを置いた。僕がカバンの荷物を机の中に移している間に、淡十郎は黒板の掃除を済ませ、自分の席の真後ろに置かれた水槽のタナゴにエサをやり始めた。

ホームルーム開始のチャイムが鳴っても、たいてい時間前に教室にやってくる担任の教師が現れない。五分が経って、教室がざわつき始めたとき、「すまない、すまない――

と担任が慌ただしく教室に入ってきた。

いつもなら、ひとりずつ名前を読み上げ出席を取るところを、担任は「うん、全員いるな」と目視で確認すると、

「ええと、急な話なんだが、今日からウチのクラスに転校生が来ることになった。本当は四月から入学するはずが、親御さんの仕事の都合でこっちに移ってくるのが遅れて、短かったけどその間、前の学校にも少し通ったので、いちおう転校という形になるのかな」

と唐突な発表を行った。

いっせいに沸き起こるざわめきのなかで、僕は呆然《ぼうぜん》とその言葉を聞いた。

なぜなら、決して起きるはずのないことが、目の前で起きているからである。

たとえば昨日、浜で偶然速瀬に出会ったように、僕たちが自らの行動の中身を変えた場合、ちがう結果が訪れることはあるだろう。しかし、僕と淡十郎がどこをふらつこうと、淡九郎おじとの面会を終えた校長は、昨日のあの時間に、その他大勢とともに城内を歩いていなければならない。それは変わることのない、決定された歴史だからだ。

同様に、僕は五月のホームルームの歴史を知っている。僕のクラスに転校生はやってこない。

唐突に、「しゅららぼん」という言葉が点灯した。

校長と教頭が先ほど、保護者らしき二人と廊下で話していた映像が脳裏に浮かんだ。

少しでもそこからヒントを探り当てようとしたが駄目だった。

「今も教室の外で待ってもらっているから、さっそくだけど入ってもらおうか」

と担任の教師は教壇に出席簿を置くと、入り口のドアに向かった。

目の前の速瀬が急に振り返り、妙に光の瞬く眼差《まなざ》しを送ってきた。視線が合うと、「昨日の日出くんの夢」とだけささやいて、笑みを押し殺すような表情で姿勢を戻した。

急に胸の鼓動が忙しくなるのを感じながら、淡十郎の様子をうかがった。

しかし、僕の視線は肝心の淡十郎を通り越し、その背後に釘づけになった。

水槽が揺れていた。

表面が三角形の波を作り、それが寄せ合い、水槽の外側に水が撥《は》ねていた。底の砂利から生える藻草がうねり、タナゴが慌てふためいている。「淡十郎、力がめいっぱい後ろに漏れているッ」と伝えたかったが、伝えられるはずもない。

さらに騒がしく水が撥ね始めた水槽をバックに、淡十郎は頬を紅潮させ、首をうんと伸ばし、尻さえも浮かせた体勢で、食い入るような眼差しを前方のドアに向けていた。

教師が軽く咳払《せきばら》いしたのち、「お待たせ、それじゃあ、入ってくれ」とドアに手をかけた。

中央に嵌《は》められた磨《す》りガラスにぼんやりと人影が浮かび、勢いよく音を立て、ドアが開いた。

本書は二〇一〇年十一月、集英社より刊行されました。

集英社文庫

偉大《いだい》なる、しゅららぼん

2013年12月20日　第1刷
2024年1月31日　第5刷

定価はカバーに表示してあります。

著　者　万城目《まきめ》　学《まなぶ》

発行者　樋口尚也

発行所　株式会社　集英社
東京都千代田区一ツ橋2-5-10　〒101-8050
電話　【編集部】03-3230-6095
【読者係】03-3230-6080
【販売部】03-3230-6393（書店専用）

印　刷　TOPPAN株式会社

製　本　TOPPAN株式会社

フォーマットデザイン　アリヤマデザインストア　　マークデザイン　居山浩二

本書の一部あるいは全部を無断で複写・複製することは、法律で認められた場合を除き、著作権の侵害となります。また、業者など、読者本人以外による本書のデジタル化は、いかなる場合でも一切認められませんのでご注意下さい。

造本には十分注意しておりますが、印刷・製本など製造上の不備がありましたら、お手数ですが小社「読者係」までご連絡下さい。古書店、フリマアプリ、オークションサイト等で入手されたものは対応いたしかねますのでご了承下さい。

© Manabu Makime 2013　Printed in Japan
ISBN978-4-08-745142-9 C0193